Von Paul Schaffrath sind bereits folgende Krimis erschienen:

KHK Krüger
Bonner Fenstersturz
Bonner Testament
Der Nebel von Avignon
Der ferne Sommer

KHK Max Harmsen
Die Drei Könige

Winrich C.-W. Clasen, Jahrgang 1955, Studium der Romanistik, Evangelischen Theologie und Kunstgeschichte in Bonn; Verleger in Rheinbach. Seit 2011 schreibt er unter dem Pseudonym *Paul Schaffrath* Kriminalromane. *Hansen* ist sein sechster Roman.

Paul Schaffrath

Hansen

Kriminalroman

cmz

Bibliografische Information der Deutschen Nationalbibliothek

Die Deutsche Nationalbibliothek verzeichnet diese Publikation
in der Deutschen Nationalbibliografie; detaillierte bibliografische Daten
sind im Internet über http://dnb.d-nb.de abrufbar.

An der Glasfachschule 48, 53359 Rheinbach
Tel. 02226-912626, info@cmz.de

Lektorat:
Beate Kohmann, Bonn

Schlußredaktion:
Clemens Wojaczek, Rheinbach

Satz
(Aldine 401 BT 11 auf 14,5 Punkt)
mit Adobe InDesign CS 5.5:
Winrich C.-W. Clasen, Rheinbach

Papier (Lux Creamy 90 g mit 1,8f. Vol.):
Arctic Paper S.A., Poznań / Polen

Umschlagfoto (*light-architecture-night-morning-building-city-633828*):
www.pxhere.com

Umschlaggestaltung:
Lina C. Schwerin, Hamburg

Gesamtherstellung:
Bookpress.eu, Olsztyn/Polen

ISBN 978-3-87062-317-3

001–500 • 20190917

www.cmz.de

www.paul-schaffrath.de

Remember me to one who lives there
She once was a true love of mine

Bob Dylan

Inhalt

Die Hauptpersonen

Die Ermittler

Krüger, Erster Kriminalhauptkommissar – hadert mit seinem Vornamen

Carmen Rasche, Universitätssekretärin – ist beim Putzen unachtsam

Markus Schneider, Kriminaloberkommissar – liegt den Frauen zu Füßen

Die Kripo

Walther »mit th« Langenargen, Kriminaloberrat – benötigt keine Hörgeräte

Harald Kaul, Kriminalkommissar – hat alle Informationen

Roman Roselski, Polizeioberkommissar – haßt Hektik

Dieter Derenthal, Polizeikommissar – leidet an einer Halsentzündung

Die Opfer

Andreas Weyler, Firmenbesitzer – hat einen Buchstaben zuviel

Salvatore Contadino, Geschäftsinhaber – kann nicht abgeben

Hans Schmidt, Lagerarbeiter – bezahlt seine Neugier teuer

Die Täter

Michele Maria Modafferi, genannt *Hinnerk* – erledigt Aufträge

Alberto Modafferi, Onkel von Michele – legt selber Hand an

Raffaele Modafferi, Onkel von Alberto – ist Geldgeber

Der Arzt

Prof. Dr. Harald Altendorf, Rechtsmediziner – arbeitet an der Front

Die Angestellten

Fabian Schmücker, Praktikant – hat den Überblick

Marie Diepensiefen, Buchhalterin – macht sich Hoffnungen

Rolf Diepensiefen, Grundstücksbesitzer – wahrt seine Grenzen
Ruben »Speedy« Gonzales, Packer – braucht Geld
Anna Karenina, Packerin – lebt sich gerade ein
Lara Karenina, rechte Hand – darf bleiben

Die Hamburger
Konsul Harry Petersen, Firmenbesitzer – schwimmt in Geld
Andrea Russo, Teilhaber – hat familiäre Bande
Herr Konrad, Prinzipal – sorgt für Ordnung
Claus Möller, Lagerarbeiter – verliebt sich an der Elbchaussee
Christa Krüger, Kinderfräulein – fühlt sich sehr reif für ihr Alter

Die Zeit
April/Mai 1963
April 2019

Die Schauplätze
Bonn (auf beiden Seiten des Rheins), Hamburg (natürlich Blankenese und die Speicherstadt)

Prolog

Seinen linken Arm trug Krüger in einer Schlinge, als er ins Wohnzimmer des gemeinsamen Hauses am Bonner Venusbergweg trat. »Da bist du ja endlich«, sagte Carmen. »Ist was passiert?«

»Das kannst du wohl sagen.« Der Kommissar stellte seinen kleinen Rollkoffer ab und ließ sich mühsam auf dem Biedermeiersofa nieder. Er stöhnte leicht. »Mir tut jeder einzelne Knochen weh.«

»Alle zweihundertsechs?« Carmen hatte in Biologie, im Gegensatz zu ihrem Freund, stets aufgepaßt.

Krüger dagegen interessierte sich für das Fach nur beruflich und nur dann, wenn er marginale Kenntnisse für Todesermittlungsverfahren benötigte. Meistens jedoch fragte er einfach den Rechtsmediziner am Bonner Stiftsplatz; Professor Altendorf wußte einfach alles. »So ungefähr«, antwortete er.

»Bist du in ein Gefecht geraten? Nicht in eines deiner üblichen mit Worten, sondern eines mit Kanonen?«

»So ähnlich.« Eigentlich hatte er keine Lust zum Reden, jedenfalls nicht sofort.

Sie legte ihren Kopf schief und betrachtete ihn aus der leicht verschobenen Perspektive zweifelnd. »Soll ich dir einen Kaffee kochen, damit du wieder auf Vordermann kommst?«

Als Antwort folgte ein zweites Stöhnen, dann sagte er: »Keinen Kaffee. Davon habe ich erst einmal genug, obwohl …« Der Kommissar beugte sich ächzend zum Koffer und zog mit einer Hand den Reißverschluß auf. Er holte ein Päckchen hervor und stellte es auf den niedrigen, mit Zeitungen und Zeitschriften sowie einem kleinen Bücherstapel bedeckten Tisch vor dem Sofa. »Ich hab dir aus Hamburg etwas mitgebracht.«

Carmen trat näher und öffnete mit geübten Griffen – schließlich brachte ihr Freund häufiger »etwas mit« – das Geschenk. Das Papier raschelte, und interessiert las sie die Aufschrift des Etiketts auf einer Packung Kaffeebohnen vor: »Guatemala La Esperanza Antigua – 100 % Arabica«. Sie warf Krüger einen spöttischen Blick zu. »Die konnten sich ja auch nicht entscheiden: Guatemala, Antigua, Arabica – was denn jetzt?«

Krüger lachte. Sein angeschossener Arm war momentan vergessen, und er wußte sehr gut, warum er so gerne nach Hause kam. »Hansen sagte, das sei der beste.«

»Wer ist Hansen?«

Und Krüger erzählte.

Der diensthabende Kapitän

Bonn, April 2019. Hinnerk war Philosoph. Einer von der stoischen, nicht der chaotischen Sorte, einer, der erst einmal alles auf sich wirken ließ, bevor er selbst handelte, einer, der das Leben so nahm, wie es gerade kam. Manchmal ließ er es auch nur an sich vorbeiziehen und sah ihm hinterher. Schade, dachte er dann, das wäre eine schöne Gelegenheit gewesen ... Aber in der Regel – jedenfalls war das bisher immer der Fall gewesen – wiederholte sich eine solche Gelegenheit irgendwann, und beim zweiten Mal wußte er, daß er nun zugreifen mußte.

Hinnerk saß in der Nähe des Schlosses auf einer der Bänke unter den noch einigermaßen intakten Kastanienbäumen an der Poppelsdorfer Allee und studierte die Vortagesausgabe des *Corriere della sera*. Sogar in Italien nahm man das politische Geschehen im englischen Königreich zur Kenntnis und schrieb seitenweise vom Brexit. Das ging bestimmt nicht mehr lange gut. Die Südtiroler hatten seit dem Zweiten Weltkrieg einen »Tirexit« immer mal wieder versucht und waren sogar vor Bombenattentaten nicht zurückgeschreckt, was aber der erzwungenen Einheit von Südtirol und Norditalien keinen Abbruch getan hatte. Irgendwann hatte dann die zweite Generation ihre Bemühungen um Unabhängigkeit eingestellt. Und inzwischen prosperierte die Gegend sogar wieder. Mal sehen, wie lange es dauerte, bis auch die Briten begriffen, daß jede Art Abspaltung in der heutigen Zeit völlig sinnlos war. Sicher länger, als es dauerte, daß aus May December wurde.

Prüfend faßte Hinnerk in die Tasche seiner Barbourjacke. Die Glock 17 – Kaliber 9mm Parabellum – steckte dort, wo sie sein sollte, der Schalldämpfer daneben. Ursprünglich hatte er sich eine klassische Browning FN High Power besorgen wollen, die noch immer hergestellt wurde. Sie schoß ziemlich genau, war aber auch ziemlich schwer, und immer eine Keule in der Tasche zu tragen, das wollte er nun auch nicht.

Er blätterte die Zeitung um und wandte sich dem Sportteil zu. Es würde noch dauern, bis seine Zielperson auftauchte.

Hinnerk, das war doch ein schöner Name für einen blonden Hünen wie ihn, einen Meter neunzig groß, lange Haare, ein Dreitagebart, blaue Segeltuchhose, hellblaues Hemd, grauer Pullover, die Barbourjacke nicht zu vergessen, die ihm fast zu warm war. Wenn er ins Filmgeschäft gegangen wäre, wäre er bestimmt häufig als der Skipper vom Dienst beschäftigt worden. Er grinste.

Eigentlich hieß er nämlich Michele Maria Modafferi und war Italiener. Glücklicherweise waren seine Eltern zwei Jahre nach seiner Geburt nach Hamburg ausgewandert, um einem seiner zahlreichen Onkel beim Aufbau einer hanseatischen Pizzeriakette zur Seite zu stehen. Nachträglich hatte sich das als Glück herausgestellt, denn ein blonder Mann fiel im Norden entschieden weniger auf als in Süditalien. So galt er als waschechter Hamburger, was er ab und zu durch eingestreute *Missingsch*-Brocken bei seinen Unterhaltungen unterstrich: Zum Beispiel konnte er zu einer neuen Kellnerin im Restaurant seiner Eltern »Na, min seute Deern?« sagen und ihr freundlich aufs Hinterteil klopfen, was neuerdings leider nicht mehr ging, seit sie in Hollywood alle verrückt geworden waren und »#MeToo!« bei jeder passenden und unpassenden Gelegenheit schrien. Aber auch hier würde er stoisch abwarten, bis sich der Wind wieder zu seinen Gunsten gedreht hatte und die Wogen geglättet waren.

Jemand hupte.

Hinnerk sah auf.

Aber es war nur ein Taxi, das ungeduldig abwarten mußte, bis das Kaffeefahrrad, das immer vor dem Eingang zum Poppelsdorfer Schloß stand, von seinem Besitzer über die Straße geschoben worden war.

Hinnerk senkte den Kopf und vertiefte sich wieder in den Sportteil. Wo er seinen Auftrag ausführen sollte, hatte er bereits gestern überprüft: »Wwe. Arntz' Feine Kaffeebohnen« hieß die Firma, die merkwürdigerweise nicht in einem Vorort lag, sondern fast im Zentrum, jedenfalls südwestlich davon, im großen Gründerzeitviertel, das sich Bonn Ende des neunzehnten Jahrhunderts geleistet und das Tausende neuer Arbeitsplätze und Familien zur Folge gehabt hatte. Die Kaffeerösterei in der Königstraße bestand aus dem großen Haupthaus, den Lagerräumen rechts davon, der Brennerei zum hinteren Grundstücksteil hinaus und der Packstation, wo die Ware für den Versand vorbereitet wurde – nicht zu vergessen die Räume für Buchhaltung und Geschäftsleitung. Die Fassaden der Gebäude war im matten, über die Jahrzehnte mehrfach überstrichenen Mattweiß der Wende zum zwanzigsten Jahrhundert gehalten.

Die Villa von Andreas Weyler, dem Besitzer, lag um die Ecke in der Argelanderstraße, zwei Minuten entfernt. Der Mann hatte keine Familie, so daß nach Hinnerks, nun, *Eingriff* seine Räumlichkeiten ab morgen wieder frei sein würden.

Der Sportteil bot auch nichts wirklich Interessantes. Hinnerk wandte sich den Kulturnachrichten zu.

Von irgendwoher schlug eine Kirchturmuhr. Der Italiener von der Waterkant sah auf die Uhr. Schon sechs. In etwa zwei Stunden würde es dunkel sein. Wenn er Weyler im Lager erledigte, würde man ihn bestimmt erst morgen finden – Zeit genug, um in aller Seelenruhe aus Bonn zu verschwinden und die Heimreise anzutreten. Hinnerk fühlte in seiner anderen Jackentasche nach dem Magazin. Lieber auf Nummer sicher gehen. Der Behälter mit den siebzehn Patronen lag da, wo er sich schon bei den anderen viertelstündlichen Überprüfungen befunden hatte. Der blonde Hüne überlegte kurz, ob das Sich-Vergewissern Zeichen seiner Nervosität war, tat den Gedanken aber als unnütz ab. Er war einfach nur sorgfältig, wie immer. Sorgfalt verhalf zum Erfolg. Und bisher war alles stets gut ausgegangen. Der kölsche Satz »Et hätt noch immer jot jejange« hätte sicher in seine Philosophie Eingang gefunden, wenn er ihn gekannt hätte.

Ein leichter Wind war aufgekommen, und die Zeitung raschelte. Etwas wie Frösteln kannte Hinnerk nicht, dafür war es in Hamburg einfach immer zu zugig, so daß er abgehärtet war. Dauernd wehte dort ein leichter Wind aus Südwest, gegen den sich die Einheimischen mit einem Südwester zu schützen suchten – zumindest die, die mit einem Schiff unterwegs waren. Falls sie über Bord gingen, konnte man sie aufgrund der gelben Farbe des Kleidungsstücks rasch ausmachen – so hatte es ihm jedenfalls seine Mutter in einem ihrer seltenen Anfälle von Humor zu erklären versucht. Die andere Hälfte der Hanseaten ignorierte den Wind an der Elbe wie auch die meisten anderen Dinge im Leben: die Kaufleute aus Bremen beispielsweise, die sich nach Hamburg verirrt hatten, oder den Abstieg des HSV aus der Bundesliga, den man nach dem Wiederaufstieg einfach vergessen würde.

Ein Herr in Jeans und Lederjacke kam gerade aus Richtung der kleinen Straße gegenüber; *Venusbergweg* oder so ähnlich, hatte Hinnerk vorhin auf dem Straßenschild gelesen. Er stolperte über eine leere Bierdose, fing sich aber sofort wieder und setzte seinen Weg Richtung Innenstadt fort.

Der Hüne blätterte die Zeitung wieder um, warf einen Blick auf die nunmehr letzte Seite und faltete das Blatt zusammen. Mit einem eleganten Wurf versenkte er die Ausgabe der größten italienischen Tageszeitung im Papierkorb neben der Bank. Anschließend holte er sein Handy aus der Tasche, ein Smartphone neueren Datums von Motorola, und studierte die eingetroffenen E-Mails. Eine erregte seine Aufmerksamkeit. Sie war mit »Nachschub erbeten« überschrieben und enthielt nur ein paar Stichworte. »Keine Abreise aus Bonn. Anwesenheit vor Ort weiter erforderlich. Nähere Instruktionen folgen.« Zio Alberto war anscheinend dem Telegrammzeitalter noch immer nicht entwachsen. Aber ansonsten war sein Onkel schon in Ordnung.

Der Stoiker nickte unmerklich. Ein neuer Auftrag bedeutete neues Geld. Vielleicht konnte er sich dann wirklich in den kommenden Jahren zur Ruhe setzen und in Stade endlich ein italienisches Feinschmeckerrestaurant eröffnen. Das Glück ist mit den Tüchtigen!

Das Handy zeigte neunzehn Uhr. Irgendwie ähnelte die Wartezeit auf der Bank an der Poppelsdorfer Allee der im Wartezimmer einer Arztpraxis. Hatte man sich erst einmal damit abgefunden, daß das Warten viel länger als die Behandlung dauerte, war auch schon beides vorbei.

Hinnerk stand auf. Sich etwas umzusehen, konnte nicht schaden, rasch noch einen Blick auf das Haus, die Umgebung und den Fluchtweg werfen, bevor es losging.

In der Barbourjacke warteten die beiden Teile seiner Waffe geduldig auf ihren Einsatz.

Der Mann, der die Frauen liebt

Bonn, April 2019. Daß die Leute auch immer ihren Müll überall herumliegen ließen. Für die Bierdose hätte man doch noch das Pfandgeld zurückbekommen. Krüger überlegte kurz, sie aufzusammeln, entschied sich aber dagegen. Für fünfundzwanzig Cent klebrige Finger zu bekommen, wollte er nicht riskieren. Der Herr auf der Bank dagegen hatte es richtig gemacht: Mit einem knappen, kurz gezielten Wurf hatte er seine Zeitung in den Abfallbehälter in etwa anderthalb Meter Entfernung befördert. Es gab doch noch vernünftige Zeitgenossen.

Der Bonner Kriminalhauptkommissar befand sich auf dem Weg zu einem Treffen mit seinem Kollegen Schneider. *Treffen* bedeutete, man würde in einer der zahllosen Bonner Kneipen oder in einem Restaurant etwas trinken und vielleicht etwas essen – beziehungsweise heute *bestimmt* etwas essen, da seine Freundin Carmen ihren monatlichen Buchklubabend hatte und ihm daher keine Vorschriften über Menge und Art seines Abendessens machen konnte. (»Denk an deine Linie.«) Aber wahrscheinlich reichte ihre innere Anwesenheit aus, um Krüger zur Mäßigung anzuhalten.

Kurz nach sieben. Markus würde wie immer warten, wenn sein Freund und Vorgesetzter das akademische Viertel zur Gänze ausnutzte, denn zum verabredeten Zeitpunkt würde er es jetzt nicht mehr schaffen; bis zum »Treppchen« in der Weberstraße brauchte man schon eine Viertelstunde zu Fuß. Deutsche Küche einmal in der Woche war auch gut und in der Gaststätte von 1883 besonders.

Krüger lief das Wasser im Mund zusammen. Er hatte den ganzen Tag nichts Vernünftiges gegessen und statt dessen im eigenen Haus die Möbel umgeräumt. Carmens Vermieterin war vor einem halben Jahr gestorben, hatte aber vorher ihr Haus am Venusbergweg, in dem Kommissar und Universitätssekretärin zusammen wohnten, an die beiden verkauft, so daß Krüger endlich sein Domizil in der Adolfstraße über der Bäckerei, das er seit fast zwanzig Jahren bewohnt hatte, aufgegeben hatte und mit Sack und Pack bei Carmen eingezogen war. Immerhin hatte er *sein* neues Zimmer fast genauso wie das alte in der Nordstadt eingerichtet: Der alte Lehnstuhl stand neben dem niedrigen Tischchen, auf dem sich immer die *Zeit*-Ausgaben der letzten Wochen türmten; an der Wand hing ein großes Konzertfoto von Dylan und Santana, und eine Schlafcouch lud zu Pausen und Rückenentlastungen ein. An der Wand befand sich das alte Bücherbord mit Bildbänden von Hamburg und von seinen Reisen; die wenigen Kriminalromane waren nach dem Umzug noch nicht wieder sortiert. Innerlich würde er wohl zu einem kleinen Teil immer Junggeselle bleiben. Einen Rückzugsort brauchte jeder.

Der Kommissar wartete geduldig vor der Schranke am Bahnübergang Kaiserstraße. Er hatte keine Lust, durch die leicht angeschmuddelte Fußgängerunterführung zu gehen, und ließ sich lieber den durch einen überlangen Güterzug verursachten Wind um die Nase wehen. Mußte Schneider eben länger warten …

Das »Indochine« kurz hinter der Kreuzung von Weber- und Kaiserstraße war glücklicherweise dauerhaft geschlossen; er war vor langen Jahren einmal mit Carmen dort gewesen – die Cocktails waren gut, teilweise sogar sehr gut gewesen, aber das Essen hatte man vergessen können.

Krüger öffnete die Eingangstür zum »Treppchen« und stand sofort in dem holzgetäfelten Schankraum. Die Dielen knarrten, wie es sein sollte, und die ellenlange, an beiden Seiten gerundete Theke war gut besetzt. Schneider winkte ihm von einem der Holztische Richtung Wintergarten zu und deutete auf einen Platz neben sich.

Krüger war nicht zum ersten Mal hier, und dennoch betrachtete er erst wieder einige der gerahmten Genreszenen an der Wand, ehe er sich setzte. »Moin, moin, mein Lieber«, sagte er. »Lange nicht gesehen.«

Morgens hatten die beiden allerdings noch an der üblichen Lagebesprechung im Polizeipräsidium teilgenommen, aber wie bei jedem *briefing* in dieser Woche nichts Neues erfahren. Das Wetter Ende April 2019 war einfach zu schön für Schwerkriminalität: Die Bonner Rocker waren mit der friedlichen Vorbereitung der großen Beerdigung eines der ihren beschäftigt; die Drogendealer waren größtenteils vom Hofgarten zum Kaiserbrunnen abgewandert – in der Einkaufspassage unter dem neuen Maximiliancenter war es ihnen jetzt zu hell –, und illegale Autorennen konnten in Bonn zur Zeit nicht stattfinden, da der Cityring aufgrund der vielen Baustellen fast überall von zwei- auf einspurig verengt war. Die Polizei baute Überstunden ab, und die einzige Kriminalität im Polizeipräsidium fand momentan bei den Lesungen einiger »Kriminalschriftsteller« statt, wie sich das bunte Völkchen von haupt- und nebenberuflichen Autoren titulierte.

»Hallo«, gab Schneider zur Antwort. »Wir sind hier nicht an der Nordsee.«

»An der Küste heißt es nur *moin*«, sagte Krüger. »Einmal. Sonst gilt man als geschwätzig. Und als ehrbarer Hamburger darf ich doch wohl den Gruß, den ich seit Muttermilchzeiten beherrsche, überall verwenden.«

Manchmal nervte sein Freund, fand Schneider. Hamburger waren nicht automatisch die besseren Menschen. Aber dieser hier war schon ein besonderer Mensch, obwohl er einen Grammatikfimmel besaß. Mal sehen, wie lange es dauerte, bis eine entsprechende Bemerkung kam.

Die Kellnerin brachte die Speisekarten. Schneider warf sie einen freundlichen Blick zu.

Sein Freund war eben *a ladies' man*, dachte Krüger. Irgendwie fielen die Frauen reihenweise auf seine dunkelbraunen, leicht zu langen Haare und sein schiefes Grinsen herein.

»Ich weiß schon«, sagte Schneider zu ihr.

»Der Nebensatz fehlt«, sagte Krüger. »Was ich nehme. Was ich gerne äße, wenn ich etwas bekäme. Wonach mir der Sinn steht. Der Varianten, korrektes Deutsch zu reden, gibt es viele.«

»Versteht dich eigentlich jemand, wenn du ihn verhörst?«

Statt einer Antwort vertiefte sich der Kommissar in die Lektüre der Speisekarte, um nach ausgiebigem Studium wie immer beim »Salat Bonner Markt mit Rindfleischstreifen« zu enden.

»Wenn du sowieso immer das Gleiche ißt – warum liest du dann überhaupt noch die Auflistung der Gerichte?«

»Ich gebe die Hoffnung nicht auf, daß irgendwann, plötzlich, unversehens, in der Rubrik *Fisch* eine Scholle Finkenwerder Art auftaucht.«

»Das kannst du dir abschminken. Hier in Bonn kriegst du höchstens Aal. Aus dem Rhein.«

Die Kellnerin kam von der Theke zurück und stellte ein großes Hefeweizen vor Schneider auf den Tisch. Ein zweiter, ziemlich freundlicher Blick folgte. Krüger bekam seinen Grauburgunder ohne Blick. »Wohlsein, die Herren.«

»Dazu sage ich jetzt nichts«, sagte er.

»Umgangssprache reicht in der Regel aus«, sagte Schneider, »um sich verständlich zu machen. Aber lassen wir das jetzt mal. Was gibt's Neues?«

Krüger berichtete gehorsam vom Möbelräumen.

»Und heiraten wollt ihr nicht?«

»Warum? Wir wohnen doch ohnehin schon zusammen und teilen Tisch wie Bett.«

»Na ja. Erhöhtes Gehalt. Größere Rente. Krankenhausinfos über den Partner.«

»Bekomme ich auch so. Ich muß nur meine Dienstmarke vorzeigen.«

Sein Freund grinste. »Falls du dann aber an Oberschwester Hildegard gerätst, hast du schlechte Karten. Da kommst du nur mit einem Trauring weiter.«

Krüger lachte und nippte an seinem Wein. »Ich kann ja mal mit Carmen reden.« Daß seine Freundin das Thema regelmäßig aufs Tapet brachte, verschwieg er, weil er selber nicht wußte, was er wollte. Dabei hatte er sich nach neun Jahren mit seinem endgültigen Einzug in Carmens Wohnung beziehungsweise ins gemeinsame Haus eigentlich entschieden. Zu zweit alt zu werden, war einfach viel schöner. »Und bei dir?« versuchte er das Gespräch in ungefährlichere Gefilde zu lenken.

Markus war ein On-Off-Mann. Er entflammte rasch für eine neue Frau, für die er fast sein gesamtes vorheriges Leben aufzugeben bereit war. Daß es dabei ständig beabsichtigte oder unbeabsichtigte Kollateralschäden gab, schien ihn nicht sonderlich zu berühren. Nach seinem etwas längeren Intermezzo mit der wunderschönen Französin Élodie Marin aus und in Villeneuve-lés-Avignon, die seinetwegen von der Provence sogar nach Beuel gezogen war und für die Markus allen Ernstes überlegt hatte, seinen Bonner Beamtenstatus zugunsten einer Winzerkarriere an der Rhône aufzugeben, war er reumütig an den Rhein zurückgekommen. Eine Rückkehr an den mütterlichen Busen seiner früheren Freundin Lene war allerdings zu Recht gescheitert. So hielt er sich denn mit kleineren Affären über Wasser. Irgendwie tat er Krüger leid. Markus konnte wunderbar mit Kindern umgehen, aber er mußte lernen, den Adler auf dem Dach zugunsten des Kanarienvogels in der Hand zu vergessen.

»Och, nichts Neues«, sagte Schneider abwesend und betrachtete die Kellnerin hinter der Theke.

»Die ist zu jung für dich«, sagte Krüger, der dem Blick gefolgt war. »Wahrscheinlich eine Studentin. Jura oder so.«

»Dann hätten wir ja schon mal zumindest die Kenntnis der Gesetze gemeinsam.«

»Und was wollt ihr dann in dreißig Jahren machen, wenn du achtzig bist, alles vergessen hast und sie erst fünfzig?«

Schneider lachte. »Ganz so schlimm ist es nicht. Weißt du, was ich wirklich gerne machen würde?«

»Privat oder beruflich?«

»Letzteres natürlich. Eine richtig schöne kleine Mordermittlung durchführen. So herumzugammeln, bringt doch nichts. Zwar sind dann irgendwann die Aktenberge abgearbeitet, aber das wirkliche Leben findet doch draußen statt, an der frischen Luft!«

»Recht hast du«, pflichtete ihm Krüger bei, dessen letzter großer Fall der des ermordeten Eifelbauern 2016 gewesen war, wenn man die Geschichte mit dem goldenen Hörgerät vom letzten Frühjahr nicht mitzählte. »Ich würde mir aber dringend wünschen, beziehungsweise ich tue es jetzt ausdrücklich: In der nächsten Mordkommission möge doch bitte jemand die Herren Roselski und Derenthal ersetzen. Stell dir nur vor, wir müßten über die gesamte Dauer der Ermittlung ständig Liedzitate aus den siebziger Jahren anhören. Du erinnerst dich an den dicken Streifenpolizisten?«

Schneider seufzte. »Und ob. Aber was stört dich an der Musik?«

»Überhaupt nichts. Aber anzuhören ist sie nur, wenn sie von der Originalkapelle vorgetragen wird. Nicht von diesem Dilettanten.«

»Hoffen wir das Beste.« Schneider hob sein Glas. »Wie gesagt, eine kleine Mordermittlung.«

Die beiden konnten nicht ahnen, wie rasch ihr Wunsch in Erfüllung gehen würde.

Braune Bohnen

Bonn, April 2019. Ein gellender Schrei hallte durch das Lager der Kaffeerösterei. Marie Diepensiefen zitterte am ganzen Leib und deutete auf eine zusammengesunkene Gestalt zwischen den Jutesäcken mit den brasilianischen Kaffeebohnen. »Da, da, da …« stotterte sie.

»Trio, oder?« sagte der Praktikant zu niemandem Bestimmten. Er interessierte sich für die Musik der Achtziger und nannte zu Hause schon eine beachtliche Vinyl-Sammlung sein eigen. Neugierig trat er näher.

Die Buchhalterin drehte sich um und barg ihren Kopf an der Brust des Praktikanten, der verlegen seine Arme um die ältere Frau legte und begütigend sagte: »Na, na, na.« Vorsichtig linste er über die ondulierten Haare von Frau Diepensiefen und versuchte, etwas im Halbdunkel zu erkennen. Plötzlich schaltete jemand die helle Deckenbeleuchtung ein, und er fuhr zusammen, woraufhin die Buchhalterin sich von ihm löste und aus der Halle rannte.

»Eins eins null«, rief sie laut. »Eins eins null. Ich erledige das.«

In der Tür kollidierte sie mit drei Packerinnen, die vom Lärm angelockt worden waren und nun, jeweils mit einer Hand über dem Mund, wie angewurzelt stehenblieben, als sie die Szene in sich aufgenommen hatten.

»Wer ist es denn?« fragte schließlich eine der drei Frauen und deutete auf die Leiche.

»Direktor Weyler«, sagte der Praktikant. Er war erfahrener Ego-Shooter. So schnell konnte ihn kein Toter aus dem Konzept bringen. »Kopfschuß. Vielleicht auch zwei. Nach meinem Dafürhalten jedenfalls.«

Eine der Packerinnen schluchzte auf und wischte sich mehrere Tränen aus den Augen.

Wahrscheinlich hat sie sich Hoffnungen gemacht, dachte der Praktikant. Junge mittellose Frau himmelt reichen Fabrikanten an und wird am Ende des Films von ihm erhört. Man liest das ja immer wieder. Daß er bei seinen Überlegungen verschiedene Genres durcheinanderwarf, störte ihn dabei nicht weiter.

»Was'n los?« fragte der untersetzte Mann, der gerade in die Halle gekommen war und sich an den Frauen vorbeidrängelte. Die Menge war inzwischen größer geworden; eigentlich war jede Art Abwechslung im eintönigen Packeralltag willkommen.

»Ey, Speedy«, sagte jemand zu ihm, »paß auf, wo du hintrittst!«

Ruben Gonzales richtete sich zu seiner vollen Größe von einem Meter fünfundsechzig auf und sagte: »Paß selber auf! Du stehst ja auch mitten im Weg. Und leg dich mit mir nicht an!« Befriedigt registrierte er, wie man ihm Platz machte. Vor der Leiche blieb er stehen. »Der ist tot«, sagte er fachmännisch. »Als ich noch in Kolumbien gearbeitet habe—«

»Kennen wir«, unterbrach ihn der Praktikant. »Du hast kistenweise weißes Pulver verpackt.«

Gonzales sah ihn empört an. »Du weißt gar nichts.«

Draußen war Sirenengeheul zu hören, und zwei Minuten später liefen zwei Streifenbeamte in die Halle. »Was'n los?« fragte der dickere der beiden.

»Ich mach das schon, Dieter«, sagte der jüngere Polizist.

»Okay, Roman, aber nur, weil du es bist.« Der Dicke machte bereitwillig Platz.

»Roman Roselski«, sagte der Jüngere. »Und das ist mein Kollege Dieter Derenthal.«

Der Praktikant verkniff sich ein Grinsen. »Zwei Rs, zwei Ds – R2D2« flüsterte er Gonzales ins Ohr, der seinerseits grinste und dabei eine Reihe fleckiger, vom Tabak geschädigter Zähne zeigte.

Roselski betrachtete den Toten und beugte sich dann über ihn. »Sieht nach einem Schuß aus nächster Nähe aus.«

»Das Blut ist schon eingetrocknet«, sagte der Praktikant. »Ich würde mal sagen, der Schuß ist vor etwa«, er sah auf die große Wanduhr über dem Eingangstor, die acht Uhr zwanzig anzeigte, »zwölf Stunden abgegeben worden. Kann man am Rot der Wundränder sehen.« Er nickte energisch, wie um seinen Worten Nachdruck zu verleihen.

Derenthal sah ihn überrascht an. »Sind Sie vom Fach?«

»Nicht direkt«, antwortete der junge Mann. »Grand Theft Auto.«

Der dicke Polizist sah ihn verständnislos an. »Und das heißt?«

Roselski grinste. »Der junge Mann hat Erfahrung mit gewalttätigen Computerspielen.«

»Gewalttätig, naja«, sagte der Praktikant.

»Und jetzt?« Derenthal sah seinen Kollegen fragend an.

»*Clear the lobby!*« imitierte Roselski den Speaker des englischen Parlaments, auch mit der entsprechenden Lautstärke.

Derenthal, der kein ausländisches Fernsehen verfolgte, warf Roselski einen verständnislosen Blick zu.

»Los, los, Mann.« Manchmal wurde es dem jüngeren Beamten zu viel mit seinem Kollegen. »Räum mal die Halle.«

»Geht doch«, murmelte Derenthal. »Immer und überall alles auf Englisch … ts, ts. Der Deutsche redet deutsch.« Letzteres versickerte aber in seinem nicht vorhandenen Bart und war ohnehin nicht politisch gemeint. Dazu hatte der dicke Streifenbeamte eine viel zu exakte Meinung zu Zeitgenossen, die nicht nachdachten und nur mit Führer durch die Gegend laufen wollten. Er scheuchte die kleine Menge aus der Halle und befestigte dann ein polizeiliches Absperrband am offengebliebenen Tor. »Und jetzt?«

»Jetzt rufen wir Krüger an«, sagte Roselski. »Der wohnt doch hier um die Ecke. Er kann weitermachen. Und du bist exkulpiert.«

Derenthal schüttelte den Kopf. Irgendwann reichte es mit Fremdwörtern.

Krüger gähnte und streckte sich. Schon acht. Noch hatte er aber Zeit für ein kleines Frühstück mit Carmen und käme anschließend mit der Straßenbahn trotzdem pünktlich um neun ins Polizeipräsidium in Ramersdorf. Die morgendliche Besprechung, die allerdings gerade begonnen hatte, würde wie seit Tagen – oder waren es nicht schon Wochen? – unergiebig sein, so daß Walther »mit th« Langenargen, sein Chef, bestimmt darüber hinwegsehen würde, wenn er ihm sagte, daß er für einen alten Fall ins Bonner Stadtarchiv hatte fahren müssen. Notlügen seien erlaubt, das hatte zumindest Martin Luther gesagt, wenn das auch schon etwas länger her war.

Es duftete verheißungsvoll nach Kaffee, als Krüger sich an den neuen Eßtisch in der geräumigen Wohnküche setzte. Jetzt, wo sie zwei Stockwerke bewohnten, hatten sie endlich für ihren Lieblingsraum mehr Platz. Alle guten Feiern fanden ohnehin in der Nähe des Herdes statt. Eigentlich brauchte man nur eine gemütliche Küche und ein großes Bett zum Glücklichsein.

Carmen hatte Brötchen aufgebacken und reichte Krüger eines, das beim Durchschneiden noch dampfte. Sie fing seinen Blick auf und sagte: »Das heißt: Wir graben das Kriegsbeil aus.« Sie verfolgte die kleine Wolke, die sich bis zum Erreichen der Zimmerdecke längst aufgelöst hatte, und fügte hinzu: »Nein, warte, ich korrigiere: Wir haben den falschen Hasen von gestern unter die Erde gebracht.«

Krüger lachte. Eine Ehe war doch ganz nett, zumal er durchaus an der langen Leine gehalten wurde und immer wieder alleine unterwegs sein konnte oder im Wohnzimmer seinen Lieblingswhisky trinken durfte. Wobei er nicht Brief und Siegel für das liederliche Zusammenleben ohne Trauschein mit Carmen benötigte. Andererseits … Vielleicht sollte doch einmal *er* über einen Antrag nachdenken, ehe *sie* die Zeichen der Zeit erkannte und ihn entweder vor die Tür setzte – bei den modernen Frauen von heute wußte man ja nie – oder ihm ihrerseits mit einem eigenen Antrag zuvorkam. Und das paßte ja nun gar nicht, fand Krüger. Anträge waren etwas für wahre Männer, die sich trauten, sich trauen zu lassen.

Als er gerade zu seiner zweiten Tasse Kaffee greifen wollte, klingelte es an der Haustür Sturm. »Jaja«, sagte der Kommissar. »Immer sutje; ich komme ja.«

Ein zweites Sturmklingeln folgte.

Krüger ging zur Tür und öffnete. Etwas verständnislos studierte er das rote Gesicht von Dieter Derenthal, der nach Luft japste. »Wollen Sie nicht hereinkommen? Sie sehen ja völlig erledigt aus; dabei hat der Tag erst angefangen.«

»Sie ... müssen ... sofort ... kommen«, stieß der dicke Polizist hervor.

»Ich muß gar nichts«, sagte Krüger etwas schärfer als beabsichtigt.

»Doch.« Derenthal holte tief Luft. »Drüben, in der Kaffeerösterei.« Er schwieg und schien den Faden verloren zu haben.

»So«, sagte der Kommissar, »jetzt kommen Sie doch erst einmal herein, setzen sich und trinken ein Glas Wasser. Dann sehen wir weiter. In Ihrem jetzigen Zustand kann man ja gar nichts verstehen.« Er bugsierte Derenthal in die Küche, nötigte ihn auf einen Stuhl und ließ eiskaltes Wasser in ein Glas laufen. »Austrinken!«

Mit sinnvollen Befehlen war Derenthal schon immer gut klargekommen; dann mußte er nämlich nicht selbst denken. Er kam Krügers Aufforderung nach und leerte das Gefäß in einem Zug. Dann wischte er sich den Mund ab und sagte: »Tut mir leid, aber Aufregung – und gleichzeitig Sport – ist nichts mehr für mich.«

Krüger unterdrückte ein Grinsen. »Ihr Kollege hätte doch auch kommen können, oder?«

»Der hat schon die Spurensicherung verständigt und mit Ihrem Chef telefoniert.«

»Was ist denn eigentlich los?«

»Der Besitzer der Kaffeefirma ›Wwe. Arntz' Feine Kaffeebohnen‹ ist erschossen worden.«

Carmen hörte aufmerksam zu und fragte dann: »Und wo soll ich jetzt meinen Kaffee kaufen?«

Zwei Meisterschüsse

Bonn, April 2019. Krüger trank seinen Kaffee im Stehen aus. Beeilen mußte er sich nicht wirklich, da der Tote tot war und Derenthal nichts von Verdächtigen, die möglicherweise noch in der Nähe herumlungerten, gesagt hatte. Zusammen mit dem dicken Polizisten ging der Kommissar das kurze Stück am Poppelsdorfer Weiher entlang, überquerte die Kreuzung von Königstraße und Venusbergweg, passierte das »Bistrot Sud«, in dem er vor neun Jahren, als der Laden noch »Rietbrocks Weinhaus« hieß, den ersten Abend mit Carmen verbracht hatte, und betrat schließlich das Gelände der Kaffeerösterei. Er konnte nur einen kurzen Blick auf die schöne Gründerzeitfassade werfen, die mit ihren Spitzbogenfenstern eher an eine neugotische Kirche denn an eine Firma erinnerte, weil er sofort von Roselski in Beschlag genommen wurde.

»Es sieht übel aus«, sagte der Streifenpolizist.

»Geht es etwas genauer?«

»Na ja, der Tote. Und so.« Roselski verstummte. Er fühlte sich immer unsicher, wenn die Hierarchie in der Nähe war.

Krüger beschloß, sich selbst ein Bild zu verschaffen. »Führen Sie mich bitte zum Leichenfundort.«

Daß die Leute immer die Terminologie der Lehrbücher verwendeten, dachte Roselski. Andererseits – *Tatort* klang nach Sonntagabendfernsehen. Wahrscheinlich hatte der Kommissar mit seiner nüchternen Sprache recht. Gehorsam marschierte er vorweg und dirigierte Krüger durch ein im Originalzustand belassenes Kontor aus dem neunzehnten Jahrhundert – samt erhöhtem Podest für den Oberbuchhalter – und durch die Rösterei mit ihren großen Maschinen, die glänzten, als ob sie erst gestern montiert worden waren, bis zu einer kleineren Lagerhalle mit ihren Jutesäkken und einer hölzernen Lastenkarre.

Der Kommissar kam sich vor, als ob er in einem Industriemuseum gelandet wäre. Aber »Wwe. Arntz' Feine Kaffeebohnen«, eine Institution in der Südstadt seit 1837, die mehr oder minder unbeschadet zwei Weltkriege überstanden hatte, war höchst lebendig und bei den Bonnern, aber auch weit darüber hinaus, in ganz Deutschland, beliebt, der Kaffee hervorragend und die Preise fair. Auch er schätzte den Kaffee, den Carmen immer mal wieder im Werksverkauf erstand.

Also kein Museum.

Krüger schnupperte. Feinkostläden hatten es ihm schon immer angetan, und Kaffeeläden ganz besonders. Sie dufteten nämlich vielversprechend, anders als Teeläden, in denen man den Geruch des Tees erst wahrnahm, wenn man seine Nase tief in eine Dose mit den getrockneten, geschroteten Blättern steckte. Schon im Kontor roch es hier nach Kaffeeröstung: ein leichter Hauch von gebrannten Mandeln, ein oder zwei versehentlich zu schwarz getoastete Kaffeebohnen, heißer Zucker und die tatsächlich noch per Dampf betriebenen Maschinen. Und heißes Öl. Ihm lief das Wasser im Mund zusammen.

Vor der abgesperrten Halle warteten einige Angestellte gespannt darauf, wie es weiterging. Roselski zeigte auf den Praktikanten. »Der junge Mann ist der Meinung, daß der Tote schon seit gestern Abend, äh, tot ist.« Er wartete auf eine Reaktion seines Vorgesetzten.

Krüger aber nickte nur und näherte sich der Leiche.

Andreas Weyler war, wohl durch den Schuß bedingt, auf den Rücken gestürzt. Das Einschußloch befand sich in der linken Schläfe; die rechte Kopfhälfte war praktisch nicht mehr vorhanden, wie Krüger sah, als er sich vorsichtig über den Toten beugte. Wahrscheinlich hatte der Täter seine Patronen an der Spitze aufgebohrt, damit die Verletzung größer war. Wie hatte es im *Handbuch für Waffenkunde* geheißen? »Beim Einschlag in das Ziel pilzt die Geschoßspitze auf und zerlegt sich teilweise; dadurch wird die Energie sehr schnell abgegeben, und die Gefahr des Durchschlags durch das Zielmedium besteht nicht mehr.« Effiziente Arbeit, dachte er. Sieht nach einem Profi aus. Möglicherweise.

Am Tor entstand Unruhe, und Krüger drehte sich um.

»Wenn Sie mich bitte durchlassen wollen, damit ich meine Arbeit tun kann, oder?« Seine sonore Stimme verschaffte Professor Altendorf augenblicklich freie Bahn. Er bückte sich leicht, um unter dem Absperrband hindurchzutreten, und kam auf den Kommissar zu. »Herr Kriminalhauptkommissar, wie nett, Sie bei der Arbeit anzutreffen. Oder?«

Krüger war sich nie sicher, wieweit die Sätze des Bonner Rechtsmediziners reine Ironie waren. »Ganz meinerseits«, sagte er daher vorsichtig. »Sie kommen sogar persönlich!« Das war jetzt wieder stilistisch völlig mißglückt. *Unpersönlich* konnte man ja nicht kommen, außer vielleicht über Skype.

Altendorf überhörte Krügers Lapsus. »Es ist immer gut, regelmäßig selbst an der Verbrecherfront aufzutauchen, sonst verliert man den Bezug zur Realität.« Er trat an den Toten heran. »Hat schon jemand Bilder gemacht?« Er sah sich fragend um.

»Ich«, sagte der Praktikant, der, von der Hofseite kommend, unversehens hinter Krüger aufgetaucht war. Er hielt dem Kommissar sein Handy hin.

»Das geht ja nun gar nicht.« Krüger war wütend. »Und schon alles in die unsozialen Netzwerke hochgeladen, oder?«

Der Praktikant schüttelte den Kopf. »Dort treibe ich mich nicht herum. Facebook ist nur noch etwas für über Sechzigjährige«, er warf Krüger einen prüfenden Blick zu, »Instagram etwas für Kindergartenmütter, die die schönsten Kuchenbilder teilen wollen, Snapchat verstehe ich nicht, und Twitter … Wenn selbst die amerikanische Präsid-Ente dort ihren Müll absondert, ist das für mich ein Grund mehr, das Programm nicht zu benutzen.« Er zeigte auf sein Mobiltelefon. »Das hätte ich gerne zurück, wenn Sie's nicht mehr brauchen.«

Krüger hatte die Galerie-App des Smartphones aufgerufen und scrollte durch etwa zwanzig Fotos von der Leiche, der Halle und der Schaulustigen. Die Bilder waren von einer bemerkenswerten Qualität.

Der Praktikant sah, wie der Kommissar anerkennend nickte, und sagte bescheiden: »Huawei.«

»Gesundheit«, sagte Derenthal, der das Handy neidisch betrachtete.

Roselski grinste.

Zwei Männer von der Spurensicherung in weißen Ganzkörper-Overalls kamen in die Halle gelaufen. »Macht Platz. Weg da. Nicht so dicht an die Leiche. Ihr kontaminiert die gesamte Szenerie!«

Zweistimmig klangen die Sätze sogar musikalisch, dachte Krüger. Gehorsam trat er zur Seite, um Altendorf und die Leute von der KTU ihre Arbeit machen zu lassen.

Der Rechtsmediziner kniete sich hin und deutete auf das Einschußloch. Dann sagte er etwas zu den beiden Männern, die ihn überrascht ansahen. Einer der beiden holte aus dem mitgebrachten Koffer ein Vergrößerungsglas und reichte es Altendorf. Dieser wiederum hielt es über die linke Schläfe des Toten, angelte einen Kugelschreiber aus seiner Brusttasche und stellte augenscheinlich die Verlängerung des Schußkanals nach – aus dem Kopf der Leiche in die Luft davor. Fragend sah er auf.

»Könnte sein«, sagte schießlich einer der beiden weißgekleideten Techniker.

Altendorf erhob sich wieder und drehte sich dem Kommissar zu. »Sie haben zugesehen?«

Krüger nickte. »Aber nichts verstanden.«

»Lehrling und Meister«, sagte der Rechtsmediziner jovial. »Ich verstehe.« Er zwinkerte Krüger zu. »Wenn mich nicht alles täuscht, sind *zwei* Schüsse gefallen. Der zweite war so genau gezielt, daß er fast den gleichen Weg wie der erste genommen hat. Genaueres kann ich erst nach der Obduktion sagen. Sagen wir um drei?«

Der Kommissar überlegte, ob er blaß werden sollte, entschied sich aber dagegen. Ihm würde bestimmt etwas einfallen, um seine Teilnahme an der Leichenöffnung zu umgehen. Die Nummer mit Schneiders rechtzeitigem Telefonanruf, um ihn zu einem dringenden Fall dazuzuholen, also von der Obduktion wegzurufen, funktionierte ja nicht mehr; Altendorf hatte ihn schon beim zweiten Mal durchschaut. Hoffentlich kam er auf einen neuen Ausweg. Es gab keine Hilfe – wie immer im Leben.

»Ein Profi«, sagte Schneider, der so leise hinter Krüger getreten war, daß dieser zusammenfuhr.

»Mann, mich so zu erschrecken«, sagte der Kriminalhauptkommissar und legte die Hand auf seine Brust, dorthin, wo er das Herz vermutete. »Du bist bloß Kriminalkommissar. Du darfst das Leben deines Vorgesetzten nicht leichtfertig aufs Spiel setzen. Mein Herz arbeitet nach Carmens Kaffee heute morgen zu Hause und dem Kaffeeduft hier ohnehin schon auf Hochtouren.«

»Soll ich einen Stuhl holen?« fragte Altendorf. Sein Grinsen war nur noch als *dreckig* zu bezeichnen.

Der Duft der weiten Welt

Hamburg, März 1963. Claus Möller hatte die Nase gestrichen voll. Das war jetzt die zweite Abmahnung in dieser Woche gewesen, die ihm sein Vorgesetzter verpaßt hatte. Und dabei hatte er sich nichts zu Schulden kommen lassen; er war nur wieder zu spät zur Arbeit gelangt. Und erneut hatte es nicht an ihm gelegen: Die Werkshalle von Menck & Hambrock in Ottensen, in der er arbeitete, war fußläufig in gut zehn Minuten von der S-Bahn-Station Bahrenfeld zu erreichen. Wenn ihm allerdings die Bahn in Othmarschen, weil sie zu früh gekommen war, vor der Nase davonfuhr, war das nicht seine Schuld. Er hatte bei einem Freund übernachtet und den Weg zur Haltestelle unterschätzt. Claus war einundzwanzig Jahre alt und dachte, die Welt stünde ihm offen.

Wütend hatte er auf dem Absatz kehrtgemacht und das Gelände der Maschinenfabrik verlassen. Etwas Besseres als den Tod fände er überall – und wenn er bei der Beseitigung der vielen Trümmergrundstücke half, die noch immer das Stadtbild prägten. Seiner Meinung nach machte der Hamburger Senat immerhin das Beste aus der Situation und verschaffte durch den Bau von Sozialwohnungen Tausenden der ausgebombten Familien ein vernünftiges Dach über dem Kopf. Seine Mutter und er hatten Glück gehabt – sie wohnten in einem der neuen Mehrfamilienhäuser aus den fünfziger Jahren am Bahrenfelder Kirchenweg. Er sammelte seine Gedanken und sah sich um.

Nachdem er nur noch aus Ottensen weggewollt hatte und in die nächste Bahn eingestiegen war, war er inzwischen irgendwie am Hafen gelandet, seinem Lieblingsort in Hamburg, genauer gesagt: an der Speicherstadt. Schon am Baumwall konnte man in der Regel den frischen Wind genießen, und es roch nach Abenteuern. Von der Elbe wehte die vertraute Mischung zu ihm herüber: Motoröl und Brackwasser, der Rauch einiger kleinerer Dampfschiffe, außerdem Teer und Fischbrötchen. Er stutzte. Fischbrötchen?

Dann mußte er lachen, weil ein älterer Mann an der Backsteinmauer vor dem kleinen Binnenhafen lehnte und herzhaft in sein Mittagessen biß. Eine hungrige Möve hatte sich mit etwa anderthalb Metern Abstand zu ihm auf der Mauer niedergelassen und verfolgte wehmütig, wie das Brötchen immer kleiner wurde. Als es ganz verschwunden war, breitete sie die Flügel aus und flog Richtung Landungsbrücken davon. Fast schien es Claus, als habe sie zuvor noch mißbilligend den Kopf geschüttelt.

Ein Abenteuer, genau, das war es eigentlich. Einfach auf einem Schiff anheuern und nach Südamerika davonsegeln. Unter falscher Flagge sozusagen, denn seiner Mutter wollte er lieber nichts von seinen Sehnsüchten sagen und ihr schon gar nicht die Möglichkeit geben, ihn davon abzuhalten. Und dann darüber schreiben ... Wie Gorch Fock, der die Jahre seines kurzen Lebens mit der Abfassung von Seefahrtsgeschichten verbracht hatte. Oder Lieder dichten ... Musik war für Claus etwas, für das er viel zu wenig Zeit hatte. Aber wahrscheinlich hatte er für beides kein Talent. Seine Stimmung verdüsterte sich.

Vielleicht blieb er besser zu Hause. Mutter hatte schon genug durchgemacht in ihrem Leben: zuerst Kriegsbraut, dann – auf einem der wenigen Heimaturlaube ihres Mannes, bevor er wieder nach Rußland zurückbeordert worden war – werdende Mutter und schließlich Kriegswitwe, als ihr Mann bei der Schlacht um Stalingrad ums Leben kam. Frau Möller hatte nie wieder geheiratet.

Ohne es zu merken, stand der junge Mann inzwischen vor den hohen, aus braunen Backsteinen gemauerten Lagerhäusern auf Kehrwieder. Er war ein waschechter Hamburger und liebte die vielen sprechenden Namen der Stadt. Es war doch schön, sich auszumalen, wie in früheren Jahrhunderten – und heute wohl auch noch – die Matrosenliebchen an Kehrwieder den Seefahrern Glück und eine gute Heimkehr gewünscht hatten.

Wie üblich herrschte rege Geschäftigkeit vor der langen Häuserzeile. Stückgut wurde an langen Seilen, die aus den Außenwinden am Dachfirst herausliefen, in die Höhe gezogen und verschwand im Inneren der Lagerräume. Einige der großen Kisten trugen einen Aufdruck in englischer Sprache, einige waren französisch beschriftet und wieder andere schienen spanisch zu sein; jedenfalls hielt Claus sie dafür. Vor einem Handelskontor wurden gerade Jutesäcke mit einem dicken Hanftau umschlungen und dann zusammen an dem Transportseil befestigt. Wahrscheinlich Bohnen oder Tee, die von den Quartiersleuten verstaut werden würden.

Täuschte er sich oder bog gerade am Ende von Kehrwieder ein Pferdefuhrwerk auf die Brücke zum Sandtorkai? Claus war sich nicht sicher, da dieses alte Transportmittel allmählich aus der Stadt verschwand, aber es hatte schon sehr nach Hufen auf dem Kopfsteinpflaster geklungen.

Der junge Mann legte den Kopf in den Nacken und sah an den Backsteinfassaden hoch. Er hatte sich schon immer für Hamburgische Geschichte interessiert und manches Mal gewünscht, den Bau der »neuen« Speicherstadt Ende des neunzehnten Jahrhunderts miterlebt zu haben. Man mußte sich das mal vorstellen: erst einen ganzen Stadtteil abzureißen, um ihn danach – hochmodern – neu zu errichten. Und das Ganze obendrein auf den Inseln in der Norderelbe. Das hatte natürlich den Vorteil, daß die Warenanlieferungen auf der Rückseite der Speicher von den Fleets aus erfolgen konnten; ein pfiffiger Gedanke, wie Claus fand: Wasserstraßen *und* Steinstraßen zur Beförderung der Güter.

Die meisten Häuser der Speicherstadt umfaßten fünf Stockwerke und oft ein weiteres Geschoß unter dem Dach: die ersten beiden für die Kontorräume, darüber dann die Lageretagen. Und alles auf Pfählen im Untergrund der Fleetinseln. Innerhalb weniger Jahre hatte man die Speicher fertiggestellt, nachdem die alten, zum großen Teil noch mittelalterlichen Fachwerkhäuser beseitigt worden waren. Fertige Stahlskelette aus den Hochöfen des Ruhrgebiets hatten den Bau beschleunigt. Irgendwann war man trotzdem wieder zu Holzpfählen und Holzbalken zurückgekehrt, die einem Feuer länger standhalten konnten als Stahl. Und Wasser zum Löschen im Notfall gab es ja genug.

Irgendwo mitzubauen, das wäre auch ein schöner Beruf. Claus ging langsam weiter. Ein paarmal mußte er Schauerleuten ausweichen, die gerade ein kleineres Schiff im Binnenhafen entluden und Ballen auf einer Schulter zu einem Haus gegenüber schleppten. Die Sachen schienen schwer zu sein, denn regelmäßig nahmen die Männer ihre Schirmmützen ab und wischten sich über die Stirn.

Schließlich blieb er vor einem Gebäude stehen. Über dem doppelportaligen Haupteingang stand in goldenen Messingbuchstaben »Harry Petersen Kaffeeimport«. Am linken Torflügel aus poliertem schwarzen Holz war ein Stellenangebot befestigt: »Junger Mann für Lagerarbeiten und mehr gesucht. Bei Herrn Konrad (1. Stock) melden.« Die Tüchtigen werden schon Glück haben, dachte er, und stieß die Tür auf.

Konsul Petersen schob den Schreibtischstuhl zurück und stand aufgrund seines deutlich zu großen Bauches etwas mühsam auf. Er achtete nicht so sehr auf seine Figur, weil er gutes Essen liebte, was es ja endlich wieder gab. *Endlich* stimmte jedoch nicht so ganz; bereits seit Anfang der fünfziger Jahre ging es mit der deutschen Wirtschaft steil bergauf – wie auch mit seiner Firma. Er konnte sich mit seiner großen Kaffeerösterei alles leisten, was er wollte. Zuletzt hatte er vor drei Jahren in Blankenese eine prächtige Villa an der Elbchaussee gekauft. Geld war genug da.

Er trat ans Fenster und ließ das letzte Gespräch mit seinem Kompagnon Revue passieren. Andrea Russo war vor fünf Jahren im Rahmen des 1955 zwischen der Bundesrepublik und Italien geschlossenen Anwerbeabkommens zur Beschaffung ausländischer Arbeitskräfte als Hilfsarbeiter nach Hamburg gekommen und hatte sich über verschiedene Firmen hochgearbeitet. Vor vier Jahren war er mit einem großen Geldbetrag als Teilhaber in Petersens Firma eingestiegen. Russos Lebenslauf und seine Referenzen waren gut; und in Zeiten des deutschen Wirtschaftswunders war es leicht, rasch zu Geld zu kommen. Und er konnte arbeiten. Daß er darüber hinaus über ein großes Organisationstalent verfügte, war ein Glücksfall gewesen.

Fast schien es dem Konsul, als könne er sich beruhigt auf sein Altenteil zurückziehen, aber mit Mitte fünfzig fand er sich dafür doch noch zu jung.

Unten wurde gerade die Ladung eines kleinen Schiffes gelöscht, und die Arbeiter trugen Ballen ins Nachbarkontor. Petersen verfolgte den Weg eines jungen Mannes, der geistesabwesend durch das Treiben auf Kehrwieder strich und zweimal mit einem der Schauerleute zusammenstieß. Schließlich blieb er vor der Kafferösterei stehen und schien das von Herrn Konrad angebrachte Schild zu studieren. Der junge Mann sah nach oben, und Petersen trat einen Schritt zurück, um nicht als neugieriger Beobachter bemerkt zu werden. Kurz darauf ging er aber erneut ans Fenster.

Der junge Mann war verschwunden.

Über philanthropische Unternehmer

Bonn, April 2019. Hinnerk hatte bestens geschlafen. Über Airbnb hatte er sich noch von Hamburg aus ein unauffälliges Zimmer im zweiten Stock eines Hauses in der Friedrichstraße besorgt, so daß er mit falschem Namen und falscher Kreditkarte hatte buchen können und nicht nach seinem Ausweis gefragt wurde, wie es jetzt immer häufiger bei Übernachtungen in normalen Herbergen der Fall war. Außerdem besaß das Personal hinter der Empfangstheke eines Hotels meist ein gutes Gedächtnis, was das Aussehen einiger etwas aus dem Rahmen fallender Gäste anging. Und mit seiner Größe und den blonden Haaren war er schon auffällig. Anonym zu bleiben, war auf jeden Fall besser.

Der Hüne warf die Barbourjacke über und schloß die Zimmertür ab. Wie immer befestigte er ein längeres Haar zwischen Türwange und Türblatt, um ungebetene Gäste bei seiner Rückkehr feststellen zu können. Man mußte für alle Gelegenheiten gewappnet sein.

Gestern abend, nachdem er seinen kleinen Auftrag erledigt hatte, war ihm ein französischer Bäcker in der Nähe aufgefallen. Vielleicht gab es dort ein anständiges Frühstück.

Tatsächlich hatte das »C'est-la-vie« schon geöffnet. Mit einem Pain au chocolat, einem Croissant und einem großen Milchkaffee von der Theke machte Hinnerk es sich in einer Ecke bequem, von der aus er die Eingangstür unauffällig im Blick behalten konnte. Alte Angewohnheit; man mußte stets mit allem rechnen.

Auf seinem Handy studierte er den Bonner Stadtplan und legte sich im Geist den Fußweg zu seinem nächsten Auftragsort zurecht; die dazugehörige Adresse war heute morgen per SMS gekommen. Jetzt mußte er nur noch auf den Einsatzbefehl warten. Da er wie immer vorbereitet war – die Pistole war gereinigt, das Magazin vorhanden und das Handy aufgeladen –, konnte auch dieses Mal nichts schiefgehen.

Hinnerk sah seine Tätigkeit als ehrliche Arbeit an, die der Gemeinschaft zugute kam. Wer sich nicht an Regeln hielt, mußte bestraft werden. Das erledigte er, bislang stets zur Zufriedenheit seines Auftraggebers. *Gemeinschaft* verstand er allerdings als diejenige, der er und Onkel Alberto angehörten. Dennoch traf Marc Aurels Lebensmaxime, auf die er in einer Zeitschrift gestoßen war und die er ausgeschnitten zu Hause über sein Bett gehängt hatte, auch auf ihn zu: »Arbeite! Aber nicht wie ein Unglücklicher oder wie einer, der bewundert oder bemitleidet werden will. Arbeite oder ruhe, wie es das Beste für die Gemeinschaft ist.«

Hinnerk biß ein Stück vom Schokoladenmilchbrötchen ab und trank einen großen Schluck Kaffee. Er ließ sich noch einmal seinen gestrigen Einsatz durch den Kopf gehen. Bestimmt hatte man den Toten schon entdeckt. Die kleine Uhr auf seinem Handy zeigte 08:33 an. Schade, daß es noch keine App zum Abhören des Polizeifunks gab. Es war immer gut zu wissen, was der Gegner gerade machte. Aber ihn würden sie, wie sonst auch, nicht entdecken. Dafür war er einfach zu unauffällig. Selbst große Leute wurden übersehen, wenn sie es drauf anlegten, und unsichtbar zu werden – darin war er Meister. Nur in Hotels mußte man, wie gesagt, aufpassen.

Okay, noch der heutige Einsatz, und dann würde er wieder nach Hamburg zurückfahren. Vielleicht sogar per Flix-Train. Die Beschreibung der Reise in die alte Hansestadt auf der Seite des Unternehmens klang gemütlich: alte Waggons der Bundesbahn, Sechser-Abteile, Fenster, die sich öffnen ließen, nur wenige Haltepunkte unterwegs – Nostalgie war etwas, das Hinnerk schätzte. Spaßeshalber warf er einen Blick auf die Abfahrtszeiten des Zuges aus Köln: 15:01 Uhr, das konnte er sogar schaffen. Wenn die Einsatz-SMS rechtzeitig kam.

Schneider stand draußen vor der Lagerhalle und rauchte.

»Du wirst mir immer unsympathischer«, sagte Krüger. »Nicht nur, daß du dauernd deine Frauen wechselst, jetzt hast du auch noch eine neue Zigarettenmarke.« Er deutete auf den dunkelbraunen Glimmstengel.

»Zigarillo«, sagte Schneider. »Und du bist mal schön ruhig. Wenn ich dich an deine Zigarren erinnern darf ...«

»Das kann man beim besten Willen nicht als Rauchen bezeichnen, zweimal im Jahr. Und dann nur eine halbe. Und nur unter Zuhilfenahme von Rotwein. Oder Whisky. Und außerdem darf Carmen nicht dabei sein, weil sie sonst etwas von den Gefahren von Alkohol und Rauch sagt. Und ohne Carmen ist das Leben nur halb so schön. Also rauche ich nicht. Jedenfalls nicht richtig.«

Schneider sah seinen Freund etwas neidisch an. Eigentlich wäre er auch gerne fest liiert, nicht nur teilweise und das nur manchmal. Andererseits schien das Glück immer auf der anderen, nie auf der eigenen Straßenseite zu lauern. Um es zu erhaschen, mußte man die Straße überqueren. Er seufzte und warf den nur zu einem Drittel gerauchten Zigarillo auf den Boden. Mit der Fußspitze erstickte er die Glut.

»Das wird aber auf die Dauer teuer«, sagte der Praktikant und trat neben die beiden Kommissare. »Der schöne Zigarillo. Aber bei Ihrem Gehalt spielt das sicher keine Rolle.«

Krüger studierte das Gesicht des jungen Mannes, der für die Lagerhalle viel zu intelligent aussah. »Wie heißen Sie eigentlich?«

»Fabian. Fabian Schmücker.«

»Und was machen Sie beruflich?« fragte Schneider.

»Bohnen schleppen. Kaffeebohnen. Also braune. Nicht die blauen, die hier durch die Lüfte fliegen.«

Schneider lachte. »Aber hierhin zu passen scheinen Sie ja nicht.«

»Tue ich auch nicht wirklich«, sagte der junge Mann. »Ist nur ein Zubrot. Eigentlich studiere ich Psychologie. Sechstes Semester.«

»Sind Sie dann nicht bald fertig?« fragte Krüger. »Den Abschluß als Bachelor erhält man doch schon nach drei Jahren, oder?«

»Eigentlich ja, aber wir Psychologen studieren deutlich langsamer. Schließlich müssen wir lernen, die Menschen ganz zu durchschauen.« Er warf Schneider einen durchdringenden Blick zu.

Was kam jetzt? Der jüngere der beiden Kommissare fühlte sich sichtlich unwohl.

Krüger, der das Mienenspiel seines Freundes verfolgt hatte, grinste. Geschah ihm ganz recht, daß er auch einmal in die Defensive geriet.

»Sie machen einen etwas frustrierten Eindruck«, sagte Schmükker. Mit dem Fuß schob er den Zigarillo Richtung Schneider. »Das Teil qualmt noch.«

Der Kommissar nahm dieses Mal den Absatz seines Schuhs zu Hilfe und trat etwas harscher als beabsichtigt auf den Rest der Glut.

»Beruflich frustriert?« Der Praktikant schüttelte den Kopf und beantwortete die Frage selber. »Glaube ich nicht. Dafür sind Sie viel zu neugierig.« Er zeigte auf den kleinen Block in Schneiders linker Hand, auf dem dieser sich Notizen gemacht hatte. »Wahrscheinlich eher privat.« Er überlegte. »Soll ich raten?«

Krüger kam seinem Freund zu Hilfe. »Das reicht jetzt aber. Wir sind ja hier, um einen Mordfall aufzuklären, und nicht, um bei Ihnen auf der Couch zu liegen. Also: Was können Sie uns denn zu Ihrem Chef sagen?«

»Zu Herrn Weyler?« Schmücker überlegte. »Ausgesprochen beliebt war er bei den Angestellten. Hat sich um den ganzen Laden gekümmert, war immer auf dem Laufenden, was ich so in der kurzen Zeit, seit ich hier bin, mitbekommen habe, Einkauf, Verkauf, Buchhaltung, Personal – was so anlag. Als er hörte, daß ich Student bin, hat er zwei Euro pro Stunde draufgelegt und gesagt, er habe als Student auch immer zu kämpfen gehabt, er wisse noch sehr gut, wie es ihm damals gegangen sei.«

»Ein altruistischer Unternehmer, interessant«, sagte Schneider. »Ich dachte immer, alle Kapitalisten seien egoistisch.«

»Nicht alle«, sagte Krüger versonnen. Ihm fiel wieder ein, was seine Mutter über einen Hamburger Unternehmer gesagt hatte, der sich vorbildlich um seine Angestellten gekümmert hatte. *So'n netten Menschen war das.*

»War er verheiratet?« unterbrach Schneider seine Gedanken.

Der Praktikant schüttelte den Kopf. »Glaube ich nicht. Er besaß jedenfalls keinen Ehering, den er auch trug. Und ob er eine Freundin hatte?«

Der junge Mann dachte wirklich mit; Krüger war angenehm überrascht. Bei der Polizei wurden auch Psychologen gebraucht – mal sehen.

»Ich glaube nicht«, antwortete Schmücker sich erneut selbst. »Außerdem habe ich hier nie eine Frau gesehen, der man ansah, daß sie sich für Herrn Weyler interessierte. Jedenfalls keine seines Alters. Natürlich haben sich einige Angestellte Hoffnungen gemacht ...«

Der junge Mann beobachtete tatsächlich sehr genau, dachte Krüger; ich lasse ihn mal reden. Er nickte dem Praktikanten aufmunternd zu. »Jemand im Besonderen?«

»Frau Diepensiefen, die Buchhalterin, Anna Karenina, eine der Packerinnen, Frau Müller, die Sekretärin ...«

»Das sind schon sechs«, sagte Schneider, während er sich Notizen machte.

Krüger grinste, denn er glaubte zu wissen, was nun kam.

»Nein, nein«, sagte Schmücker. »Drei. Das andere war nur die jeweilige Funktion im Betrieb.«

»Man nennt es *Apposition*«, sagte der sprachverliebte Kriminalhauptkommissar. »Etwas Hinzugesetztes beschreibt das Substantiv näher.«

»Hast du eigentlich keine Arbeit in der Duden-Redaktion gefunden und mußtest deswegen zur Polizei?« fragte Schneider etwas spitz. Irgendwann *waret auch mal juut.*

»*Anna Karenina*«, sagte Krüger versonnen. »Eine starke Frau.«

»Kaum«, sagte der Praktikant. »Eher ein graues Mäuschen. Und an ihrem Deutsch arbeitet sie noch.«

»Es ist immer besser«, fügte der Kommissar hinzu, noch ganz in Gedanken, »beim Original zu bleiben.«

Schmücker grinste. »Also, nochmal zu den Frauen. Ich glaube nicht, daß da jemals etwas Ernsthaftes gewesen ist. Vor allem, warum sollte eine der drei ihren Chef umbringen, der doch immer nett war?«

»Vielleicht«, sagte Schneider langsam, »hat er einer die Ehe versprochen und sich dann für eine andere entschieden.«

»Könnte sein«, sagte Krüger. »Eines der beiden klassischen Mordmotive. Eifersucht.«

»Und das andere?« Der Praktikant sah ihn neugierig an.

Von der Welt weiß er doch noch nicht so viel, dachte Krüger. »Geld«, sagte er. »Eigentlich geht es immer um Geld. Wenn ich die Eifersucht aber nochmal aufgreifen darf: Ehe bedeutet auch Absicherung, in vielen Fällen. Und die Aussicht darauf dann plötzlich zu verlieren … Wir behalten das mal im Auge.«

»Apropos Geld«, sagte Schmücker. »Davon hat Herr Weyler wirklich genug gehabt. Jede Menge.«

Statussymbole

Bonn, April 2019. Hinnerk trat vor das französische Café und schaute die Einkaufsstraße entlang. Ein bißchen, aber nur ein ganz kleines bißchen sah es hier aus wie in Ottensen. Der Hamburger Stadtteil war in den letzten Jahren richtig *hip* geworden, mit Ausländern – beziehungsweise inzwischen längst Einheimischen –, die über Jahrzehnte die Rezepte ihrer heimatlichen Küche nicht verlernt hatten, mit alternativen kleinen Betrieben, die wieder alte Handwerkskünste beherrschten, und mit kleinen Restaurants, die bei warmem Wetter die Bewirtung auf den Bürgersteig verlagerten. Anders als im portugiesischen Viertel am Hafen war derlei südländische Lebensart in Ottensen noch nicht reglementiert – es gab keine vom Ordnungsamt gezogenen Linien, bis zu denen Tische und Stühle vor die Häuser gestellt werden konnten. Anarchie war sowieso besser, fand der Hüne. Und in der Bonner Friedrichstraße gab es ebenfalls Restaurants, deren Betrieb draußen stattfand, kleine Läden mit alternativem Handel, aber auch den üblichen Espressoshop und eine Eis-Manufaktur. Als ob nicht handgemachtes Eis sowieso am besten schmeckte. Zwei hübsche Studentinnen auf Fahrrädern umkurvten ihn, was Hinnerk zu spät anerkennend pfeifen ließ. Da waren sie nämlich längst außer Ruf- und Reichweite. Er sah auf die Uhr. Viertel vor zehn – Zeit, sein Ziel Ecke Quantiusstraße und Meckenheimer Allee, irgendwo hinter dem Bahnhof, in Ruhe zu erreichen. »Italienische Spezialitäten Contadino« würde sich nach seinem Besuch einen neuen Eigentümer suchen müssen. Wer nicht hören wollte, mußte fühlen. Jedenfalls ein letztes Mal.

»Wieso?« fragte Krüger. »Haben Sie das Geld gesehen?«

»Die Scheine gezählt?« sekundierte Schneider.

»Die Münzen gewogen?« fügte der Praktikant hinzu. »Oh, sorry, das ist mir so herausgerutscht. *Ich* soll ja antworten.«

Schneider grinste.

»Nein, habe ich nicht«, fuhr Schmücker fort. »Aber sein Vermögen war nicht zu übersehen: Ein Bugatti, mit dem Herr Weyler die paar Meter von seiner Villa an der Argelanderstraße bis zur Firma zurücklegte. Maßgeschneiderte Kleidung—«

»Woraus haben Sie das geschlossen?« unterbrach ihn Krüger.

»Hat mir Anna gesagt«, sagte Schmücker und wurde rot, als Schneider ihn fragend ansah. »Anna Karenina, die Packerin. Die weiß es wiederum von der Dame aus der Buchhaltung und die—«

»Hat die Belege sortiert«, sagte Schneider. »Ich kann es mir denken.«

»Was noch?« fragte Krüger.

»Ein Bündel Bargeld in der Hosentasche«, antwortete der Praktikant. »Hunderter, wenn ich mich nicht irre. Fünfhunderter nimmt ja keiner mehr. Damit bezahlte er manchmal Lieferanten, die noch spät am Nachmittag mit ihrer Ware ankamen, wenn die Buchhaltung schon Feierabend hat.«

Schneider machte sich Notizen.

Krüger nickte und versuchte, alles zu behalten, was ihm in den letzten Jahren eigentlich immer gut gelungen war. Nur in jüngster Vergangenheit ließ ihn manchmal sein Gedächtnis im Stich. Vielleicht mußte er einfach mehr Vitamine essen, wozu ihn Carmen immer nötigte. Broccoli und so. Dabei reichte ihm eigentlich immer Gemüse in flüssiger Form. Whisky nämlich. Der wurde doch aus Getreide hergestellt, oder? Oder war Getreide kein Gemüse? Komisch, wie sich Gedanken ineinander verhaken konnten und man auf das, worauf man hinauswollte, nicht mehr—

»He!« Schneider stupste ihn an. »Du schläfst. Hör doch mal zu.«

Auf seine alten Tage konnte Krüger immer noch rot werden. »Sir«, sagte er daher nur kurz.

»Und teure Urlaube«, referierte Schmücker gerade. »Wenn man das alles zusammenrechnet, guckt, wie oft Kaffee angeliefert und wie oft er, in welcher Form auch immer, wieder verkauft worden ist – dann kann die Firma gar nicht so viel abgeworfen haben, wie Weyler ausgegeben hat.«

Krüger betrachtete den Praktikanten nachdenklich. »Und was meinen Sie, woher …?« Den Rest des Satzes ließ er unausgesprochen, was schon oft beim Gegenüber zu einem verstärkten Mitteilungsbedürfnis geführt hatte.

»Eine Erbschaft, glaube ich. Weyler erwähnte mal etwas von einer reichen Tante in Bremen. Oder war es Hamburg?« Er kratzte sich an Kopf. »Kann auch Lübeck gewesen sein. Irgendwo im Norden jedenfalls.«

»Rostock«, mutmaßte Schneider. »Gibt's noch mehr Hansestädte?«

»Buxtehude«, sagte der Praktikant.

»Echt jetzt?« fragte Schneider.

»Hab ich mal gelesen.« Schmücker sah ihn triumphierend an. »In der *Encyclopædia britannica*.«

»Die haben Sie durchgelesen?« Schneider sah ihn bewunderd an.

»Könntet ihr mal aufhören?« Krüger hatte sein Dienstgesicht aufgesetzt, wie Schneider es nannte: zusammengezogene Augenbrauen, zwei senkrechte Striche auf der Stirn und heruntergezogene Mundwinkel. Besser, man stoppte dann sofort etwelchen Unsinn.

Der Praktikant hatte sowohl Krügers Miene als auch Schneiders Reaktion darauf mitbekommen. Leise sagte er: »Tut mir leid. Es stand bei Wikipedia.«

Schneider lachte.

Krüger behielt seinen ernsten Gesichtsausdruck bei und sagte: »Wahrscheinlich wissen wir morgen mehr. Falls Kauls neuer Computer funktioniert.«

Harald Kaul war der IT-Nerd im Polizeipräsidium. Er bekam immer alles heraus, ohne sich auch nur einen Zentimeter von seinem Bildschirm wegbewegen zu müssen. Darknet, Internet, Tor – alles stand seiner Fingerfertigkeit zu Diensten. Seit dem Fall der toten Professoren vor einigen Jahren hieß er bei seinen Kollegen *Harry Cool*, was ursprünglich nur der falschen Aussprache eines bei den damaligen Ermittlungen beteiligten Detective aus Oxford zu verdanken war.

»Okay«, sagte Schmücker und warf einen Blick auf seine Armbanduhr, die nicht ganz preiswert aussah. »'tschuldigung, aber ich muß weg. Vorlesung. Die Buchhaltung hat meine Kontaktdaten.« Früher hatte man eine Adresse, dachte Krüger. Das klang irgendwie ortsbezogener; heute war man nur noch digital aufzufinden.

»Hast du seine teure Uhr gesehen?« fragte Schneider. »Sah nach einer Patek Philippe aus. Woher er dafür wohl den Schotter hatte?«

Hinnerk studierte die zusammengeschraubte Eisentreppe zur Unterführung unter dem alten Bahnhof und fragte sich, wie um alles in der Welt man dieses gefährliche Provisorium überhaupt in Betrieb hatte nehmen können. In Hamburg gab es vernünftige Fußgängertunnels mit Betonstufen und Rolltreppen, aber hier in der Provinz? Genauso unverständlich war ihm die gerade entstehende neue Bebauung, die den Blick auf den wirklich hübschen Backsteinbahnhof verstellte, aus Blöcken bestand und einfach nur brutal aussah. Na ja, Altona war auch nicht viel besser; dort hatte man auf dem jüdischen Friedhof neben dem Bahnhof ein Kaufhaus errichtet. Stadtväter waren eben überall gleich.

Unten hatte man sich mehr Mühe gegeben; zumindest war die neue Ladenpassage schön hell, wenn auch noch einige Schaufenster mit Brettern vernagelt waren. Hinnerk war froh, als er auf der anderen Seite wieder ans Tageslicht kam; er konnte sich nicht vorstellen, sein Leben als Maulwurf zu verbringen, selbst wenn er damit seinen Lebensunterhalt verdiente. Da war ihm sein Beruf schon lieber. Manchmal hatte er überlegt, was er wohl auf eine Visitenkarte als Berufsangabe drucken lassen würde. *Private Investigations* klang nach Polizist im Ruhestand, fiel also aus. Außerdem unternahm er ja mehr, als nur zu ermitteln. Seine jeweilige Arbeit brachte er immer zu einem Abschluß. *Wir beenden, was Sie angefangen haben* kam auch nicht in Frage; das war ein Claim, kein Beruf. *Termingeschäfte aller Art* traf es wohl am besten. Vor allem steckte dort auch das Wort *terminieren* drin, allerdings so subtil, daß es nur ein Eingeweihter verstehen würde. Hinnerk grinste, während er einer Frau mit Kinderwagen auswich, die auf den gläsernen Fahrstuhl auf dem Bürgersteig zusteuerte, der nach unten zum U-Bahn-Schacht führte.

Gegenüber betraten gerade zwei Malergesellen das »Salönchen«, eine der zahllosen Kneipen, die man in allen Städten in Bahnhofsnähe antraf, wie Hinnerk fand. Der Alkoholpegel der Männer mußte wohl aufgefüllt werden, damit ihnen das Streichen der wenige Meter entfernten, eingerüsteten Fassade leichter fiel. Der Hüne schüttelte der Kopf. Alkohol gerne, manchmal auch ein Bier, in Hamburg natürlich außerdem der Hamburger Kümmel, aber nie vor oder während der Arbeit. Er benötigte eine ruhige Hand. Immer.

Die Schaufenster des Feinkostladens von Contadino an der Ecke zur Meckenheimer Allee waren gut gefüllt. Das Geschäft besaß drei Fenster mit Auslagen, die das Sortiment appetitlich aufbereitet anboten: Öl und Essig in allen Varianten und Preisklassen, Wurst, Käse, Nudeln – was immer aus der italienischen Küche der Käufer zum Leben benötigte. Hinnerk war der Meinung, daß wahres Essen nur südlich der Alpen zu bekommen war. Allerdings hatte er über die Jahre sein Herz durchaus für den Hamburger Labskaus erwärmen können. Im Norden war doch nicht alles schlecht. Und das Meeresgetier natürlich, das es in den diversen Fischbratküchen zu Hause gab.

Er stieß die Tür auf. Die geladene Pistole mit Schalldämpfer steckte in der rechten Jackentasche; seine Hand hielt sie fest, der Finger lag am Abzug.

Krüger hatte sein mobiles Hauptquartier ins »Lammé-Goedzak« verlegt. Der kleine Fußweg vom Tatort bis zur Ecke an der Argelanderstraße, an der das Restaurant lag, hatte ihm gut getan, wenn er auch etwas außer Atem angekommen war. Fit war etwas anderes, aber sobald man über vierzig war, mußte man sowieso mit allzu abrupten Bewegungen und sportlichen Exzessen aufpassen, wie er fand.

Die freundliche Inhaberin, die gerade selbst die Tische eindeckte, kannte den Kommissar und bot ihm einen Platz an, obwohl das Restaurant erst demnächst öffnen würde. »Setzen Sie sich mal an den großen Tisch, falls Sie noch Zeugen befragen wollen.« Ein mißglücktes Zwinkern folgte. »Sie sind ja schon zu zweit. Dann hat ja jeder nur die halbe Arbeit.«

Schneider verdrehte die Augen und folgte seinem Freund nach drinnen.

»Kaffee, die Herren?«

Krüger nickte. Nachdem er Platz genommen hatte, holte er sein kleines Moleskine-Notizbuch hervor und schlug es auf. Sorgfältig setzte er mit dem Füller in seiner kleinen Schrift den Titel auf eine neue Seite. *Mordkommission Anden* entzifferte Schneider, der dem Kriminalhauptkommissar gegenüber saß.

»Die sind wieder bei A«, sagte Krüger. »Hat Kaul vorhin gesagt. Er wollte nachher anrufen, um mich über seine Fundstücke im Internet zu informieren.«

»Anden und Kaffee paßt ja.« Schneider betrachtete gedankenverloren den großen, zu einer Blumenvase umfunktionierten Aschenbecher. »Die besten Dinge des Lebens verschwinden nach und nach.«

»Als nächstes ist wahrscheinlich der Alkohol dran.«

»Stimmt; einen Gemüsedrink können Sie bei uns schon bekommen«, sagte die Inhaberin, die den letzten Satz gehört hatte und gerade den Kaffee brachte. Sie deutete auf die Tassen. »Ich habe ihn etwas stärker gemacht. Tut Ihnen bestimmt gut.« Ein langer Blick auf Krüger folgte.

»Was für Gemüse?« fragte Schneider, der den Blick durchaus bemerkt hatte.

»Wollen Sie das wirklich wissen?« fragte sie spöttisch.

»Wollen wir nicht«, sagte Krüger. Er wartete, bis die Frau wieder hinter dem Tresen verschwunden war und Gläser in einen Schrank unter der Spüle einräumte. »Fassen wir mal zusammen, was wir bis jetzt wissen.«

Schneider schlug seinen Block auf und studierte seine fast unleserlichen Zeilen. »Der Tote heißt Andreas Weyler, ist 55 Jahre alt, geboren in Bonn, aufgewachsen in Bonn, Studium der Betriebswirtschaft in Bo—«

»Erzähl doch mal die wichtigen Dinge«, sagte Krüger. »Geld, Familie, du weißt schon, was.«

»Viel Geld, keine Familie.« Schneider grinste freundlich. »Dafür wohnt er mit zwei Studentinnen in einer weißen Gründerzeitvilla um die Ecke.«

»Eine *ménage-à-trois*?« Krüger war ehrlich erstaunt. Und ein bißchen neidisch. Zwei Studentinnen, lange Beine, kurze Röcke … Dann riß er sich zusammen. Etwas Besseres als Carmen konnte ihm nicht mehr passieren. Er schalt sich einen dummen alten Mann und wandte seine Aufmerksamkeit wieder seinem Freund zu.

»Glaube ich nicht. Die beiden Frauen bewohnen das Dachgeschoß, was Weyler wohl nur deswegen vermietet hat, damit das Haus nicht leer steht, wenn er auf einer seiner vielen Reisen ist.«

»Oder weil er der Studentenschaft bei der angespannten Wohnungssituation in unserer Stadt etwas Gutes tun wollte. Denk an den erhöhten Lohn des Praktikanten.«

Schneider nickte. »Ein Wohltäter. Weiter. Nach den ersten Befragungen scheint es in der Belegschaft kein Motiv für einen Mord an ihrem Chef zu geben. Warum sollten sie auch den Arbeitgeber umbringen?«

»Langeweile?« Die Bemerkung trug Krüger einen strafenden Blick ein.

»Etwas anders sieht es in der Nachbarschaft aus«, fuhr der jüngere der beiden Kommissare nach einem Blick auf seine Notizen fort. »Es hat wohl Spannungen im Viertel gegeben, als Weylers Expansionspläne bekannt geworden sind.«

Krüger horchte auf. »Hier ist doch alles so dicht bebaut, daß bis auf die Gärten nirgendwo mehr Platz für Neubauten ist.«

»Weyler wollte den Bebauungsplan ändern lassen, um so auf dem kleinen unbebauten Grundstück rechts des seinen an der Königstraße ein weiteres Lager errichten zu lassen. Nötige Änderungen im Stadtrat lassen sich oft durch entsprechende Zuwendungen an unverdächtige städtische Empfänger erreichen, zum Beispiel das Grünflächenamt, damit ein Park wieder hergerichtet werden kann, oder …« Schneider schwieg und überlegte.

»Das sagst du jetzt so. Hast du Beweise?«

»Nein, aber so läuft es doch. Jedenfalls sind eine ganze Menge Leute richtig sauer, daß die Bebauungsplanänderung auf der Tagesordnung der nächsten Sitzung des Stadtrats steht.«

Krüger überlegte. »Wenn der Urheber des Ärgers also nicht mehr da ist …«

»Bleibt alles, wie es ist.«

»Ein schönes Mordmotiv. Wer kümmert sich also um den Stadtrat?«

»Da reicht ein Interview mit einem der eingeweihteren Journalisten vom *General-Anzeiger.* Am besten fragen wir den amerikanischen Araber aus der Redaktion, Imad Torqua. Der heißt wirklich so. Er stammt aus Pennsylvanien, ist aber nach dem Studium hier hängengeblieben.«

Die Inhaberin kam erneut an den Tisch und stellte sich vor Krüger auf. Da er saß, befanden sich seine Augen in Höhe ihres ansehnlichen Busens. Er beugte sich wieder über seine Notizen und sagte von unten: »Danke, aber momentan brauchen wir nichts.«

»Eine kleine Stärkung? Die Küche hat gerade eine Quiche gebacken; ich kann Ihnen gerne ein Stück bringen. Eine Aufmerksamkeit des Hauses.«

Krüger schüttelte den Kopf, ohne wieder nach oben zu sehen. »Wirklich. Sehr nett. Aber: nein.«

Im Weggehen erhielt Schneider noch einen fragenden Blick der Frau, den er nicht deuten konnte. »Mann, die hat es ja auf dich abgesehen. Dabei bist du doch schon über fünfzig und sie noch nicht.«

»Reife Männer sind eben angesehen und ansehnlich«, sagte Krüger sinnierend und dachte an Carmen, die acht Jahre jünger war. Er war glücklich und brauchte keinerlei Zerstreuung. Abrupt fuhr er fort: »Und außerdem machen wir eine Haus-zu-Haus-Befragung in der Südstadt, oder?«

»Wir nicht. Habe ich aber schon veranlaßt. Derenthal und Roselski sind bereits unterwegs.« Schneider gluckste. »Wenn ich mir die beiden an den Haustüren vorstelle …«

Krüger sah ihn strafend an. »Du hättest mich ruhig vorab informieren können. Dann hätte ich—«

»Dasselbe getan, oder?«

»Lire?« Er konnte auch sarkastisch sein. »Oder doch Euro?«

»Bitte. Ich verspreche auch—«

»Nichts mehr.« Hinnerk zog die Pistole aus der Tasche und schoß zweimal. Die Schüsse folgten so schnell auf einander, daß Contadino, der sofort tot war, erst danach umkippte. Der Schütze lief um die Theke herum, zog das Geldbündel aus der Kitteltasche des Ermordeten, verstreute ein paar Scheine in der Theke, steckte den Rest ein und zog das Schlüsselbund von der Eingangstür ab. Dann drehte er das Schild hinter dem Türfenster auf *Geschlossen / Chiuso* und verließ den Laden, nicht ohne noch die Bonbons und den Schinken an sich genommen zu haben. Draußen schloß er ab und legte den Schlüsselbund auf den grauen Kasten der Telekom neben dem Geschäft. Zügig marschierte er die Quantiusstraße zurück zum Hauptbahnhof.

Derenthal wischte sich den Schweiß von der Stirn. Egal, ob es heiß war oder noch so kühl wie jetzt im April, er schwitzte immer.

»Du mußt bloß abnehmen«, sagte Roselski, der frisch und munter neben ihm ausschritt.

»Hör du bloß auf.« Derenthal zeigte anklagend auf ein kleines Bäuchlein, das sich unter Roselskis Poloshirt abzeichnete.

»Das ist für schlechte Zeiten«, sagte der jüngere der beiden Streifenpolizisten. »Etwas Fett braucht jeder Mann. Sagt jedenfalls mein Physiotherapeut. Ich bin schlank genug.«

Derenthal schwieg lieber, weil ihm keine sinnvolle Entgegnung auf die Tatsache einfiel, daß sein Kollege anscheinend regelmäßig Sport betrieb.

Die Häuser in der Königstraße hatten sie bereits abgeklappert, jedenfalls in dem Abschnitt, in dem die Kaffeerösterei lag. Niemand hatte etwas Ungewöhnliches gesehen oder gehört, das sich zur Tatzeit gestern abend ereignet haben könnte.

Roselski bog um die Ecke und ging zur Haustür eines der großen gründerzeitlichen Reihenhäuser in der Argelanderstraße. Eigentlich mochte er das Zuckerbäckerwerk der Fassaden, wie

Krüger es mal genannt hatte, nicht besonders. Ihm waren zu viele Spielereien dran: Balkons, die vorne eine Reihe Säulen aufwiesen, statt normal hochgemauert zu sein, kleinteilige Fenster mit zig Längs- und Querstreben, Köpfe griechischer Helden als Schmuck, Blumenmuster und so weiter. Und stets waren die Fassaden bunt gestrichen. Rolselski schätzte eine einfache, glatte Häuserwand in Weiß entschieden mehr. Er klingelte.

Sein dicker Kollege trat schnaufend neben ihn. Er pfiff lautstark Dave Edmunds' *I hear you knocking*, was es nicht ganz traf.

Nichts tat sich. Roselski sah auf seine Armbanduhr, wartete exakt eine Minute und klingelte erneut.

Schließlich öffnete eine alte Frau und sah die beiden Polizisten fragend an. »Was wollen Sie? Ich hab doch schon vor Weihnachten gespendet. Oder war das vor Nikolaus gewesen?« Sie fixierte über die Köpfe der beiden hinweg eine Stelle auf der anderen Straßenseite.

»Wir sind von der Polizei, gnädige Frau«, sagte Roselski.

Wer sagte denn heutzutage noch *gnädige Frau*, fragte sich Derenthal. Nur weil der Kollege das vor Jahren mal gelernt hatte, war es heute doch nicht mehr unbedingt richtig. *Hallo* hätte doch vollkommen gereicht.

»Das ist natürlich etwas anderes«, sagte die Anwohnerin, als klar war, daß kein Geld von ihr erwartet wurde. »Wollen Sie nicht hereinkommen?«

»Nein«, sagte Roselski. »Wir müssen nämlich noch wei—«

»Ja«, unterbrach ihn Derenthal, der auf einen Stuhl und eine Verschnaufpause spekulierte.

»Treten Sie bitte ein.« Sie drehte sich um und ging durch einen kleinen Flur in ein der Haustür gegenüberliegendes großes Wohnzimmer, das auf einen kleinen, sehr gepflegten Garten hinausblickte.

Roselski warf einen Blick auf das Klingelschild, bevor er der Dame folgte. *Von Eynatten* las er. Derenthal erhielt einen Ellbogenstoß in die Seite, um auch den Namen zu lesen.

»Kaffee?« Frau von Eynatten machte keine großen Worte.

»Gerne«, antwortete Roselski für beide.

Derenthal war so beeindruckt vom Interieur, daß er gar nichts zu sagen wagte. Es sah aus wie in einem teuren Antiquitätenladen oder wie in jeder Adelswohnung: Ein altes Biedermeiersofa stand mit dem Rücken zur Tür, ihm gegenüber zwei Sessel mit gleichem Blumenmusterbezug. An der Wand hingen drei großformatige Ölgemälde, die Herren in Uniform und eine Jagdszene zeigten. Eine andere Wand war mit Bücherregalen vollgestellt, Romane und Bildbände, wie Roselski sah, der nähergetreten war und die Buchrücken las. Außerdem Militärgeschichte.

Die Dame des Hauses kam mit einem Tablett wieder, auf dem drei Kaffeebecher, eine silberne Zuckerdose und ein ebensolches Milchkännchen standen. Sie stellte beides auf dem Glastisch vor dem Sofa ab und bot den Polizisten einen Platz an. Als alle saßen, fragte sie: »Was kann ich denn für Sie tun?«

Derenthal verfolgte durch das große Terrassenfenster den Flug einer Taube, die sich schließlich auf einem Gartenstuhl niederließ. Leise pfiff er Creedence Clearwater Revivals *Lookin' Out My Back Door*, bis er von seinem Kollegen einen Stups erhielt.

Roselski sah sich um. »Ein schönes Wohnzimmer haben Sie, Frau von Eynatten.«

Derenthal war sich nicht sicher, ob die Dame gegenüber, die kerzengrade auf dem Sofa saß, Schleimpunkte verteilte.

Sie seufzte. »Wenn Sie wüßten, was meiner Familie mal alles gehört hat: Ländereien, Häuser, ein Schloß – alles untergegangen.«

»War wahrscheinlich ein Wasserschloß«, sagte Derenthal leise mehr zu sich selbst.

Roselski sagte hastig: »Wir sind hier, weil wir Informationen über Andreas Weyler, den Besitzer der Kaffeerösterei nebenan, benötigen.«

»Was ist denn passiert? Die Polizeiautos habe ich ja schon bemerkt.«

Derenthal sagte es ihr.

»Der arme Mann.« Gedankenverloren nippte Frau von Eynatten an ihrem Kaffee. »Aber ich habe mir schon gedacht, daß es mal kein gutes Ende mit ihm nimmt.«

»Wie kommen Sie darauf?«

»Nun, teure Autos, eine bestgekleidete Freundin, die Firma, sein Wohnhaus – das alles kostet Geld. Und ich kann mir nicht vorstellen, daß die Leute so viel Kaffee trinken, daß er davon leben kann.«

»Pro Kopf verbraucht der Deutsche fast sechs Kilo Kaffee im Jahr.« Roselski hatte sich mit der Frau von der Buchhaltung unterhalten und eine kleine Broschüre bekommen, die neben der Firmengeschichte auch Statistiken enthielt.

»Bei dreihunderttausend Einwohnern in Bonn sind das eintausendachthundert Tonnen Kaffee, die Weyler im Jahr verkauft.« Kopfrechnen beherrschte Derenthal, wie alle Vertreter seiner Generation.

Frau von Eynatten sah ihn strafend an. »Sie können aber nicht die Babys und Kleinkinder mitrechnen.«

Roselski grinste. »Nun ja, wenn wir die abziehen, bleibt es trotzdem bei dieser Mindestzahl – Weyler wird schon in Gesamtdeutschland Kaffee vertrieben haben und nicht bloß in Bonn.«

»Wie dem auch sei«, die Dame des Hauses änderte ihre einmal gefaßte Meinung nicht, »ich denke nicht, daß das Geld für seinen Lebensstil gereicht hat. Vielleicht hat er ja einen stillen Teilhaber gehabt.«

»Wissen Sie mehr darüber?«

»Nur, daß manchmal ein dunkelblauer BMW mit Hamburger Kennzeichen vor der Firma stand.«

»Ist doch logisch.« Derenthal war zufrieden, daß er auch einmal mit einer Information zur Unterhaltung beitragen konnte. »Der Kaffee wird doch über Hamburg importiert. War wahrscheinlich ein Geschäftspartner.«

Roselski überging die Bemerkung seines Kollegen. »Haben Sie den Fahrer denn mal gesehen?«

Frau von Eynatten schüttelte den Kopf. »Nie.«

»Wissen Sie etwas über Weylers Baupläne?« Derenthal sah sie gespannt an.

»Nur, daß er sein Lager nach rechts erweitern wollte, teilweise in unsere Gärten hinein. Aber es ging ihm nur um zwei, drei Meter auf den Nachbargrundstücken.«

»Waren Sie denn bereit, ihm ein paar Quadratmeter abzugeben?« Roselski machte sich Notizen.

»Schon, aber die Nachbarn nicht. *Mir* wird ja die Gartenarbeit immer schwerer.«

»Also ging es um Weyler und Sie gegen die Nachbarn?«

»Eigentlich nur gegen einen einzigen. Den anderen war das Ganze egal.«

»Wie heißt er denn, der Nachbar?«

»Diepensiefen. Der Bruder der Buchhalterin in Weylers Firma.«

Keiner wäscht reiner

Bonn, April 2019. Wie üblich meldete sich Krügers Mobiltelefon mit den Klängen von Geige und Schlagzeug. Das Wort *Handy* versuchte er nach Möglichkeit zu vermeiden, weil er es falsch und albern fand. Und Telefon altmodisch und korrekt mit *ph* zu schreiben, sah entschieden besser aus als mit ohne. Vor allem konterkarierte er damit die Möglichkeiten dieser technischen Errungenschaft, bei der das gesamte Wissen der Welt samt Bildern und Tönen jederzeit zur Verfügung stand und auf die nur ein Kunstwort des einundzwanzigsten Jahrhunderts paßte.

Miss Marple krächzte etwas, jedenfalls die Titelmelodie der Filme, was an der Tatsache lag, daß Carmen das Handy versehentlich einmal mitgewaschen hatte. Der Buchstabe *e* bei der Abfassung einer SMS ging seitdem nicht mehr, was Krüger jedes Mal an Georges Perecs Roman *Anton Voyls Fortgang* erinnerte, der vollständig ohne das E ausgekommen war, im französischen Original wie in der deutschen Übersetzung.

»Ja, ich bin's«, sagte er etwas genervt.

Seine Kollegen, die wußten, wen sie anriefen, trieben ihn seit Jahren mit der Anfangsfrage eines Anrufs – »Krüger, bist du's?« – zur Weißglut.

»Also, hast du etwas herausgefunden?« fragte er. Er hörte zu und schrieb mit der Rechten einige präzise Stichworte mit. Danach steckte er das Handy wieder ein.

Schneider hatte die über den Lautsprecher des Telefons gut zu vernehmende Stimme sofort erkannt. »Helfen hier Haralds heutige Herausfindungen?« fragte er gestelzt, um mit dieser sprachlichen Volte Krüger eine Freude zu machen.

Sein Freund jedoch konnte durchaus Blicke abfeuern, die einen Stapel Papier in Brand setzen würden. »Überlaß mal die *guten* Alliterationen den Fachleuten, Carmen als studierter Germanistin zum Beispiel. Um deine Frage zu beantworten: Hat er. Kaul findet immer etwas.« Er schwieg und trank einen großen Schluck aus der inzwischen zweiten Tasse Kaffee im »Lammé-Goedzak«. Das Herz mußte da durch, fand er. Man wuchs an seinen Herausforderungen.

Das alte Spiel mit Kunstpausen langweilte Schneider schon längst. Er sagte gar nichts, sondern wartete einfach. Irgendwann würde sein Freund wohl weiterreden.

Krüger aber füllte Zeile um Zeile im Notizbuch. Dann sah er auf und sagte: »Fünf Worte mit h hintereinander – das geht gar nicht. *Haben hässliche Hasen Haßgefühle?* Das ist ja noch einigermaßen sinnvoll, aber …« Er verstummte und sah an die Decke des Restaurants. »Warte mal.« Gedankenverloren steckte er die Kappe des Füllers in einen Mundwinkel und begann, darauf herumzukauen. Schließlich nahm er sie wieder heraus und fuhr fort. »Bei *häßliche Hasen* fällt mir die Buchhalterin—«

»Na, na«, sagte Schneider. »Das kannst du heutzutage nicht mehr sagen und denken schon gar nicht. Genderbashing und so.«

»Ich wollte dir nur meinen Einfall erklären«, verteidigte sich der Kriminalhauptkommissar und redete sich in Fahrt. »Versteh doch, wenn irgendeine der Frauen aus der Firma sich Hoffnungen auf einen Statuswechsel gemacht hat, indem sie zur Frau Weyler avanciert wäre, und wenn diese Hoffnungen sich in Staub aufgelöst hätten, sobald Weyler eine Freundin gehabt hätte, deren Existenz er der Firma verschwiegen hätte, und wenn—«

»Was ist das denn für ein Satz?« unterbrach ihn sein Freund ein zweites Mal. »Viel zu verschachtelt. Ihr Hamburger macht doch sonst nicht so viele Worte.«

Krüger lachte. »Du weißt doch, was ich meine. Mordmotiv. Eifersucht. Haß.«

»Ein-Wort-Sätze sind auch nicht besser.«

»Ich springe jetzt mal über meinen Schatten.«

Schneider sah seinen Freund neugierig an.

»Ich werde ab sofort für den Rest der Ermittlungen Grammatik-, Stil- und Ausdrucksfragen, die sich am Rande der Duden-Legalität und um mich herum bewegen, großzügig ignorieren und mich zur Gänze auf die Festnahme des Täters konzentrieren. *D'accord*?«

Der jüngere Kommissar nickte etwas nachlässig. »Das hast du die letzten drei Jahre in regelmäßigen Abständen auch gesagt. Und was ist passiert? Gar nichts. Du kannst einfach nicht hinter dem Berg halten mit deinen grammatikalen Kenntnissen.«

»Lassen wir das mal. Wir sollten uns auf das weibliche Umfeld des Täters konzentrieren. Möglicherweise werden wir dort fündig.«

»Und wenn er die Vertreter des schönen Geschlechts nur als Alibi benutzt hat und in Wirklichkeit schwul war?«

Sein Chef war auch schon mal netter gewesen. Kaul starrte das Telefon an, bevor er es in die Halterung zurücksteckte. Dabei hatte er, der beste Computerfachmann im Polizeipräsidium – ab und zu konnte man sein Licht auch unter dem Scheffel hervorholen, fand er –, tatsächlich rasch wichtige Informationen zusammentragen können, wobei ihm wie immer die Trias aus Darknet, Internet und Tor bereitwillig zu Diensten gewesen war.

Andreas Weyler besaß wirklich eine Menge Geld, sorgfältig verteilt auf diverse Konten – ein paar in Deutschland, zwei in der Schweiz und ein besonders dickes sogar auf St. Lucia. Kaul hatte nachschlagen müssen: Die Insel lag in der Karibik und war bei Kreuzfahrtreedereien beliebt. Moment mal. Kreuzfahrten? Da war doch was gewesen. Er klickte sich durch einige Seiten auf dem Bildschirm, bis er das fand, wonach er gesucht hatte. Interessant. Das Schiff mit dem bescheuerten Namen *AIDAperla* fuhr von Hamburg in die Karibik und steuerte dabei, für einige Reiseteilnehmer bestimmt wichtig, die eine oder andere kleine Steueroase an.

Kaul klickte weiter und überflog die Zahlen auf Weylers Bonner Bankkonto. Hatte ihn seine Erinnerung doch nicht getrogen: Der Mann war doch tatsächlich inzwischen zweimal, 2012 und 2018, mit dem besagten Dampfer unterwegs gewesen und hatte St. Lucia besucht.

Aber wo hatte Weyler das viele Geld denn her? Zwei Komma drei Millionen lautete der letzte Saldo auf einem Konto. *Haben* natürlich, nicht *Soll*.

Nach einer weiteren halben Stunde gab Kaul auf, jedenfalls fürs erste. Weylers Konten wiesen ein Knäuel aus Bankverbindungen in alle Himmelsrichtungen und in aller Herren Länder auf – nun, nicht ganz, zumindest in mehrere Länder –, das auf Anhieb nicht zu durchschauen war. Die meisten Bewegungen trugen den Vermerk *Wareneinkauf*. Daß Kaffee aber beispielsweise in Rumänien angebaut wurde, war Kaul neu.

»Das riecht nach Geldwäsche«, sagte Schneider, der inzwischen den Inhalt von Kauls Anruf mit seinem Freund besprach.

»Da kann gar nichts mehr riechen«, widersprach Krüger, »falls das Geld ordentlich gewaschen worden ist.«

»Krüger!« Auch Schneider konnte drohend gucken. »Er kann's nicht lassen, oder? Eben hast du noch gesagt—«

»Wirklich, Markus, mich mittels Filmtiteln zu diskreditieren. Ich hätte Besseres erwartet. Außerdem habe ich mich weder stilistisch, noch grammatisch, noch orthographisch geäußert. Versprochen ist versprochen.«

»Ich rede im Fortgang unserer Ermittlungen nur noch mit dir, wenn du von allem Unsinn abläßt.«

»Well, I'll do my very best.«

Wider Willen mußte Schneider doch lachen. Dann wurde er wieder ernst. »Wenn wir es tatsächlich mit Geldwäsche zu tun haben, dann können die Kollegen vom KK 22 aber ihre Wochenenden vergessen.«

»Und die vom KK 21 auch.«

»Meinst du denn, daß die Mafia mit im Spiel ist, wir es also mit organisierter Kriminalität zu tun bekommen, wenn wir weiterforschen?«

»Keine Ahnung. Aber es sieht doch danach aus, oder?«

»Du meinst, wegen der Geldbeträge auf Weylers Konto?«

Krüger nickte. »Und mit Kaffee hat die Mafia sicher auch zu tun. Denk nur mal an die vielen Espressi, die sie jeden Morgen ausschenkt.«

»Du hörst einfach nicht auf, oder?« Schneider stand auf. »Ich gehe jetzt und tue noch etwas Sinnvolles.« Der Kriminalkommissar warf seinem Freund einen etwas verärgerten Blick zu und verließ das Lokal.

Krüger starrte ihm verblüfft nach.

Carmen hatte bereits den Tisch gedeckt, als der Kommissar nach Hause kam, etwas stiller als sonst, seine Lederjacke schief über einen der Küchenstühle hängte, wortlos ins Wohnzimmer ging und den Whisky aus der Bar holte. Mit zwei Fingerbreit setzte er sich auf seine Seite des Sofas und griff nach dem *Guardian*, den sich seine Freundin luxuriöserweise hielt. Die Titelseite beschäftigte sich mit einer weiteren Abstimmungsniederlage der Premierministerin im Parlament und hob die besondere Rolle hervor, die dem Sprecher des Unterhauses dabei zugekommen war. Krüger wünschte sich manchmal auch einen Speaker in seinem Leben, der mittels »*Order.* [Pause] *Order!*« jeden zur Räson bringen konnte.

»Welche Laus ist dir denn über die Leber gelaufen?« Carmen betrachtete ihn mitfühlend.

Krüger täuschte sich vielleicht aber auch. Wahrscheinlich war das nur die Ruhe vor der nächsten Breitseite.

Sie fixierte sein Glas. »Wolltest du sie ertränken? Die Laus, meine ich.«

Seine Laune besserte sich mit jedem ihrer Sätze. Zu zweit zu sein war doch etwas Feines. Und Breitseiten von Carmen lohnten sich, sprachlich wie inhaltlich.

Der Kommissar berichtete von dem Mord an dem Inhaber der Kaffeerösterei, vom Praktikanten und von den anstrengenden Befragungen der Angestellten. Den Besuch im »Lammé-Goedzak« ließ er lieber weg. Dann gähnte er plötzlich.

»Wieder nur Kaffee tagsüber, stimmt's?«

Krüger nickte nur.

»Ich hab schon mal einen Salat gemacht. Dazu gibt's Baguette. Ist alles fertig.«

Hungrig, wie er gerade war, würde Krüger alles essen, auch Carmens Vitamine, die sich merkwürdigerweise immer nur in Salaten und anderem Grünzeug aufhielten.

Beim Essen referierte seine Freundin ihren Tag im Sekretariat der Evangelisch-Theologischen Fakultät der Bonner Universität, ein Tag wie jeder andere.

Ihr Freund war aber mit seinen Gedanken woanders. Unvermittelt holte er sein Notizbuch hervor und blätterte, bis er das Gesuchte fand. Dann fragte er: »Wenn du eine Menge unredlich erworbenes Geld besäßest, wo würdest du es aufheben?«

Carmen legte ihren Kopf schief. »Geld? Natürlich in der Karibik. Also nicht im Wasser, sondern—«

»Schon klar. Würdest du es auf ein dortiges Konto überweisen?«

»Nee, würde ich nicht. Dann könnte man die Transaktion doch rückverfolgen, oder?«

»Könnte man.«

»Ich würde es wahrscheinlich in bar dorthin bringen.«

Krüger notierte sich etwas.

»Und ich hätte es mir zuvor in bar geben lassen. Wegen Rückverfolgen und so.«

Die nächste Zeile folgte.

»Wenn ihr aber Kontenbewegungen in die Karibik findet, würde ich den Geldtransfer heutzutage für legal halten. So blöd ist doch niemand, daß er den Steuerfahndern ein offenes Scheunentor bietet. In der Karibik parkt doch jeder x-beliebige Strohkopf seinen Schotter.«

Carmen konnte Gedanken lesen, das wußte der Kommissar schon lange. Daher erstaunte es ihn auch nicht sonderlich, daß seine Freundin längst von Kauls Untersuchungsergebnissen wußte.

»Das heißt«, sie warf Krüger einen forschenden Blick zu, »ihr wißt von Geld und habt die Konten dazu?«

»Wissen wir und haben wir.«

»Hast du mal überprüft, ob der Röstereibesitzer alles nur geerbt hat?«

Krüger blickte überrascht auf. »Von Eltern oder anderen Erblassern war nirgends die Rede.« Sein Blick verlor sich wieder im Nirwana.

Carmen wußte, daß das ein wunder Punkt war, weshalb sie beschwichtigend eine Hand auf Krügers Unterarm legte.

Aber ihr Freund war heute nicht aus der Ruhe zu bringen. »Wie bei mir vaterlosem Gesellen«, sagte er nur. Nachdenklich sah er sie an. »Manchmal wüßte ich immer noch gerne, wer mein Vater gewesen ist. Mutter hat ja nie etwas gesagt.«

Genuß im Stil der neuen Zeit

Hamburg, März 1963. Im Lagerhaus roch es nach Kaffee, ein fast überwältigender Geruch, der alle anderen Sinne betäubte. Mit seiner Mutter trank Claus morgens immer Tee, aber vielleicht mußte er diese Gewohnheit nun ändern. Das Wasser lief ihm im Mund zusammen. Er sah sich um.

Große Kaffeesäcke verdeckten die Bodenfliesen mit ihren bunten Mustern. Eine Handkarre blockierte eine Tür mit dem Schriftzug *Registratur;* weiter hinten führte eine Treppe in den ersten Stock. Die Wände waren in einem hellen Braunton gestrichen; das untere, mit dunkelbraunen Holzbrettern vertäfelte Drittel glänzte matt. Zu sehen war niemand.

»Herr Konrad, 1. Stock« hatte es auf dem Schild geheißen. Claus nahm seinen Mut zusammen und betrat die unterste Treppenstufe, die leise knarrte. Langsam ging er nach oben.

Im ersten Geschoß sah es ähnlich nüchtern aus wie im Parterre: ein Holzfußboden, gedeckte Wandfarben, braune Türen, in die des Lichts für den Flur wegen Fenster eingelassen waren, ein großes Schwarzes Brett, auf dem neben einem Hinweis auf ein Orgelkonzert im Michel nur Aushänge der Firmenleitung befestigt waren, ein Rollwagen mit Aktenordnern, ein Schirmständer aus einem Elefantenfuß, der einen schwarzen Herrenschirm enthielt, ein—

»Kann ich dir helfen?«

Leise hatte sich hinter Claus eine Tür geöffnet. Erschrocken drehte er um, als wäre er ertappt worden, weil er sich hier nicht aufhalten dürfe. »Äh, ja, ich suche ..., Herr Konrad ...« Er stotterte und schwieg wieder, von sich selbst enttäuscht.

»Du hast das Schild unten gelesen, nicht wahr?« fragte der Herr. Er trug einen dunkelblauen Anzug mit Weste, aus deren rechter Seitentasche eine goldene Uhrkette zu einem der Knopflöcher führte. Seine Schuhe waren blank poliert.

Claus nickte. »Ich dachte, vielleicht …« Die imposante Gestalt seines Gegenübers schüchterte ihn ein. Wahrscheinlich hatte er sein Glück längst verspielt. Er riß sich zusammen. »Sie suchen jemanden für Lagerarbeiten, oder?«

»Die Firma, nicht ich persönlich. Wie heißt du denn?«

»Claus Möller.«

»Ein schöner Name«, sagte der Herr und streckte die Hand aus. »Petersen. Harry Petersen.«

Claus wurde blaß. Direkt dem Chef in die Arme zu laufen …

»Keine Sorge. Du siehst aus, als ob du arbeiten willst und nicht mußt, nur weil jemand aus deiner Familie denkt, du seiest für die ausgesuchte Arbeit geeignet. Was hast du denn bisher gemacht?«

Der junge Mann senkte seinen Blick. »Mittelschule. Und danach Menck & Hambrock«, sagte er sehr leise. Fast flüsterte er die Worte.

Petersen aber hatte gute Ohren. »Maschinen? Ottensen?«

»Ja.« Claus schaute noch immer nach unten.

»Und die haben dich entlassen?«

»So ähnlich.«

»Du brauchst vor mir keine Angst zu haben, nur weil ich der Inhaber dieser Firma bin.«

Claus hob seinen Kopf und sah in ein offenes, freundliches, leicht gerötetes Gesicht, das ihn interessiert betrachtete. Er nahm seinen ganzen Mut zusammen und schilderte die verpatzte Arbeitsaufnahme von heute morgen. »Das war wirklich Pech«, sagte er abschließend.

»Aber du bist schon mal zu spät gekommen, oder?«

»Ja.« Herrn Petersen schien man alles sagen zu können, ohne daß es einem zum Nachteil ausgelegt werden würde. »Zweimal.«

»Ein strenger Chef also.«

»Nur der Vorarbeiter.«

»Dort hat dir die Arbeit keinen Spaß gemacht?«

»Nicht wirklich. Man kam nie an die frische Luft, und der Lärm in der Maschinenhalle …«

Petersen sah ihn mitfühlend an. »Und du meinst, du kommst hier besser klar?«

»Bei Ihnen sicher.«

Petersen lachte. Es war ein offenes, ehrliches Lachen, das aus seinem runden Bauch kam und ansteckend klang.

Wider Erwarten lachte Claus auch.

»Gut«, sagte der Inhaber der Kaffeerösterei, »dann komm mal mit. Ich stelle dich Herrn Konrad vor.« Er dreht sich um und ging die wenigen Schritte bis zu einer Tür am Ende des Flurs. *Stellv. Geschäftsleitung* war an ihr zu lesen. Petersen klopfte und trat dann ein, ohne eine Antwort abzuwarten.

Claus folgte ihm.

Hinter einem breiten Schreibtisch saß ein kleiner Mann mit schütterem Haar. Er trug ein weißes Hemd unter einer dunkelgrauen Weste; ein Schlips fehlte. Die Ärmel waren hochgekrempelt und von schwarzen Ärmelhaltern umschlossen. Das vor ihm aufgeklappte große Buch legte er zur Seite, faltete die Hände zusammen und sagte nur: »Herr Petersen.«

Ein Blick folgte, dessen Inhalt Claus nicht zu definieren wußte. Unmut aufgrund der Störung? Ein wenig Neugier darüber, was der Chef wollte? Oder nur Rücksichtnahme, weil er eigentlich in seine Arbeit vertieft war, seinem Vorgesetzten gegenüber aber nicht unhöflich sein wollte?

»Ein neuer Mitarbeiter fürs Lager«, sagte Petersen. »Weisen Sie ihn bitte ein. Vor mir aus kann Claus Möller sofort anfangen.«

Die nächste Stunde verbrachte der junge Mann mit Herrn Konrad und seinen spartanischen Schilderungen des Kontoralltags. Manches Mal sah er ihn von der Seite an und versuchte, aus seinem Verhalten schlau zu werden. Konrad führte ihn durch alle Stockwerke, blieb aber einsilbig. Die Holzfußböden knarrten.

Fast auf allen »Böden«, wie die Stockwerke hießen, roch es nach Kaffee. In einem Raum wurden die gelieferten Kaffeebohnen im Rohzustand geprüft, in einem anderen lagen bereits fertig geröstete, in unterschiedlichen Brauntönen gefärbte Bohnen vor leeren Tassen; wahrscheinlich fanden hier Tests statt, um Qualität und Geschmacksrichtung für die Festlegung des Preises zu nutzen. Ein dritter Lagerraum war zur Gänze leer.

Herr Konrad kratzte sich am Kopf. »Das wollte ich dir eigentlich zeigen. Hier lagen gestern noch bunte Kaffeesäcke aus Guatemala mit südamerikanischen Urwaldmustern; wahrscheinlich hat Petersen sie wieder weggegeben.«

Claus versuchte sich vorzustellen, wie *Urwaldmuster* aussahen, scheiterte aber mangels Vorbilder. Außerdem irritierte ihn, daß Herr Konrad von »Petersen« gesprochen und das »Herr« einfach weggelassen hatte. So redete man eigentlich nicht von seinem Chef.

Schließlich schwirrte ihm der Kopf. Herr Konrad hatte ihn mit Fachausdrücken versorgt und ihm am Ende des Rundgangs ein schmales Buch in die Hand gedrückt, Söhns *Kleine Kaffee-Kunde*, das er bis morgen durchzulesen habe. Wahrscheinlich würde er ihm anschließend noch Fragen dazu stellen, dachte der junge Mann.

»Wenn du willst, darfst du auch noch einmal allein durchs Kontor gehen«, sagte Herr Konrad zum Abschied. »Nur der vierte Stock, den wir ja auch ausgespart haben, ist für dich tabu. Dort möchte ich dich nie antreffen!«

Claus wanderte fasziniert durch das Geschäftshaus. Vor allem überraschte ihn die Tatsache, daß das Gebäude auf der Rückseite am Kehrwiederfleet im Wasser zu stehen schien, aus jedem Fenster aufs Neue, obwohl er um die Insel wußte. Ob das Parterre bei Hochwasser im Wasser lag? Es war schon vernünftig, die kostbaren Waren erst ab dem ersten Stock aufwärts zu lagern.

Die Treppe in den vierten Stock war tatsächlich mit einer kleinen Messingkette abgesperrt. Was dort oben wohl sein mochte? Aber als Ehrenmann, als der er sich ansah, hielt er sich natürlich an die Ge- und Verbote im Haus.

Als er schließlich wieder auf dem Weg nach unten war, stieß er fast mit einem Lagerarbeiter zusammen, der schnaufend einen Sack nach oben schleppte, so daß sein Gesicht nicht zu erkennen war. »Soll ich mit anfassen?« fragte Claus neugierig. Vielleicht konnte er den ersten Tag in der Kaffeerösterei mit einem guten Werk abschließen.

»Kannst du gerne«, antwortete der Mann und ließ den Sack fast auf die Füße des neuen Mitarbeiters fallen.

Überrascht sah Claus ihn an. Der Lagerist war kaum älter als er. »Ich heiße Claus«, sagte er daher.

»Hans. Hans Schmidt.«

Die beiden jungen Männer waren fast gleich alt, wie sich rasch herausstellte. Hans arbeitete seit einem halben Jahr bei Petersen, der ihn ebenfalls von der Straße weg eingestellt hatte.

»Wohnst du denn hier auch?« Das Haus war schließlich groß genug, dachte Claus.

»Nee, in Bahrenfeld.«

»Wunderbar, ich auch; dann können wir ja morgens zusammen zur Arbeit fahren.«

Hans nickte. »Das machen wir.«

Claus wechselte abrupt das Thema. »Darfst *du* denn in den vierten Stock?«

»Nee, aber ich kriege noch raus, warum das verboten ist. Ich muß nur noch auf eine passende Gelegenheit warten.«

Die beiden trugen den Sack zusammen bis in den dritten Stock und gingen anschießend nach draußen, vor die große Eingangstür des Handelshauses.

»Kleine Pause«, sagte Hans und angelte eine Packung Zigaretten aus seiner Joppe. Er zog eine Lord Extra heraus und zündete sie mit einem Benzinfeuerzeug an. »Hab ich von meinem Onkel geerbt, der es von einem amerikanischen Soldaten bekommen hat. Auch eine?«

»Hast du nichts Stärkeres als diese Frauenzigarette?« fragte Claus. »Das soll der Genuß unserer Zeit sein?«

Er spielte auf die aktuelle Werbung an.

Hans lachte. »Nur weil da weniger Nikotin drin sein soll, machst du dich darüber lustig? Rauch ist Rauch.«

Claus schwieg betreten. Er war längst bei Gauloises gelandet, die man so schön im Mundwinkel hängen lassen konnte. Aber er wollte nicht unhöflich sein. »Ist schon in Ordnung. Ich möchte bitte auch eine.«

Die beiden rauchten und verfolgten eine junge Frau in einem dunkelblauen Kleid mit weißen Punkten, das allmählich aus der Mode kam. Aber sie sah hübsch aus, hatte einen forschen Gang und schien die Aufmerksamkeit des männlichen Teils der Bevölkerung zu genießen. Schließlich verschwand sie in einem der benachbarten Speicher.

Hans seufzte. »Wär doch schön, auch eine Herzdame zu haben.«

Claus pflichtete ihm bei. »Meine bisher einzige hat sich letztes Jahr lieber für einen Studenten entschieden.«

»Weißt du, unser Leben hat ja gerade erst angefangen«, sagte Hans. »Da kommen sicher noch einige flotte Bienen.«

So ging die unbeschwerte Unterhaltung noch einige Zeit weiter. Die beiden wußten nicht, daß einer von ihnen in wenigen Monaten sterben würde.

Ein Beruf ohne Stechuhr

Bonn, April 2019. Roselski marschierte entschlossen auf das nächste Haus in der Argelanderstraße zu, nachdem bei den vier letzten niemand aufgemacht hatte.

»Wir könnten doch dreimal klingeln und dann schnell weglaufen«, schlug Derenthal vor, der ihm hinterherschnaufte. »In der Regel geht dann ein Fenster oder die Haustür auf.«

»Ein Klingelstreich!« Roselski grinste. »Möchtest du tatsächlich weg*laufen*?«

Der dicke Polizist schwieg beleidigt.

Roselski stieg die drei Stufen zum Eingang hoch und betrachtete erstaunt ein neben den Klingeln angebrachtes Schild. *Zentrum für ambulante Reinkarnation* war zu lesen.

»Wahrscheinlich wieder ein religiöses Unternehmen«, sagte Derenthal, »das wie die katholische Kirche nur dazu da ist, anderen Leuten das Geld aus der Tasche zu ziehen.« Er sah finster aus. Seine erste Frau war Pastoralreferentin geworden und hatte ihn irgendwann verlassen. Mit militanten Vertretern des Staates könne sie nicht weiter zusammenleben, hatte sie gesagt.

Roselski hatte seinen gutmütigen Kollegen damals sehr bedauert. Inzwischen war der Dicke wieder verheiratet, hatte es aber bei einer standesamtlichen Hochzeit belassen. »Also, wo soll ich klingeln?«

Derenthal trat einen Schritt zurück und zählte die Häuser bis zur Ecke Königstraße. »Nirgendwo«, sagte er schließlich. »Das ist alles zu weit entfernt von der Kaffeerösterei. Da kann niemand etwas gesehen haben.«

Rolselski, erleichtert darüber, daß sein Kollege ihm die Entscheidung abnahm, sah auf die Uhr. »Fast fünf.«

Derenthal tat ihm den Gefallen und las ebenfalls die Uhr ab, digital. »Sechzehn siebenundzwanzig. Du hast recht. Eigentlich können wir Feierabend machen.«

Rolselski aber besaß durchaus ein Gewissen. »Die Mordkommission müssen wir noch über den Bruder der Buchhalterin informieren.«

»Gehören wir denn nicht zur Mordkommission?« Derenthal sah ihn zweifelnd an. »Wir wissen das doch schon.«

»Genauer, die Leitung der Mordkommission.«

»Da reicht doch ein Anruf im Präsidium. Bei Kaul.«

Gehorsam holte Roselski sein Handy hervor und wählte. »Hi, Harry«, sagte er, als am anderen Ende der Leitung das Telefon abgenommen wurde. »Kannst du mal feststellen, was über einen gewissen Diepensiefen, wohnhaft in der Argelanderstraße, gespeichert ist? Ist der Bruder der Buchhalterin in der Kaffeerösterei.« Er lauschte auf die Antwort. »Jaja, genau die.« Pause. »Nee, hat Zeit bis morgen. Vielen Dank jedenfalls.« Das Handy wanderte wieder zurück.

»Und jetzt?« fragte Derenthal. Sein Magen knurrte lautstark.

»Du kannst wohl immer essen, oder?« Roselski versuchte durchaus, eine gewisse Linie beizubehalten, im Leben und bei seiner Figur, wurde aber allzu oft von Derenthal zu kleinen Zwischen- und Endmahlzeiten verführt, was seine Bemühungen konterkarierte.

»Ein kleineres Wildschwein würde reichen.«

»Interessant«, sagte Kaul, mehr zu sich selbst, da er allein in seinem Büro saß. Er steckte das Telefon wieder in die Halterung und sah auf die große Uhr an der Wand. Noch nicht einmal halb fünf, und die Stimme des Kollegen hatte schon nach Feierabend geklungen. Aber das ging ihn nichts an. Wenn die beiden ihre Arbeit ordentlich machten und auch Überstunden akzeptierten … Andererseits – warum waren R2D2 nach langen Jahren immer noch beim Streifendienst? Er wandte seine Aufmerksamkeit wieder dem Bildschirm und dem Auszug aus dem Polizeiregister zu.

Rolf Diepensiefen war siebenundfünfzig Jahre alt, von denen er anderthalb im Gefängnis verbracht hatte wegen Drogenhandels. Der morgendliche Kaffee hätte doch gereicht, dachte Kaul, warum abends auch noch Cannabis? Die Auflistung kleinerer Scharmützel in Südstadtkneipen, die erst nach Hinzuziehung der Polizei hatten beendet werden können, rundete das Bild eines schlecht gelaunten, sich vom Leben ungerecht behandelt glaubenden Cholerikers ab. Das Haus in der Argelanderstraße hatte er geerbt; klischeemäßig war es natürlich ein Erbonkel dritten Grades ohne Erben gewesen, der es ihm hinterlassen hatte. Mit seiner Schwester schien sich Diepensiefen nicht allzu gut zu verstehen; jedenfalls war er auf keinem der Fotos von Firmenfeiern zu sehen, die noch in DSGVO-freien Zeiten entstanden waren und unbehelligt von aktueller Juristerei die Webseite der Kaffeerösterei schmückten. Warum sollte er auch eine nähere Beziehung zum Firmenchef suchen, der sein Grundstück auf Kosten der Nachbarn erweitern wollte? Neue Lagerhalle gleich höhere Lärmwerte, so lautete die Gleichung, die das Blut des leicht aufbrausenden Diepensiefen in Wallung gebracht haben mochte. Aber dann direkt ein Mord? Kaul beschloß, mehr über den Bruder der Buchhalterin herauszufinden.

»Noch eine Runde um den Block?« Carmen sah Krüger herausfordernd an. »Die Vitamine hast du ja schon, jetzt kommen noch die Kalorien—«

»Wieder weg«, beendete der Kommissar den Satz. »Weiß ich. Wenn ich die beim Salatessen zu mir genommenen Kalorien hinterher wieder ablaufen soll, dann kann ich doch eigentlich den Salat vorher weglassen. Stimmt's?«

Carmen verdrehte die Augen, schob ihren Freund aus der Haustür und zog sie hinter sich zu. »Wo längs?«

Ohne darüber nachzudenken, schlug Krüger den Weg zu »Wwe. Arntz' Feine Kaffeebohnen« ein, wo ihnen R2D2 entgegenkamen. Er sah auf seine Uhr. »Was macht ihr denn noch hier, um Viertel nach sieben?«

»Haustürbefragungen«, sagte Derenthal rasch. Da er stets eine leicht rote Gesichtsfarbe hatte, fiel wie sonst auch nicht auf, daß er errötete, was er immer tat, wenn er eine phantasievolle Ausflucht zu Hilfe nahm.

»Ich dachte, ihr fragt die Leute?« sagte Krüger.

Carmen kicherte, und Roselski guckte pikiert.

»*Door to door* im Englischen klingt sowieso besser, da merkt man förmlich, mit welchem Elan die Kollegen unterwegs sind, um …« Krüger suchte nach einem sinnvollen Satzende.

»Möglichst viele Türen zu erledigen«, sagte Carmen tiefernst.

Selbst Derenthal, sonst nicht allzu schnell von Begriff, lachte. »Jedenfalls«, fuhr er dann fort, »hat mein Kollege—«

»R2«, sagte Carmen.

Roselski nickte. Er hatte es aufgegeben, gegen den albernen Spitznamen vorzugehen.

»Erfahren«, setzte D2 unbeirrt seine Rede fort, »daß der Bruder der Buchhalterin sich mit dem Mordopfer angelegt hat.«

»Vorher oder nachher?« fragte Carmen. »Vor dem Mord oder—«

»Laß jetzt mal die Erwachsenen reden«, sagte Krüger. »Bitte, fahren Sie fort.«

»Fort«, sagte Roselski leise. Running Gags waren immer zu gebrauchen, auch wenn der letzte ein längst ausgelutschter aus der *Feuerzangenbowle* war.

Derenthal streckte sich zu seiner vollen Höhe von eins einundsiebzig, um sich mehr Autorität zu verschaffen. »Die Auseinandersetzung betraf seitens von Herrn Weyler den Ankauf einiger Quadratmeter Garten des Bruders, um eine Lagerhalle für die Rösterei auf dem freien Grundstück zu bauen.« Er wischte sich den Schweiß von der Stirn. »Mach du mal weiter, R2.«

Roselski betrachtete seinen Kollegen etwas irritiert. »Das war doch alles, oder?«

Derenthal nickte.

Krüger sah von einem zum anderen. »Dafür habt ihr den ganzen Tag gebraucht?«

»Na ja«, sagte Roselski, »wir haben doch die ganze Argelanderstraße rauf und runter geklingelt und—«

»Bis auf Frau von Eynatten niemanden angetroffen«, setzte Derenthal den Satz fort. »Wahrscheinlich eine ungünstige Uhrzeit.«

»*Eine*?« fragte Carmen. »Zwischen zwölf und fünf?«

Derenthal verwandelte seinen Mund in einen schmalen Strich. Wenn er beleidigt war, war er beleidigt.

»Jedenfalls«, sagte sein jüngerer Kollege, »als wir fertig waren, haben wir eine Kleinigkeit gegessen.«

»*Außerhalb* der Dienstzeit«, fügte Derenthal rasch hinzu.

»Kaul ist jedenfalls informiert«, sagte Roselski. »Und wir haben jetzt Feierabend.« Er machte Anstalten, seinen Weg fortzusetzen, wurde aber von seinem Kollegen zurückgehalten.

»Wir müssen Herrn Krüger noch mitteilen, daß es sich bei dem Bruder der Buchhalterin, Herrn Diepenstein, oder wie immer er heißt, um einen etwas jähzornigen Menschen handelt.«

»Diepensiefen«, sagte Carmen, wie immer bestens informiert.

»Danke«, sagte Krüger. »Ihr könnt gehen.«

R2D2 grüßten kurz und verschwanden rasch in Richtung des Poppelsdorfer Weihers.

Derenthal pfiff *Sunny Afternoon* von den Kinks, ziemlich gut, wie der Kommissar fand.

Als die Melodie nicht mehr zu hören war, fragte Carmen: »Und solche Leute beschäftigt ihr?«

»Die sind durchaus zu gebrauchen«, sagte Krüger. »Man muß sie nur an der kurzen Leine führen.« Er überlegte. »Kaul wird mir sicher auch noch morgen Näheres zu dem Bruder sagen können.« Ehe er fortfahren konnte, klingelte sein Handy.

»Ja, ich bin's. – Wann? – Jetzt? – Habt ihr niemand anderen?« Er seufzte. »Okay, dann eben nicht. Ich bin schon unterwegs. Zehn bis fünfzehn Minuten; ich bin nämlich zu Fuß.«

»Was gibt's?« fragte Carmen. »Hast du nicht dienstfrei?«

»*Hattest* du nicht dienstfrei? Ja, jetzt aber nicht mehr. In der Nähe des Bahnhofs ist jemand erschossen worden. In einem Feinkostladen.«

Carmen begriff rasch. »Doch nicht etwa Contadino? Der nette Italiener mit dem tollen Käse.«

»Ach, der!« Krüger versuchte, betroffen auszusehen.

»Das macht das Ganze ja fast persönlich, wenn wir jetzt woanders unseren Aufschnitt kaufen müssen«, sagte Carmen. Manchmal verlor ihr Humor jegliche Farbe und war nur noch schwarz.

Der Tatort Ecke Quantiusstraße / Meckenheimer Allee war mit dem üblichen offiziellen Plastik-Flatterband abgesperrt. Ein Polizist versuchte, zwei Studenten daran zu hindern, unter dem Band hindurchzugehen, um an ihre Fahrräder zu gelangen. »Tut mir leid. Ihr müßt warten, bis die Spurensicherung mit ihrer Arbeit fertig ist.«

Einer der beiden jungen Leute zückte daraufhin sein Handy, hielt es dem unifomierten Beamten unter die Nase und sagte: »Bitte noch einmal. Ich brauche das Statement für Twitter.«

»Gar nichts brauchst du. Oder ich beschlagnahme das Gerät.« Der Polizist schickte einen drohenden Blick hinterher und nestelte an seinem Gürtel in der Nähe des Schlagstocks.

Der Student steckte das Gerät hastig wieder ein und sagte zu seinem Kumpel: »Komm, wir gehen. Es ist immer zwecklos, mit der Obrigkeit zu diskutieren. Erinnerst du dich, als wir neulich im Hambacher Forst …«

Den Rest bekam Krüger nicht mehr mit, als die Studenten sich entfernten.

»Muskelspiel ist immer gut«, sagte der Polizist zu ihm.

»Genau. Und bei Twitter haben Mordermittlungen sowieso nichts verloren.«

Vor der Eingangstür des Feinkostladens stand ein Techniker der KTU und blockierte sie. Ein zweiter reichte Krüger einen weißen Ganzkörperoverall, den er überstreifte. Zwei Plastikhüllen mit Gummiband für seine Schuhe folgten. Erst jetzt konnte der Ermittler den Laden betreten. Der Techniker trat zur Seite und hielt die Tür auf.

Drinnen sah es aus wie immer. Die appetitlichen Auslagen luden zum Kauf ein – Krüger hatte nach dem abendlichen Salat tatsächlich schon wieder Hunger –, die Käseecke gab den vertrauten

Duft von alten Turnschuhen und frisch gemähtem Gras ab, und die Weinecke offerierte als »Angebot der Woche« Südtiroler Rebensäfte. Nur die Blutspritzer an der Wand hinter der Theke störten das Bild. Außerdem paßten die Euroscheine nicht, die über die italienischen Spezialitäten verteilt waren.

»Sieht nach einem Raubüberfall aus«, sagte der Techniker, der neben Krüger getreten war. Er zeigte auf die geöffnete Kasse. »*Hit and run*«, fügte er hinzu. »Wie in den amerikanischen Krimis: Erst fragen, dann kassieren, zum Schluß schießen und rasch weglaufen.«

Der zweite Techniker betrat das Geschäft und hielt einen Schlüsselbund hoch. »Herr Kommissar, der lag draußen auf dem Kasten der Telekom. Ein Schlüssel paßte zur Tür. So sind wir überhaupt in den Laden gelangt, nachdem eine Mitarbeiterin der Apotheke die Polizei gerufen hatte. Sie hat wohl noch etwas fürs Abendessen kaufen wollen und durch die Scheibe, als niemand auf ihr Klopfen reagierte, die blutige Wand gesehen. Muß der Schock ihres Lebens gewesen sein.«

»Sie reden wohl gerne?« fragte Krüger.

Der andere Techniker grinste. »Da sagen Sie was.«

Der Schlüsselbundhalter warf seinem Kollegen einen bösen Blick und das kleine Bündel zu, bevor er beleidigt nach draußen verschwand. Der Kollege fing beides mühelos auf.

Krüger näherte sich vorsichtig der Theke, studierte die verschiedenen Lebensmittel und ging dann zwischen Fenster und Auslagen bis zur Leiche, die auf dem Boden saß, den Kopf an die Wand gelehnt. Vor ihr kniete er sich hin, um besser sehen zu können. Mit seinem Handy machte er einige Fotos des toten Contadino, die er später Kaul zur Verfügung stellen wollte. Die linke Schläfe zierte ein Einschußloch; die rechte Kopfhälfte war ziemlich verschwunden. Der Kommissar beschloß, den Einkauf von Aufschnitt für die nächsten Wochen zu reduzieren.

Es klopfte.

Krüger fuhr zusammen und stand auf. In der Tür stand Professor Altendorf und lächelte freundlich. Er ging um Krüger herum und betrachtete das Mordopfer. Mit einem Vergrößerungsglas in der Hand studierte er die Wunde. Als er sich wieder aufrichtete, knackte eines seiner Gelenke.

»*I thought about killing you*«, sagte er mit ernstem Gesicht.

»Mich?« Der Kommissar war nicht leicht aus der Ruhe zu bringen, aber so direkt angegangen zu werden …

»*Premeditated murder*«, fügte Altendorf hinzu.

»Auch noch vorsätzlicher Mord?« Krüger verstand jetzt gar nichts mehr.

»Kanye West.« Er zwinkerte.

Krüger hob die Schultern. »Ich bin völlig ratlos.«

»Der Rapper«, sagte Altendorf. »Sein Text paßt perfekt. Das hier ist kein einfacher Überfall, der aus dem Ruder gelaufen ist. Das war ein eiskalter Mord.«

Über die Beachtung der DSGVO

Bonn, April 2019. Sonnenstrahlen weckten einen ausgeschlafenen Kommissar. Eine Ahnung von Kaffeeduft kitzelte ihn in der Nase – Carmen werkelte einen Stock tiefer schon in der Küche. Ein Blick auf den Wecker, und er sprang aus dem Bett. Halb acht, eine halbe Stunde später als sonst. Nach zehn Minuten erschien er frisch geduscht unten.

»Ach, kommst du auch schon?« lautete Carmens Begrüßung.

Krüger sah auf die Uhr. Die Besprechung um acht im Polizeipräsidium würde er nicht mehr pünktlich schaffen. »Egal.« Langenargen konnte auch ohne seinen besten Ermittler beginnen.

»Was ist egal?« Carmen war mit Tischdecken beschäftigt; allerdings stand nur ein Teller samt Besteck auf dem Tisch.

»Und ich?« überging Krüger ihre Frage.

Statt zu antworten, zeigte sie auf die noch offenstehende Küchentür. Dort hing seit heute morgen ein Zettel, den ihr Freund wohl übersehen hatte. *Stehcafé* war in Comic Sans zu lesen, der Schrift, die einen Preis als häßlichste Computerschrift überhaupt erhalten hatte. Carmen wußte, daß sie mit beidem, Zettel wie gewähltem Font, Krüger ärgern würde. »Du trinkst doch meistens sowieso immer nur einen Kaffee im Stehen und rauschst dann davon«, sagte sie. »Von gelegentlichen Ausnahmen abgesehen.«

Sprachlich konnte sie ihn heute nicht provozieren, und beleidigt zu sein, half im Leben nicht weiter. Daher sagte der Kommissar nur ruhig: »Wo du recht hast, hast du recht.« Er griff nach der dampfenden Tasse, stellte sie aber sofort zurück. »Mann, ist das heiß.«

»Des ghört so«, sagte Carmen. »Stell dir mal vor, jemand fragt dich, wie es denn zu Hause so sei, und du sagtest, alles kalter Kaffee.«

Krüger grinste und probierte vorsichtig einen Schluck. Allmählich ging es.

»Wenn du hier schon herumstehst«, Carmen fixierte ihn mit einem ihrer Immer-die-Wahrheit-sagen-Blicke, »dann kannst du auch erzählen, warum du gestern so spät nach Hause gekommen bist. Habt ihr im Dunkeln ermittelt?«

Der Kommissar studierte angelegentlich die neuen Fußbodenfliesen. »Nicht ganz.« Eine weitere seiner berüchtigten Kunstpausen und ein größerer Schluck Kaffee folgten.

Carmen platzierte ihre Serviette links vom Teller und stellte ein Glas Apfelbeerenmarmelade auf den Tisch.

Und wartete.

»Professor Altendorf, der Rechtsmediziner—«

»Dem du so viele Mittagessen mit Markus zu verdanken hast, nicht wahr?«

»Zwei«, sagte Krüger.

»Immer, wenn der Professor das Skalpell in der Hand hatte, hat der doch angerufen, um dich abzuberufen, oder?« Sie wußte um seine Panik vor Leichenöffnungen.

Krüger nickte. »Jedenfalls hat er mich gestern abend auf einen kleinen Drink eingeladen. Zuerst wollte er mir von seiner Rapmusik erzählen, was ich allerdings für eine Attitüde halte, um aufzufallen – dabei paßt das doch gar nicht zu dem bescheidenen Mann. Oder er will mir eins auswischen, weil ich, wie Kollege Derenthal, nur Musik aus den Siebzigern gelten lasse. *Anyway*, schließlich hat er mich mit den wirklich relevanten Informationen versorgt.«

Er probierte einen weiteren Schluck.

Eine Kunstpause, aha, dachte Carmen und goß sich ihren Grünen Tee ein.

»Oh, ich muß los«, sagte Krüger, der das Muster der üblichen Pause etwas variieren wollte und zu einem Cliffhanger griff.

»Trink mal deinen Kaffee in Ruhe aus und erzähl.« Carmen sagte tatsächlich ['kafə], womit sie sich an Krügers norddeutsche Aussprache hielt.

Krüger grinste sie freundlich an, trank weiter vom herzerwärmenden Getränk und fuhr danach fort: »Altendorf sagt, es sehe so aus, als ob derselbe Täter nach Weyler nun auch Contadino erledigt habe.«

»Und woher will er das wissen?«

»Mittels seines Vergrößerungsglases.«

Krügers Tasseninhalt ging zur Neige, und er schielte auf die Kaffeemaschine, was Carmen mit dem Satz kommentierte: »Du mußt gleich los.«

»Die Einschußlöcher seien praktisch identisch: gleich weit von der Nase und dem linken Ohr entfernt, der Winkel stimme – der Mörder habe leicht von oben getroffen, was dafür spräche, daß er nicht gerade klein—«

»Er könnte doch auf einen Schemel geklettert sein«, schlug Carmen vor.

»Den hätte er aber wieder mitnehmen müssen; wir haben am Tatort keinen gefunden. Jedenfalls, und das war das Wichtigste, was Altendorf mir sagte, waren es wieder zwei Schüsse. Der zweite ging durch den Einschußkanal des ersten.«

»Ein Kunstschütze!« sagte Carmen bewundernd.

»Wir fahnden also nach einem treffsicheren Riesen«, schloß Krüger seinen Bericht.

»Hünen«, sagte Carmen. »Hüne reicht; der ist nicht ganz so groß.«

Der Hüne saß im »Bistro Miebach« beim Frühstück und las den Bonner *General-Anzeiger.* Das Feuilleton des Blattes erschien ihm um Klassen besser als das vom *Hamburger Abendblatt.* Aber vielleicht war es auch umgekehrt, und ein Bonner Leser fand in Hamburg die dortige Lokalzeitung besser. Jedem das Seine, dachte Hinnerk, der viel von Lebensweisheiten und sonstigen Sprüchen hielt. Und mir das meiste, setzte er die Sentenz in Gedanken fort.

Etwas verwunderte ihn, daß man ihn noch nicht nach Hamburg zurückbeordert hatte. Erst hatte er überlegt – weil er Abweichungen von einer einmal bewährten Routine nicht besonders schätzte –, ob ihn das wütend machen würde. Aber angesichts seines seit

Jahren praktizierten Stoizismus hatte er nur mit den Achseln gezuckt, überprüft, ob sein Telefon aufgeladen war, er also erreichbar blieb, und ansonsten einen freien Tag zur Kenntnis genommen. Mal sehen, was als nächstes kam.

Er blätterte um.

Der Hauptartikel im Lokalteil befaßte sich natürlich mit den Entwicklungen im Falle des ermordeten Besitzers der Kaffeerösterei. Hinnerk las ihn zweimal durch, fand aber nichts Beunruhigendes und schon gar nicht einen Hinweis auf den Täter. Man tappte im Dunkeln. Wie bei allen seiner bisherigen »Fälle«.

Der Mord im Feinkostladen dagegen hatte es noch nicht in die Zeitung geschafft.

Der Hüne überflog den Fernsehteil, der ihn aber nicht interessierte, zumal seit Jahrzehnten die gleichen Shows und Filme recycelt wurden.

Schließlich packte er die Gazette weg, trank seinen Kaffee aus und verließ das Bistro wieder. Draußen stieß er beinahe mit einem Polizisten zusammen, der gerade ins Lokal wollte. Hinnerk fing an zu schwitzen, was ihn ärgerte; seine Überzeugung, daß ihn alles kalt lassen würde, schien wohl doch nicht zu stimmen.

Der dicke Mann warf ihm aber nur einen unwirschen Blick zu und verschwand leicht tänzelnd nach drinnen.

Nilpferde sollten nicht tanzen, dachte Hinnerk. Die Melodie, die der Polizist mit Hingabe pfiff, kannte er nicht. Es war *Born to Boogie* von T. Rex.

»Nett, daß Sie sich auch noch herbemühen«, sagte Langenargen, als Krüger seinen Kopf ins Besprechungszimmer steckte. Der Kriminaloberrat faltete den *General-Anzeiger* zusammen und legte ihn zur Seite. »Kommen Sie ruhig herein.«

Krüger setzte sich seinem Chef gegenüber. Außer ihnen beiden war nur noch Kaul im Raum, der, in Stein verwandelt, sich seinem Bildschirm widmete.

»Gibt es etwas Neues?« Langenargen fixierte Krüger.

»Wo sind denn die anderen alle?«

Sein Chef tat ihm den Gefallen und beantwortete die Gegenfrage. »Frau Dr. Winterthur ist mit einer Beförderung wieder ins Ministerium zurückkehrt.«

»Dann kann sie sich ja eine neue Perlenkette leisten.« Krüger nahm auf den Schmuck der Kriminalrätin Bezug, der während ihrer Bonner Zeit Anlaß zu allerlei Bemerkungen und ihrem Spitznamen gegeben hatte.

»Sie sagte zum Abschied«, fuhr Langenargen unbeirrt fort, »daß wir uns beim nächsten Mal anläßlich der Qualitätsanalyse meiner Abteilung durch ihre Abteilung wiedersehen würden. Aber das glaube ich erst, wenn sie tatsächlich hier wieder auftaucht. Die Mühlen des Ministeriums mahlen langsam, unendlich langsam.« Er hustete und griff nach dem Glas Wasser, das vor ihm stand.

Krüger sah ihn besorgt an. »Hoffentlich nichts Ernstes?«

Langenargen verneinte. »Wahrscheinlich meine übliche Allergie gegen ...« Er verstummte und sah aus dem Fenster.

Krüger verkniff sich eine Bemerkung zu Arbeit und/oder Wetter.

»Weiter.« Der Chef setzte das Glas zurück. »Farnschläger ist zur Zeit wegen eines Disziplinarverfahrens vom Dienst freigestellt.«

Krüger erinnerte sich dunkel an eine ältere Geschichte mit losen Bemerkungen und Dummheiten, die ihre Fortsetzung im Umgang mit einer neuen Kollegin und einer versuchten Zeugenbeeinflussung gefunden hatte. Er seufzte.

»War ein guter Kollege«, griff Langenargen Krügers nonverbale Äußerung auf. Er nahm seine Finger zu Hilfe und zählte weiter auf. »Kollege Nummer drei ist zu einer Fortbildung in seine Heimatstadt gefahren. Vorher sagte er noch, Husum sei immer eine Reise wert.«

Paulsen war der stille Kollege aus dem hohen Norden, der kaum etwas während der Dienstbesprechungen sagte, aber als eloquenter Verhörspezialist galt, wie er nicht zuletzt 2016 im Falle der verschwundenen jungen Männer in dem Eifeldorf bewiesen hatte.

»Bleibt Schneider«, sagte der Kriminaloberrat.

»Und Beaumont«, sagte Krüger.

»Schneider, lieber Krüger«, fuhr Langenargen fort, »ist bereits im Einsatz und überprüft die Umstände des Todes des Feinkosthändlers namens ...« Er blätterte in seinen Unterlagen.

»Contadino«, sagte Krüger, stolz, daß sein Kurzzeitgedächtnis noch funktionierte.

»Ihr Patenkind schließlich«, sagte Langenargen, »Kevin Beaumont, habe ich nach Wiesbaden geschickt. Dort soll er sich mal die BKA-Luft um die Nase wehen lassen.«

»Wäre für eine frische Brise nicht eher das Landeskriminalamt in Hamburg in Betracht gekommen?« fragte Krüger.

»Das liegt im Landesinneren, in der Nähe der Alster, nicht an der Elbe, wo es immer zieht.« Langenargen war kein Freund der See, wie er schon oft gesagt hatte. Er zog dem Wind am Meer immer eine Runde Golf in Schloß Miel vor.

»Schade«, sagte Krüger. Er arbeitete gerne mit Beaumont zusammen. Der junge Mann mit seiner schnellen Auffassungsgabe war ein Gewinn für jede Ermittlung, auch wenn Krüger inzwischen, was Grammatik und dergleichen anging, bei ihm den Kürzeren zog. »Das heißt also«, sagte er ungläubig, »daß unsere aktuelle Mordkommission aus drei Leuten besteht, nämlich Kaul, Schneider und mir?«

Der Kriminaloberrat guckte verlegen. »Das ist richtig.«

»Und wir sollen zu dritt *zwei* Mordfälle bearbeiten? Das nimmt uns doch niemand ab, wenn ich das in meinem Club erzähle. Das ist völlig unglaubwürdig.«

»Aber nicht zu ändern«, sagte Langenargen pragmatisch. »Et ess, wie't ess, do kammer nix maache.«

Wenn der Chef mit rheinischen Sätzen anfing – die sich sehr angelernt anhörten –, schwieg man besser und ergab sich in sein Schicksal, dachte Krüger. »Ich dachte, MKs sollten aus fünfzehn bis zwanzig Kollegen bestehen und bei Bedarf aufgestockt werden? Statt dessen werden sie abgestockt.« Er sah empört aus.

Langenargen überging Krügers Wortschöpfung. »Haben Sie sich den Krankenstand im Präsidium mal angesehen? Nein? Dann wüßten Sie, daß wir zur Zeit zu maximal dreiundsechzig Prozent einsatzbereit sind. Den nächsten Mord müssen wir dann schon nach Köln oder Düsseldorf abgeben.«

»Haben die nicht selber welche? Morde, meine ich.«

Dafür erntete er einen bösen Blick seines Chefs.

»Sorry, Sir«, sagte Krüger.

Langenargen war aufgebracht. »Versetzen Sie sich mal in meine Lage. Tote allerorten und niemanden, der Licht ins Dunkel bringen könnte. Die Kollegen sind mit den Fällen der Rockerschießerei in Plittersdorf, des ermordeten Gebrauchtwagenhändlers, der beiden Kirmestoten von Pützchens Markt und zusätzlich der ums Leben gekommenen Austauschschülerin befaßt, zu der niemand etwas sagen kann.«

»Gut, dann lösen wir unseren Fall eben zu dritt.« Krügers Miene hatte sich zusehends verdüstert.

»Sie haben doch mehrfach bewiesen, daß Sie alleine oder mit nur wenigen Kollegen zielführend arbeiten können. Wenn ich da an den Fall der toten Professoren in Bonn und Oxford erinnern—«

»Ohne unsere ganze Abteilung hätten wir das 2010 nie aufgeklärt.« Krüger war wirklich bescheiden, was sein Chef auch schätzte.

»Sie können doch diesmal Ihre Freundin dazunehmen; die weiß doch sowieso immer alles besser.« Jetzt hatte Langenargen aber übers Ziel hinausgeschossen, was er sofort merkte. »Entschuldigung, Krüger, das ist mir so herausgerutscht. Frustration ist oft die Quelle überflüssiger Sätze.«

Eine ans-tändige Entschuldigung ließ der Hamburger Kommissar immer gelten. »Vergeben und vergessen«, sagte er. »Aber Carmen ist vielleicht eine gute Idee. Sie sieht immer noch etwas, wo ich nichts mehr erkennen kann.«

»Denken Sie dabei aber an die DSGVO«, sagte Langenargen. »Personenrechte, Datenschutz, Sie wissen schon.«

»Hat Carmen schon unterschrieben«, sagte Krüger. »Überall. Aber auch die DSGVO hat ihre Grenzen.«

Langenargen lachte.

Über Dolf Mesmer sprach keiner der beiden. Der Kriminalkommissar hatte beim letzten großen Fall seine absolute Inkompetenz, was Eigeninitiative und Entscheidungsfreudigkeit anging, unter Beweis gestellt und war wenig später Frau Dr. Winterthur ins Ministerium gefolgt, wahrscheinlich aber nur in die Registratur, wie böse Zungen munkelten.

Beide schwiegen.

Kaul erwachte zum Leben. »Seid ihr jetzt fertig?« fragte er und setzte sich aufrecht hin. »Dann kann ich ja vielleicht mal etwas Sinnvolles zur Unterhaltung beitragen.«

Langenargen nickte ihm aufmunternd zu, und Krüger schlug sein kleines Notizbuch auf.

»Also, zu Rolf Diepensiefen, dem Bruder der Buchhalterin in der Kaffeerösterei, habe ich Folgendes herausgefunden.« Kaul tippte auf ein paar Tasten auf seinem Notebook, zog ein-, zweimal an der Maus, die auf einem Mauspad mit dem Wappen von Manchester United lag, und setzte seine Ausführungen fort. »Seine finanzielle Lage ermöglicht ihm keine großen Sprünge. Von daher hätte er eigentlich einem Verkauf einiger Quadratmeter Garten an Andreas Weyler zustimmen müssen. Das geerbte Haus in der Argelanderstraße hat sich nämlich als ein Faß ohne Boden erwiesen. Fast vierteljährlich hat Diepensiefen dort Reparaturen durchgeführt oder durchführen lassen. Andererseits habe ich regelmäßige Zahlungseingänge von dreitausend Euro pro Monat auf einem seiner Konten gefunden, deren Ursprünge im Dunkeln liegen. Weiter als acht Jahre zurück bin ich nicht gekommen; seine Hausbank hatte damals eine Softwareumstellung, nach der vorherige Kontenbewegungen nicht mehr zugänglich sind. Zusammen mit seinem Lohn als Angestellter im Gebäudemanagement der Stadt reicht das zum Leben. Also kein Motiv.«

»Sie reden wohl gerne«, sagte Krüger leise.

Langenargen warf ihm einen scharfen Blick zu und sagte zu Kaul: »Das ist alles?«

»Nicht ganz.« Der Kommissar versuchte, nicht allzu stolz auszusehen. »Diepensiefen ist Mitglied bei den Beueler Sportschützen von 1965. Er darf also legal Waffen besitzen, was er auch tut. Im Verzeichnis ist eine Glock 17 aufgeführt.«

Krüger pfiff durch die Zähne.

»Mit Munition, die zum Mord an Weyler paßt?« fragte Langenargen.

Kaul nickte. »Sagen zumindest die Unterlagen des Vereins.«

»Dann veranlassen Sie bitte eine Hausdurchsuchung bei Diepensiefen, vielleicht auch beim Verein, wenn zu Hause nichts gefunden wird.« Langenargen rieb sich die Hände. »Wir sind auf einem guten Weg.«

Politikersprech, dachte Krüger. Laut sagte er: »Fehlt nur noch das Motiv. Dann können wir den Fall noch vor dem Wochenende begraben.«

Zumindest mit *begraben* lag er richtig.

Ein veraltetes Leistungsverzeichnis

Bonn, April 2019. Hinnerk hatte lustlos ein paar Sakkos bei Zara anprobiert, sie aber aus Qualitätsgründen wieder zurückgehängt. Sein Herrenausstatter in der Via Leone im Colonna-Viertel der Ewigen Stadt war ihm immer noch am liebsten; bei ihm wußte man stets, was man für sein Geld bekam. Vor lauter Langeweile war er sogar bereit, ins Kino zu gehen, aber zum einen gefiel ihm das aktuelle Programm des CineStar am Markt nicht, zum anderen war er nicht sicher, ob während der Vorstellung ein Handysignal zu empfangen war. Und er mußte erreichbar bleiben.

Anschließend war er zum Ufer unterhalb des Alten Zolls marschiert, um wenigstens einmal am Tag einen großen Fluß in seiner Nähe zu haben; irgendwie vermißte er die Elbe schon nach zwei Tagen.

Kein Lüftchen wehte – ein weiterer Nachteil, wenn man nicht an der Waterkant wohnte. Hinnerk setzte sich auf eine Bank und schloß ein paar Minuten die Augen.

Plötzlich war die alte Türklingel zu hören, mit der sein Handy eine SMS ankündigte.

Der Hüne schreckte hoch und mußte sich kurz orientieren, bis ihm wieder einfiel, daß er am Rhein saß. »Nachladen nötig, Ziel folgt« las er.

Ein kleiner Seufzer stahl sich aus seiner Brust. *Nachladen* bedeutete, daß er sich eine weitere Zielperson aus dem Umfeld der beiden bisherigen Taten vornehmen mußte. Aber warum? Und wen? Und ging sein Auftraggeber damit nicht das Risiko seiner Entdeckung ein, wenn er ihn länger als unbedingt nötig in Bonn beließ? So viele Fragen. Und kaum Antworten.

Aber Hinnerk war Profi genug, um zu wissen, daß man nur an Herausforderungen geschult wurde. Und er wollte für lange Jahre der Beste in seiner Branche bleiben, was ihm hoffentlich gelang, falls ihm nicht jemand in die Quere kam.

Ihm fiel wieder der dicke Polizist vor dem Bistro ein. War das ein böses Omen gewesen?

Derenthal nieste und sah mißgelaunt aus.

»Wenn man dich so sieht, D2, könnte man glatt glauben, dich habe eine schwarze Katze von der falschen Seite angeguckt.«

»Ach«, Derenthal winkte müde ab, »auf Omen gebe ich nichts. Nur auf Oman, da wollte ich schon immer mal hin.« Er sah Roselski an, stolz, daß ihm ein Wortspiel gelungen war, was sonst Kommissar Krüger vorbehalten war.

»Da gibt's nur Sand. Den kannst du an der Nordsee auch haben.«

Beleidigt schwieg Derenthal wieder.

Die beiden Polizisten waren zu Fuß auf dem Weg zum Tatort in der Quantiusstraße, um Kommissar Schneider zu unterstützen. Derenthal hatte vor Dienstbeginn am Markt noch gefrühstückt – ein zweites Mal – und sich danach mit seinem Kollegen am Bahnhof getroffen.

»Mußt du eigentlich immer so schnaufen?« fragte Roselski. »Ein bißchen Sport würde dir bestimmt gut tun.« Er betrachtete den Bauch des Dicken, beschloß aber, heute nichts dazu zu sagen.

»Mache ich doch gerade«, sagte Derenthal. »Nennt sich laufen.« Ihm war immer eine Fahrt im Streifenwagen lieber. Vor allem sah man dabei mehr von der Landschaft. Das Einsatzgebiet der Polizisten erstreckte sich nämlich vor der rechten Rheinseite bis zur Voreifel – Gelegenheit genug, hier und da eine kleine Pause für einen kleinen Happen einzulegen. »Nun renn doch nicht so.« Er blieb stehen und bückte sich, um die intakte Schleife an seinen schwarzen Lederschuhen erneut zuzuziehen. So kam er wenigstens wieder zu Atem.

»Es sind nur noch knappe fünfzig Meter. Die schaffst du auch noch.« Roselski ließ seinen Kollegen stehen und ging alleine weiter.

Vor dem Feinkostladen stand eine kleine Gruppe von Schaulustigen und versuchte, ins Innere des Geschäfts zu linsen. Jemand hatte das Absperrband säuberlich durchgeschnitten, das nun bis zum Gehweg herunterhing. Wenigstens konnten die Fahrräder der Studenten daher wieder an die Häuserwand gelehnt werden. Roselski scheuchte die Passanten weg und stieß die Ladentür auf. »Guten Morgen«, sagte er freundlich.

»Morgen.« Schneider war ebenfalls schlecht gelaunt – im Allgemeinen, weil er gerade freundinnenlos war, und im Besonderen, weil er diesen Mordfall gerade allein untersuchen mußte. Wenn er an das Essen im »Treppchen« dachte und an seinen Wunsch nach einer hübschen kleinen Mordermittlung ... »*Be careful what you wish for*«, hatte vor langen Jahren sein englischer Kollege gesagt. Wünsche waren immer gefährlich.

»Hier kommt die Unterstützung«, sagte Derenthal, der gerade angekommen war. Er schnaufte und wischte sich den Schweiß von der Stirn.

»Nett«, sagte Schneider, der an der Theke stand und eine komplizierte Zeichnung mit Schußwinkeln, Fallhöhen und dergleichen angefertigt hatte. Die Auslagen sahen nicht mehr ganz so appetitlich aus wie gestern. »Sobald R2D2 in der Nähe sind, muß man sich keine Sorgen mehr machen.« Irgend etwas würde schon schief gehen, setzte er in Gedanken hinzu. Er betrachtete die beiden Polizisten, die ihn erwartungsvoll ansahen. »Nachdem ihr so erfolgreich in der Argelanderstraße ermittelt habt, könnt ihr das hier in der Nähe fortsetzen. Contadino hat in der Gluckstraße gewohnt, nur fünf Minuten von hier entfernt.«

Roselski sah den Kommissar überrascht an. »Gluckstraße? Ist das nicht diese teure Ecke, in der es von Anwälten und allerlei anderem juristischen Getier wimmelt?«

Schneider grinste. »Das ist nicht dein Satz. Hast du ihn von Krüger?«

»Ertappt. Aber ich fand die Formulierung so schön. Und es stimmt doch: Allmählich kann sich außer Anwälten, Ärzten und Psychopathen, Entschuldigung, Psychiatern niemand mehr einen Altbau in der Innenstadt leisten.«

»Und Feinkosthändlern«, fügte Derenthal hinzu, der wieder zu Atem gekommen war. Ganz dumm war er ja auch nicht.

»Wenn du jetzt schon so schwitzt«, sagte Roselski, »was machst du dann erst im Sommer? Bei sechsunddreißig Grad, wie im letzten Jahr?«

»Nicht bewegen«, sagte Derenthal. Manchmal konnte er auch schlagfertig sein. »Eine Lageveränderung ist durchaus nicht immer angesagt.«

Für die Anwohner hätte man die Straße eigentlich umbenennen müssen, dachte Roselski. Hier wohnen zu können, war schon ein Glück. R2D2 standen vor einem Reihenhaus in der Gluckstraße, wobei es *Reihenhaus* nur mittelbar traf. Heutzutage verstand man darunter in der Regel einen Familienbehälter in einem Neubaugebiet mit flacher Fassade samt rechteckigen Fenstern, wunderbar brennendem Putz – falls es so weit kam – und einem mit blauen Ziegeln gedeckten Dach, die in der Sonne blendeten. Das Haus hier dagegen, eher eine Villa, wenn sie auch rechts und links weitere Villen touchierte – wahrscheinlich Ende des neunzehnten, Anfang des zwanzigsten Jahrhunderts erbaut und in zwei Kriegen unzerstört geblieben –, wies eine Frontseite auf, an der dem Architekten alles erlaubt gewesen war: gelbe Backsteine, weiße Stuckverzierungen, hohe, oben mit einem Halbkreis abschließende Flügelfenster, ein dreieckiger Erker im Erdgeschoß mit der Spitze zur Straße, auf ihm eine halbhohe Säulenbrüstung im ersten Stock und leider eine aufgesetzte, moderne zweite Etage. Man konnte nicht alles haben. Unter den vier Stufen zur Haustür hoch lag der Eingang zur Kellerwohnung. Roselski fiel ein, daß Krüger den alten Witz erzählt hatte, demzufolge die Häuser in Hamburg kein Parterre besaßen – kein Erdgeschoß lag auf Straßenniveau –, was anscheinend auch für Bonn galt.

»Wieviel Contadino dafür wohl hat hinblättern müssen?« Derenthal mit seinem Polizistengehalt von zweitausendsiebenhundert Euro im Monat würde sich das nie leisten können.

»Eine Million? Anderthalb? Irgendwas in dieser Größenordnung.« Roselski war eine Gehaltsstufe höher als sein Kollege, aber immer noch Meilen entfernt von einem Villengehalt.

»Dann stellt sich die Frage, woher er das Geld dafür hatte.« Manchmal dachte Derenthal auch selber.

Hinnerk war ebenfalls mit einer Geldfrage beschäftigt. Vor Jahren hatte er eine Preisliste mit seinem Auftraggeber ausgehandelt: Kniescheibe 2800,– Euro, zwei Kniescheiben 5000,– Euro (Mengenrabatt), Hand 3500,– Euro (weil sie schwerer zu treffen war), Kopf 25.000,– Euro, zwei Köpfe: Verhandlungssache. Die Preisliste war jetzt allerdings sechs Jahre alt und mußte eigentlich dringend angepaßt werden. Alles wurde ja ständig teurer. Seine Arbeit also auch. Aber möglicherweise war der jetzige Zeitpunkt ungünstig, da er gerade einen Auftrag nachzubessern hatte.

Das Handy annoncierte eine Kurzmitteilung. Sie umfaßte nur vier Wörter und lautete: »Bruder bittet um Lieferung.«

Hinnerk las sie zweimal, weil er sie nicht ganz verstand. Er sollte also einen Bruder umbringen.

Wessen Bruder?

Soviel er wußte, hatte der Röstereibesitzer keine Familie; also konnte er auch nicht gemeint sein. Und der Geschäftsführer des Feinkostladens war nicht verheiratet. Vielleicht war ein Halbbruder gemeint? Ein Stiefbruder? Ein »Bruder« im Sinne der Großstadtgangs (»Ey, Bro, was geht ab?«)? Letzteres eher nicht. Bonn konnte man einfach nicht als Großstadt bezeichnen.

Verdammt.

Hinnerk überlegte. Wie tat er jetzt das vorgesehene Opfer auf, ohne dabei gesehen zu werden? Zwar hatte er sich in der Vergangenheit das eine oder andere Mal verkleidet, aber er fühlte sich immer sicherer, wenn er als normaler Passant unterwegs war.

Sein Handy funktionierte in Bonn nicht richtig; der flächendeckende Empfang war im Kongo besser als in Deutschland. Vielleicht half ein Telefonbuch, um die Adresse des Gesuchten zu finden. Analoge Informationsbeschaffung war immer noch etwas Gutes.

Irgendwo war er vorhin über die Bonner Post gestolpert. Möglicherweise fand er dort das Gewünschte. Stimmt, das Gebäude stand doch hinter diesem Denkmal auf dem Platz beim Münster.

Hinnerk stand auf, überquerte die Straße unterhalb des Alten Zolls und lief den Fußweg Richtung Koblenzer Tor hoch. Zu seiner Überraschung stieß er unter einem Alleebaum auf eine gelbe Telefonzelle aus drei Wänden – die Seite mit der Tür fehlte praktischerweise. Ein abgegriffenes Telefonbuch, aus dem einige Seiten herausgerissen waren, enthielt die Bonner Anschlußnummern. Er fuhr mit dem Finger die linke Spalte hinunter, nachdem er die richtige Seite aufgeschlagen hatte.

Weyer, Achim; Weyer, Andreas; Weyer— Moment, da war er ja schon. Nee, sein Opfer schrieb sich anders. Mit einem L. *Weygard; Weyher; Weyler.* Der korrekte Nachname. *Weyler, Andreas; Weyler, Gertrud; Weyler, Katharina.* Mehr Weylers gab es nicht, so lange er auch die Namen studierte. Andreas Weyler besaß also keinen Bruder. Jedenfalls keinen in Bonn. Oder er verfügte über eine Geheimnummer.

Dann mußte er eben beim zweiten Opfer suchen.

Hinnerk blätterte zurück, bis er *Contadino* fand.

Anderthalb Spalten.

Contadino, Alessandro; Contadino, Amadeo; Contadino, Chiara; Contadino, Giulia. Und so weiter und so weiter.

Der Hüne schlug das Telefonbuch wieder zu, nachdem er die gesamte Seite herausgerissen hatte. Wer wußte schon, wofür er das Blatt noch einmal brauchen konnte. Aber so kam er nicht weiter. Daß Italiener auch immer so viele Kinder haben mußten.

Sein Auftraggeber hatte ihm ausdrücklich verboten, ihn anzurufen. Also mußte er selber einen Weg aus der Sackgasse finden.

Vielleicht war der Bruder Teilhaber von Contadinos Geschäft gewesen? Möglicherweise kam er mit einer Innung weiter, die bestimmt ein Verzeichnis ihrer Mitglieder besaß. Aber welche war für Feinkostläden zuständig? Sicher eine obskure Handelskammer, wie er die Deutschen kannte.

Plötzlich hatte Hinnerk eine bessere Idee.

Social engineering. Damit würde er alle benötigten Auskünfte bekommen. Leute zu beeinflussen, um benötigte Informationen zu erhalten, war simpel. Er würde einfach in ein Nachbargeschäft gehen, sich als trauernder Angehöriger ausgeben und nach Contadinos Bruder fragen. Deutsch mit italienischem Akzent zu sprechen, war eine seiner leichteren Übungen.

Um Haaresbreite

Bonn, April 2019. Roselski studierte etwas verblüfft die Namen neben den drei Klingeln an Contadinos Villa. Wenn die Anordnung stimmte, dann wohnte im Erdgeschoß ein gewisser *Contadino* und im ersten Stock ebenfalls. Und im zweiten auch. Der Name *Contadino* war dort allerdings um den Zusatz *Im- und Export* ergänzt worden.

»Was er wohl importiert hat?« Derenthal sah an der Fassade hoch.

»Geld vermutlich.« Roselski grinste. »*Im- und Export* bedeutet in der Regel die Ein- und Ausfuhr legaler Dinge, die aber nicht zur Gänze auf Rechnung geliefert werden. Olivenöl zum Beispiel.«

»Und damit kann man Millionen umsetzen?« fragte Derenthal zweifelnd.

»Wenn man den Kollegen aus der Organisierten Kriminalität glauben darf, finanziert die Mafia ganze Berufszweige auf diese Weise.«

»Olivenöl ist immer noch besser als Crack.« Manchmal konnte Derenthal auch sehr direkt sein.

Roselski klingelte. Als sich nichts tat, drückte er auf den mittleren Knopf. Schließlich betätigte er den obersten.

Keine Reaktion.

Schließlich klopfte der jüngere Polizist laut gegen die Tür.

Derenthal versuchte, *Knockin' On Heaven's Door* zu pfeifen, gab aber nach dem ersten Ton sofort wieder auf, weil er zu husten begann. »Ich muß mir doch etwas eingefangen haben«, sagte er frustriert. Ohne Musik, und sei es selbstproduzierte, kam man im Leben nicht weit. Glaubte er zumindest.

»Einen Moment.« Im zweiten Stock war ein Fenster aufgegangen, aus dem der Kopf einer jungen Frau herausschaute. »Ich komme.« Der Kopf verschwand wieder. Wenig später ging vor den beiden Polizisten die Haustür auf.

Enge Jeans, enges T-Shirt, hellblonde lange Haare, glatt, mit Mittelscheitel, hochhackige Pumps: Die Frau wußte, wie sie Männer einwickeln konnte.

Die Polizisten waren keine Ausnahme.

»Wie kommen Sie denn mit *den* Absätzen die Treppe hoch?« fragte Derenthal und zeigte auf die etwa sechs Zentimeter langen Streben unter ihren Fersen.

»Über die Stufen«, sagte die Frau. »Einzeln.« Sie sah prüfend von einem zum anderen. »Was kann ich für Sie tun?«

»Wir sind hier in Sachen Contadino«, sagte Roselski förmlich.

»Das kann ich mir denken. Sonst hätten Sie wohl kaum geklingelt. Oder?« Mit schiefgelegtem Kopf sah sie noch verführerischer aus.

»Dafür, daß Ihr Chef tot ist, sind Sie ja sehr fröhlich.« Derenthal fand, manchmal müsse man mit der Tür ins Haus fallen, auch wenn sie schon offenstand.

Roselski gab ihm einen Ellbogenstoß und sagte: »Subtiler. *Subtiler*!«

Die Frau war nur etwas blasser geworden, ansonsten behielt sie ihre Haltung bei. »Dazu mußte es ja irgendwann kommen.«

»Können Sie das näher erläutern?« fragte Roselski.

»Kann ich, aber nicht hier vor der Tür. Wenn Sie mir bitte folgen wollen.« Die Frau drehte sich um und betrat die Treppe nach oben.

Derenthal sah ihr hinterher, als er ihr langsam folgte. Frauen, die sich auf Treppen bewegten …

Roselski schloß die Haustür. Vom Flur führten weitere Stufen in den Keller. Unten schien Licht zu brennen, als er einen prüfenden Blick hinabwarf. Aufklärung war immer gut. Statt seinem dicken Kollegen zu folgen, begab sich der Oberkommissar nach unten.

Hinnerk sah in den Spiegel und nickte erfreut. Er war nicht wiederzuerkennen: Braune kurz geschnittene Haare. In den »Vier Haareszeiten« hatte er seine blonde Mähne stutzen und färben lassen. Eine simple Verkleidung, aber merkwürdigerweise fühlte er sich mit ihr sicherer. Wenn er jetzt noch eine Sonnenbrille aufsetzte – bei dem aktuellen Sonnenstand durchaus ratsam –, erkannte ihn seine eigene Großmutter nicht mehr. Aber *Nonna* war ohnehin kurzsichtig.

Er verließ die Schneiderei – das wäre auch noch ein Name für den Friseurladen gewesen, dachte er – in einer Seitenstraße des Marktes und ging entspannt den knappen Kilometer bis zum Feinkostladen, in dem er mehrere Uniformierte bei ihrer Arbeit sah. Aber sie würden nichts finden, da war er sicher.

An der Straßenecke gegenüber betrat er die Apotheke und wartete, bis er an der Reihe war. Die beiden älteren Frauen vor ihm, beide mit Rollator, verstauten langsam ihre Medikamente und schoben dann genauso langsam ihre Wägelchen wieder auf die Straße.

»Bitte?«

Fast wie zu Hause, dachte der Hüne; dort machte man auch nicht so viele Worte. Er kramte seinen italienischen Akzent hervor. »Sie haben sicher von dem tragischen Tod von Signore Contadino gehört.« Der Satz war als Frage intoniert.

Die Apothekerin setzte eine mitfühlende Miene auf, wahrscheinlich tausendmal geübt, wenn Patienten kamen, um Beruhigungsmittel und Schmerztabletten aus traurigen Anlässen zu kaufen. »Schrecklich.«

»Ich bin ein Cousin aus Italien, und ich suche den Bruder des Verstorbenen. Wissen Sie vielleicht, wo ich ihn finden kann?«

Die Apothekerin schüttelte den Kopf. »Tut mir leid, aber Herr Contadino hatte keine Familie, soviel ich weiß.«

»Sind Sie sicher?«

»Sie können's ja nochmal bei seiner Wohnung versuchen. Da müssen Sie nicht weit laufen.« Sie zeigte auf das Schaufenster. »Nach links an den Gleisen entlang, ins Musikerviertel. Erste links, dann zweimal rechts. Gluckstraße.«

Hinnerk war sich sicher, daß er mit dieser Beschreibung nur die ungefähre Richtung erhalten hatte. Aber es gab ja noch Google Maps. Er verabschiedete sich ziemlich entgeistert und marschierte los.

Wo war denn jetzt der Bruder, den keiner kannte?

Roselski gab der offenstehenden Tür einen vorsichtigen Schubs. Sie bestand aus simplen Brettern und knarrte beim Öffnen. Der Kommissar blickte in einen rechteckigen, relativ niedrigen Kellerraum, wahrscheinlich nicht höher als eins achtzig, dessen Wände mit Holzregalen zugestellt waren. Aktenordner der Im- und Exportfirma, wie er den Aufschriften entnehmen konnte, füllten die Borde. Was ihn stutzig machte, war ein ausgehobenes Loch im Fußboden, der hier aus festgestampftem Lehm zu bestehen schien. Gleich darauf entdeckte Roselski aber in einer anderen Ecke die dazugehörenden, aufgestapelten Fußbodenkacheln. Neben dem Loch lag ein Haufen Erde, in dem ein Spaten steckte. Der Aushub war etwa einen halben Meter tief.

Die nackte Glühbirne an der Decke erhellte den Raum nur notdürftig. Ausgerechnet das Loch lag im Dunkeln. Roselski rief die Taschenlampenapp seines Handys auf und schaltete sie ein. Gleißendes Licht beleuchtete den Boden. Er beugte sich vor und prallte fast gleichzeitig zurück.

Damit hatte er in dieser gutbürgerlichen Gegend jetzt nicht gerechnet.

Hinnerk fand mittels seines Mobiltelefons rasch die gesuchte Straße. Allerdings kannte er die Hausnummer zu Contadinos Villa noch nicht und mußte jemanden fragen. Die alten Häuser waren schon schick, aber die an der Palmaille in Hamburg gefielen ihm entschieden besser; sie waren breiter und eleganter. Ein Hamburger hatte eben einen Blick für schöne Häuser.

Schließlich stieß der Hüne auf das richtige Gebäude: Überall schien es alte Mütterlein mit fahrbaren Gehhilfen zu geben. Wie immer wußte ihre Generation am besten über die Nachbarn Bescheid. Sie sagte ihm die Hausnummer und sah ihn gleichzeitig abschätzig an.

»Was wollen Sie denn von ihm?«

»Ein Trauerfall in der Familie«, antwortete er unbestimmt.

Beim Versuch, von der betagten Frau etwas über einen Bruder Contadinos zu erfahren, biß er jedoch auf Granit.

»Noch nie etwas von dieser neuen Datenverordnung gehört, junger Mann?« fragte sie. »Die mit den Großbuchstaben? Von mir erfahren Sie gar nichts.«

Damit ließ sie ihn stehen.

Hinnerk schüttelte innerlich den Kopf über den neuen Unsinn aus Brüssel, der das tägliche Leben zur Qual machte, was Begrüßungen und Auskünfte anging. Wahrscheinlich durfte demnächst nicht einmal mehr die Bäckersfrau ihre Kunden mit Namen begrüßen und schon gar nicht fragen, wie es dem kranken Sohn ging.

Der Hamburger Mordbeauftragte betrachtete Contadinos Haus. Kein Wunder, daß sein Chef zum Äußersten gegriffen und ihn nach Bonn geschickt hatte – Geld war hier anscheinend genug vorhanden. Aber wenn Contadino jahrelang davon nichts abgegeben hatte … Wer nicht hören wollte, mußte fühlen.

Fast automatisch griff er nach seiner Waffe in der Jackentasche. Sie war geladen und einsatzbereit.

Das Büro im zweiten Stock war spartanisch eingerichtet: ein Schreibtisch mit Computer und Drucker, ein zweiter mit verschiedenen Lebensmittelkatalogen, einer verschlossenen Packung Kaffeebohnen mit dem Aufdruck *bellcafé italia*, drei kleinen Flaschen Olivenöl und einem Taschenrechner, ein Poster an der Wand, auf dem die tief dekolletierte junge Sophia Loren in Schwarzweiß zu sehen war, ein Schlafsofa, Festnetztelefon mit Kabel.

Derenthal hatte es sich auf dem Sofa gemütlich gemacht und versuchte, die Frau nicht allzu auffällig zu betrachten. Wo Roselski wohl blieb? Der war doch eigentlich immer der Schnellste, was

Treppen anging. Er nahm seinen Block aus der Tasche und räusperte sich. »Zuerst ein paar Angaben zu Ihrer Person, bitte. Sie heißen?«

»Lara Karenina.«

»Wohnhaft?« Derenthal kam sich vor wie auf dem Einwohnermeldeamt.

»Im Haus.«

»Hier?«

Sie nickte.

Manchmal waren Albernheiten selbst für den dicken Polizisten zu viel. »Ihren Ausweis, bitte.«

Die Frau wurde blaß. »Den habe ich verloren.«

»Karenina ist doch kein deutscher Nachname, nicht wahr?«

»Nein«, sagte sie leise. »Der ist russisch.«

»Kann es sein, daß Sie eigentlich gar nicht hier sein dürften?«

Eine Träne rollte langsam die linke Wange hinab.

»Aber Sie arbeiten hier? Ohne Visum?«

»Ja«, flüsterte sie.

Die Frau tat Derenthal leid. »Aber das geht mich gerade nichts an. Sie wollten doch etwas zu Ihrem Chef sagen. Daß Sie etwas nicht gewundert hat.«

Lara Karenina wischte sich die Träne ab und zupfte ihr T-Shirt gerade. »Ich habe gedacht, mit dem nimmt es mal ein böses Ende.«

Roselski klopfte gegen den Rahmen der offenstehenden Tür, trat ins Büro und setzte sich neben seinen Kollegen. »Sie reden vermutlich gerade von Ihrem Arbeitgeber?«

»Ja.«

»Dann erzählen Sie doch mal, warum Sie das gedacht haben.« Roselski hatte wie immer das Heft des Handelns wieder in die Hand genommen.

In den nächsten Minuten erfuhren die beiden Polizisten einiges über Contadinos »Beruf«, wie Karenina es mit hörbaren Anführungszeichen nannte. Der Deutsch-Italiener hatte einen schwunghaften Handel mit Lebensmitteln aus Sizilien betrieben, die – wenn überhaupt – nur zu einem Drittel in den Frachtpapieren erfaßt waren. Zwei Drittel wurden mit großem Gewinn schwarz weiterverkauft.

»Die im wörtlichen Sinne doppelte Buchführung steht im Keller.«

Derenthal schrieb eifrig mit.

»Seine Geschäftspartner saßen in Palermo und in Hamburg. Manchmal lagen große Summen Bargeld im Büro, die in braune Umschläge gesteckt wurden und am nächsten Tag wieder verschwunden waren. Das sah für mich alles nach Mafiageld aus«, sagte die Frau. »Aber das kenne ich ja zur Genüge aus Rußland«, schob sie einen etwas müden Witz nach. »Und aus dem Fernsehen. *McMafia*.«

Roselski kannte die Sendung nicht. »Aber warum sagten Sie vorhin *böses Ende*?« fragte er.

»Es hat immer wieder Drohungen gegeben, sagte mein Chef. Meist ging es um Geld, das er angeblich jemandem schuldete. Vor drei Tagen kam ein Brief ohne Absender, der das Bild eines Drachenfisches enthielt. Einen echten Fisch vor die Tür zu legen, hätte den Nachbarn wahrscheinlich gestunken.«

Derenthal lachte.

»Mich wundert es also nicht, daß mein Chef erschossen worden ist. Er lebte immer auf großem Fuß, auch wenn sein Geschäft nicht danach aussah. Er besaß einen Alfa Romeo, ein Ferienhaus auf Sardinien, teure Anzüge …« Sie überlegte, was sie noch anführen konnte.

»Haben Sie denn von seinem Geld auch profitiert?« fragte Roselski.

Lara Karenina wurde rot. »Manchmal. Vieles habe ich allerdings meiner Schwester gegeben. Sie arbeitet nur als Packerin in einer Kaffeerösterei in Poppelsdorf, fühlt sich dort aber sehr wohl.«

»Da ist auch der Chef erschossen worden«, sagte Derenthal.

»Ich weiß. Meine Schwester sagte nur, sie hoffe, daß der Betrieb irgendwie weitergeführt werden könne.«

»Etwas ganz anderes«, sagte Roselski. »Ich war eben im Keller. Unten brannte nämlich Licht. Und ich wüßte gerne, ob Sie etwas zu den Knochen sagen können, die in dem frisch ausgehobenen Loch liegen.«

Wo die Liebe hinfällt ...

Hamburg, April 1963. Ein Monat war vergangen, und Claus hatte sich eingelebt. Petersens Kaffeefirma sah er inzwischen auch als die seine an, und jeden Morgen freute er sich auf die Fahrt dahin. Hans und er waren enge Freunde geworden, die schon manchen Abend miteinander verbracht hatten.

Am Freitag dieser Woche stand Großes an: Konsul Petersen würde mit seiner ganzen Familie in die Firma kommen. Das Gebäude wurde seit Mittwoch für den Besuch hergerichtet: die Fußböden gewienert, überall Staub gewischt, ein seit Wochen in einer Flurecke stehender Stuhl mit drei Beinen repariert und das Empfangszimmer im ersten Stock neben dem Büro des Firmenbesitzers für den Nachmittagskaffee vorbereitet. Alle waren nervös, als ob der regierende König vorbeikommen würde. Erst allmählich verstand Claus, was eigentlich los war. Petersen hatte früh seine Frau verloren und erst zehn Jahre nach ihrem Tod eine ebenfalls verwitwete Nachbarin geheiratet, mit der sich seine Tochter aus erster Ehe bestens verstand. Sie war zehn Jahre alt und würde von ihrem Kindermädchen begleitet werden. Die zweite Ehefrau und die Tochter würden also zum ersten Mal die Firma besuchen.

Punkt sechzehn Uhr fuhr der neue Mercedes Benz 220 SE vor, schwarz und glänzend. Der Konsul selbst saß am Steuer, neben sich seine blonde Ehefrau, deutlich jünger als er, hinten das Mädchen mitsamt dem Kinderfräulein. Der Chauffeur hatte frei bekommen.

Auf ein Spalier hatte Herr Konrad verzichtet, der für das Personal zuständig war. »Innen reicht«, hatte er gesagt. »Im Flur. Und benehmt euch ans-tändig!« In sauberer Arbeitskleidung warteten die Männer der Kaffeerösterei zusammen mit den beiden Frauen aus Vorzimmer und Buchhaltung auf die Ankunft der Familie.

»Ich komme mir vor wie bei der Zeugnisvergabe«, sagte Claus zu Hans, der neben ihm stand. »Man ist angespannt, schwitzt und hofft, daß alles schnell hinter einem liegt.«

Hans grinste und griff nach seiner Zigarettenpackung, die er nach einem warnenden Blick von Herrn Konrad aber wieder wegsteckte.

»Da sind sie endlich!« sagte eine der Frauen, als sich die Haustür öffnete.

Konsul Petersen kam als erster; sein freundliches Gesicht sah noch jovialer als sonst aus. Seine Frau hatte er untergehakt; fast schien es ein bißchen, als würde er sie dirigieren, fand Claus. Der Konsul nickte freundlich nach allen Seiten und wandte sich zur Treppe nach oben.

Hinter ihm ging seine Tochter; sie trug ein geblümtes Kleid, weiße Kniestrümpfe und Sandalen. Neben ihr – Claus' Herz setzte einen Schlag aus – schritt majestätisch das schönste Mädchen entlang, das er je gesehen hatte: unter einem hellgrünen Kleid mit kurzen Ärmeln lugten schlanke Beine hervor, die in flachen hellbraunen Schuhen steckten. Dunkle Locken fielen bis auf ihre Schultern, und ein spitzbübisches Lächeln schob sich in ihre Mundwinkel, als sie die beiden jungen Männer bemerkte. Auf Claus' Gesicht ruhten ihre Augen etwas länger; zumindest kam es ihm so vor.

Es war Liebe auf den ersten Blick.

»Die heirate ich, wenn ich jemals heirate«, flüsterte er seinem Freund zu.

»Ich auch!« flüsterte Hans zurück.

»Scht«, sagte Herr Konrad und betrachtete die beiden mißbilligend. Irgend jemand mußte sich immer danebenbenehmen.

Als Familie Petersen im ersten Stock verschwunden war, lokkerte sich im Flur die Stimmung unter den Angestellten.

»Kaffee für alle«, sagte Herr Konrad, wobei die Bemühungen, seiner Stimme einen freundlicheren Anstrich zu geben, erfolglos blieben. Er war gefürchtet, das wußte er, und daher waren für ihn auch Ausflüge in Bereiche, in denen die Disziplin nicht gefragt war, vergeblich – er blieb ein farbloser, steifer Zeitgenosse. »Und der Nachmittag ist hiermit freigegeben.«

»Kaffee mit Rum?« wagte einer der Lagerarbeiter zu fragen.

»Von mir aus auch mit Rum«, antwortete Herr Konrad. »Wenn mich jemand braucht – ich bin in meinem Büro.« Er drehte sich um und ging ebenfalls nach oben.

»Was machen wir jetzt?« fragte Claus. Insgeheim hoffte er, daß er das Mädchen ohne Namen heute noch einmal sehen würde.

»Wir könnten draußen eine rauchen«, sagte Hans, den das Nikotin fest im Griff hatte. Claus als Gelegenheitsraucher, wiewohl er die stärkeren Marken bevorzugte, war noch gefeit.

Als zwei Stunden später Familie Petersen den ersten Stock noch immer nicht wieder verlassen hatte, beschlossen die beiden, den »Arbeitstag« zu beenden.

Der Montag begann mit Nebel. Fast die gesamte Stadt lag unter einer grauen Decke, als Claus morgens in die U-Bahn stieg, die ihn zum Hafen bringen sollte. Ein leichter Nieselregen am Baumwall bewog ihn, die kurze Strecke zur Kaffeerösterei in erhöhtem Tempo zurückzulegen. Im Flur des Kontors zog er seine Windjacke aus und schüttelte die Regentropfen ab.

»So'n Schietwedder«, sagte die Frau aus der Buchhaltung, als sie hinter sich den rechten Türflügel des Eingangs zuzog.

»Das ist noch gar nichts«, sagte Hans, »wartet mal ab, bis die Herbststürme kommen.«

»Wir haben April«, sagte Claus vorwurfsvoll. »Vielleicht kommt nie wieder ein Sturm.«

Hans lachte. »An die Arbeit.«

Der Morgen zog sich. Die übliche Routine und die körperliche Arbeit ließen Gespräche rasch verstummen. Erst die Mittagspause führte die Freunde wieder zusammen.

»Was machst du heute abend?« fragte Hans.

»Weiß noch nicht. Vielleicht gehe ich beim Star-Club vorbei und gucke nach, ob sich ein Konzert lohnt. Und du?«

»Ich sehe mir mal den vierten Stock im Kontor an.«

Claus' Herz begann, lauter zu klopfen. »Ist das nicht verboten? Deine Arbeit möchtest du doch sicher behalten, oder?«

Hans nickte. »Aber wir lassen unserer Neugier freie Hand und trotzdem Vorsicht walten.«

»Na gut«, sagte Claus kurzentschlossen. »Aber nur, wenn ich mitkomme.«

Um kurz nach sechs trafen sich die beiden Verschwörer im dritten Stock. Die anderen Arbeiter hatten das Gebäude schon verlassen. Alles war ruhig.

»Wo ist eigentlich Herr Konrad?« fragte Claus.

»Der wollte noch in die Stadt; ein Arztbesuch, glaube ich.«

Claus versuchte, die quer über die Treppe zum vierten Stock gespannte Messingkette auszuhaken, stellte aber zu seiner Verwunderung fest, daß sie dort mit einem kleinen Vorhängeschloß gesichert war.

»Interessant«, sagte er. »Als wolle man dem Verbot Nachdruck verleihen.«

»Geh mal zur Seite«, sagte Hans. Vorsichtig streckte er sein linkes Bein über die Kette und ließ den Fuß dann auf die unterste Stufe herab.

Sie knarrte.

Claus zuckte zusammen. »Pst, paß doch auf.«

Hans hob sein anderes Bein über die Absperrung, während Claus es ihm nachtat.

Langsam schlichen die beiden jungen Leute nach oben. Sie versuchten, das Ächzen der Stufen um die Hälfte zu reduzieren, indem sie nur jede zweite benutzten. Schließlich waren sie oben und blieben verblüfft stehen.

Das sah nicht mehr wie ein Lagerhaus aus. Überhaupt nicht.

Petersen saß in seinem Büro und zählte das Geld. So wirkte es zumindest auf einen unbeteiligten Beobachter, der zufällig – von wo auch immer – einen Blick auf den großen Mahagonischreibtisch werfen würde.

Die Scheine sahen ziemlich neu aus; am häufigsten waren Fünfziger und Hunderter vertreten, aber es gab sogar einen kleinen Stapel rötlicher Fünfhunderter. Daß auf ihnen Maria Sibylla Merian aus dem siebzehnten Jahrhundert abgebildet war, hätten gebildete Beobachter – zu denen der Konsul zählte – natürlich sofort gewußt.

Aber das interessierte ihn gerade überhaupt nicht. Er zog eine Liste mit säuberlich untereinander stehenden Beträgen heran und überprüfte die Zahlen mittels der Summe der Geldbündel. Es stimmte. Aber er seufzte trotzdem. Dreißig Prozent mußte er an seinen Kompagnon abgeben, fünf Prozent mehr als im letzten Monat und zehn Prozent mehr als noch im vergangenen Jahr. Das war eben der Preis, wenn man nicht allein sein Geschäft führen konnte. Zweimal hatte er Anstalten gemacht, Russo auszuzahlen, aber beide Male hatte es der Italiener abgelehnt. Statt dessen hatte er, Petersen, größere Bargeldbeträge erhalten, mit der Bitte, diese sinnvoll, möglicherweise sogar gewinnbringend, anzulegen.

Wahrscheinlich war es Schwarzgeld, aber das wollte er lieber nicht so genau wissen.

Petersen zählte das für seinen Teilhaber vorgesehene Geld ab, steckte es in einen brauen Umschlag und stand auf. Er würde es wie immer selber in den vierten Stock bringen.

Vor den beiden jungen Männern erstreckte sich ein mit Teppichen ausgelegter Flur. An der Wand hingen ein paar Gemälde, die alt aussahen. Ein brauner Garderobendoppelschrank, in der Mitte ein Spiegel mit Kerzenleuchtern zu beiden Seiten, stand gegenüber. Und ein Rollstuhl.

Claus sah Hans an. »Weißt du, was das bedeutet?«

»Daß jemand nicht laufen kann«, antwortete Hans lakonisch.

»Aber warum dürfen wir das nicht wissen, das heißt, die Angestellten?«

Hans zuckte die Achseln. »Keine Ahnung. Aber wir können ja mal klopfen.«

»Bist du verrückt geworden?« zischte Claus. »Ich möchte hier gerne noch länger arbeiten.« Er betrachtete den Rollstuhl, ein klobiges Modell mit dicken Reifen, wahrscheinlich für draußen gedacht.

Einen Stock tiefer nestelte jemand an der Kette, dann knarrte die unterste Stufe.

Ein sonniger Nachmittag

Bonn, April 2019. Krüger stand auf dem Parkplatz des Polizeipräsidiums vor seinem Auto und hatte den Faden verloren. Wo wollte er nochmal hin?

Manchmal hatte er den Eindruck, daß es jeden Tag schlimmer wurde. Sein Gedächtnis ließ ihn täglich ein Stückchen mehr im Stich als noch am Vortag. Ein befreundeter Anwalt hatte ihm allerdings Ähnliches berichtet: »An drei Dinge kann ich mich nie erinnern: Namen [Pause], Orte [längere Pause], und das Dritte habe ich vergessen.«

Carmen trug es mit Humor, noch jedenfalls, wenn sie ihm sagte, er könne doch für den Fall, daß er wieder seinen Kugelschreiber suche, an jedem Ort, an dem er ihn verlegen könnte, schon einen hinlegen für den Fall, daß er wieder suchte … Wer den Schaden hat, jaja, dachte er und beschloß jedes Mal, dem Gedächtnisschwund durch die gesteigerte Zuführung von Nüssen, Heidelbeeren, Makrelen, Petersilie und anderem *slow food* (»Langsam kauen!«) zu begegnen, wie es ein großes deutsches Wochenblatt in seinem Newsletter vorgeschlagen hatte (»Wissenschaftlich erwiesen!«).

Allerdings fand er, daß man *mit* Whisky auch nicht mehr vergaß, als ohnehin schon. Und auch nicht mehr erinnerte, was meist ganz nützlich war.

Ach ja, richtig.

Er wollte sich doch um den zweiten Mordfall kümmern, diesen italienischen Feinschmecker mit seinem Geschäft. *Gluckstraße* gab er also ins Navigationsgerät seines Qashqais ein und las entgeistert, daß das Gerät längere Staus auf der Nordbrücke wie auch auf der Viktoriabrücke ankündigte. Letztere war allerdings entschuldigt, da sie aufgrund einer Generalsanierung, besser: ihres Neubaus, nicht mehr alle Fahrspuren aufwies und sich daher der Stadtverkehr durch ein Nadelöhr schlängeln mußte. Welches Tier mußte da noch mal durch? Assoziationsketten waren furchtbar. An ihrem Ende hatte man vergessen, worüber man anfangs überhaupt nachdenken wollte.

Kurz entschlossen stieg Krüger aus seinem Auto wieder aus und marschierte die wenigen Meter von der Parkgarage des Polizeipräsidiums zur Haltestelle der Linie 66, deren Fahrtzeit von dreizehn Minuten zum Bonner Hauptbahnhof er mit dem Auto sowieso nicht unterbieten konnte. Und angesichts der Tatsache, daß jeder Bürger weitere Klimaerwärmungen vermeiden sollte, war ein Verzicht auf das eigene Fahrzeug das Beste, was er heute für das Gemeinwohl tun könnte. Abgesehen davon natürlich, einen freilaufenden Mörder – oder zwei – einzusammeln.

Hinnerk hatte gerade beschlossen, sich Contadinos Haus von innen anzusehen, um nach Hinweisen auf seinen Bruder zu suchen, als sich die Eingangstür öffnete. Zwei Polizisten kamen heraus, zwischen ihnen eine junge Frau, die Hände in Handschellen auf dem Rücken.

Der Hüne wechselte unauffällig die Straßenseite und verfolgte aus den Augenwinkeln, wie die beiden Uniformträger mit der Frau zur Einmündung der Mozartstraße gingen und um die Ecke verschwanden. Der dickere der beiden Polizisten war ziemlich kurzatmig und wischte sich mehrfach mit einem Taschentuch die Stirn ab. Er kam Hinnerk irgendwie bekannt vor, aber er war sich nicht sicher, wo sich ihre Wege schon gekreuzt hatten. Na ja, Dicke sahen einander überall auf der Welt ähnlich.

Schon merkwürdig, daß die Polizei Gefangene zu Fuß abtransportierte, dachte er. Aber wahrscheinlich waren auch die Hüter des Gesetzes umweltbewußt geworden und ließen ihren Wagen lieber stehen.

Der Hamburger Killer vergewisserte sich, daß die Luft rein war, ging zur Haustür und war nach drei Sekunden drin. Die Polizisten hatten die Tür nur zugezogen, was das Eindringen enorm erleichterte.

Auf der gegenüberliegenden Straßenseite legte die alte Frau, die Hinnerk vorhin Contadinos Haus bezeichnet hatte, das Fernglas zur Seite. Sie überlegte, ob sie die Polizei anrufen solle, entschied sich aber dagegen. Vielleicht war der große Mann ja tatsächlich ein Verwandter und besaß zudem noch einen Hausschlüssel. Wer wußte das schon?

Krüger war wieder etwas außer Atem, als er sein Ziel erreichte. Wie immer bei solchen Gelegenheiten nahm er sich auch dieses Mal vor, an seiner Form zu arbeiten. Körperliche Ertüchtigung tat not, aber schon Turnvater Jahn hatte nicht alle seiner Schüler dafür begeistern können. Und abends war er, der Kommissar, einfach zu müde, um noch etwas Anstrengendes zu unternehmen. Sich kurz die Beine während eines Spaziergangs mit Carmen zu vertreten, mußte reichen.

Die Hausnummer von Contadinos Villa hatte er bei Kaul erfragt, den Schlüssel dazu von Langenargen nach der Besprechung erhalten. Krüger wollte die Tür öffnen, stellte aber zu seinem Unmut fest, daß sie nicht verschlossen, sondern nur zugezogen war. Aus alter Gewohnheit machte er sie von drinnen so leise wieder zu, daß kein eventueller Bewohner etwas gehört haben konnte. Das schöne alte Treppenhaus tat es ihm an. Wohin jetzt? Wo konnte sich ein Hinweis auf Contadinos Mörder finden lassen? Im Keller schien Licht zu brennen. Gut, dachte er, fange ich eben unten an, und begab sich auf die Treppe abwärts.

Hinnerk stand im ersten Stock und hatte einen leichten Luftzug gespürt. Der Wind konnte es nicht gewesen sein; draußen herrschte – bei dunkelgrauem Himmel – die völlige Ruhe vor dem Sturm. Dann entdeckte er das gekippte Wohnzimmerfenster und war wieder beruhigt. Nach seinem Dafürhalten zog es in alten Häusern ständig. Er wandte sich erneut der Schublade der Anrichte zu und suchte weiter. Aber außer alten Briefen mit italienischen Briefmarken und Absendern, die alle *Contadino* lauteten, fand er nichts.

Dann klapperte etwas im Hausflur. Das Geräusch schien von weiter unten zu kommen. Der Hüne schloß die Tür zum Wohnraum und lauschte im Flur. Vielleicht war es nur eine Katze. Hatte Contadino Haustiere gehabt?

Krüger stand im unzureichend beleuchteten Kellerraum und las die Rücken der Ordner, nachdem er die sich weit öffnende Tür versehentlich gegen das Regal geschlagen hatte. Es sah nach einem regen Geschäftsverkehr mit einer Exportfirma in Palermo aus, wie er beim Durchblättern einer Akte feststellte. Er stellte sie zurück – sollten sich doch die Kollegen von der Wirtschaftskriminalität darum kümmern.

Das ausgehobene Loch im Fußboden irritierte ihn jedoch. Wer hier buddelte, konnte doch höchstens auf die Pipeline Kapstadt—Wanne-Eickel stoßen. Er trat näher und leuchtete den Boden aus. Knochen. Aha.

Als Kriminalhauptkommissar, der seit Jahrzehnten in die Abgründe blickte, von Menschen und in Häusern, konnte ihn so leicht nichts mehr erschüttern. Aber etwas erschien ihm hier merkwürdig. Falls es ein vollständiges Skelett war, sah es seltsam auseinandergenommen aus: Ein Schädel war nirgends zu sehen, und die einzelnen Knochen waren nach Größe geordnet und parallel ausgerichtet worden. Für alle Fälle machte er ein Foto und beschloß, es draußen an Carmen zu expedieren, die vielleicht Genaueres über das Alter des sortierten Menschen zu sagen wußte. Schließlich hatte sie einen Bio-Leistungskurs besucht.

Hinnerk schüttelte den Kopf; er hatte sich wohl getäuscht. Der nächste Raum war das Schlafzimmer, aber auch hier fand er keinen Hinweis auf einen Bruder Contadinos. Statt dessen stieß er zu seiner Überraschung in einer der Schubladen des Kleiderschranks auf Damenwäsche und zusammengerollte Strumpfhosen. Weitere weibliche Kleidung hing an Bügeln neben einigen maßgeschneiderten Anzügen. Der Italiener hatte anscheinend eine Frau bei sich wohnen gehabt. Soso. Ein stilles Wasser. Aber etwas mußte er ja mit dem Geld angefangen haben, das er dem rechtmäßigen Besitzer bislang vorenthalten hatte. Frauen waren in der Regel ein Faß ohne Boden, fand der Hüne; gab man ihnen den Ring für den kleinen Finger, wollten sie sofort den gesamten Rest an Schmuck und sonstigen Pretiosen haben. Er dagegen hielt seine Freundin auf Abstand; sie mußte auch nichts von der zweiten in Vorpommern wissen.

Schließlich fand er, was er gesucht hatte: einen gezeichneten Stammbaum, den Contadino in einer schlecht beleuchteten Ecke des Flurs zum Bad aufgehängt hatte. Die vier Generationen, alle mit Paßbildern versehen, begannen mit dem Urahn, einem gewissen Giuseppe Fontanello, der seltsamerweise den Namen seiner Frau angenommen und nur zwei Kinder, beides Jungen, gezeugt hatte. Der Stammbaum endete mit Hinnerks Opfer, Salvatore Contadino, 1983 in Palermo geboren.

Daneben war ein zweiter Name vermerkt: Paolo Contadino, 1985–1986.

Es gab also einen Bruder; allerdings war er nur ein Jahr alt geworden.

Hinnerk holte sein Mobiltelefon heraus, rief die SMS aus Hamburg auf und las sie erneut. Dort war eindeutig von einem Bruder die Rede. Aber wenn weder Weyler noch der Italiener einen Bruder gehabt hatten, jedenfalls keinen noch lebenden – wer zum Teufel war dann mit der Nachricht gemeint?

Er stutzte.

Da sang doch jemand leise im Hausflur?

Krüger wurde den Ohrwurm nicht los, den ihm Derenthal ins Ohr gesetzt hatte. Also summte er auf dem Weg ins Erdgeschoß *Sunny Afternoon* und versuchte gleichzeitig, leise zu seufzen, weil ein sonniger Nachmittag mit Carmen seiner öden Ermittlerarbeit immer vorzuziehen war. Außerdem hatte er irgendwo gelesen, daß das ständige Wiederholen einer Melodie, die einen verfolgte, schließlich dazu führte, daß diese ins Unterbewußtsein abdriftete und dadurch allmählich leiser wurde.

Bei ihm funktionierte diese Methode bisher allerdings nicht.

Der Bildschirm seines Handys zeigte einen einzigen müden Balken an, so daß Krüger vor die Haustür trat, worauf wie durch Zauberhand vier Striche erschienen, begleitet von dem dezenten Hinweis *4G*. Er rief den Nachrichtendienst auf und versandte über Threema das Knochenbild an seine Freundin. Dann ging er ins Haus zurück. Vielleicht fand er doch noch etwas Interessantes, das ihm einen Hinweis auf Contadinos Mörder geben würde.

Contadinos Mörder verfolgte am Treppengeländer im ersten Stock entgeistert, wie der Mann ins Haus zurückkam und systematisch die Räume im Erdgeschoß zu durchsuchen begann. Nach einem Einbrecher sah das nicht aus. Wahrscheinlich bekam er es mit der Kripo in Zivil zu tun.

Also was tun? Erschießen konnte er ihn ja schlecht, dann wäre nämlich anschließend die gesamte deutsche Polizei hinter ihm her.

Leise schlich Hinnerk ins Schlafzimmer zurück und verschwand unter dem Bett. Mühsam zog er seine Füße ein. Manchmal war es doch von Nachteil, so groß zu sein.

Er hörte Schritte, dann öffnete sich die Schlafzimmertür.

Haute Couture für Füße

Bonn, April 2019. Die beiden Polizisten marschierten, Lara Karenina in Handschellen zwischen sich, Richtung Bahnhof, gefolgt von einigen Schaulustigen mit Mobiltelefonen in den Händen. Derenthal sagte zum wiederholten Male: »Nicht so schnell, R2. Du rennst.«

»Wir bringen die Dame zu den Kollegen in der Quantiusstraße. Da stehen genug Autos, mit denen sie jemand ins Präsidium fahren kann.«

Die Dame sagte gar nichts, sondern schritt munter zwischen den beiden Uniformierten aus. Ein leises Lächeln umspielte ihren Mund.

»Hören Sie auf zu grinsen«, sagte Derenthal. »Das hier ist nicht lustig.« Er versuchte, das Tempo zu verlangsamen, was ihm aber nicht gelang, da der leichtere Roselski und die junge Frau seine Bemühungen ignorierten. Auf Höhe zweier hoher Gebäude in der Bachstraße, die aus großen Quadersteinen in Dunkelrosa errichtet worden waren, hatte Derenthal genug. Außerdem fing es an zu regnen. »Ich gehe keinen Schritt weiter.« Er zeigte auf eine Durchfahrt unter einer Querverbindung im ersten Stock. »Wir stellen uns jetzt da unter und warten, bis ein Kollege mit seinem Fahrzeug kommt.« Schon hielt er sein Telefon in der Hand und wählte. »Wir brauchen einen Wagen und drei freie Sitzplätze.« Er sah sich um und suchte die Hausnummer. »Bachstraße 9.«

Schneider hatte ebenfalls genug. Bei ihm betraf es mathematische Aufzeichnungen und Lebensmittel, die allmählich zu riechen begannen. Intelligenterweise hatte jemand am Vortag das Stromkabel der Kühltheke abgezogen, um sie besser von der Wand abrükken zu können, und nicht wieder eingesteckt. Wahrscheinlich die Spurensicherung, dachte der Kommissar. Er verabschiedete sich und beschloß, an Tatort Nummer eins zu wechseln. Vielleicht stieß er dort auf etwas Neues, was Rückschlüsse auf den Mörder zuließ. Oder auf einen zweiten.

Eine knappe Viertelstunde später – er hatte sich Zeit gelassen, war in Ruhe die Poppelsdorfer Allee bis zum Ende hochgegangen und hatte beim Kaffeefahrrad einen Espresso getrunken – stand er vor der Fassade der Kaffeerösterei »Wwe. Arntz' Feine Kaffeebohnen«. Ein einsamer Streifenwagen parkte halb auf dem Gehweg, aber sonst sah die Gegend verschlafen wie immer aus. Schräg gegenüber am kleinen Supermarkt unterhielten sich zwei Mütter über ihre Kinderwagen hinweg, während sie rauchten, und ein Grüppchen Studenten diskutierte, *Coffee-to-go*-Becher in der Hand. Aus einer Eingebung heraus näherte sich Schneider der Gruppe.

Beim Näherkommen entdeckte er den Praktikanten. Fabian Schmücker winkte ihm freundlich zu und erklärte seinen Kollegen: »Die Pozilei.« Ein Mädchen kicherte, die beiden anderen jungen Männer versuchten, eine coole Miene zu wahren.

»Schneider, Kripo Bonn«, sagte Schneider. »Da Sie hier so teilnahmslos stehen – darf ich Sie etwas fragen?«

»Nur zu«, sagte Schmücker, »obwohl ich ja schon alles gesagt habe, was ich weiß.«

»Das ist auch nicht so viel«, sagte einer seiner Kommilitonen.

Das Mädchen kicherte.

Schneider fragte sich, ab welchem Alter das Kichern in ein leiseres Lachen oder ein leises Lächeln überginge. Vielleicht wußte Carmen dazu etwas zu sagen. Er machte sich einen Knoten ins geistige Taschentuch, um die Frage nicht zu vergessen. »Sie haben sicher von dem Verbrechen dort drüben schon gehört«, fuhr er dann fort.

»Haben wir«, sagte einer der vier.

»Ich habe nichts gesehen«, sagte das Mädchen und fingerte nervös eine Tabakpackung aus ihrer zu groß geratenen Handtasche. Das Drehen einer Zigarette mißlang ziemlich, so daß das Ergebnis nicht nach einem gefüllten Röhrchen aussah, sondern eher nach einem aufgeblasenen, ovalen Luftballon mit viel zu dünnen Enden.

Schneider hatte ihre Reaktion mitbekommen. »Wo waren Sie denn vorgestern abend? Der Rechtsmediziner hat nämlich gesagt, der Mord sei zwischen achtzehn und zweiundzwanzig Uhr verübt worden.«

»Braucht Anna ein Alibi?« Der Praktikant fand, man mußte immer den Schwachen der Gesellschaft zur Seite stehen.

Schneider lachte. »Ich glaube nicht. Aber ich habe mich auch unpräzise ausgedrückt. Eigentlich möchte ich nur wissen, ob Sie irgend etwas Ungewöhnliches bemerkt haben.«

Allgemeines Kopfschütteln.

»Wir sind zwar häufiger hier«, sagte der Praktikant, »aber nicht mehr um die Uhrzeit.«

Die anderen drei nickten.

»Dann eben nicht«, sagte der Kommissar und wollte gehen.

Leise sagte das Mädchen: »Bei englischen und amerikanischen Serien sitzt während der Hälfte der Folge jemand vorm Bildschirm und überprüft die CCTV-Aufnahmen.«

»Closed Circuit Television«, warf einer der Studenten wichtigtuerisch ein. »Bilder der Überwachungskameras.«

»Danke für diesen konstruktiven Beitrag, Finn«, sagte Schmükker, »aber wir alle gucken Serien. Wir wissen Bescheid.«

»Außerdem gibt es hier keine Kamera«, sagte der mit Finn Angesprochene etwas beleidigt.

»Doch.« Das Mädchen wies auf eine als Außenlampe getarnte Kamera über der Markise des Supermarktes hin.

»Echt jetzt?« fragte Schmücker. »Das ist doch eine normale Lampe.«

»Dann sieh dir mal die Linse an.«

Schneider trat ebenfalls näher und betrachtete angestrengt das Objekt. Er nickte. »Ich glaube, Sie haben recht. Vielen Dank. Dann besuche ich jetzt mal den Marktleiter. Einen schönen Tag noch.«

Erleichtert sank Derenthal auf den Beifahrersitz des Streifenwagens. Roselski, der deutlich schmäler war, hätte auch zu zweit im Fond Platz nehmen können; trotzdem war hinten für Lara Karenina noch genug Platz.

»Königswinterer Straße 500, bitte«, sagte Derenthal. Wie alle Dicken war er im Grunde seines Herzens ein gutmütiger und stets zu Freundlichkeiten aufgelegter Mann.

»Das hier ist kein Taxi.« Der Kollege am Steuer, der gerade einen Stau auf der Rheinbrücke hinter sich gebracht hatte, seufzte. »Wirklich? Wieder zurück? Könnt ihr die junge Frau nicht in der Altstadtwache vernehmen?«

»Im Präsidium schmeckt der Kaffee besser«, sagte Derenthal.

Die junge Frau auf dem Rücksitz verfolgte die Sätze amüsiert; ihr mokantes Lächeln hatte sich eher noch verstärkt.

Roselski beobachtete sie und wunderte sich. Wenn man ihn verhaftet hätte, wäre er schon längst nicht mehr so fröhlich.

Zwanzig Minuten später saßen R2D2 mit der Russin in einem der Verhörräume des Bonner Polizeipräsidiums, jeder einen Becher Kaffee vor sich.

»Dann erzählen Sie mal«, begann Roselski. »Was können Sie uns zu den Knochen im Keller sagen?«

»Gar nichts. Dafür ist Salvatore zuständig.« Sie betrachtete ihre Fingernägel. »Gewesen«, setzte sie nach einer kurzen Pause hinzu.

»Sie wollen also nichts davon gewußt haben?«

Karenina schüttelte den Kopf. »Nichts.«

»Haben Sie denn eine Ahnung, wer das Opfer gewesen ist?«

»Habe ich nicht.« Ihr Lächeln war immer noch da.

»Für mich sieht das sehr nach der Beseitigung einer Leiche aus«, sagte Derenthal, der die Knochen nicht gesehen hatte. Roselskis Hinweis hatte ihm gereicht.

»Für mich nicht«, sagte die Russin. »Wenn Sie die Knochen noch gefunden haben, sind sie doch noch nicht beseitigt, oder?«

»Das sind Haarspaltereien«, sagte Derenthal. »Wir ...« Er verschluckte den Rest des Satzes, weil er nicht mehr weiter wußte. Auf seiner Stirn hatten sich Schweißperlen gebildet.

Roselski beobachtete ihn besorgt und kam ihm zu Hilfe.

»Wir behalten Sie erst einmal hier, Frau Karenina. Vielleicht besinnen Sie sich doch noch und erleichtern Ihr Herz.« Er öffnete die Tür zum Gang und rief: »Abführen!«

Aber niemand antwortete.

Schneider stand im Büro des Filialleiters und fachsimpelte mit ihm über Kameraneigung, Drehwinkel und dergleichen, womit sein Gegenüber erklären wollte, warum die Aufnahmen der Überwachungskamera für die Kripo unbrauchbar seien. »Die gegenüberliegende Straßenseite wird mit meiner Kamera überhaupt nicht erfaßt.«

»Das zu beurteilen, überlassen Sie lieber den Fachleuten«, sagte der Kommissar. »Wenn ich also bitten darf.« Er streckte die Hand aus und wartete.

Weitere Ausflüchte folgten, bis Schneider die Geduld verlor. »Wir können auch einen richterlichen Durchsuchungsbeschluß erwirken und dann Ihren Laden auseinandernehmen.«

»Drohungen, wie?« Der Filialleiter sah ihn wütend an. »Das könnt ihr, wie?«

»Kein Grund, mich zu duzen.« Er griff nach seinem Handy und drückte eine Kurzwahltaste. »Ich bin's. Könnt ihr mal einen Wagen in die Königstraße—«

»Ist ja gut«, sagte der Filialleiter. »Nun haben Sie sich mal nicht so.« Er nahm einen neuen Stick aus einer Packung und lud die Kamerabilder darauf. »Wie ist es mit einer Quittung?« fragte er kurzangebunden, während er das Speichergerät überreichte.

»Nein, danke, brauche ich nicht«, sagte Schneider und verließ mit dem Stick den Supermarkt.

Der Mann starrte ihm entgeistert nach.

Schneider hatte sich von den Kollegen des Streifenwagens von der Kaffeerösterei ins Präsidium fahren lassen und saß nun mit Kaul an dessen Rechner. Die Finger des Computergurus der Abteilung tänzelten über die Tastatur. Rasch baute sich das Bild im Zeitraffer auf, und die beiden Ermittler beobachteten eine leere Königstraße. Gegen halb sieben – die Zeit war dauerhaft eingeblendet – kam Bewegung auf.

»Schade, daß das leider keine moderne 180°-Kamera ist«, sagte Kaul. »Dann wäre nämlich bedeutend mehr zu sehen.«

»Wieviel Grad hat die Kamera denn?«

»Vermutlich achtzig Grad. Vielleicht auch hundert. Aber sie ist schief montiert und zeigt von der eigenen mehr als von der gegenüberliegenden Gehwegseite. Mehr als zwanzig Meter in der Breite sind da sowieso nicht zu sehen.«

»Halt!« sagte Schneider plötzlich. »Nochmal zurück, bitte.«

Etwas huschte durchs Bild.

Gehorsam ließ Kaul den Film zurücklaufen.

»Halt. Und jetzt wieder richtig herum.«

Auf dem Monitor tauchte plötzlich eine schemenhafte Gestalt auf, die sich zügig nach rechts zur Kaffeefirma hin bewegte.

Kaul hielt den Film an und versuchte, die Größe der Figur zu messen. Aber ihre Umrisse blieben verschwommen. »Sehr merkwürdig«, sagte er. »Das ist mir in meiner ganzen Laufbahn noch nicht untergekommen. Die Kleidung scheint reflektierende Partikel zu besitzen, die wohl ein scharfes Kamerabild verhindern sollen.« Ein anerkennender Blick Richtung Bildschirm folgte. »Und es ja auch tun. Jemand, der mitdenkt und Eventualitäten einrechnet.«

»Ein planender Zeitgenosse.«

Kaul nickte. Er ließ den Film noch etwas weiterlaufen, bis die Gestalt nach rechts aus dem Bild verschwand. »Keine Ahnung, ob das unser Mörder gewesen ist.«

»Meiner nicht«, sagte Schneider.

Kaul grinste. »Warte mal«, sagte er plötzlich. »Ich muß mir das Ganze noch einmal ansehen.«

Schneider beugte sich gespannt nach vorn. Wie er seinen Kollegen kannte, würde der gleich auf etwas stoßen, was sie weiterbrachte.

Von links kam die reflektierende Figur ins Bild und bewegte sich – Kaul hatte auf Zeitlupe umgestellt – wie ein alter Mann nach rechts. Plötzlich stoppte der Computerfachmann den Film und zoomte auf die Füße der Figur. »Siehst du?«

Schneider wußte nicht, was er sehen sollte. »Weiße Schuhe, oder?«

»Schon richtig, aber von welcher Firma?«

»Keine Ahnung. Da mußt du schon Krügers Freundin fragen, die kennt alle Schuhe der Welt.«

Kaul grinste und deutete auf den Monitor: »Hier. Vier Buchstaben.«

Schneider kniff die Augen zusammen und fixierte das verpixelte Standbild. »Sag du's.«

»VLTN.«

»?«

»Valentino«, sagte Kaul, dessen modebewußter Neffe auch ein Paar dieser teuren Schuhe besaß. »Ziemlich kostspielig.«

»Ein Mann mit Geld.«

»Denke ich auch. Informierst du Krüger?«

Ehe Schneider antworten konnte, poppte eine E-Mail auf Kauls Bildschirm auf. »Wenn man vom Teufel redet …«, sagte er. »Eine weitergeleitete Nachricht von Krügers Handy.« Zu sehen war ein Foto mit Knochen, darunter die Zeile: »Das Bild stammt aus Contadinos Keller. Kannst du zum Alter der Leiche etwas sagen?«

Kaul sah genauer hin, dann fing er schallend an zu lachen.

Der Vorgang des Ertaubens nach dem Urknall

Bonn, April 2019. Krüger stieß die nur angelehnte Tür auf. Das Schlafzimmer. Er durchsuchte rasch, aber systematisch das Mobiliar, registrierte die Anwesenheit einer Frau im Haus, studierte die auf den Nachttischen liegenden Utensilien – jemand las russische Bücher; Анна Каренина stand auf einem, das er zwecks späterer Identifizierung fotografierte – und warf einen Blick aus dem Fenster. Große alte Bäume, kleine Rasenflächen und ein paar Beete luden zum Verweilen ein. Dem Grün hier hatte man im neunzehnten Jahrhundert deutlich mehr Raum eingeräumt als den Bewohnern des Venusbergwegs, wo er mit Carmen residierte. Aber wer dort Sehnsucht nach mehr Natur verspürte, hatte ja den Botanischen Garten gegenüber.

Der Kommissar schloß die Schlafzimmertür wieder und stieg einen Stock höher.

Unter dem Bett entrang sich ein tiefer Seufzer Hinnerks Brust. Das war gerade noch einmal gut gegangen. Er kroch hervor und betrachtete sich mißbilligend im Spiegel, nachdem er sich wieder auseinandergefaltet hatte.

Staub.

Warum machten die Leute eigentlich nie unter den Betten sauber?

Er klopfte die Flusen ab, so gut es ging, und lauschte.

Jemand rumorte einen Stock höher.

Prima, dann konnte er ja gehen.

Leise trat er in den Flur. Dabei übersah er jedoch eine Wasserflasche, die knapp hinter der Türwange gestanden hatte. Die Flasche fiel um und rollte mit Getöse die Treppe hinunter.

Krüger war dabei, die Schubladen des Schreibtisches im Büro zu durchsuchen. Bisher hatte er aber nichts Interessantes gefunden.

Um den Computer und die angeschlossenen Festplatten sowie um ein einsames Handy daneben mußte sich Kaul kümmern, falls er mal seinen heißgeliebten Arbeitsplatz verlassen würde. Wahrscheinlich war es eher so, daß hier einer alles abbaute und zu ihm ins Präsidium brachte.

Einen Stock tiefer schepperte etwas gewaltig. Es klang nach einer Flasche, die dem Newtonschen Gesetz folgte und ihren Weg Richtung Erdmittelpunkt suchte. Tatsächlich zersprang wenige Sekunden später Glas mit einem lauten Knall auf den Fliesen. Aus irgendeinem Grund hallte es im Treppenhaus nach.

Krügers Geist driftete in philosophische Sphären ab. Er fragte sich, ob sich der Urknall wohl vorher angekündigt hatte und ob man durch ihn hätte ertauben können?

Jemand fluchte lautstark.

»Klei mi an'n Mors!«

Hinnerk hatte die Schnauze voll, die Faxen dicke, alles stand ihm bis zur Oberkante Unterlippe – wie er es auch drehte und wendete: sein Unternehmen war komplett aus dem Ruder gelaufen. Am meisten erschreckte ihn aber, daß er soeben die Contenance verloren und seinem Ärger Luft verschafft hatte – in der Sprache, mit der er groß geworden war. Plattdütsch.

Der Lärm war bestimmt auch einen Stock höher, wenn nicht sogar im Nachbarhaus zu hören gewesen. Das bedeutete, er mußte fliehen, was ihm zuletzt vor über fünfzehn Jahren passiert war.

In Windeseile rannte er die Treppe hinunter und trat natürlich im Erdgeschoß auf einen großen Glassplitter, der die Sohle seiner Sneakers mühelos durchdrang.

»So'n Schietkram!«

Krüger verfolgte im zweiten Stock verblüfft, wie ein Mann in breitestem Norddeutsch seinem Frust Raum gab. »Kratz mich am A...« hatte er gehört, was bedeutete, daß jemand schon sehr sauer sein mußte.

Der Kommissar beugte sich über das Geländer und sah einen braunhaarigen, breitschultrigen Hünen die Treppe hinunterjagen.

Der zweite Fluch unten vor der Haustür fiel dagegen etwas gemäßigter aus.

Eilig hastete er hinterher, manchmal zwei Stufen auf einmal nehmend, was seine Gelenke mit leichten Knackgeräuschen begleiteten. Das letzte Stück rutschte er sogar auf dem hölzernen Geländerlauf, was Carmen wohl mit einer hochgezogenen Augenbraue kommentiert hätte.

Trotzdem kam er zu spät. Die Eingangstür stand offen, und als Krüger sie außer Atem erreicht hatte und um die Ecke linste, sah er nur noch einen großgewachsenen Mann die Straße entlangrennen. Krügers Blick verfolgte ihn, bis er am Horizont ..., nein: um die nächste Straßenbiegung verschwunden war.

Hinnerk war stinksauer. So gedemütigt hatte er sich seit Kindergartentagen nicht mehr gefühlt. Zwar hatte er sein Ziel erreicht, etwas über den Bruder des Feinkosthändlers herauszufinden, nämlich nichts herauszufinden, weil es keinen aktuellen Bruder gab, jedenfalls keinen, von dem er wußte, dafür war er aber nicht unentdeckt geblieben, was selbst für einen japanischen Ninja – auch wenn er nun einmal keiner war – das Todesurteil bedeutet hätte: Schattenkrieger waren *immer* unsichtbar, unter allen Umständen.

Wenigstens stimmte seine Form noch. Mühelos joggte er bis zum Bonner Bahnhof – das Wort *Hauptbahnhof* sah er als zu groß für die kleine Station mit fünf Gleisen an – und stieg in den ersten nach Norden fahrenden Zug.

Sollte sein Auftraggeber doch machen, was er wollte. Er, Hinnerk, der beste Auftragnehmer aller Zeiten, würde ihn schon zur Rede stellen. Er hatte nichts gegen schwierige Aufgaben, aber die Aufgabenstellung sollte wenigstens präzise sein. Den Alten würde er sich schon vorknöpfen.

Seine Sachen trug er wie immer bei sich. Die Barbourjacke war groß genug, um etwas Wechselunterwäsche und eine Zahnbürste zu transportieren, so daß man in seinem Bonner Zimmer, falls man es überhaupt suchen würde, im Eventualfall nichts finden konnte.

Der Zug fuhr Richtung Sylt; das war schon mal die richtige Richtung.

Krüger stand, beide Hände auf seine Knie gestützt, vor der Haustür und rang nach Luft. Als er schließlich wieder zu Atem gekommen war, rief er Schneider an.

»Ja, ich bin es selber«, sagte er. »Wo steckst du?«

Er ließ sich kurz berichten und fragte anschließend: »Hast du was von R2D2 gehört?«

Wieder lauschte er und schmunzelte dabei. »Die haben tatsächlich jemanden verhaftet?«

Schneider referierte weiter.

»Die beiden Chaoten meinen also, daß die Frau für die Knochen im Keller zuständig ist oder zumindest etwas darüber weiß?«

Schneider wollte etwas sagen, als Krüger ihn sofort wieder unterbrach. »Moment. Ich melde mich gleich nochmal; gerade kommt eine Nachricht von Carmen.«

Ein Bild baute sich auf seinem Handy auf: das Foto eines großen Hundes. »Deutsche Dogge« stand darunter.

Jetzt verstand er gar nichts mehr.

»?« schickte er als Text zurück.

Carmens lakonische Antwort beschränkte sich auf zwei Wörter: »Deine Knochen.«

Krüger mußte zweimal lesen, dann verstand er und begann, laut zu lachen.

Die alte Frau gegenüber legte das Fernglas zur Seite. Wenn sie das in ihrem Häkelkreis erzählte! Erst die Verhaftung der jungen Frau von gegenüber, die immer so freundlich grüßte, dann das Getöse im Haus, das sie bei offenem Fenster gut vernommen hatte, danach die Flucht des großen Mannes, mit dem sie ja vorhin ein paar Worte gewechselt hatte, und nun das Gelächter eines ihr unbekannten, kleineren Mannes vor der Haustür von *Signore Contadino*, wie er sich gerne nennen ließ. Hatte nennen lassen, dachte sie. Alles war viel besser als der letzte *Tatort*.

Krüger wählte erneut Schneiders Nummer. Er lachte immer noch, als sein Kollege antwortete.

»Ich bin's. Du weißt also auch Bescheid?«

Schneider schien am anderen Ende zu nicken; jedenfalls sagte er nichts.

Krüger fuhr fort: »Die beiden haben also jemanden in Gewahrsam genommen, nur weil ein toter Hund im Keller liegt?«

Ein erneutes Nicken.

»Wissen die das schon?«

Kopfschütteln.

Krüger kannte seinen Freund lange genug, um zu wissen, wie – je nach Frage- und/oder Gesprächsstand – seine jeweilige Reaktion ausfiel, unabhängig davon, ob er ihm gegenüber saß oder nur mit ihm telefonierte.

»Ihr habt es R2D2 noch nicht gesagt?«

Schneider kicherte. »Die müssen ja nicht alles wissen.«

Krüger kicherte ebenfalls, wobei er sich, soviel wollte er zu seiner Ehrenrettung gelten lassen, dabei wie ein Schuljunge vorkam, der einem Klassenkameraden einen Streich spielte. Übergangslos wurde er wieder ernst und sagte: »Leider habe ich einen Verdächtigen entkommen lassen. Könnte sein, daß er unser Mörder ist. Der von Contadino jedenfalls.«

»Aha«, sagte Schneider, »deswegen rufst du an. Da liegt also der Hund begraben.«

Das Geld der anderen

Bonn, April 2019. Krüger ging sein Telefonat mit Schneider noch nach, aber das mußte ruhen, bis sie eine Gelegenheit zu einer ruhigen Besprechung vis-à-vis fanden. Er beschloß, etwas für die Gesundheit zu tun und zu Fuß zu gehen, statt einen Streifenwagen zu rufen. Er zog die Tür des Hauses in der Gluckstraße zu und schloß zweimal um, ehe er ein polizeiliches Siegel in den rechten Winkel zwischen Türblatt und Wange klebte. Dann marschierte er zügig zur Poppelsdorfer Allee. Sein Ziel war in ihrer Nähe der erste Tatort der aktuellen Fälle, die Kaffeerösterei; vielleicht stieß er dort auf etwas Neues.

Ermittlungsarbeit bestand immer aus dem mühsamen Zusammentragen von scheinbar nicht zusammenpassenden Einzelheiten, aber die Fertigstellung eines Puzzles hatte ihn schon als kleiner Junge begeistert. Wenn er an die vielen nebelverhangenen Herbstnachmittage in Hamburg dachte, fiel ihm immer Tante Elly ein, die ihn geduldig in die Geheimnisse der korrekten Zusammenführung der Einzelteile eingeweiht hatte. Die liebevolle Tante war seine Ersatzmutter, wenn seine alleinerziehende Mutter zur Arbeit ging. Irgendwie hatte er sein Leben bislang damit verbracht, Legespiele, nun, zu spielen, wobei im wirklichen Leben der Einsatz hoch war. Er betraf immer Menschen.

Der Kommissar betrachtete die versteckte Kamera über der Markise, die auch er nur deswegen entdeckte, weil er um sie wußte. Anschließend stellte er sich mit dem Rücken zum Supermarkt in der Königstraße auf und überlegte. Wenn die Gestalt mit den weißen Turnschuhen von links ins Bild gekommen war, wie Schneider berichtet hatte, dann war sie entweder beim Botanischen Garten aufgebrochen oder irgendwo auf der Poppelsdorfer Allee. Vielleicht sollte er dort suchen; manchmal fand man an den unmöglichsten Orten etwas, das einem weiterhalf.

Moment, da war doch etwas.

Ein Bild blitzte in seinem Gedächtnis auf und verschwand sogleich wieder. Etwas, das mit Größe, Freizeitkleidung und Plattdeutsch zu tun hatte. Aus Erfahrung wußte er, daß Nachdenken ihn nicht weiterbrachte. Da er den Gedanken ohnehin nicht zu fassen bekommen hatte, konnte er ihn auch getrost wieder ziehen lassen; er würde schon von selbst wieder auftauchen.

Gerade verließ eine Frau die Kaffeefirma. Beim Näherkommen erkannte Krüger die Buchhalterin.

»Ach, Sie sind's, Herr Kommissar«, sagte sie beim Näherkommen. Auch sie trug ihre Brille nicht. »Entschuldigung, ich konnte Sie nicht sofort zuordnen.«

Buchhalterformulierungen färbten anscheinend auf das wirkliche Leben ab, dachte Krüger und kam sich wie ein Beleg vor. »Kein Problem«, sagte er und ärgerte sich gleichzeitig, weil er die aktuell hoch im Kurs stehende Leerformel benutzte, die zur Zeit jeder als Entgegnung auf einen Dank hin verwendete. Wenn man sich bedankte, gab es doch keine Probleme, oder? Höchstens *davor*, wenn jemand etwas tat, dessentwegen man ihm hinterher danken mußte.

Vielleicht hätte ich Philosoph werden sollen, dachte Krüger weiter und hörte gleichzeitig Carmens Stimme im Geiste, die – wie Schneider vorhin – etwas zu Arbeitsplätzen in der Duden-Redaktion sagte. Immerhin hatte er den Namen der Buchhalterin behalten.

»Guten Tag, Frau Diepensiefen.«

»Gibt es etwas Neues?« fragte die Frau.

»Dauernd«, sagte Krüger freundlich. »Das Leben bleibt ja nicht stehen.«

»Ich meine, in Bezug auf den Tod von«, sie schluckte hörbar, »von meinem Chef?«

»Wir ermitteln in alle Richtungen.« Ein wunderbarer Standardsatz, der bei jedem Fall mindestens einmal auftauchen mußte. »Aber da ich Sie gerade sehe – können Sie mir sagen, wo ich Ihren Herrn Bruder treffen kann?«

»Den Rolf?« Sie lächelte freundlich, als Krüger nickte. »Kann ich, aber das wird Ihnen nichts nützen. Der Rolf ist gerade in Bergen.«

»Ski fahren? Oder wandern?«

»Sie müssen schon ordentlich zuhören, Herr Kommissar. Sonst erhält man nur Falschinformationen, die man dann auch noch falsch weitergibt.«

Dann sind sie ja wieder richtig, wollte Krüger sagen, unterließ es aber lieber. Nicht alle Leute kamen mit Ironie und dergleichen klar. »Wie meinen Sie das?« fragte er stattdessen.

»Ich habe *in Bergen* gesagt und nicht *in den Bergen*.«

»Norwegen also.«

Die Buchhalterin nickte. »Eine Kreuzfahrt. Er hat lange gespart und die Reise jetzt zur Osterzeit angetreten.«

»Warum mußte er sparen, wenn er doch jeden Monat dreitausend Euro auf sein Konto erhält?«

»Sie sind gut informiert, Herr Kommissar. Das meiste Geld geht für die Unterstützung einer behinderten Cousine drauf, die wir von unseren Eltern sozusagen ›geerbt‹ haben.«

Nach einem Altruisten hatte sich das im Bericht von R2D2 über das Gespräch mit der adligen Nachbarin aber nicht angehört, dachte Krüger.

»Woher stammt denn die monatliche Summe?«

»Ein Losgewinn vor etlichen Jahren. *Rente für Rentner* oder so ähnlich. Bis ans Lebensende der gleiche Betrag, zwölfmal im Jahr. Hätte ich auch gerne.« Sie seufzte.

Krüger seufzte aus Sympathie ebenfalls. Geld ohne Zutun, wunderbar. Aber als ehrlicher Hamburger mußte er bis an sein Lebensende ehrlich arbeiten. Das große Los zogen immer nur die anderen.

Er räusperte sich.

»Ihr Bruder war aber auf Ihren Chef nicht gut zu sprechen, oder?«

»Wie kommen Sie jetzt darauf?«

»Zwei Kollegen berichteten, bei der Anwohnerbefragung, die wir routinemäßig bei Mordfällen wie dem Ihres Arbeitsgebers durchführen—« Krüger mußte sich unterbrechen und der Buchhalterin sein weißes Stofftaschentuch reichen, damit sie sich ihre Tränen abwischen konnte. War doch mehr zwischen ihr und ihrem Chef gewesen, als sie bisher angenommen hatten?

»Vielen Dank«, sagte sie und schluchzte erneut. Leise fragte sie: »War es das jetzt?«

»Nicht ganz«, sagte der Kommissar. »Eine Nachbarin, Frau von Eynatten, gab an, daß es zu Auseinandersetzungen zwischen Ihrem Bruder und Ihrem Chef gekommen sei. Der Chef wollte anbauen, Ihr Bruder das nicht zulassen.«

»Das ist schon korrekt.« Die Buchhalterin war wieder auf Distanz gegangen; etwas unschlüssig hielt sie Krügers Taschentuch noch in der Hand.

»Die beiden haben sich also gestritten.«

»Das kann man so formulieren«, sagte sie mit verkniffenem Mund.

Die Distanz wuchs anscheinend.

»Wann fing das Ganze denn an?«

»Wollen Sie mich weiter auf der Straße verhören?«

Krüger setzte das Lächeln auf, von dem Carmen einmal gesagt hatte, daß er damit selbst das Eis bei Aldi zum Schmelzen bringen könne. »Ich sammle doch nur Informationen, damit wir den Mörder Ihres Chefs finden können. Wir können das Ganze aber gerne auch im Polizeipräsidium fortsetzen. Also?«

»Dann eben hier«, sagte sie patzig. »Damit auch alle das hören.«

Krüger sah sich um. Niemand war zu sehen.

»Wie war noch mal die Frage?« Die Buchhalterin sah auf ihre Armbanduhr. »Ich muß aber gleich wirklich weg.«

Krüger überging ihren Hinweis. »Wann hat der Streit zwischen den beiden Herren begonnen?«

Sie überlegte. »Im letzten Jahr irgendwann. Andreas hat nur freundlich gefragt«, sie wurde rot und korrigierte sich: »Herr Weyler hat nur freundlich bei den Nachbarn angefragt, ob sie ihm ein paar Quadratmeter von ihren Grundstücken abgeben könnten, damit er sein Lager vergrößern könne. Daraufhin ist mein Bruder hochgegangen.« Sie schwieg und schien zu überlegen.

»Wie ging es dann weiter?« fragte Krüger freundlich.

»Gar nicht. Mein Bruder, der sowieso ein Choleriker ist, hat auf stur geschaltet, trotz weiterer behutsamer Anfragen seitens des Firmenchefs. Aus meiner Sicht war das Projekt damit endgültig gestorben.«

Wie der Firmenchef auch, dachte Krüger, vermied es aber, den Satz laut auszusprechen. »Entschuldigen Sie bitte, aber: Ich muß das fragen. Ihr Bruder hatte also keinen Grund, Herrn Weyler nach dem Leben zu trachten?«

Die Buchhalterin schüttelte energisch den Kopf. »Überhaupt keinen.«

»Aber wir haben ein kleines Problem«, sagte der Kommissar. »Ihr Bruder besitzt eine Pistole, eine Glock. Mit einem solchen Modell ist Ihr Chef erschossen worden.«

Schneider sah Kaul an. »Du oder ich?«

»Wie meinst du das?«

»Klärst du die beiden großen dummen Jungs auf?«

»R2D2?«

»Yep.«

Kaul griff nach einer kleinen Streichholzpackung, die neben seinem Monitor stand.

Zündis stand drauf, was Schneider zu der kurzen Überlegung verführte, ob er die Sprachpolizei in Form seines Freundes und Chefs, Krüger ohne Vornamen, über die Simplifizierung des schönen Wortes *Sicherheitszündhölzer* informieren solle. Er unterließ es aber, als er entdeckte, daß es sich um schwedische Streichhölzer handelte.

Der Computerguru nahm zwei Hölzer heraus, brach eines durch und hielt beide Enden seinem Kollegen hin.

»Ich bin etwas länger hier als du«, sagte Schneider. »Wir können das auch über Dienstjahre entscheiden. Dann gehst du nämlich nach unten.«

Die Hand mit den beiden Zündholzteilen bewegte sich langsam auf Schneider zu. Ein stählerner Blick aus Kauls dunkelgrauen Augen folgte.

»Ist ja gut«, sagte Schneider und zog eines der beiden *Zündis.* Es war natürlich das kurze Stück.

Kaul beugte sich über den Papierkorb und ließ das andere Stück hineinfallen. Es war ebenfalls kurz. Mit der Beherrschung von Taschenspielertricks kam man weiter im Leben.

Schneider hatte von der Schummelei nichts mitbekommen und stand auf. »Okay, ich gehe.« Die Tür hinter ihm fiel etwas lauter ins Schloß.

Kaul grinste und wandte sich wieder dem Bildschirm zu.

Roselski sah auf, als Schneider zur Tür hereinkam. »Ich dachte, du bist in Bonn?«

»Heute hier, morgen dort, bin kaum da, muß ich fort.« Derenthal, der immer noch heiser war, hatte sich jetzt aufs Zitieren verlegt und war bei den Liedermachern der siebziger Jahre gelandet.

Schneider sah ihn gequält an. »Geht's noch? Deine Pfeiferei fand ich entschieden besser; vor allen Dingen war die auf Englisch.«

Lara Karenina grinste. »Wenn ihr fertig seid, kann ich dann vielleicht wieder nach Hause?«

»Sie bleiben vorerst hier«, sagte Derenthal, »bis wir geklärt haben, zu welcher Leiche die Knochen im Keller gehören.«

Schneider räusperte sich. »Ich glaube, ich muß Sie aufklären.«

Roselski sah ihn erwartungsvoll an. »Wie habt ihr das denn so schnell herausbekommen?«

»Carmen. Carmen weiß alles.«

Derenthal sagte: »Der oder die Tote ist weiß, kaukasisch, etwa fünfzig Jahre alt und seit mehreren Jahren tot, stimmt's?« Ein triumphierender Blick folgte. »Wir hatten da mal so eine Fortbildung in der Forensik. Eines der Themen war die Bestimmung des Alters von Knochen.«

Die junge Frau verfolgte aufmerksam das Gespräch.

»Etwa sieben Jahre alt«, sagte Schneider. »Oder neunundvierzig. Je nachdem.«

Karenina begann zu grinsen. »Sie wissen Bescheid?«

Schneider nickte. »Sie auch?«

»Ja, aber ich fand es angemessen, daß die beiden freundlichen Herren hier es selber herausfinden sollten.«

»Was sollten wir finden?« Derenthal mochte Ratespiele nicht und guckte entsprechend unwirsch.

»Toscanino.«

R2D2 sahen einander an und kamen offensichtlich nicht ganz mit. Schließlich sagte Derenthal: »Ein Mafiosi?«

»Mafioso«, sagte die junge Frau. »-o ist Singular; -i ist Plural. Deswegen hieß er auch Toscanino und nicht Toscanini. War ja schließlich nur *ein* Hund.«

Schneider nickte bestätigend.

Roselski sprang auf. »Wollt ihr mich auf den Arm nehmen?«

»Keinesfalls«, sagte der Kommissar. »Die Knochen, soviel hat Carmen auf den ersten Blick gesehen, gehören zu einer Deutschen Dogge.«

»Toscanino war Salvatores langjähriger Begleiter«, sagte Lara Karenina. »Eines Tages war er plötzlich verschwunden, und wir haben ihn Monate später tot in der entferntesten Ecke des Gartens gefunden. Skelettiert. Salvatore war am Boden zerstört.«

»Vergiftet«, sagte Derenthal. »Könnte ich mir jedenfalls vorstellen.«

»Die bösen Nachbarn«, vermutete Schneider. »Gekläffe und so.«

»Jedenfalls«, fuhr die junge Frau fort, »wollte Salvatore ihn nicht entsorgen, sondern würdevoll begraben. Daher das Loch im Keller.« Sie fuhr sich über das Gesicht, wie um einen aufkommenden Schatten wegzuwischen. »Dann muß jetzt ich den Rest erledigen.« Sie stand auf. »Guten Tag, die Herren.«

Die drei Herren von der Kripo sahen ihr etwas entgeistert nach, als sie freundlich nickte und die Tür energisch hinter sich schloß. Aber fast sofort ging die Tür wieder auf, und Karenina steckte ihren Kopf noch einmal in den Raum. »Mein ist die Rache«, sagte sie, zog die Tür zu und drehte draußen den noch zufällig im Schloß steckenden Schlüssel um.

»Und dann«, sagte Krüger beim abendlichen Bericht zu Carmen, »hat die Buchhalterin gesagt, die Pistole sei ein altes Erbstück, ordentlich angemeldet, aber nicht mehr funktionstüchtig und schon gar nicht im Einsatz gewesen. Das letzte Mal, als sie verwendet worden sei, sei bei einem Gefecht in den Ardennen gewesen. Die Pistole habe ihrem Großonkel gehört.«

»Dauernd laufen einem die Ahnen über den Weg.« Carmen studierte nachdenklich den Inhalt ihres Weinglases.

»Mir nicht«, sagte Krüger. »Mangels eines Ahnen verdoppelt sich pro Generation nur die Linie meiner Mutter, wobei sie nie viel über ihre Eltern erzählt hat, die früh gestorben sind. Sie müssen sehr streng gewesen sein. Ich erinnere mich, als ich—«

»Du schweifst ab. Was ist jetzt mit dem toten Dackel und seinen Knochen?«

»Dogge. Hast du selbst gesagt.« Er begann, Löcher in die Luft zu starren. Schließlich sagte er: »Weißt du, damals in Hamburg, wahrscheinlich war ich erst vier, bin ich auch so einem großen Hund begegnet. Das war bei—«

Carmen hob eine Augenbraue. »Du wolltest von den Knochen im Keller erzählen, nicht von ollen Kamellen aus deiner Kindheit.«

Der Kommissar holte tief Luft und ließ sie zischend wieder entweichen, eine Marotte, mit der er seine Freundin durchaus ärgern konnte. Schließlich berichtete er aber von dem durch R2D2 angerichteten Desaster.

»Du erzählst viel zu ausführlich«, sagte Carmen nach drei Minuten. Sie überlegte. »Also steht ihr wieder am Anfang? Keine Mörder? Nirgends?«

Ihr Freund nickte. »Sieht so aus.«

»Seid ihr denn die Familien durchgegangen?«

»Du weißt doch, wie wir arbeiten«, antwortete er eine Spur schärfer als beabsichtigt. »Familie, Freunde, Fremde, Kollegen, Nachbarn …«

»Ich frag doch nur.«

»Und in beiden Mordfällen geht es um Geld. Zuviel Geld, sowohl bei Weyler wie auch bei Contadino.«

»Das war kein Erbe? Gibt es keine Eltern?«

Krüger schüttelte den Kopf. »Als ob wir überall auf Vollwaisen stoßen. Contadinos Eltern sind schon lange tot; Weylers Mutter ist vor ein paar Monaten mit zweiundneunzig gestorben. Kein Vater. Nirgends.«

»Und kein Motiv, oder?«

»Nicht wirklich. Der Inhaber der Rösterei war sehr beliebt, der Feinköstler ebenfalls. Wer könnte ein Interesse daran haben, sie aus dem Spiel des Lebens zu entfernen?«

Carmen nippte an ihrem Rotwein. »Spiel, sagst du?« Sie überlegte. »Glücksspiel vielleicht?«

Krüger schenkte sich großzügig nach. »Automaten habe ich nirgends gesehen.«

Carmen kicherte. »Nicht wörtlich, mein Lieber. Im übertragenen Sinne. Beim Glücksspiel kann man immer gewinnen. Wenn man der Organisator ist oder der Besitzer der Apparate. Und das eingetriebene Geld muß man ja irgendwo anlegen – unter Umgehung der Staatsbeteiligung.«

»Eingetrieben.«

Krüger betrachtete angelegentlich die Zimmerdecke, wobei ihn Carmen dabei in Ruhe ließ. Aus Erfahrung wußte sie, daß er auf einer Spur war. Manchmal erkaltete sie allerdings sofort wieder, und er mußte sich einen anderen Weg suchen.

»Womit wir wieder bei der Wirtschaftskriminalität wären«, fuhr Krüger schließlich fort. »Wir drehen uns im Kreise.« Er seufzte.

Plötzlich klingelte sein Handy.

»Ja, ich bin's. – Wie, ihr habt ihn? – Nicht direkt? – Jetzt mal in Ruhe.« Krüger hörte aufmerksam zu und beendete das Gespräch. »Von Durchbruch rede ich noch nicht«, sagte er zu Carmen, »aber es ist vielleicht ein Schritt in die richtige Richtung. Schneider sagt, Kaul und er wüßten, wer mir entkommen sei. Oder *ist*. Er ist ja tatsächlich weg.«

Ein Angestellter ohne Familiennamen

Hamburg, April 1963. Jemand kam die Treppe hoch. Hans und Claus sahen sich entsetzt an. Wohin nur jetzt? Hier oben durften sie auf keinen Fall erwischt werden. Claus faßte sich als erster wieder. »Der Garderobenschrank«, flüsterte er. »Schnell.«

Hans begriff sofort.

Gemeinsam schlichen die Freunde die wenigen Meter zu dem alten Möbelstück aus Mahagoni. Jeder öffnete rasch eine der beiden Türen rechts und links vom Spiegel, stieg zwischen die Mäntel und zog sie ebenso leise von innen wieder zu. Dann warteten sie.

Jemand ächzte auf der Treppe. Die Schritte klangen schwer, als ob das Gewicht der Gestalt zu hoch für die Holzstufen war.

Claus schob die Tür seiner Schrankhälfte einen Spalt auf.

Jemand hustete leicht.

Die nächste Stufe knarrte.

In der anderen Schrankhälfte nieste Hans. Das Geräusch war relativ leise, dennoch stoppte die Gestalt auf der Treppe. Ein zweites Niesen folgte, aber viel leiser; nur Claus konnte es hören.

Die Schritte wurden lauter.

Schließlich stand Konsul Petersen vor dem Schrank.

Glücklicherweise drehte er ihm den Rücken zu, so daß Claus in Ruhe beobachten konnte. Sein Herz klopfte zwar bis zum Hals, aber er konnte ja nicht zurück, einfach aus dem Schrank treten, sagen, er habe sich im Stockwerk geirrt, und nonchalant wieder nach unten schweben.

Nebenan bewegte sich Hans und stieß mit einem Schuh gegen die Tür, die leise quietschte.

Petersen drehte sich um, warf dem Schrank einen Blick zu und schüttelte den Kopf. Er hatte sich wohl getäuscht.

Claus verfolgte, wie der Firmenchef einen dickeren braunen Umschlag von der rechten in die linke Hand nahm, vor die gegenüberliegende Zimmertür trat und dreimal klopfte.

»Herein«, rief jemand, eine jüngere Stimme. Zumindest nahm Claus das an.

Petersen drückte die Klinke hinunter und ging hinein. Die Tür schloß er nicht wieder, sondern ließ sie offenstehen.

»... müßte mal gelüftet werden«, hörte Claus. Er beugte sich vor. Wieder knarrte der Schrank.

Erschrocken fuhr er zurück, nur um das Möbelstück ein weiteres Mal zu einem Geräusch zu veranlassen.

Petersen kam wieder heraus und sah den Gang entlang. Mit einem gemurmelten »hm« ging er zurück. Erneut blieb die Tür offen.

Der Mann im Rollstuhl fixierte den Konsul. Er war vielleicht Mitte zwanzig, hatte längeres, dunkelbraunes Haar und ein verkniffenes Gesicht. Eine Hasenscharte sollte durch einen Schnurrbart kaschiert werden, was aber nicht ganz gelungen war: Ein heller Einschnitt war verblieben.

»Guten Tag«, sagte Petersen freundlich. »Wie geht es Ihnen?«

»Das können Sie sich doch als erster denken«, kam die unfreundliche Antwort. »Schließlich sind Sie es, der für meinen—«

»Das müssen wir doch nicht jedes Mal aufs Neue erörtern. Sie wissen doch, wie leid mir das Ganze tut. Und Sie wissen auch, daß ich mich täglich bemühe, Ihr Los zu erleichtern. Allein die beiden Rollstühle haben mich ein Vermögen gekostet.«

Etwas versöhnlicher nickte der Mann. Sein linkes Bein war unnatürlich verkrümmt, das rechte sehr dünn. Die linke Hand steckte in einem schwarzen Handschuh und lag im Schoß.

Manchmal wünschte sich Petersen, daß das Ereignis, das auch sein Leben so massiv verändert hatte, einen anderen Ausgang gehabt hätte.

Ein Ende, bei dem es den Mann im Rollstuhl nicht mehr gäbe.

Claus schob die Tür weiter auf und versuchte, etwas zu erkennen. Im Zimmer gegenüber versperrte der Konsul ihm den Blick.

Sein Chef befand sich einer sitzenden Gestalt gegenüber, die der junge Mann nicht erkennen konnte. Und er verstand nur Teile der Unterhaltung.

Was die beiden wohl zu besprechen hatten?

Und was enthielt der braune Umschlag?

Zumindest die letzte Frage wurde rasch beantwortet.

»Haben Sie das Geld?« fragte der Rollstuhlfahrer.

Petersen nickte. »Zweimal gezählt. Wollen Sie die Abrechnung sehen?«

»Natürlich. Wenn ich schon hier arbeiten muß, soll das Ergebnis auch das bestmögliche sein. Geben Sie mal her.«

Gehorsam reichte der Konsul ihm den Umschlag.

Der Mann öffnete ihn, zählte rasch die Scheine durch und steckte sie wieder zurück. »Und das Blatt.«

Petersen reichte das Gewünschte.

Der Mann suchte die Gesamtsumme und nickte. »Stimmt. Alles korrekt.«

»Dafür bin ich auch Hamburger«, sagte Petersen. »Wir sind alle ehrliche Kaufleute.«

»Jaja, seit Hansezeiten, ich weiß. Nie gab es Blutvergießen, nie habt ihr jemanden übers Ohr gehauen, nie jemanden betrogen. Und immer seid ihr Pfeffersäcke streng auf dem Weg des Gesetzes geblieben.«

Der Satz triefte vor Sarkasmus.

»Könnte man so sagen.« Der Konsul hielt nichts von Ironie und ließ das jeden spüren, der ihm damit zu kommen versuchte.

»Was das Gesetz angeht – dann hätten Sie ja damals zur Polizei gehen können.« Der Rollstuhlfahrer fixierte Petersen. »Oder etwa nicht?«

Der Konsul senkte den Blick. »Durchaus«, sagte er dann. »Aber was hätte es geändert? So geht es Ihnen doch den Umständen entsprechend gut. Sie wohnen in einer der schönsten Gegenden Ham—«

»Aber mein Leben ist vorbei.« Der Mann wurde lauter. »Ich kann nicht mehr laufen, eine Frau werde ich in meinem Zustand auch nicht finden, und ich bin gezwungen, einem Beruf nachzugehen, der nur im Sitzen möglich ist. Ausgerechnet Buchhalter.« Er schwieg verbittert.

»Aber das liegt Ihnen doch, oder?«

Claus hörte gebannt zu. Die letzten Sätze hatte er problemlos verstanden; sie waren auch laut genug gewesen. Aber was verband die beiden? Und warum wohnte der Rollstuhlfahrer hier? Falls er überhaupt mal nach draußen kam – wonach ja der zweite Rollstuhl aussah –, wäre ihm das Verlassen des Hauses nur über den Lastenaufzug möglich, falls ihn nicht jemand die Treppe hinuntertrug.

Der junge Mann fuhr zusammen.

Gerade öffnete sich die Zimmertür ganz, und er hörte, wie der Konsul sich verabschiedete. Dann kam Petersen auf ihn zu. Jedenfalls schien es ihm so, bis der dicke Mann aber nur die Schranktür zuschob und wieder nach unten ging.

»Das war wirklich knapp«, sagte Claus zwei Tage später, als die Freunde ihre Mittagspause im Sonnenschein draußen verbrachten. »Ich dachte wirklich, daß wir geliefert waren.«

»Was denkst du denn, wie ich mich gefühlt habe?« entgegnete Hans. »Blut und Wasser hab ich geschwitzt. Und schlauer sind wir auch nicht. Warum wohnt dieser junge Mann denn da oben?«

»Keine Ahnung. Aber etwas muß Herr Petersen ja angestellt haben, daß er ihm Wohnung, Rollstühle und Geld zur Verfügung stellt.«

Nach weiteren müßigen Spekulationen wandten sich die beiden lieber der örtlichen Musikszene zu.

Routinetage, Routinewochen vergingen; dann kam der Sonnabend, dem Claus entgegengefiebert hatte. Zusammen mit Hans und vier anderen Angestellten war er von Konsul Petersen zum Nachmittag in die Villa an der Elbchaussee eingeladen worden.

Hoffentlich konnte er dann endlich Christa wiedersehen, das Kinderfräulein, das ihn bis in seine Träume begleitet hatte.

Claus traf sich, wie sonst morgens auch, an der Haltestelle Bahrenfeld mit Hans; nur fuhren sie dieses Mal in die entgegengesetzte Richtung. Die Sonne schien, er hatte seinen besten Anzug – das hieß: seinen einzigen – angezogen, und sogar die blauen Wagen des Zuges glänzten frisch poliert.

Am Bahnhof in Blankenese stiegen sie aus und fragten sich zur Elbchaussee durch, die nicht mehr parallel zur Elbe verlief, sondern irgendwo die Orientierung verloren hatte und im Treppenviertel verschwunden war. Zehn Minuten später standen die jungen Leute vor einem hohen Zaun, der aus eisernen Lanzen mit Querstreben zu bestehen schien.

»Wovor er sich wohl fürchtet, wenn er sich so absichert?« flüsterte Hans.

»So leise brauchst du wirklich nicht zu reden; wir sind ja nicht die Einbrecher«, sagte Claus und marschierte durch die Pforte zum Hauseingang.

Die Villa beeindruckte die beiden Angestellten durchaus: hohe Räume, eine kleine Terrasse im ersten Stock vor dem zurückweichenden Zimmer, an der Seite ein mit Palmen gefüllter Wintergarten, breite Fenster, ein Erker im Dach unter roten Ziegeln, feiner Kies auf den Gehwegen.

Claus seufzte. »Wenn ich doch hier wohnen könnte!«

Hans hatte seinen Mut wiederentdeckt und klingelte.

Ein Dienstmädchen öffnete. »Sie kommen aus der Firma?« Anscheinend waren sie angekündigt worden. »Wenn Sie mir bitte in den Garten folgen wollen.«

Draußen wurden sie von Konsul Petersen begrüßt und an Herrn Konrad weitergereicht, der mit versteinerter Miene und einem Glas Sekt an einem kleinen Teich stand – wie ein Pastor auf einer Beerdigung mit Leuten, die er nicht kannte. Sein Gesicht hellte sich nicht einmal auf, als Petersen ihn fröhlich aufforderte, seine »Leichenbittermiene abzulegen« und den freien Tag zu genießen. Schließlich sagte der Konsul zu ihm: »Wenn der Fotograf nachher umhergeht, um Bilder zu machen, versuchen Sie bitte, wenigstens neutral zu gucken.« Damit ließ er Herrn Konrad stehen und wandte sich anderen Gästen zu.

Etwa zwanzig Leute bevölkerten den Garten mit Beeten; in die pechschwarze Erde hatte der Gärtner in unterschiedlichen Farben blühende Pflanzen gesetzt. Ein paar Statuen – Frauen mit bloßem Oberkörper – standen im Schatten der alten Bäume.

Und in der Mitte …

Claus' Herz beschloß immerhin, seinen Dienst nicht ganz einzustellen, aber lief nur noch stotternd weiter.

Das Kinderfräulein hielt die Tochter des Konsuls an einer Hand und beobachtete die Gäste. Wie beim letzten Mal hatte sie ein vorsichtig-spöttisches Lächeln aufgesetzt, was sie noch schöner erscheinen ließ. Ihr grünes Kleid war gegen ein tiefrotes getauscht und die Fingernägel, wie Claus bei genauerem Hinsehen feststellte, in derselben Farbe bemalt worden.

»Lauf los!« sagte sie zu der Kleinen. »Du bist hier ja schließlich zu Hause.«

Das Mädchen tat, wie ihr geheißen, und verschwand zwischen den Anwesenden.

»Da seid ihr ja wieder«, sagte das Kinderfräulein zu den beiden jungen Männern. Und zu Claus gewandt: »Den Mund kannst du jetzt wieder zumachen.«

Der Angesprochene wurde rot und sah zur Seite.

Hans ergriff die Gelegenheit beim Schopf. »Gestatten, Hans Schmidt«, sagte er und streckte die Hand aus.

Die Geste wurde aber ignoriert. Statt dessen bekam er die passende Antwort: »Wir sind hier nicht auf einem Staatsempfang.« Sie sah Claus direkt in die Augen. »Ich heiße Christa. Und du?«

Wie es ihm schien, war das auch ein Blick mitten in sein Herz. Was sie dort entdeckte, gefiel ihr anscheinend, denn sie lächelte leise, ein warmes Lächeln, das jeglichen Spott verloren hatte.

»Claus«, sagte er mit fester Stimme.

»Am Wochenende trägst du nur den Vornamen?« Jetzt war der Spott in ihren Augen erneut zu sehen.

»Möller«, sagte er. Seine Sprache hatte er noch nicht ganz wiedergefunden.

»Krüger«, sagte Christa.

Die kleine Rasterfahndung

Bonn und Hamburg, April 2019. »Krüger!« sagte Carmen.

Der Angesprochene zuckte zusammen. Wie immer war er mit seinen Gedanken ganz woanders, nur nicht bei seiner Freundin.

»Ich kann dich gerne zum zweiten Mal fragen: Wer erbt eigentlich den ganzen Kram?«

»Wie meinst du das?«

»Na, eure Verstorbenen. Weyler hatte Geld; das hast du jedenfalls gesagt. Contadino ebenso. Das hast du auch gesagt. Und jetzt, wo sie beide den Löffel abgegeben haben—«

»Der Vater gab den Löffel ab und sank dann löffellos ins Grab«, unterbrach sie Krüger, der kaum eine Gelegenheit verstreichen ließ, wenn er ein Bonmot anbringen konnte.

Carmen kicherte. »Das ist nicht von dir, oder? So geistreich bist du nämlich selten.«

»Nee, das stammt, glaube ich, von Baltasar Matzbach, diesem umfangreichen Privatdetektiv aus der Breiten Straße. Jedenfalls wohnte er da, als ich ihm beim letzten Mal über den Weg gelaufen bin. Die passende Straße zu seiner Figur.«

»Aus der *Breite* Straße«, verbesserte ihn Carmen.

»Ja, schon, aber die Präposition *aus* zieht den Dativ nach sich, und demzufolge muß das Adjektiv gebeugt werden«, verteidigte sich Krüger.

»Der Straßenname heißt aber immer noch *Breite Straße.*« Carmen als studierte Germanistin war immer leicht erbost, wenn Krüger ein paar Regeln mehr als sie parat hatte. Aber bei ihm hörten die Regeln 2006 auf, da er die Rechtschreib*reform* – und die damit verbundenen Tausende von geänderten Vorschriften – als Rechtschreib*verbot* verstand.

»Nominativ!« fügte sie hinzu und fuhr dann fort: »Da du mich gerade unterbrochen hast – jemand muß doch als Rechtsnachfolger das Erbe der beiden Ermordeten antreten, oder?«

»Eigentlich schon. Wenn es denn etwas zu vererben gibt.«

»Wißt ihr das etwa noch nicht?«

»Kaul ist dran.«

»Wie nahe?«

»Jetzt ist mal gut. Wenn Kaul oder jemand anderer eine heiße Spur hätte, wüßte ich es längst.«

»Okay. Dann magst du mir vielleicht erzählen, wer wen gefunden hat?«

Als Krüger sie verständnislos ansah, sagte sie: »Dein Anruf. Eben.«

»Ach so, ja.« Er schwieg und sortierte seine Gedanken. »Kaul und Schneider haben eins und eins zusammengezählt und—«

Carmen unterbrach ihn, auch nie um eine Albernheit verlegen. »Seit wann können die rech—«

Inzwischen konnte Krüger auch eine Augenbraue heben, das heißt, eigentlich zwei. Gleichzeitig.

Carmen klappte ihren Mund wieder zu.

»Sie haben überlegt, welche Zeugen noch nicht vernommen worden sind, beziehungsweise welche Zeugen jemanden in der Nähe der Tatorte beobachtet hatten, den sie nicht zuordnen konnten, obwohl sie nachdrücklich befragt wurden, als die Kollegen sich ihnen zugewandt hatten.«

»Dein Deutsch wird auch nicht besser, oder? Jahrelanges wildes Zusammenleben mit einer Germanistin—«

»Hat zu allerlei Verrenkungen geführt.«

Carmen wurde rot.

»In den Bereichen Stil, Grammatik, Rechtschreibung.« Krüger konnte sehr anzüglich grinsen.

»Erzähl mal weiter. Kurze Sätze bitte.«

»Gerne doch. Tatort zwei, das Feinkostgeschäft. Gegenüber liegt eine Apotheke. Dort hat sich ein relativ großer Mann – die Schätzungen reichen von *gute eins achtzig* bis zu *sicher zwei Meter*, je nach Größe des Schätzenden – nach einem Bruder des Ermordeten erkundigt.«

»Hatte der denn einen?«

»Soviel wir bisher wissen, nicht. Jedenfalls scheint dieser Mann dann vor Contadinos Villa aufgetaucht zu sein. Eine alte Dame gegenüber – Schneider ist ausnahmsweise mal gründlich gewesen – konnte ihn ganz gut beschreiben. Bis auf sein Gesicht. Das hat sie nicht so richtig gesehen; sie war allerdings auch über ihren Rollator gebückt.«

»Mit einem Fernglas wäre sie weiter gekommen«, sagte Carmen.

»Hatte sie. Damit hat sie ihn später von ihrem Wohnzimmerfenster aus beobachtet. Und sogar mich gesehen.« Seinen Lachanfall vor der Haustür vergaß Krüger zu erwähnen. »Seine Größe konnte sie relativ präzise angeben, indem sie eine daneben stehende Mülltonne zu Hilfe nahm.«

Seine Freundin kam nicht ganz mit.

»Wegen des Größenverhältnisses«, erklärte Krüger. »Nicht zum Messen.«

»Ihr sucht jetzt also einen großen Mann zwischen eins achtzig und zwei Meter?« Carmen gluckste. »Der dürfte doch leicht zu finden sein«, fügte sie sarkastisch hinzu.

»Warte mal ab. Jedenfalls hatte dann Derenthal eine Eingebung, sagte Kaul.«

»Bis du sicher? Derenthal und nicht Roselski?«

»Bin ich. Manchmal ist D2 doch zu etwas zu gebrauchen. Dem Dicken fiel nämlich plötzlich wieder ein, daß er beinahe mit einem großen Mann zusammengestoßen wäre. Vorm ›Bistro Miebach‹.«

»Und ihr meint, daß es sich bei ihm um denselben Mann …?«

»Meinen wir. Die beschriebene Kleidung war nämlich die gleiche. Allerdings war der Mann bei D2 noch blond.«

»So genau hat D2 hingesehen? Alle Achtung.«

»Jetzt versucht Kaul herauszufinden, ob es irgendwo CCTV gibt, auf der der Mann auftaucht. Er glaubt, ihn hier um die Ecke, vor der Kaffeerösterei, auf einem Film der Überwachungskamera am Supermarkt gegenüber entdeckt zu haben.«

Carmen legte den Zeigefinger an ihre Nase. »Das hieße aber, wenn der an zwei Tatorten gesehen worden ist, daß ...«

»... die beiden Fälle etwas miteinander zu tun haben müssen«, vollendete Krüger ihren Satz.

Hinnerk starrte düster aus dem Fenster. So schlecht hatte er sich nicht mehr gefühlt, seit er in den Schulferien den Hund seiner Tante in Italien beim Einschießen der neuen Pistole versehentlich erwischt hatte. Onkel Alberto hatte darauf bestanden, daß er persönlich beichtete und sich nicht etwa hinter jemandem versteckte. Seine Tante hatte daraufhin ein Vierteljahr nicht mehr mit ihm gesprochen.

Wo befand er sich überhaupt? Irgendwo zwischen Osnabrück und Bremen wahrscheinlich. Na prima, dann hatte er noch knappe anderthalb Stunden, um sich einen Plan zurechtzulegen, wie er das Bonner Desaster erklären konnte.

Sein ganzer Gleichmut war wie weggeblasen, und er kam sich wieder wie der kleine Junge vor, der etwas ausgefressen hatte, was sich nicht mehr rückgängig machen ließ. Und *er* hatte die Konsequenzen zu tragen.

Bisher hatten immer die anderen das ausbaden müssen, was er angerichtet hatte – was er gerechter fand. Er erledigte Aufträge, ohne Rücksicht auf die Umstände, ohne Rücksicht auf die Kosten und vor allem: ohne Rücksicht auf die Menschen, die beteiligt waren.

Einen Augenblick.

Ohne Rücksicht, das konnte doch auch heißen, daß er seinem Auftraggeber keine Beachtung mehr schenken mußte.

Niemand konnte ihm noch Beachtung schenken, wenn er das Zeitliche gesegnet hatte.

Vielleicht lohnte es sich, diesem Gedanken nachzugehen.

Dem stand nur entgegen, daß sein Auftraggeber ihn in der Hand hatte. Und ihm konnte er, Hinnerk, nichts antun, bevor er nicht wußte, wo sich die ihn kompromittierenden Bilder befanden.

Schneider saß wieder oben bei Kaul. Er war etwas verstimmt, weil er auf das schöne Äußere der Russin hereingefallen war. Wie R2D2 hatte auch er mit offenem Mund verfolgt, wie sich der Schlüssel im Schloß gedreht hatte und die drei Beamten danach eingesperrt waren. Glücklicherweise waren sie das nicht allzu lange geblieben, denn Lara Karenina hatte am Ausgang Bescheid gesagt und etwas von »klemmender Tür« gemurmelt.

Kaul grinste. »Geschieht euch recht. Schöne Beine sind nicht alles im Leben.«

»Aber sie bereichern es entschieden.«

»Lenk mal nicht ab.« Der Computerguru schob seine Maus hin und her, bis er das Gesuchte auf dem Bildschirm gefunden habe. »Ist übrigens nett, daß du direkt wieder hochgekommen bist. Ich wollte dir was zeigen.«

Schneider trat neben den Schreibtisch und sah seinem Kollegen über die Schulter.

»Geldströme zu verfolgen, finde ich faszinierend. Die der Ermordeten darf ich ja offiziell verfolgen. Und die der anderen …« Er hüstelte.

»Informativ«, sagte Schneider und rieb sich die Nase. »Du mußt ja nur mich und Krüger informieren. Die anderen nicht. Und schon gar nicht die, die es betrifft. Ähem.« Er nieste. »Wir wollen ja schließlich einen Mord aufklären.«

»Zwei«, sagte Kaul. »Jaja, die große Rasterfahndung. Wenn ich nämlich nicht gründlich bin, fällt viel zu viel durchs Raster.«

»Hast du eigentlich ein schlechtes Gewissen dabei? Wenn du illegal irgendwo herumwühlst?«

»Nee, ich glaube nicht. Weil es doch einem höheren Guten dient. Außerdem kann ich mir sowieso keine Zahlen merken.«

Schneider lachte. »Das sagst ausgerechnet du.« Er sah auf den Bildschirm. »Was wolltest du mir denn zeigen?«

Der Computerfachmann deutete auf eine Aufstellung, die verdächtig nach einem Kontoauszug aussah. In einem zweiten Fenster war etwas Ähnliches zu sehen. »Hier, das ist eine Liste von

Schmückers Bankkonten.« Er benutzte einen langen Bleistift als Zeiger. »Guck dir mal den Kontostand an.«

Schneider pfiff durch die Zähne. »Sechzigtausend? Woher hat der Praktikant das ganze Geld?« Er seufzte tief. »Wenn ich dagegen an mein Vermögen denke ...«

»Tröste dich. Du mußt doch auch Alimente zahlen, oder?«

»Muß ich nicht.« Er schüttelte energisch den Kopf. »Die Kinder meiner Freundinnen stammten immer von anderen Erzeugern.«

»Und trotzdem hast du kein Geld?«

»Nee, hab ich nicht.«

»Na ja«, sagte Kaul väterlich. »Wenn du auch zuerst in Beuel, danach vielleicht in Bonn und erst neulich in der Provinz über die Stränge geschlagen hast ...«

Schneiders, Carmens und Krügers Provence-Abenteuer vom Herbst 2015 war im vergangenen Jahr, was den verliebten Kommissar und sein Beziehungsgestrüpp anging, zu einem unrühmlichen Ende gelangt.

»Hast du seitdem eigentlich Élodie wiedergese—«

»Die kannst du vergessen«, fauchte Schneider. »Die ist für mich gestorben.«

»*Excusez-moi.*« Kaul konnte auch *fies* sein. »Aber zurück zu unserer Arbeit. Möchtest du wissen, wo der Praktikant das Geld herhat?«

»Möchte ich. Aber ich wüßte vorher noch gerne, was es mit der zweiten Übersicht auf sich hat. Das Fenster daneben.« Er zeigte auf den großen Monitor.

»Die Zahlen betreffen Ruben Gonzales.«

»Einer der Packer, oder?«

Kaul nickte.

Dreißigtausend las Schneider. Ein weiterer Pfiff folgte. »Interessant. Schweigegeld?«

»Das müssen wir herausfinden. Aber nur Peanuts, wenn ich mir das Haben bei Weylers Soll und Haben betrachte. Der Kaffeekönig besaß nämlich richtig viel Geld.«

Ein paar Mausklicks später las Schneider eine Zahl, die ihm die Sprache verschlug. Anscheinend gehörten dem Besitzer der Kafferösterei zwölf Komma acht Millionen. Oder besser: Hatten ihm gehört.

Hinnerk stand unschlüssig vor dem Hamburger Hauptbahnhof und überlegte. Direkt zum Hafen und den Auftraggeber plattmachen? Oder erst eine Kleinigkeit essen, damit sein inneres Gleichgewicht wieder hergestellt war? Oder seine Haare wieder entfärben lassen, damit er den Bericht über die Bonner Ereignisse etwas beschönigen konnte und nicht mit seiner Flucht enden lassen mußte?

Wenn das Leben doch etwas einfacher wäre und einen nicht dauernd mit einer Flut von Entscheidungen herausfordern würde.

Nun war ihm doch tatsächlich ob der Bonner Ereignisse sein jahrzehntelang antrainierter Gleichmut abhanden gekommen. Fast beneidete er den alten Diogenes, und eine Tonne als Aufenthaltsraum war auch nicht so schlecht. Vor einigen Jahren hatte der Hüne Anekdoten über griechische Philosophen gelesen und Diogenes' Idee, ein Leben unabhängig von äußeren Zwängen zu führen, als wohltuend empfunden. Äußere Zwänge waren in der Regel mit einem Mangel an Geld verbunden, weshalb Hinnerk beschlossen hatte, immer ein so großes Vermögen zu besitzen, daß ein Zwang nicht auftreten konnte. Vermögen erwarb man am schnellsten, indem man die offiziellen Wege – regelmäßige Arbeit und Ähnliches – umging und sich in den Grauzonen der Gesellschaft umtat. Rasch war er auf die lukrative Einnahmequelle am Hafen gestoßen, die es ihm erlaubte, mit ein paar Aufträgen pro Jahr sehr gut zu leben.

Allmählich bekam er Hunger. Vielleicht hätte er doch bis Altona durchfahren sollen und direkt hinter dem Bahnhof bei »Köz Urfa« eine der wunderbaren anatolischen Pizzen essen sollen. Aber womöglich wäre er dort nur wieder Halil Özdemir über den Weg gelaufen, der mit ihm noch ein Hühnchen zu rupfen hatte. Fertig gerupfte und überdies noch gebratene Hühnchen waren ihm entschieden lieber.

Etwas unentschlossen setzte sich der Hüne in Bewegung und folgte der Mönckebergstraße Richtung Alsterarkaden.

Beim »Café Mélange« an der Kleinen Alster war draußen noch ein Platz frei, und Hinnerk setzte sich an einen Tisch auf einer der halbrunden Flächen, die wie Balkons fast über dem Wasser hingen, nur geschützt durch ein Geländer, das mit seinem Holzlauf wie eine Schiffsreeling aussah. Das hier war doch ein anderer Schnack als das »Bistro Miebach« in diesem verschlafenen Bonn. Wenn der Ort Regierungssitz geblieben wäre, dachte er, wäre aus ihm trotzdem keine Weltstadt geworden, dafür war der Fluß zu weit vom Innenstadtleben entfernt. Geographisch wie geistig.

Etwas lustlos verspeiste er einen wirklich gut schmeckenden Geflügelburger mit Pommes frites und Salat, der ihn wieder an Özdemir denken ließen. Aber das war eine alte Geschichte, die beide besser begraben ließen.

Als Hinnerk fertig war, gestand er sich ein, daß er das Gespräch mit seinem Auftraggeber nur vor sich herschob. Er sah auf die Uhr. Fast acht. Und es wurde dunkel. Vielleicht sollte er das Ganze auf morgen vertagen. Ausgeschlafen eine Auseinandersetzung zu beginnen, war immer besser. Außerdem konnte er dann seine Pistole noch einmal reinigen. Man wußte ja nie.

Geräusche der Kindheit

Bonn und Hamburg, April 2019. Und wieder roch es so gut nach Kaffee. Krüger hatte zwar gerade sein aus Carmens Sicht berüchtigtes Kurzfrühstück zu sich genommen – eine Tasse Kaffee im Stehen –, aber hier duftete es dermaßen, daß er nicht umhin konnte, der Empfangsdame einen nicht mißzuverstehenden Blick zuzuwerfen, woraufhin sie gehorsam mit zwei Espressi aus der kleinen Küche hinter dem Empfang zurückkam.

»Ich dachte, Hamburger trinken nur schwarzen Tee?« Schneider nippte an seiner Tasse und betrachtete Krüger. »Du wirst ja völlig unglaubwürdig als Hanseat, wenn du dich bei Kaffee erwischen läßt.«

»Da wir Hamburger am Tor zur Welt leben, fühlen wir uns bei Vielerlei wohl und lieben vielerlei Genüsse.« Er lächelte leise.

Woran er wohl gerade dachte? Sein Kollege war sich nicht sicher.

»Und Kaffee zählt zu den ältesten Spezialitäten, die am Hamburger Hafen ankommen.« Sein Lächeln vertiefte sich.

Schneider wußte es nicht zu deuten. »Eine Sphinx ist ja ein Waisenmädchen gegen dich.«

Krüger konnte nichts darauf antworten, weil in dem Moment der Praktikant ins Chefbüro der Firma »Wwe. Arntz' Feine Kaffeebohnen« kam, gefolgt von einem älteren Mann mit schütterem Haar und devotem Blick. »Gestatten«, sagte Schmücker, »darf ich Ihnen unseren neuen Chef vorstellen, Werner Mathias?«

»Was denn jetzt«, murmelte Schneider, »Werner oder Mathias?«

»Scht«, sagte Krüger und musterte Mathias. »Krüger.« Nach kurzer Überlegung setzte er hinzu: »Erster Kriminalhauptkommissar.« Hierarchien waren manchmal nützlich.

Mathias machte einen Diener.

Krüger nickte nur knapp. Funktioniert, dachte er.

Schneider grinste.

»Herr Mathias«, sagte der Praktikant, der jetzt augenscheinlich ›den Laden schmiß‹, wie Krüger annahm, »ist aus seinem Ruhestand zurückgekehrt, um hier auszuhelfen, bis die Lage geklärt ist.«

»Genau«, sagte Mathias und schwieg wieder.

»Haben Sie das arrangiert, Herr Schmücker?« fragte Schneider.

»Gewissermaßen«, sagte der Angesprochene. »Ich war so frei.« Er wandte sich an Mathias. »Sie wissen ja, wo Sie was finden. Bis später denne.«

Abgang Mathias, dachte Krüger. Prompt verschwand der ältere Mann in Richtung des Lagers.

»Sie schmeißen also den Laden jetzt?« fragte der Kommissar.

Schneider sah seinen Freund strafend an. »Du hast deine Stilebene verlassen. Was ist denn los?«

»Dann versteht mich wenigstens ein jeder.« Er sah den Praktikanten auffordernd an. »Und?«

»Wie war noch mal die Frage?« fragte Schmücker, augenscheinlich um eine leichte Entspannung bemüht. Auf Krügers vernichtenden Blick – die Buchhalterin hatte vorhin ebenfalls nicht aufgepaßt, als er sie verhört hatte – beeilte er sich zu antworten: »Herr Weyler hatte mich sowieso beauftragt, in seiner Abwesenheit nach seiner Firma zu gucken, wobei er meinte, die laufe eigentlich von selbst.«

»Das wäre aber mal eine Ausnahme«, sagte Schneider. »Bei einer Firma, meine ich.«

»Dabei ist es ganz einfach«, sagte der junge Mann. »Wenn alle dort, wo sie arbeiten sollen, glücklich sind, arbeiten auch alle.«

»Glücklicherweise«, sagte Krüger. Er fixierte Schmücker, der unsicher wurde und seinen Blick abwandte. »Sind Sie denn glücklich?«

Der Praktikant hatte sich wieder gefaßt. Zum Repertoire seiner Gesichtsausdrücke gehörte auch eine gewisse Aufsässigkeit, wie Schneider feststellte, der seit jeher das Mienenspiel von sich unbeobachtet Wähnenden interessant fand.

»Klar«, sagte Schmücker. »Eigentlich immer.«

»Besonders, wenn Sie an Ihren Kontostand denken?« setzte Schneider nach.

Entweder war der Praktikant abgebrüht oder er hatte mit dieser Frage gerechnet, denn seine Gesichtsfarbe wechselte nicht von rosig zu blaß. »Dann besonders«, sagte er.

»Mögen Sie uns aufklären?« fragte Krüger, jetzt betont freundlich. Leute zu irritieren, konnte nützlich sein. Manchmal erfuhr man dann mehr.

Die Regel bei den beiden Verhörspezialisten lautete: zuerst *good cop – bad cop*, dann *good cop – good cop*, zum Schluß *bad cop – bad cop*. Anschließend die Festnahme.

Schmücker sah ihn ausdruckslos an.

»Wo Sie das Geld herhaben?« assistierte Schneider.

»Von Herrn Weyler«, sagte der Praktikant.

»Ist das nicht ein bißchen viel Schotter für einen jungen Mann wie Sie?« fragte der Hauptermittler.

»Geld kann man nie genug haben«, lautete die ausweichende Antwort.

»Nun lassen Sie sich doch nicht jeden Satz—«

»Sie könnten mich ja auch mal ausreden lassen«, sagte Schmükker, indem er irgendwie beide Kommissare gleichzeitig ansah.

Marty Feldman konnte auch seine Augen nach außen drehen, dachte Krüger. Derlei Kunstfertigkeiten hatten heutzutage das öffentlich-rechtliche Fernsehen leider längst verlassen.

»Sie haben bisher Herrn Weylers Familie noch nicht näher kontaktiert?« fragte der Praktikant. »Oder?«

»Haben wir nicht«, sagte Schneider. »Jedenfalls nicht direkt.«

»Indirekt«, assistierte Krüger, der sich gerade mal wieder blind mit seinem Sidekick verstand. »Unser Kollege im Präsidium hat die entsprechenden Informationen beschafft. Ich darf zusammenfassen. Sie können mich ja korrigieren, wenn Ihrer Meinung nach etwas nicht stimmt, wo Sie doch so gut über alles informiert sind.«

Schneider hielt wie durch Zauberhand seinen Notizblock in der Hand und schlug eine leere Seite auf. »Ich bin auch bereit.«

Schmücker grinste. »Da bin ich ja mal gespannt.«

»Nicht verheiratet«, sagte Krüger. »Andreas Weyler, meine ich.«

Der junge Mann nickte.

»Keine Kinder.«

»Das Nicken spare ich mir jetzt«, sagte Schmücker.

»Keine Eltern, jedenfalls keine Lebenden. Keine Geschwister.«

Der Praktikant signalisierte mit einer leichten Kopfdrehung nach links unten Zustimmung.

»Keine Cousins. Bei Cousinen tappen wir noch im Dunklen.«

»Tun wir das nicht alle?« Der Praktikant grinste etwas schmierig. Dann wurde er wieder ernst und sagte: »Ich kann Sie aufklären. *Eine* Cousine. Meine Mutter. Onkel Andreas, ihr Vetter, war mein Mäzen.«

»Patenonkel?« fragte Schneider.

»Nein, man muß nicht immer alles unter das Dach der Religion stellen.«

»Vielleicht unter den Auftrag des Herrn«, sagte Krüger. »Das schadet jedenfalls nicht.«

»Aber nur, wenn man Musik macht«, sagte Schneider. »Wie die Blues Brothers.«

Schmücker räusperte sich. »Wenn ich noch etwas anmerken darf: Onkel Andreas hatte vor einigen Wochen beschlossen, mich als Erben einzusetzen, da er – wie Sie eben richtig gesagt haben – selber keinen besaß. Vorher solle ich jedoch die Firma von vorn bis hinten kennenlernen, hat er gesagt. Und zur *Ermunterung*, so nannte er es jedenfalls, hat er mir schon einen kleinen Abschlag überwiesen.«

»Alles ziemlich logisch«, sagte Schneider und klappte seinen Block wieder zu. »Sie können gehen.«

»Moment noch«, sagte Krüger. »Heute morgen rief der Kollege an und sagte, daß Sie bei mehreren Großbanken erheblich in der Kreide stehen.«

Jetzt wurde der Praktikant doch noch blaß.

In Hamburg schien die Sonne, was Hinnerk leicht überraschte, da die Wettervorhersage gestern abend noch anderes angekündigt hatte. Die Nacht hatte er in seiner Villa in der Nähe der Außenalster verbracht. Das Gebäude in Harvestehude war eigentlich zu groß für ihn, aber er mochte die Gegend mit dem Alstervorland gegenüber, wo man ungestört spazierengehen und seinen Gedanken nachhängen konnte. Wie immer hatte seine Haushälterin während seiner Abwesenheit alles in Schuß gehalten. Sie war eine ältere Frau, die den Hünen für den Vizepräsidenten der Niederlassung einer großen ausländischen Bank hielt, der häufiger unterwegs war.

Den einen Kilometer von seiner Villa bis zur Ecke Rothenbaumchaussee/Hallerstraße schaffte er wie üblich unter zwölf Minuten, ohne ins Schwitzen zu geraten. Die Uhr an der Haltestelle der U-Bahn zeigte fast zehn – so würde er pünktlich zum zweiten Frühstück seines Auftraggebers am Hafen eintreffen.

Etwa eine Viertelstunde später stieg Hinnerk am Baumwall aus. In der Hand hielt er eine Tüte Franzbrötchen, die er am Rathausmarkt beim Umsteigen gekauft hatte. Zügig ging er über die Brücke zur Speicherstadt, lief die Fassaden der alten Häuser ab und betrat schließlich die Kaffeerösterei »Harry Petersen Kaffeeimport« an Kehrwieder. Er drängelte sich an einer Gruppe japanischer Touristen vorbei, um zum Treppenhaus zu gelangen, und begab sich dann nach oben. Wie üblich mied er den Fahrstuhl – vielleicht die einzige Phobie, die er hatte: Es bestand immer die Möglichkeit, daß der Aufzug steckenblieb – und dann? Falls er gerade einen Auftrag erfolgreich durchgeführt hatte, konnte er nicht das Risiko eingehen, auf seinem Fluchtweg unnötig Zeit zu verlieren.

Vor der Treppe zum vierten Stock hing wie immer die Kette, in der Mitte das weiße Schild mit der roten Aufschrift *Privat. Kein Durchgang*, falls sich doch einmal ein Tourist bis hierhin verirren sollte. Hinnerk stieg mühelos mit einem Schritt über die Absperrung. Die Stufen knarrten vertraut; das Geräusch hatte ihn seit seiner Kindheit begleitet, wenn er zu seinem Onkel zitiert wurde.

Er sah sich um. Seit seinem letzten Besuch hatte sich nichts verändert. Eigentlich hatte sich nie etwas verändert; alles war noch genau so, wie er es vor vielen Jahren bei seinem ersten Weg in den vierten Stock der Kaffeerösterei vorgefunden hatte. Wie sein Auftraggeber es wohl aushielt, sein gesamtes Leben hier verbringen zu müssen?

Der Rollstuhl blockierte wie immer die Tür. Es war ein neues Modell mit dicken Gummireifen, die eine Fahrt auf dem Kopfsteinpflaster der Hansestadt erträglich machen würden; außerdem war ein kleiner Motor zu sehen, der dem Fahrer eine gewisse Autonomie in seinem Bewegungsradius ermöglichte. Falls er mal draußen unterwegs sein wollte. Aber vielleicht reichte ihm das Bewußtsein, draußen unterwegs sein zu können, auch wenn er es nicht tat.

Hinnerk klopfte.

Drinnen waren seine Schritte auf den ächzenden Dielen des Flurs gehört worden, denn fast sofort rief eine Stimme: »Herein!« Es klang fast wie ein Befehl.

Der Hüne schob den Rollstuhl zur Seite – der schwerer war, als er vermutet hatte, aber wahrscheinlich wog die Batterie des Gefährts wie immer am meisten – und öffnete die Eichentür.

Hinter einem schweren Mahagonitisch, mit dem Rücken zum Fenster, saß wie üblich sein Auftraggeber. Er war inzwischen sehr alt geworden, hatte weiße Haare und Tausende kleiner Falten im Gesicht. Lachfalten waren nicht darunter.

Obwohl der Mann dieses Zimmer nur höchst selten verließ, hatte er im Leben viel gesehen – oder besser: erfahren –, so daß er etwas gelangweilt fragte: »Du hast wie immer Erfolg gehabt?«

Eigentlich klang es wie eine Feststellung, dachte Hinnerk. »Nicht ganz«, sagte er.

Der Mann im Rollstuhl änderte seine leicht schiefe Position und setzt sich aufrecht. Kalte graue Augen fixierten Hinnerk. »Was ist denn passiert?« fragte Cornelius Hansen.

Das große Wasser

Hamburg, Februar 1962. Es war wieder ein interessanter Abend gewesen. Petersen war seit zwei Jahren Mitglied im Überseeclub und fühlte sich immer noch als Frischling, wenn er an die »großen« Mitglieder dachte, Besitzer von Reedereien, Werften, Holdings. Manchmal kam es ihm auch vor, als sähe man auf ihn herab; wenn er sich nicht täuschte, war er verschiedentlich als »Besitzer dieser Kaffeebude am Hafen« bezeichnet worden. Aber vielleicht hatte er sich auch geirrt; meistens begegnete man ihm mit Respekt und Freundlichkeit, hanseatisch eben. Sogar Professor Stödter, seit 1958 der amtierende Präsident, hatte ein paar nette Worte mit ihm gewechselt. Und der Club war wichtig. Es war immer gut, die einflußreichen Bürger einer Stadt zu kennen.

Das Wetter allerdings gefiel ihm an diesem Freitagabend gar nicht. Sturm, Regen, Graupel – als hätten sich die Elemente verschworen, um ihn an der Rückkehr nach Blankenese zu hindern. Möglicherweise hätte er für eine Fahrt unter den herrschenden Bedingungen auch weniger trinken sollen, aber der Oppenheimer Krötenbrunnen hatte einfach zu gut geschmeckt. Der Wein aus Rheinhessen war schon etwas Feines.

Konsul Petersen hielt mit der rechten Hand das Steuer fest und rieb sich mit der linken über die Stirn. Größere Kopfschmerzen deuteten sich an. Er zwinkerte ein paar Mal mit den Augen. Wie immer schwitzte er zudem, wenn er etwas über den Durst getrunken hatte. Der Regen peitschte fast waagerecht auf die Windschutzscheibe; die Wischerblätter bewegten sich zwar unaufhörlich, kamen aber gegen die Wassermassen nicht an.

Wo war er eigentlich? Irgendwo auf Höhe der Palmaille wahrscheinlich, wenn er die etwas höheren Häuser rechts und links richtig deutete. Gut, dann lagen nur noch einige Kilometer gerader Strecke vor ihm. Auf der Elbchaussee würde schon nichts passieren, mochte sich der Wind auch zu einem Sturm auswachsen.

Plötzlich knallte etwas gegen sein Auto, und der linke Scheinwerfer fiel aus. Wahrscheinlich ein aufgewirbelter Stein. Kein Grund, um anzuhalten, nur eine Lappalie. Aber bis nach Hause würde er auch mit nur einer Lichtquelle kommen; um diese Uhrzeit war kaum noch jemand unterwegs.

Cornelius Hansen verabschiedete sich von seiner Freundin, schloß den Reißverschluß der Jacke bis fast unters Kinn und trat ins Freie. Von der Seitenstraße war es nur ein kurzes Stück bis zur Elbchaussee, die er überqueren mußte, um die Rothestraße zu erreichen, in der sich seine Wohnung befand. Er wohnte bei einer verwitweten Frau zur Untermiete und war sich noch nicht sicher, welchen Lebensweg er einschlagen sollte. Vielleicht mußte er auch das Leben nur einfach auf sich zukommen lassen. Mit zweiundzwanzig hatte man doch jedes Recht, Entscheidungen vor sich herzuschieben, oder? Er überlegte. Mathematik und Naturwissenschaften waren ihm in der Schule leicht gefallen; möglicherweise war daher der Beruf eines Buchhalters etwas für ihn. Aber sein ganzes Leben drinnen zu sitzen? Mal sehen. Morgen würde er mit Herrn Modafferi telefonieren, einem alten Freund seines Vaters in München, der ihm geraten hatte, aus der etwas dumpfen bayrischen Landeshauptstadt, in die es seine aus Itzehoe stammende Familie nach dem Krieg verschlagen hatte, wegzuziehen und »mit seinem hanseatischen Namen im Nacken« sein Glück im Norden zu versuchen. In einer Hafenstadt wie Hamburg seien die Möglichkeiten, etwas zu werden, einfach größer, hatte er gesagt und ihn an Andrea Russo empfohlen, der »vor Ort« sei. Russo sei Teilhaber in einigen Firmen am Hafen; er könne ihm bestimmt weiterhelfen. Eine erste Begegnung war schon vielversprechend verlaufen, bisher allerdings ohne konkretes Ergebnis.

Das Wetter war auch wirklich schlimm. Der Wind frischte ständig weiter auf und war dabei, sich in einen großen Sturm zu verwandeln. Inzwischen herrschte wahrscheinlich Windstärke 9 oder 10; jedenfalls konnte er sich fast dagegenlehnen, wobei die

Böen ihn immer wieder straucheln ließen. Was wohl mit der Elbe war? Abfließen konnte die Tide ja nicht richtig, weil das Unwetter die Wassermassen bestimmt landeinwärts drückte. Ihm konnte das egal sein; er wohnte weit genug vom Fluß weg.

Mist. Nun kamen auch noch Graupelschauer dazu. Wenn es jetzt noch fror ...

Niemand außer ihm war unterwegs. Er wäre besser im Warmen geblieben, aber bei seiner Freundin zu übernachten, das schickte sich nun mal nicht.

Der junge Mann hatte die Elbchaussee erreicht und setzte vorsichtig einen Fuß vor den anderen, um Wasserlachen und Graupelanhäufungen zu umgehen. Dabei achtete er nicht auf den Verkehr, aber bis jetzt war auch nur ein einsames Auto vorbeigekommen, das in Richtung Innenstadt unterwegs gewesen war.

Plötzlich hörte er ein Fahrzeug. Als er nach rechts sah, von wo das Geräusch gekommen war, war es auch schon zu spät: Ein metallener Schatten mit nur einem Scheinwerfer erfaßte ihn, warf ihn hoch in die Luft und verschwand mit aufheulendem Motor wieder in der Nacht.

Cornelius Hansen schlug mit dem Nacken auf der Bordsteinkante auf und verlor augenblicklich das Bewußtsein.

Konsul Petersen war nach dem Unfall wie in Trance weitergefahren und hielt erst einen Kilometer später an, am ganzen Leibe zitternd. Seine Kopfweh hatten sich verstärkt, so daß er nur noch unscharf die Straße wahrnahm. Er sollte wirklich einmal zum Augenarzt gehen. Vielleicht war es ja etwas Schlimmes.

Trotz des Sturms stieg er aus und mußte die Autotür festhalten, damit sie ihm nicht aus der Hand gerissen wurde. Er ging nach vorn und besah sich die Kühlerhaube vorne und rechts.

Nichts.

Mit welchem Teil seines Mercedes war er denn mit dem Fußgänger kollidiert? Der war irgendwie plötzlich aus dem Nichts aufgetaucht, den Kopf eingezogen zwischen den Schultern, soviel hatte er noch mitbekommen. Der konnte ihn gar nicht gesehen haben; er, Petersen, war also unschuldig, versuchte er sich zu beruhigen.

Der linke Kotflügel sah jedoch übel aus: Der Scheinwerfer hing nur noch an den zur Glühbirne führenden Drähten, eine tiefe Delle zwischen Rad und Zierleiste zeugte vom Aufprall, und ein Stückchen Stoff hatte sich in dem Spalt zwischen Kotflügel und Kühlerhaube verfangen.

Petersen entfernte es vorsichtig und steckte es dann aus einer Überlegung heraus ein.

Wie schnell war er wohl gefahren? Es konnten nicht mehr als zwanzig, dreißig Stundenkilometer gewesen sein, auf die er bei diesem furchtbaren Wetter den Wagen beschleunigt hatte. Wenn überhaupt.

Etwas mühsam stieg er wieder ein, weil ihm immer noch die Knie zitterten, ließ sich ächzend ins Sitzpolster fallen und starrte fassungslos den Tacho an. Durch den Aufprall hatte dieser seine Dienste eingestellt und war bei vierundsiebzig stehengeblieben.

Der Konsul versuchte, den Wagen zu starten, der erst beim dritten Versuch seinem Willen nachkam. Das bedeutete, daß er morgen eine Werkstatt aufzusuchen hatte.

Petersen konnte noch nicht wissen, daß er am Sonnabend nur noch mit einem Boot seine Firma an Kehrwieder erreichen würde.

Hansen kam wieder zu sich, als jemand vorsichtig über sein Haar streichelte. »Hilfe ist unterwegs. Was ist denn passiert?« fragte eine Frauenstimme.

Er versuchte zu antworten, brachte jedoch nur mit erstickter Stimme hervor: »Meine Beine, meine Beine.«

Die Sirene eines Krankenwagens mischte sich in die gestammelten Worte.

Die Frau warf einen kritischen Blick auf die völlig verdrehten Gliedmaßen des Unfallopfers und seufzte. »Es wird schon alles wieder werden«, sagte sie.

Das Wörtchen *gut* fehlte, dachte er noch. Dann verlor Hansen erneut das Bewußtsein.

Petersen verbrachte eine teilweise schlaflose Nacht mit wirren Träumen, begleitet von dem flackernden Blaulicht der Peterwagen, dem Läuten von Kirchenglocken, dem Dröhnen von Hubschrauberrotoren und den Sirenen der Feuerwehrautos. Wirklichkeit und Phantasie vermischten sich, und er wachte mit einem dröhnenden Schädel auf. Als er zerschlagen und müde ins Eßzimmer kam, gab es nur ein improvisiertes Frühstück – das einzige Thema war die große Flut, die Hamburg heimgesucht hatte. Helmut Schmidt, der Innensenator, hatte noch am frühen Morgen Hilfe von Bundeswehr und NATO erbeten und auch bekommen, wie man den Radiomeldungen entnehmen konnte. Blankenese, hoch über der Elbe gelegen, war von den Wassern verschont geblieben; das einzige Zeichen von etwas Ungewöhnlichem in der Umgebung war ein entwurzelter Baum auf dem Nachbargrundstück, der schräg auf den Gartenzaun gestürzt war.

Unwirklich, das war das Wort, das Petersen in den Sinn kam, als er über seine Lage nachdachte. In der Villa bekam man vom Leben draußen nichts mit, wenn man nicht wollte. Ihm und seiner Familie ging es gut. Wie mochte es dagegen den Leuten gehen, die näher an der Elbe wohnten, in Wilhelmsburg zum Beispiel? Und konnte er helfen? *Wollte* er helfen?

Plötzlich fielen ihm der Mercedes und der Unfall aus der Nacht ein. Wieder begann er zu schwitzen. Seine Frau musterte ihn besorgt, aber da sie ihren Mann liebte, sah sie über seltene nächtliche Ausflüge wie auch deren Folgen hinweg – meistens waren sie dem Überseeclub geschuldet – und sagte daher auch dieses Mal nichts.

Das Klingeln an der Haustür unterbrach ihrer beider Überlegungen.

Kurz darauf führte das Hausmädchen einen aufgebrachten Andrea Russo herein. Petersen erfaßte mit einem Blick die Laune seines Kompagnons und bat ihn ins Arbeitszimmer.

»Unfallflucht, wie?« Russo funkelte ihn wütend an und hielt ihm ein Stückchen Stoff hin. »Das lag neben deinem kaputten Auto.«

Er mußte es verloren haben, als er den Hausschlüssel aus der Tasche gezogen hatte. »Nicht so laut.« Petersen war nervös; seine hübsche kleine Frau mußte von dem Unfall nichts erfahren. »Was geht dich das überhaupt an?«

»Das? Das betrifft mich unmittelbar, weil ich für den jungen Mann, den du überfahren hast, verantwortlich bin.«

Petersen verstand jetzt gar nichts mehr. »Wie kommst du denn darauf?«

»Noch heute nacht hat mich das Allgemeine Krankenhaus in Altona verständigt, um sofort zum schwerverletzten Sohn alter Freunde zu kommen. Sie sagten etwas von *Fahrerflucht*. Eigentlich wollte ich mit dir heute nur den Wareneinkauf und das Ergebnis vom letzten Jahr besprechen. Statt dessen finde ich einen Ausriß seiner Jacke vor deiner Haustür und entdecke den beschädigten Mercedes.«

Dem Konsul versagten die Beine, und er ließ sich in dem großen Schreibtischstuhl nieder. Müde fragte er: »Und jetzt?«

»Jetzt sorgen wir dafür, daß der Junge wieder gesund wird. Anschließend kümmerst du dich um ihn. Oder möchtest du angezeigt werden und Ansehen wie Ehre zur Gänze verlieren, von deiner Firma ganz zu schweigen?«

Am Mittag machte sich Petersen in die Stadt auf. Das kaputte Auto hatte er in die Garage gefahren und seiner Frau gesagt, er wolle wegen der Flutkatastrophe die Bahn nehmen, die hoffentlich bis zum Baumwall durchfuhr. Von den Landungsbrücken führte die Strecke ja als Hochbahn weiter, so daß er sich vielleicht einen Überblick über die Wassermassen am Hafen verschaffen konnte.

Fassungslos stand der Konsul in seinen Gummistiefeln schließlich unterhalb der Stahlbrücke, auf der die Haltestelle lag, im Nassen. Der kleine Kiosk, der »Tabakwaren« und »Süsswaren« anbot, war geschlossen, und der Fußweg über die Brücke zu Kehrwieder nicht zu erreichen. Statt dessen hatte sich das Wasser des Hafens ausgedehnt, eine einzige große nasse Wüste. Das Dach eines Autos ragte aus den Fluten; Bretter, Unrat, ein Persil-Eimer dümpelten vorbei, und immer wieder ging eine Sirene, dazwischen das Tuten der Dampfschiffe, die wohl auf dem Weg nach Wilhelmsburg waren, um Überlebende zu bergen.

Schließlich fand Petersen einen Nachen, dessen Besitzer bereit war, ihn für zwei Mark zu seiner Firma zu bringen. Beim Näherkommen konnte er allerdings aufatmen: Das Wasser war nur bis an die Häuser auf Kehrwieder gekommen; die Einrichtung des Kontors wie auch ein Teil der Ware, die im Flur gelagert worden war, waren verschont geblieben.

Im ersten Stock waren alle Fenster geschlossen, so daß er weitere Unwetter nicht fürchten mußte. Ihm blieb jetzt nur, abzuwarten und auf bessere Zeiten zu hoffen, bis das Wasser wieder abgelaufen war.

Zwei Probleme mußten solange warten: Das Großreinemachen in der Speicherstadt, von dem er teilweise betroffen sein würde, und das Schicksal des jungen Mannes, dessen Namen er noch nicht einmal wußte.

Und täglich grüßt …

Bonn und Hamburg, April 2019. Krüger war rasch zu Carmen hinübergegangen, weil er sein Handy vergessen hatte. Seine Freundin hatte den Vormittag freigenommen und sich in eine Putzfrau verwandelt.

»Du störst«, sagte sie zur Begrüßung. Ein buntes Kopftuch verdeckte die Locken; eine alte Jeans und eines seiner ausrangierten Oberhemden vervollständigten den »Trümmerfrauenlook«, wie er es einmal genannt hatte, wofür sie sich mit einem verbalen Volltreffer bedankt hatte. »Immer noch besser als deine Verkleidung als abgehalfterter Kommissar«, hatte sie ihn gesagt, worauf er ausnahmsweise nichts zu entgegnen gewußt hatte.

»Sorry, mein Mobiltelefon muß hier irgendwo sein.«

»Auf deinem Nachttisch, wie immer.« Carmen wienerte hingebungsvoll die Fensterscheibe, während sie ihm den Rücken zukehrte. Dann drehte sie sich doch um. »Gibt es etwas Neues bei deinen Mordgeschichten?«

Krüger kam aus dem Schlafzimmer, sein Handy in der Hand. »Nur eine neue Figur auf der Bühne, Werner Mathias.«

»Und wie mit Nachnamen?«

Der Kommissar ignorierte wie immer Zwischenfragen. »Der Interimsgeschäftsführer der Kaffeefirma, nämlich *Herr* Mathias.«

»Schon wieder ein neuer Name. Wie behältst du die eigentlich immer?«

»Die Namen? Tue ich ja gar nicht. Schneider hilft mir ab und zu auf die Sprünge. Oder mein kleines Notizbuch, je nachdem, was gerade zur Hand ist.«

»Weißt du, was viel einfacher wäre?« Carmen legte ihren Kopf schief.

Krüger ahnte, daß wieder einer ihrer berüchtigten Vorschläge, wie man sich Dinge erleichtert und das Leben schwerer macht, kommen würde.

»Ihr müßtet euch nicht ständig neue Namen merken, wenn ihr zur Abwechslung mal einen Serienkiller hättet und seine Opfer einfach durchnumeriert.«

Krüger machte, daß er wieder fortkam. Erst draußen fiel ihm auf, daß Carmens Bemerkung jeder Logik entbehrte. Die Täter und Opfer waren selten das Problem. Vor Schwierigkeiten stellten einen immer nur die Zeugen und die Verdächtigen, die sich mit der Zahl der Ermordeten potenzierten.

Carmen wandte sich dem Bilderrahmen zu, den sie gerade versehentlich mit dem Stiel des Schrubbers von der Wand gestoßen hatte. Ausgerechnet! Die Glasscheibe war zerbrochen, und fast schien es ihr, als sähen die drei jungen Leute auf dem Schwarzweißfoto aus den sechziger Jahren sie vorwurfsvoll an. Dem Bild war glücklicherweise nichts passiert, und das war gut so, denn es gehörte zu Krügers wenigen Heiligtümern.

Zwei der Abgebildeten kannte Carmen dem Namen nach – es waren Krügers Eltern. Die junge Frau sah spitzbübisch in die Kamera und schaffte es tatsächlich, nur einen Mundwinkel hochzuziehen, ohne daß das Gesicht im Geringsten verschoben aussah, eine Fähigkeit, die Krüger sehr selten auch zeigen konnte. Der Vater dagegen sah ernst aus; er hatte fast die Physiognomie eines großen Jungen, der in der Erwachsenenwelt noch nicht ganz angekommen war. Dabei war er nach Aussage seines Sohnes zwei Jahre älter als seine Freundin gewesen. Er war Krüger wie aus dem Gesicht geschnitten, was es seiner Mutter wahrscheinlich schwer gemacht hätte, ihn als Abbild ihres toten Freundes großzuziehen.

Der Dritte im Bunde war der Universitätssekretärin unbekannt. Ein hübscher junger Mann blickte nicht direkt den Fotografen an, sondern schien die junge Frau neben sich zu betrachten. Fast sah er ein wenig wehmütig aus. Vielleicht hatte auch er sie geliebt? Krüger wußte nicht, wer er war; seine Mutter hatte auf entsprechende Nachfragen meist unwirsch reagiert oder geschwiegen.

Carmen bückte sich, um die Scherben aufzulesen. Aber was war das?

Unter dem Foto war ein Zeitungsausriß verborgen. Sie hob das vergilbte grobe Papier vorsichtig hoch.

»So schlimm?« Langenargen betrachtete seinen besten Kommissar mitfühlend. »Ich dachte, Sie hätten Ihren Täter?«

Krüger schüttelte den Kopf. »Das dachte ich auch. Die Beschreibung war einigermaßen genau, aber außer auf einer Überwachungskamera am Bahnhof ist der Mann nirgends wieder aufgetaucht.«

»Haben Sie denn überprüft, welche Züge von welchem Gleis wann wohin gefahren sind?«

»Wer sagt was zu wem in welchem Akt und in welcher Szene?« Schneiders Stimme war leise, aber deutlich, so daß Krüger grinste und der Chef etwas säuerlich guckte.

»Jaja, ich weiß, der Eifer im Gefecht oder so ähnlich«, sagte Langenargen, der den Satz gehört hatte. Seine Luchsohren waren legendär. »Manchmal versuche ich leider, zu viele Informationen in einem Satz unterzubringen.«

Krüger kam ihm zu Hilfe. »Wir haben alle Züge in alle Richtungen überprüft. Nur zwei Fernzüge waren dabei, einer über München nach Österreich und einer nach Westerland auf Sylt.«

»Und was sagt uns das?« fragte Schneider.

»Gar nichts«, sagte Krüger. »Der Mann kann ja ebenso gut aus dem Blickwinkel der Kamera verschwunden sein und seinen Weg in die Innenstadt oder wohin auch immer fortgesetzt haben.«

Alle drei brüteten über der Idee der Luft, in die sich der Verdächtige aufgelöst hatte.

Schließlich fragte Langenargen: »Aber sonst haben Sie keine Verbindung zwischen den beiden Ermordeten herstellen können?«

»Nein, leider nicht«, sagte Schneider. »Außer, daß beide in der Lebensmittelbranche tätig gewesen sind.«

»Keine sonstigen Verdächtigen?«

»Keine«, sagte Krüger. »Selbst Fabian Schmücker, Praktikant in der Kaffeerösterei, der Firma von Andreas Weyler, hat für den Tatzeitpunkt ein Alibi. Er hat zwar ein überzeugendes Motiv, weil er – im Vorgriff auf sein Erbe und durch einen windigen Bankberater veranlaßt – Geld in Immobilien gesteckt hat, das er noch nicht hatte. Wahrscheinlich hat Schmücker auf seinen Onkel gehofft, der ihm schon aus der Patsche helfen würde. Aber ich kann mir nicht vorstellen, daß er, der Praktikant, einen Auftragskiller zur Beschleunigung des Erbfalls hinzugezogen hat.«

Langenargen schob seinen Kugelschreiber um das vor ihm liegende leere Blatt Papier. »Mehr habt ihr nicht?«

»Nope, Sir«, sagte Krüger.

Schneider nickte wortlos.

»Und nun?« Langenargen starrte seine beiden engsten Mitarbeiter etwas konsterniert an.

»Nun fangen wir wieder von vorne an«, sagte Krüger.

Hinnerk sah sich um. Das Wohnzimmer, das Hansen gleichzeitig als Büro diente, war gegenüber seinem letzten Besuch unverändert. Nur die Rosen in der Vase auf dem Eßtisch waren neu, besser: frisch wie immer. Petersens Sohn hatte mit der Firma auch den Rollstuhlfahrer übernommen und kümmerte sich wie sein Vater um ihn. Atmosphäre war alles. Alles wie immer. Etwas wirklich Neues konnte man hier nicht mehr erleben, dachte der Hüne. Hier fing das Leben gewissermaßen mit jedem neuen Tag von vorne an.

»Setz dich doch.« Hansen räusperte sich. Als Hinnerk ihm gegenüber Platz genommen hatte, fuhr er fort: »Was meinst du mit *nicht ganz*? Entweder hat man Erfolg oder man hat ihn nicht. Dazwischen gibt es nichts.« Seine Stimme klang brüchig.

Wie alt mochte er wohl sein? Hinnerk hatte nie gefragt, vermutete aber, daß sein Auftraggeber hoch in den Siebzigern war. Geistig war er aber mindestens zwanzig Jahre jünger. Bei Zahlen, Bilanzen und anderen buchhalterischen Dingen reichte ihm so schnell keiner das Wasser.

»Nun ja, die Zielperson eins zu erledigen, war kein Problem. An dem Abend war niemand mehr in der Kaffeerösterei.« Er machte eine Pause.

Hansen notierte sich etwas auf dem Schreibblock. Zuvor hatte er einen goldenen Füllfederhalter in die Hand genommen und die Kappe, die sein Monogramm zeigte – ICH – zur Seite gelegt. Ingo Cornelius war Hansen getauft worden, aber schon als Kind hatte er Cornelius schöner gefunden. Nur fürs Monogramm war der erste Vorname gut; das Akronym traf aber gut das Verständnis seiner selbst. Nach dem, was ihm der alte Petersen bei seiner Trunkenheitsfahrt angetan hatte, kam er, Hansen, zuerst. Immer. Er starrte Hinnerk an und fragte sich, warum der Hüne seinen Bericht nicht fortsetzte. Seiner Erfahrung nach sammelte sich während solcher Unterbrechungen der Sprecher nämlich, weil er anschließend etwas ihm Unangenehmes mitzuteilen hatte. Hansen nickte aufmunternd, um den Sprachfluß seines Gegenübers wieder in Gang zu bekommen.

Etwas zögerlich fuhr Hinnerk fort: »Zielperson zwei war ebenso kein Problem. Zwei Schüsse wie immer, mein Verschwinden – das Übliche. Dann allerdings ...« Er betrachtete seinen linken Zeigefinger und betastete den Nagel, der an einer Stelle eingerissen war.

Hansen wartete.

Schließlich berichtete Hinnerk von der Villa des Ermordeten, vom Besuch der Polizei, der der Mann in der Gluckstraße bestimmt angehört hatte, und von seiner überstürzten Abreise. Das Wort *Flucht* vermied er.

»Den Bruder hast du also nicht erwischt?« Der Mann im Rollstuhl durchbohrte den Hünen mit einem jener Blicke, die Hinnerk schon als Kind gefürchtet hatte.

»Ich habe keine Angehörigen gefunden«, sagte er leise. Dann nahm er seinen Mut zusammen. Hansen konnte ihm schließlich nichts anhaben. »Contadino, der Inhaber des Feinkostgeschäfts, hatte keinen Bruder. Jedenfalls habe ich keinen auftreiben können. Und der Inhaber der Kaffeerösterei auch nicht.«

»Der Bruder hieß Arnold mit Vornamen«, sagte Hansen.

Der Hüne sah ihn etwas aufsässig an. »Einen Arnold habe ich nirgends entdecken können«, sagte er.

Statt einer Antwort griff der alte Mann in die Schublade unter der Schreibtischplatte und holte einen Revolver hervor. Mit seinen grauen Augen musterte er Hinnerk, der trotz seiner Größe in sich zusammengesackt war und ihn kleinlaut ansah.

»Ich dulde kein Versagen«, sagte Hansen und nahm die Waffe in die Hand.

Zwei geknickte Kommissare waren vom Polizeipräsidium wieder nach Bonn zurückgefahren und saßen beim Mittagessen im »Ruland am Markt«. Das »Pastis« hatte leider seinen Geschäftsbetrieb eingestellt; der Inhaber und Koch hatte sich ganz dem Weinhandel ergeben. Aber das »Ruland« besaß eine mindestens ebenso gute Küche. Vor allem traf man hier die Bonner Intelligenzia in Form von Professoren, Museumsleuten und anderen Kulturschaffenden. Sogar Professor Altendorf hatte hier schon gespeist, wobei Krüger sich immer fragte, wie man nach einer Obduktion noch Appetit haben konnte.

Er rührte etwas lustlos mit der Gabel in seinen Orecchiette mit Brokkoli und Salsiccia, was ihm heute einfach zu viel Italienisch auf einmal war. Es schmeckte wie immer, aber er war mit seinen Gedanken ganz woanders.

Schneider trank einen großen Schluck Weißwein. Auch er war mit ihrer Lage mehr als unzufrieden. Die ersten achtundvierzig Stunden nach einem Mord waren längst vorbei, und sie hatten weder Täter noch Verdächtige. »Wo sollen wir denn überhaupt weitermachen?«

Krüger schreckte hoch. »Was meinst du?«

»Wir stehen mit leeren Händen da. Wir haben nicht einmal den Hauch einer Ahnung, wer's gewesen sein könnte. Wir wissen weder, wer den Kaffeeröstereibesitzer auf dem Gewissen hat, noch, wer den Inhaber des Feinkostladens erledigt hat.« Schneider seufzte.

Irgendwie war auch ihm der Appetit vergangen. Er stocherte in seinen schwarzen Taglierini herum und bugsierte schließlich eine Garnele auf den Rand, was ihm einen mißbilligenden Blick des Kellners eintrug, der gerade am Nachbartisch servierte.

Krüger hatte nur halb zugehört. Etwas geisterte in seinem Hinterkopf herum, das er noch immer nicht greifen konnte. Als jedoch draußen vor dem Fenster ein kleiner Junge mit einem viel zu großen Schulranzen auf dem Rücken eine leere Coladose vor sich herkickte, fiel es ihm plötzlich wieder ein. »Weißt du, Markus«, sagte er aufgeregt, »dieser große Mann, den du zum Teil gesehen hast, D2 zur Gänze und die Apothekerin sogar von vorn und hinten – den habe ich auch gesehen.« Er verstummte. »Gleich hab ich's«, sagte er langsam und schwieg erneut.

Die Kunstpause, dachte Schneider. Auf etwas Neues kam sein Freund auch nicht. Wie war das noch mal mit dem Murmeltier, dem immer nur die gleichen Sachen einfielen? Genau, ein französisches Murmeltier, Déjàvu mit Namen.

Aber Krüger schien sich nur zu konzentrieren.

»Warte mal. Neulich abend haben wir uns doch zum Essen im ›Treppchen‹ getroffen, oder?«

Schneider nickte. »Haben wir.«

»Und ich bin zu Fuß gekommen, nicht wahr?«

»Ich glaube schon. Du hättest in der Nähe des ›Treppchen‹ sowieso keinen Parkplatz bekommen.«

»Stimmt. Und an der Poppeldorfer Allee saß ein großer Kerl auf einer Bank, vor der ich beinahe über eine Bierdose gestolpert bin.« Krüger überlegte. »Warte mal.«

Schneider trank einen weiteren Schluck und spießte die Garnele vom Tellerrand auf. Fast sah es aus, als ob er sie harpunierte, so energisch, wie er zustach.

»Unrasiert, blaue Hose, blaues Hemd, hellschwarzer Pullover«, sagte Krüger schließlich. »Und eine Barbourjacke, glaube ich.«

»Was soll denn *hellschwarz* heißen?«

»Ich dachte, es klänge mal besser als ewig nur *dunkelgrau*.«

»Du bess doch beklopp«, sagte Schneider mit dem aufgesetzten Akzent eines Mannes, der nicht aus dem Rheinland stammte. »Außerdem: Wieso hast du dich an den Mann erinnert?«

»Weil mich irgend etwas an ihm störte. Er sah ja leicht seemännisch aus mit seinen Klamotten und den blonden Haaren. Aber warum hielt er dann eine italienische Zeitung in der Hand?«

»Vielleicht vom Gardasee?«, sagte Schneider. »Ein Bonner Urlauber? Dir fällt immer etwas auf, was nicht zusammenpaßt.« Gedankenverloren griff er zum Weinglas und versuchte zu trinken, was dem Kellner, der an den Tisch gekommen war, ein leichtes Grinsen entlockte.

»Soll ich nachschenken? Das Trinken funktioniert in der Regel bei gefülltem Glas besser.«

Krüger gluckste, und Schneider bemühte sich, beleidigt zu gukken, gab aber sofort wieder auf und lachte ebenfalls. Plötzlich verdüsterte sich sein Gesicht. »Mehr hast du aber nicht erkannt?«

»Nee, ich glaube nicht. Und das Gesicht könnte ich auch nicht beschreiben, weil er sich gerade zur Seite gedreht hatte, als ich vorbeikam.«

»Mhm.« Schneider zog eine einsame Nudel an seiner Gabel durch die Sauce. »Wir wissen also bloß – immer noch vorausgesetzt, es handelt sich um denselben Menschen –, daß er sich in der Nähe des Tatorts Königstraße aufgehalten hat.«

»Stimmt. Das muß dann kurz vor dem Mord gewesen sein. Wenn er denn der Täter war.« Nachdenklich studierte Krüger sein leeres Glas, was den dienstbeflissenen Kellner erneut auf den Plan rief.

»Noch ein Glas?«

»Nein, was soll ich mit einem zweiten?« fragte der Kommissar, konsultierte seine Armbanduhr und schüttelte dann den Kopf. »Auch keinen Glasinhalt bitte. Es ist erst halb drei, und ich sollte noch etwas arbeiten.«

Als der Kellner sich wieder entfernt hatte, fuhr Schneider fort: »Weißt du, was mich irritiert?«

»Nein, aber gleich«, kam Krügers immer gleiche Antwort auf diese Art Fragen.

»Daß der Mörder nicht Reißaus genommen hat, sondern in Seelenruhe einen zweiten Mord begangen und danach sogar noch Erkundigungen eingezogen hat. Für mich sieht das aus, als ob ein drittes Opfer auf seiner Liste gestanden hat.«

Die pekuniäre Seite von Firmen

Hamburg und Bonn, April 2019. Hansen musterte den Revolver, entsicherte ihn und ließ ihn spielerisch in die linke Hand gleiten.

Hinnerks Gesicht verlor seine gesunde Bräune. Der alte Mann war nämlich Linkshänder. Und schnell von Entschluß.

Hansen hob den Revolver und zielte.

Hinnerk hob beide Hände. »Ich bin unschuldig«, sagte er, womit er einen etwas kläglichen Versuch unternahm, die Situation ins Lächerliche zu ziehen.

Hansen jedoch verstand keinen Spaß. Er drückte ab.

Die Kugel pfiff an Hinnerks linkem Ohr vorbei und schlug in die neben der Tür hängende alte Wanduhr ein. Mit einem kläglichen Aufseufzen fiel das Pendel im Uhrenkasten zu Boden.

Hinnerk hatte sich nicht bewegt. Sein Auftraggeber würde nicht so dumm sein und ihn hier erledigen. Dann stellte sich nämlich für ihn, Hansen, die Frage, wie er ihn, Hinnerk, anschließend entsorgen sollte.

»Das war eine kleine Warnung«, sagte der alte Mann, sicherte den Revolver wieder und legte ihn zurück in die Schublade. »Beim nächsten Mal treffe ich.«

»Wenn du dich da mal nicht täuschst«, erwiderte der Hüne. Mit einer einzigen fließenden Bewegung holte er seine Pistole aus der Jackentasche, legte an und schoß.

Krüger sah Schneider etwas überrascht an. Manchmal verblüffte ihn sein Freund ja doch noch durch unkonventionelle Überlegungen. »Du meinst, wir sind nur um Haaresbreite drei Leichen entkommen?«

»Bei einer Haaresbreite stehen wir noch daneben.«

Der Kriminalhauptkommissar gluckste. »Zuviel *The Walking Dead* gesehen, wie? Leichen kann man sehr simpel abhängen: Man läßt sie einfach liegen.«

Schneider lachte, so laut, daß der Kellner ihm einen erbosten Blick zuwarf. »Dies hier ist mindestens ein Drei-Sterne-Restaurant«, hieß das. Der jüngere Kommissar salutierte, was der Kellner zufrieden quittierte.

»Seid ihr jetzt fertig?« fragte Krüger. »Dann kann ich nämlich weiterreden. Paß auf.«

»Das tue ich doch immer«, verteidigte sich sein Freund.

»Toter Nummer eins: ein Kaffeerösterei-Betreiber. Nummer zwei: ein Feinkosthändler. Nummer drei: lebt noch. Nach meinem Dafürhalten auch jemand aus der Lebensmittelbranche.«

Schneider nickte langsam. »Das könnte sein. Aber wie finden wir Nummer drei?«

»Er muß ja in einem Verwandtschaftsverhältnis zu den Toten eins und zwei beziehungsweise *oder* zwei stehen, wenn nach ihm als einem Verwandten gesucht wird. Wahrscheinlich ein männlicher Verwandter.«

»Mhm. Wie wäre es mit einem Bruder?«

Krüger lächelte. »Das wäre mir zu einfach. Auch wenn der Unbekannte sich nach ihm erkundigt hat. Neffe, Onkel, Stiefvater – der Verwandten gibt es viele. Aber vielleicht war es auch nur ein Abhängigkeitsverhältnis, ein Arbeiter oder so. Wenn wir das Unmögliche ausgeschlossen haben, wird das Einfache übrigbleiben.«

»Was machen wir also?«

»Wir rufen Kaul an, sagen ihm, er solle seinen Computer anwerfen und in den Tiefen des Internetzes nach allen Verwandten der beiden Toten schauen. Wir finden ihn, egal, ob tot oder lebendig.«

»Lieber tot«, sagte Schneider. »Dann haben wir weniger Arbeit.«

Auch Hinnerks Schuß war bestens gezielt. Die Kugel flog an Hansens rechtem Ohr vorbei und blieb in einem dicken goldenen Bilderrahmen stecken, der ein Gemälde der alten Speicherstadt aus der Mitte des neunzehnten Jahrhunderts umschloß. Fast gleichzeitig folgte ein zweiter Schuß – Hinnerks Markenzeichen –, der das Loch vertiefte.

Der alte Mann hatte ebenfalls nicht gezuckt. Er drehte sich um und nickte anerkennend. »Du hast es also nicht verlernt.«

»Noch nicht«, sagte der Hüne bescheiden.

»Gut.« Hansen räusperte sich. »Wenden wir uns nach dem kleinen Scharmützel wieder unserer geschäftlichen Beziehung zu.«

»Gleich. Was macht eigentlich Onkel Alberto?«

»Du stellst Fragen. Die Antworten kennst du doch. Alberto sitzt zwei Zimmer weiter und plant wie immer eine Erweiterung der Firma. Inzwischen kann er das ja in Ruhe, nachdem Andrea nicht mehr unter uns weilt.«

Hinnerk war ganz froh, daß der alte Teilhaber von Konsul Petersen das Zeitliche gesegnet hatte. Regelmäßig war er mit Andrea Russo aneinandergeraten, weil der einen etwas subtileren Weg bevorzugte, als ihn Hansen und sein Zögling Hinnerk für sinnvoll hielten. »Erst schießen«, hatte Hinnerk mal zu Russo gesagt, »dann kann man sich das anschließende Fragen sparen.«

»Jaja, ich weiß.« Der Hüne rutschte auf dem für ihn etwas zu kleinen Stuhl hin und her. »Wenn du so genau auf die erfolgreiche Durchführung meiner Aufträge achtest – dann benötigt ihr Geld, oder?«

Hansen nickte. »Geld kann man immer gebrauchen. Aber ich dulde nicht«, und hier wurde seine Stimme tatsächlich etwas lauter, »daß unsere Franchisenehmer nicht pünktlich oder sogar nicht mehr zahlen.«

Franchise-Unternehmen war ein etwas euphemistischer Begriff für ein weit verzweigtes Mafia-Netzwerk, zu dem Russo mit dem Münchener Geld von Raffaele Modafferi seit den sechziger Jahren des letzten Jahrhunderts die Firma um das Hamburger Kaffeehaus erweitert hatte – unter tatkräftiger Mithilfe des Buchhalters Cornelius Hansen. Inzwischen führten Alberto Modafferi, der Sohn, und Hansen selbst die Geschäfte, nach außen gedeckt durch den jungen Petersen, den Sohn des Konsuls. René Petersen interessierte sich nur für Geld und ließ den Herren freie Hand, solange in jedem Monat der gleiche hohe Betrag auf seinem Konto ankam.

Um die ununterbrochenen Zahlungsflüsse zu gewährleisten, waren regelmäßige Visitationen vonnöten – wie sie in früheren Zeiten die Kirchenfürsten in ihren Sprengeln unternahmen. *Die Furcht des Herrn* war still und leise von der Furcht vor Gott auf die Furcht vor den Unterweltfürsten übergegangen.

Disziplin war alles, fand Hinnerk. Ließ diese jedoch nach, mußte man nachhelfen, manchmal endgültig.

»Also«, Hansen wandte seinen Blick vom Hünen nicht mehr ab, »was ist in Bonn passiert?«

Hinnerk informierte den Buchhalter nun eingehender über die erfolgreiche Liquidation des Feinkosthändlers, berichtete von der erfolglosen Suche nach dessen Bruder und wandte sich schließlich dem Poppelsdorfer Geschehen zu.

Der alte Mann hörte aufmerksam zu, zog dann aber einen abgegriffenen Aktendeckel heran und entnahm ihm eine Aufstellung, die nach Hinnerks Vermutung eine Adreßliste darstellte. Hansen überflog die Zeilen, bis er das Gesuchte fand, und reichte seinem Gegenüber das Blatt. »Was liest du hier? Steht da etwa Poppelsdorf?«

Zusammengesunken sah der Kunstschütze nicht etwa kläglich, sondern immer noch beeindruckend groß aus. »Hier stehen nur Postleitzahlen, gefolgt vom Zusatz *Bonn*. Keine Stadtteile.«

»Wo liegt nochmal die Kaffeerösterei?«

»In Poppelsdorf, das habe ich doch bereits gesagt.«

»Die Straße bitte.«

»Königstraße«, sagte Hinnerk gehorsam.

»Und? Findest du eine Königstraße auf der Liste?«

Der Hüne schüttelte den Kopf.

»Ich nämlich auch nicht. Du solltest nämlich eine andere Firma aufsuchen.«

Hinnerk schüttelte noch immer den Kopf. »Dein Auftrag lautete präzise, den Inhaber dieser Kaffeerösterei – und nicht etwa einer anderen Firma – zu, äh, entfernen. Aus dem Leben, meine ich.«

Hansen nickte. »Genau. Und wie hieß der Inhaber?«

»Andreas Weyler«, sagte der Hüne gehorsam.

»Und was steht hier?« Hansen zeigte auf das Blatt mit den handschriftlichen Namen, das zwischen ihnen auf dem Tisch lag. Dann deutete er auf das zweite Blatt mit der Adreßliste. Eine Zeile war mit einem gelben Textmarkerstrich versehen worden.

Hinnerk beugte sich vor und las. Dann wurde er kreidebleich.

»Wenn Sie freundlicherweise draußen telefonieren würden?« sagte der Kellner.

Die beiden Kommissare hatten bereits bezahlt und wollten gerade Kaul anrufen.

»Geht klar«, sagte Krüger und verließ mit Schneider im Schlepptau das Restaurant.

Draußen toste jedoch der Mittagsverkehr durch die enge Rathausgasse, hinter dem barocken Gebäude entlang und dann an der Universität vorbei, deren Renovierung – wie immer bei städtischen Bauprojekten – nicht etwa bis zum überraschend gekommenen zweihundertjährigen Jubiläum der Alma mater abgeschlossen worden war. Ähnlich düster sah es mit der Beethovenhalle aus, deren Sanierung man begonnen hatte, woraufhin man aber – ebenso überraschend – feststellen mußte, daß der Baugrund zuvor nicht überprüft worden war. Architekten wie Bauplaner wurden von der öffentlichen Hand offensichtlich nur *bis* zu einer bestimmten Intelligenzquotientenhöhe eingestellt, damit sie die Verantwortlichen bei der Stadt nicht etwa über den Tisch ziehen konnten. Die desaströse Durchführung von Bauprojekten, die nicht privat finanziert waren, war eines der Lieblingsthemen des Kommissars, wenn er sich ausnahmsweise einmal zu Politikfragen äußerte.

Kurz entschlossen wandte sich Krüger nach rechts und ging mit weit ausholenden Schritten Richtung Hofgarten.

Schneider folgte ihm etwas langsamer, aber trotzdem beflügelt, weil er merkte, daß Krüger eine neue Ermittlungsrichtung eingeschlagen hatte.

Im Hofgarten setzten sie sich auf Höhe des Kinderspielplatzes, der heute seltsamerweise leer war, auf eine der zahlreichen Bänke, verscheuchten eine fette Ratte, die sich ihnen neugierig näherte, und warteten, bis ein Flugzeug im Landeanflug auf den Köln-Bonner Flughafen mitsamt dem damit verbundenen Motorenlärm den Himmel über ihnen wieder verlassen hatte.

»Ich bin's«, sagte Krüger, als Kaul den Telefonhörer abgehoben hatte. »Könntest du was für uns erledigen? – Ja, ich weiß, daß du dazu in der Lage bist, aber tust du es auch? – Prima. Paß auf. Wir suchen ein potentielles drittes Opfer des Killers. Lebensmittelbranche. Kaffee, Feinkost. Innenstadt und Umgebung. Männlich. Etwa vierzig bis fünfzig Jahre alt.«

»Woher weißt du das?« flüsterte Schneider.

»Woher ich das weiß?« sagte Krüger zu Kaul. »Weil ich denke, daß die Ermordeten jemandem Geld schuldeten, denn warum sonst sollte ein Auftragskiller auf sie angesetzt werden?« Er hustete. »Jaja, eifersüchtige Frauen und so. – Nee, glaube ich nicht. Auftragskiller sind ziemlich teuer. Profis noch mehr. Und hier haben wir es mit einem Meister seines Faches zu tun. – Nein, nein – da halte ich eine Erpressung für wahrscheinlicher. Und Zwanzigjährige haben in der Regel zu wenig Geld, als daß sich eine Erpressung lohnen würde, und Siebzigjährige in der Regel nichts mehr, da alles in die Altersvorhersage geflossen ist. Also mittleres Alter. – Danke. Bis später.« Der Kommissar steckte das Handy wieder ein. »Kaul ruft zurück. Dann können wir bis dahin eine kleine Mittagspause machen. Oder mußt du dich etwas bewegen und dir die Beine vertreten?«

Schneider verneinte, woraufhin Krüger sich zurücklehnte und die Augen schloß. »Weck mich, wenn etwas Interessantes passiert.«

»Und jetzt?« fragte Hinnerk kleinlaut.

»Jetzt fährst du wieder nach Bonn und begibst dich diesmal an die richtige Adresse. Deinen Auftrag hast du ja bisher noch nicht erledigt. Jedenfalls nicht vollständig.« Hansen zog die beiden Blätter wieder zu sich und legte sie in den Aktendeckel zurück. »Ich erwarte dann deine übliche Vollzugsmeldung.«

Der Hüne stand auf. Die Audienz war beendet.

Im Flur wandte er sich nach rechts. Kurz bei Onkel Alberto vorbeizusehen, war sicher nicht verkehrt. Zwei Türen weiter klopfte er.

»Avanti«, war eine etwas zu hoch geratene Stimme zu hören.

Hinnerk öffnete die Tür und grüßte.

Der kleine dunkelhaarige Italiener musterte ihn. »So ganz zufrieden siehst du nicht aus. Hat Hansen dich nicht ordentlich bezahlt?«

»Nee, noch nicht. Aber ich habe auch einen Fehler gemacht.« Hinnerk berichtete von dem erfolgreichen Mord an dem falschen Bonner Kaffeeröstereibesitzer.

»Dein Fehler oder seiner?« Alberto zeigte mit dem Daumen über die Schulter Richtung Nachbarzimmer.

»Beides wahrscheinlich.« Eines mußte man Hinnerk lassen: Ehrlich war er immer. »Ich habe den Namen nicht richtig gelesen. Und jetzt muß ich nochmal ins Rheinland.«

»Bist du eigentlich mit deiner Arbeit zufrieden?« Alberto betrachtete seinen großgewachsenen Neffen, der so ganz anders als die anderen dunkelhaarigen Kinder in seiner italienischen Verwandtschaft aussah.

»Geht so. Das Reisen ist schön, aber der Rest ... Etwas monoton.«

Hinnerk lächelte gequält. »Jedenfalls hätte ich nichts gegen eine Abwechslung. Ab und an.«

»Und ich nichts gegen einen neuen Buchhalter in unserer Firma. Dauernd.«

Hinnerk nickte langsam. »Vielleicht hast du recht. Hansen wird alt. Meinst du, ich sollte ...« Der Rest des Satzes hing in der Luft und wartete auf einen Abschluß.

»Meine ich. Aber erst, wenn du wieder hier bist. Solange verschonen wir den Alten noch.«

Krüger war tatsächlich kurz eingenickt und hatte wirres Zeug von blonden Zwergen, riesigen Nudeln und Bergen voller Kaffeebohnen geträumt. Als sein Handy klingelte, fuhr er zusammen und griff nach dem Gerät.

Eine alte Dame, die gerade ihren Rollator vorbeischob, grinste und sagte: »Miss Marple, wie schön. Daß ich das noch einmal hören darf.« Dann ging sie weiter.

»Ich bin's«, sagte Krüger böse. »Und weitere Fragen dazu kannst du dir schenken.«

Schneider grinste.

Sein Freund hörte aufmerksam zu, bis er plötzlich sagte: »Sag das nochmal.« Dann fing er an, laut zu lachen. Nach Luft schnappend, sagte er schließlich: »Wunderbar. – Ja, wir halten dich auf dem Laufenden. Bis dann.« Das Handy verschwand wieder in der Tasche.

»Was'n los?« fragte Schneider.

»Anscheinend ist der falsche Besitzer einer Kaffeerösterei umgebracht worden. In Poppelsdorf wohnt, besser: wohnte Andreas Weyler. Mit L. Und in Dransdorf liegt die Firma ›Piazzola Padua‹, die Tausende von Espressosorten und anderen italienischen Kulinarkram verkauft. Dreimal darfst du raten, wie der Inhaber heißt.«

»Andreas Weyler?« fragte der jüngere Kommissar gehorsam.

»Nicht ganz. Andreas Weyer. Mit ohne L. Und der hat einen Bruder.«

»Sagt Kaul.«

»Sagt Kaul«, bestätigte Krüger. »Gewissenhaft, wie er nun einmal ist, hat er für unsere Ermittlungen die Adressen aller beteiligten Personen abgeglichen und ist dabei auf die Namensähnlichkeit gestoßen.«

»Dann sollten wir Weyer eilends unter Polizeischutz stellen.«

»Und seinen Bruder auch«, sagte Krüger und stand auf. »Anschließend müssen wir uns nur noch auf die Lauer legen und warten, bis der Täter wieder auftaucht.« Er rieb sich die Hände. »Die Jagd beginnt.«

Whole Lotta Shakin' Goin' On

Hamburg, Mai 1963. Christa hatte die vergangene Woche augenscheinlich damit verbracht, einen verliebten Augenaufschlag zu üben. Oder die Fähigkeit war bei Frauen angeboren, damit sie ihn auch ohne Spiegel hinbekamen.

Claus warf ihr einen Blick zurück, der, wie er fand, die drei Worte beinhaltete, die er nicht mehr sagen mußte, seit Christa sie ihm auch gesagt hatte: »Ich liebe dich.« Zählte er Worte und Blicke und Gesten und Umarmungen und Küsse zusammen, die er auf einer Strichliste zu addieren hätte, käme er wahrscheinlich auf eine höhere dreistellige Zahl.

Hans hatte sich mit seinem Los abgefunden und akzeptiert, daß er, was Christa anging, den Kürzeren gezogen hatte. Seiner Freundschaft mit Claus hatte das jedoch keinen Abbruch getan, im Gegenteil, jede freie Minute saßen und rauchten die beiden zusammen und unterhielten sich über Musik. Ihrer beider Liebling war zur Zeit Jerry Lee Lewis.

»Hast du die Plakate gesehen?« fragte Hans.

Claus nickte. »Star-Club. Sechs Konzerte, von denen die Hälfte schon vorbei ist. Wir können uns also noch den Tag aussuchen.«

»Dann nehmen wir morgen, den achtzehnten Mai, würde ich vorschlagen. Sonnabends müssen wir ja nur den halben Tag arbeiten; vielleicht gibt uns Herr Konrad auch eher frei, wenn wir nett fragen.«

»Klasse, nur noch einmal schlafen.« Claus freute sich auf eine Abwechslung.

»Meinst du, wir kriegen noch Karten?«

»Na ja, Lewis ist doch schon fast eine ganze Woche hier, da müßte es noch was geben.«

Hans drückte seine Zigarette aus. »Bestimmt. Und jetzt zurück an die Arbeit.«

Dieses Mal knarrten die Treppenstufen kaum, als Hans vorsichtig über die Kette stieg. Seinem Freund hatte er vorgemacht, daß er noch den Lagerraum fertig aufräumen wolle, so daß er erst später nach Hause fahren könne, um sich für das Konzert umzuziehen. Claus war also alleine losgegangen.

Hans gestand sich ein, daß ihn nur seine Neugier nach oben trieb. Wenn er etwas wissen wollte, bohrte er so lange, bis er der Sache auf den Grund gegangen war. Also mußte er auch, was den vierten Stock anging, nachforschen. Außer einer Befriedigung seines Wissensdurstes würde nichts dabei herauskommen. Wahrscheinlich wohnte dort bloß ein Angestellter, der aus welchem Grund auch immer im Rollstuhl saß. Aber immerhin könnte er dann Claus erzählen, worum es wirklich ging.

Vorsichtig näherte sich der junge Mann dem Flurschrank, als am Ende des Gangs eine Tür aufging. Blitzschnell verschwand er wieder zwischen den Mänteln. Durch einen kleinen Spalt beobachtete er, wie der Teilhaber von Konsul Petersen auf das Zimmer gegenüber zuging, klopfte und eintrat.

»Herr Russo«, sagte eine jugendliche Stimme. »Was kann ich für Sie tun?«

»Hier's ja'n büschen verbrauchte Luft, nech?« Russo bemühte sich, auch sprachlich in seiner neuen Heimat anzukommen. Die Tür zum Zimmer blieb offen.

Hans hörte, wie ein Fenster geöffnet wurde. Gespannt wartete er, was nun passieren würde.

Jemand schubberte mit einem Stuhl über das Parkett und setzte sich dann. »Wir wollten doch unsere kleine Liste der Außenstände und die daraus folgenden Notwendigkeiten durchgehen, Cornelius«, sagte Russo.

Immerhin ein Vorname, dachte Hans.

Papier raschelte, und der junge Mann las vor: »Grafenhagen dreitausendfünfhundert Mark. Holzem zweitausend Mark. Piepenhahn achthundert Mark. Schmieder & Co. fünftausend Mark.«

»Das ist alles?«

»Dieses Mal nur vier. Ihr Auftreten am Telefon hat anscheinend Wunder gewirkt. Aber trotzdem sind es noch über elftausend Mark, die uns fehlen.«

»Was machen wir jetzt damit?«

»Wir könnten Modafferi hinschicken.« Der junge Mann im Rollstuhl, denn das mußte er sein, schien zu grinsen. Er fügte nämlich hinzu: »Er darf dann seine Beretta mitnehmen, nicht wahr?«

»Auf jeden Fall. Und wenn er sie benutzen muß, muß er sie eben benutzen.«

Beretta war doch der Name einer Waffe, oder? Hans war sich nicht ganz sicher.

»Und was machen wir mit der Leiche oder mehreren?« fragte Cornelius.

Hans zuckte zusammen. Wenn er nicht ganz dumm war und wenn er sich nicht verhört hatte, bedeutete das, daß die beiden Männer Gelder eintrieben und dabei auch vor Mord nicht zurückschreckten.

Im kleinen Regalraum zwischen Hansens Zimmer und der Treppe, in dem wichtige Akten der Firma gelagert wurden, erbleichte Konsul Petersen. Er wußte nun sicher, was er schon lange vermutet hatte: Daß nämlich das viele Geld, das hier seit einigen Jahren den oder die Besitzer wechselte, zu einem Teil aus dunklen Quellen stammte. Zu einem großen Teil wohl. Vielleicht sollte er das Treffen fotografieren; man konnte ja nicht wissen, ob er mal Material gegen die beiden in der Hand haben mußte, die wiederum ihn in der Hand hatten.

Er holte seine neue Minox aus der linken Sakkotasche. Die gestern für teures Geld erworbene Miniaturkamera enthielt schon einen Film. Leise schob Petersen zwei Aktenordner beiseite und versuchte, durch das in Augenhöhe angebrachte Loch einen Blick ins Nachbarzimmer zu werfen. Aus einem Gefühl heraus hatte er vor einigen Wochen durch die Wand gebohrt, als Hansen mal wieder bei einem seiner vielen Ärzte war. Man konnte ja nie wissen, hatte er damals gedacht, und beschlossen, den Mann im Rollstuhl ab und an zu beobachten.

Tatsächlich. Er hatte Glück. Die Herren saßen einander gegenüber und würden beide aufs Bild passen. Er platzierte die Minox vor das Loch und mußte sich den Hals verrenken, um durch den Sucher etwas zu erkennen.

Die beiden Herren sahen einander noch immer in die Augen.

Dann nieste jemand.

Hans bekam wie beim letzten Mal, als er sich mit Claus versteckt hatte, Staub aus einem der Wintermäntel in die Nase und konnte den Niesreiz nicht mehr unterdrücken. Hoffentlich war das Glück wieder mit ihm, und im Zimmer gegenüber hatte man nichts gehört!

Ein Stuhl schurrte wieder, dann ging die Tür zum Flur auf. Jemand näherte sich dem Schrank.

»Sieh mal einer an«, sagte Russo und öffnete die Garderobentür ganz. »Wen haben wir denn hier?« Er griff nach Hans' linkem Ohr und zog den sich sträubenden jungen Mann über den Flur ins Zimmer des Rollstuhlfahrers. Grob schubste er ihn in den Sessel am Schreibtisch des Buchhalters.

Petersen betätigte den Auslöser. Hoffentlich hörte man das Klicken nicht im Nebenzimmer, aber die Akten würden es vielleicht verschlucken. Was, um Himmels Willen, machte Hans Schmidt denn hier oben? Er hatte doch ausdrücklich allen untersagt, den vierten Stock zu betreten.

Russo verlegte sich auf Ironie. »Schon mal was von Intimsphäre gehört?« fragte er. »Du hast hier oben nichts verloren, weder jetzt, noch gestern, noch morgen.«

»Was hast du eigentlich gehört?« fragte Hansen. »Und seit wann hast du da drüben gesteckt?«

»Nichts«, sagte Hans. »Dafür war ich zu weit weg.«

Russo fixierte den jungen Mann, bis dieser den Blick abwandte. »Aha, ein schlechtes Gewissen. Spuck's schon aus.«

»Nur«, Hans rutschte auf dem Stuhl hin und her, »daß Ihnen Geld fehlt.«

»Sonst nichts?«

Hans wand sich. »Und daß es jemand eintreiben soll.«

»Das ist alles? Das glaube ich dir nicht.« Russo versetzte Hans einen Faustschlag gegen die Schulter, daß der Angestellte aufstöhnte. »Nicht so laut. So empfindlich sind wir doch nicht, oder?«

»Es war noch von einer Waffe die Rede.« Die Stimme des jungen Mannes zitterte.

»Wenn du das alles schon so genau gehört hast, dann weißt du auch, wo unser Problem liegt.« Hansen nahm seinen Beruf sehr ernst und war inzwischen ganz auf der Seite des Italieners. Petersen fand er stets zu weich in seinen Entscheidungen. Für einen Firmenchef mußte man hart sein, oft auch unpopuläre Entscheidungen treffen und sich immer wieder sagen, daß es im Geschäftsleben keine Freunde gab. Daß er an seinen Rollstuhl gefesselt war, hatte auch seinen Charakter verändert. Auf das Schicksal war er nicht wütend, wohl aber auf Petersen, dem er sein Los zu verdanken hatte.

»Die Leichen«, flüsterte Hans, »die sind das Problem. Wie Sie sie beseitigen.« Der letzte Satz war nicht mehr zu verstehen.

Russo warf Hansen einen Blick zu. »Was machen wir jetzt?«

Wie gesagt, unpopuläre Entscheidungen, dachte der junge Mann im Rollstuhl. Dann fange ich damit mal an. Er griff in die Schublade seines Schreibtisches und holte eine Pistole hervor.

Petersen fing wieder an zu schwitzen. Ungläubig hatte er die Auseinandersetzung mit Hans Schmidt verfolgt. Zwar ahnte er, daß Russo und Hansen in illegale Geschäfte verstrickt waren, aber daß Mord dazu kam ... Was sollte er nur machen? Wenn er zur Polizei ging, kam die ganze Geschichte mit seinem Unfall und der anschließenden Fahrerflucht ans Tageslicht, und dann konnte er die Firma und seine Familie vergessen.

Er drückte wieder auf den Auslöser. Wie viele Bilder waren eigentlich auf dem Film?

Entsetzt sah er, wie Hansen die Waffe hob und schoß.

In seinem Stuhl sackte Hans zusammen und rührte sich nicht mehr.

Hansen sah Russo unbeeindruckt an und sagte: »Dann beseitigen wir schon mal die erste Leiche.«

Christa hatte begeistert die Einladung zum Konzert angenommen. Wenn er nur daran dachte, fing Claus' Herz an, lauter zu klopfen. Er hatte sich extra die Haare schneiden lassen, um für seine Freundin schick zu sein, und die Lederjacke angezogen, die er vor einigen Wochen erstanden hatte.

Das Kindermädchen hatte von Konsul Petersen frei bekommen und sich ebenfalls herausgeputzt: Von ihrem ersparten Geld hatte sie eine eng geschnittene graue Tuchhose und einen weißen Rollkragenpullover gekauft, der die dunklen Harre besonders gut zur Geltung kommen ließ. An einen der modischen Miniröcke hatte sie sich noch nicht herangetraut.

An der Reeperbahn waren sie ausgestiegen und liefen das kurze Stück zur Großen Freiheit hinüber. Christa musterte ihren Freund etwas abschätzig. »Leder? Soso«, sagte sie und sah ihn strafend an. »Möchtest du dich einer der Motorradbanden anschließen?«

Claus schüttelte energisch den Kopf. »Und den Mods auch nicht. Für die bräuchte ich nämlich Anzüge.«

Christa lachte, ein glockenhelles Lachen, bei dem es ihrem Freund warm über den Rücken lief. Sie hakte sich bei ihm unter und dirigierte ihn auf die andere Straßenseite.

Vor dem Star-Club hatte sich schon eine Schlange gebildet, der der Nieselregen nichts ausmachte; in Hamburg war man an solches Wetter gewöhnt. Nur kalt war es, mit zehn Grad für den Mai ungewöhnlich kalt.

Einige Mopeds versperrten wie immer den Bürgersteig. Auf der gegenüberliegenden Seite parkte ein Peterwagen, aus dem der

Fahrer mißtrauisch den Auflauf der jungen Leute beobachtete. Augenscheinlich war ihm weder das Alter der Konzertbesucher noch ihre Kleidung geheuer, geschweige denn die amerikanische Musik.

Aus dem Club selber waren undeutliche Töne zu hören, ein Schlagzeug schepperte, jemand schien das Klavier zu stimmen, und eine Baßgitarre brummte. Wahrscheinlich wurden die Instrumente aufeinander eingestellt.

»Wo Hans wohl bleibt?« fragte Claus.

»Wenn er nicht kommt«, antwortete Christa, »dann spielt Jerry Lee Lewis eben nur für uns beide.«

Zwei junge Frauen in Miniröcken bahnten sich ihren Weg durch die Menge, wohl auf dem Weg ins Zentrum von St. Pauli, wie Claus mutmaßte, zu einer Arbeit, bei der man mit weniger Kleidung auskam.

Endlich waren sie drin und standen im früheren großen Kino, das mit Vorhängen an den Wänden und einer erhöhten Bühne zu einem Konzertsaal umgebaut worden war.

Die Leute drängten sich, um Lewis und seiner Band möglichst nahe zu sein. Christa schob sich eng an ihren Freund; so viele Personen auf einem Haufen waren ihr nicht geheuer. »Das sind doch sicher fünfhundert Leute, oder?«

»Mehr!« sagte Claus im Brustton der Überzeugung. Aber über tausend waren es sicher nicht, wie sie bei der Eröffnung des Star-Clubs im April des vergangenen Jahres eine lange Schlange über die ganze Große Freiheit bis zur Reeperbahn gebildet hatten. Damals war halb St. Pauli auf den Beinen gewesen, um die Beatles aus England beim Eröffnungskonzert des Clubs zu sehen. Anschließend liefen erstaunlich viele junge Leute mit der gleichen Frisur herum, wie sie die »Pilzköpfe« hatten.

Endlich ging der Vorhang vor der Bühne auf, und die beiden jungen Leute staunten. Vor der schwarzweißen Skyline einer amerikanischen Großstadt, die die gesamte Wand hinter den Musikern einnahm, legte die Band sofort los. Jerry Lee Lewis hieb wie wild in die Tasten des Klaviers, worauf die Menge augenblicklich zu tanzen begann. »Good Golly Miss Molly« grölte er, so daß Christa und Claus auch nichts anderes übrigblieb als mitzutanzen. Ein schnelles Lied nach dem anderen folgte; nur manchmal bot ein langsames Stück eine willkommene Gelegenheit, wieder Luft zu holen und sich näherzukommen.

Die englischen Texte verstanden sie nicht, wodurch ihnen auch die Ironie entging, als Lewis mit einem breiten Grinsen ins Publikum *Whole Lotta Shakin' Goin' On* anstimmte, was zu weiteren Verrenkungen der Anwesenden führte. Nach siebzig Minuten beendete der Amerikaner mit *Great Balls of Fire* einen grandiosen Abend, wie die beiden fanden.

Draußen sah sich Claus um. »Hans hast du nicht gesehen, oder?«

Christa strich sich eine Locke aus ihrem verschwitzten Gesicht. »Nee, hab ich nicht. Ist ja auch nicht so wichtig; du bist doch da.« Langsam legte sie die Arme um ihren Freund und küßte ihn lange und leidenschaftlich.

»Und jetzt?« fragte Claus, als er wieder zu Atem gekommen war.

Christa war heute zu allem entschlossen. Außerdem fühlte sie sich reifer, als es vielleicht ihrem Alter von achtzehn Jahren entsprach. Irgendwann wurde es auch mal Zeit. »Deine Mutter ist doch verreist, nicht wahr?« sagte sie. Ihre Stimme klang etwas belegt. Sie räusperte sich.

Claus nickte, während sein Herz zu hämmern begann. »Ist sie.«

»Wir wären also bei dir allein, oder?«

»Das wären wir.«

»Gut«, sagte Christa, nahm Claus an der Hand und zog ihn in Richtung der S-Bahn-Haltestelle. »Fahren wir.«

Konsul Petersen saß wie erstarrt in dem kleinen Raum neben Hansens Zimmer. Seine Tränen waren versiegt, und er überlegte, wie er der Polizei einen Hinweis zukommen lassen konnte. Aber so sehr er sich auch das Hirn zermarterte – ihm fiel keine Lösung ein.

Sobald er Hansen anzeigte, war er selber dran. Mitgefangen, mitgehangen. Informierte er die Kriminalisten, würde seine Beteiligung an Hansens Unfall auch zur Sprache kommen – sobald Hansen selbst befragt werden würde. Und dann verlöre er, Petersen, alles: seine Firma, seine Familie und seinen Frieden.

Was also tun?

Die kleine Kamera, mit der er vorhin fotografiert hatte, lag noch immer in seiner Hand und hatte längst die Temperatur seiner Haut angenommen.

Dann hatte er eine Idee.

Wenn Götter sich einmischen

Bonn und Hamburg, April 2019. Der Zeitungsausriß von Donnerstag, dem 24. Mai 1963, stammte aus dem *Hamburger Abendblatt*, wie Carmen der kleinen Zeile oberhalb des Artikels entnehmen konnte. »Lagerarbeiter noch immer verschwunden. Konsul Petersen ratlos« lauteten die Überschriften. Sie setzte sich in Krügers Sessel und las.

»Seit dem vergangenen Wochenende ist der 23jährige Hans Schmidt, Lagerarbeiter bei ›Harry Petersen Kaffeeimport‹, spurlos verschwunden. Die Polizei unserer Stadt hat das Kontorgebäude in der Speicherstadt auf den Kopf gestellt, aber weder den jungen Mann, noch Spuren von ihm gefunden. Taucher haben hinter dem Lagerhaus das Kehrwieder-Fleet durchsucht, mußten ihre Arbeit aber nach zwei Tagen ergebnislos abbrechen. Als Hans Schmidt zuletzt gesehen worden ist, trug er eine blaue Arbeitshose, schwarze Schuhe, einen dunkelblauen Pullover und eine Schiebermütze. Konsul Petersen sagte unserem Reporter, er habe keine Ahnung, warum der junge Mann verschwunden sei, und eine Belohnung von 2.000,– Mark für Informationen ausgesetzt, die zu seinem Wiederauftauchen führen. Sachdienliche Hinweise nimmt jede Polizeiwache, aber auch die Firma ›Harry Petersen Kaffeeimport‹ entgegen.«

Immerhin, dachte Carmen, der Inhaber hat es geschafft, zweimal seinen Firmennamen in dem Artikel unterzubringen. Wenn sie sich nicht täuschte, war der junge Mann ohne Namen auf dem Foto dieser abhandengekommene Lagerarbeiter. Denn warum sonst befand sich der Ausriß dahinter? Ihr Freund hatte wohl deshalb nie was von dem Zeitungsbericht erzählt, weil er nie den Bilderrahmen, der auf der Rückseite sogar zugeklebt gewesen war, geöffnet hatte.

Vorsichtig legte sie den Text auf Krügers Schreibtisch und bückte sich, um das Foto hochzunehmen. Da lag ja noch etwas.

In einer Zellophanhülle befand sich ein kleiner Plastikstreifen, der verdächtig nach Filmnegativen aussah.

Carmen überlegte. Wer machte denn heutzutage davon noch Abzüge? Dann fiel ihr der Hochzeitsfotograf mit seinem eigenen Labor zwei Straßen weiter ein, und sie ergriff Handtasche und Schlüssel und stürzte davon.

Derenthal und Roselski hatten etwas widerstrebend Langenargens Anordnung umgesetzt und waren mit dem Streifenwagen auf die linke Rheinseite gefahren. Der Kriminaloberrat hatte sich nämlich sofort Krügers Ausführungen angeschlossen und eine Vierundzwanzig-Stunden-Bewachung der Weyer-Brüder angeordnet. Das Problem für R2D2 bestand allerdings darin, die Brüder erst einmal zu finden.

»Hast du die genaue Anschrift?« grummelte Derenthal.

»Irgendwo gegenüber der Tankstelle«, sagte Roselski.

»Welche denn? Aral, BP, Jet, Shell, Q8?«

»Das hat die Leitzentrale leider nicht gesagt. Die Kollegin meinte nur, wir könnten es nicht verfehlen. Und Q8 gibt es hier nicht. Die sind, glaube ich, in Frankreich. Oder so.«

Die beiden Streifenpolizisten bogen zum dritten Mal in dieselbe Dransdorfer Straße im Bonner Westen ein, während Derenthal *Again and again* summte. Seine Stimme war immer noch nicht besser. Schließlich hustete er und brach den Summversuch ab. »Status Quo«, fügte er erklärend hinzu.

Roselski grinste. »Du meinst, weil wir hier nicht von der Stelle kommen?«

»Tu nicht so, als ob du noch nie etwas von der besten Boogierock-Band der Welt gehört hast.«

»Die ist aber nur noch halb so gut, seit der Rhythmus-Gitarrist vor drei Jahren mit seiner Klampfe auf dem Friedhof verschwunden ist.«

Derenthal begann, *Rolling home* von der gleichen Kapelle zu pfeifen, gab den Versuch aber sofort auf, als ein weiterer Hustenanfall folgte.

»Da ist es«, sagte Roselski plötzlich und deutete auf eine schmale Einfahrt zwischen zwei Lagerhäusern. Tatsächlich war ein unscheinbares Schild mit der Aufschrift »Piazzola Padua« zu sehen, allerdings fast von einem Goldregenbusch überwachsen. »Halt mal an.« Noch bevor der Wagen zum Stillstand gekommen war, stieg er schon aus und lief in die Einfahrt.

»Gut«, sagte Derenthal halblaut zu sich selbst, »es reicht ja, wenn sich einer bewegt.«

Andreas Weyer war ein fröhlicher Mensch. Tausend Lachfältchen saßen in seinen Augenwinkeln; ständig hatte er eine lustige Bemerkung für seine Umgebung parat. Er wurde allgemein wegen seiner Kompetenz geschätzt, war beliebt und trank durchaus mal einen über den Durst – wenn er dabei Gesellschaft hatte. Seine Figur sprach für ihn: Maßhalten im Leben kann nicht immer gelingen, ein dicker Bauch stört kaum, und Schlanksein ist etwas für hungrige Menschen. So lauteten seine Maximen.

Heute war er besonders gut gelaunt.

Seit dem Morgen saß er im Zug nach Hamburg, dem Tor zur Welt, der Stadt für alle toleranten Bürger, dem Ort seiner Sehnsucht. In seinem Herzen war Weyer nämlich Kosmopolit und haderte mit dem Schicksal, seine schöne Firma mit dem italienischen Kunstnamen in einem Dorf namens Bonn betreiben zu müssen – ganz anders als sein Bruder Arnold, der mit Leib und Seele Rheinländer war. Andreas dagegen war die Gegend zwischen Düsseldorf und Koblenz schon immer zu kleinbürgerlich gewesen. Aber man mußte mit dem auskommen, was man besaß. So hatte er das Beste aus seiner Situation gemacht und »Piazzola Padua« mit der Hilfe einer befreundeten italienischen Familie groß gemacht. Daß dabei die angewandten Methoden der *famiglia* nicht immer koscher waren, störte ihn nicht besonders, zumal die Habenseite seines Vermögens sich ständig vergrößerte. Selten nur erhielt er Besuch von einem der Familienangehörigen; in der Regel trank man ein paar Gläser Wein zusammen, lachte über dieselben alten Witze wie immer und trennte sich wieder friedlich. Nur beim letzten Mal hatte so eine merkwürdige Spannung in der Luft gelegen. Vielleicht war die Familie aus Hamburg mit den Rückflüssen aus ihrer Einlage in seinen Betrieb unzufrieden? Andreas hatte es allerdings auch vorgezogen, das saubere Geld in eine Schiffsbeteiligung zu stecken, aus der er irgendwann einmal den Betrag für eine eigene Yacht zu generieren gedachte.

In Hamburg stand ein Besuch der Gastromesse *Genuß – Geschmack – Getränke* auf dem Programm. Weyer war mit einem Handelspartner verabredet, der einen eigenen Espresso vertreiben wollte (»Craft Coffee«), und er sollte, zusammen mit seinem Bruder, das Knowhow und die benötigten Paletten Kaffeebohnen dazu liefern.

Daß die *famiglia* inzwischen ihre Geduld verloren hatte und die Angelegenheit mittels bleihaltiger Geschosse zu regeln gedachte, wußte Andreas Weyer nicht – und wenn, dann wäre seine rheinische Frohnatur, die er stets offen vor sich hertrug, eine so unwiderstehliche Waffe gewesen, daß er mit ihrer Hilfe jegliche geschäftlichen Trübungen aus der Welt geschafft hätte.

Was Weyer auch unbekannt war, war die Tatsache, daß Hinnerk, der Regulator der Familie Modafferi, sich nicht für Menschen interessierte, sondern nur für Ziele, die er, koste es, was es wolle, zu erreichen gedachte.

Roselski tauchte ein paar Minuten später wieder auf, ohne daß er etwas erreicht hatte. »War alles geschlossen«, sagte er vorwurfsvoll, als er wieder auf dem Beifahrersitz Platz nahm.

Derenthal deutete wortlos auf das halb vom Gesträuch verdeckte Schild.

Ausnahmsweise war Roselski einmal begriffsstutzig. »Ja und? Was willst du mir denn sagen?«

»Lies doch mal«, sagte Derenthal triumphierend. »Es ist ganz gut, daß ich nicht mit ausgestiegen bin. Das da ist der Lieferanteneingang. Täglich von acht bis zwölf.«

»Wir sind also von der falschen Seite gekommen?«

»Sozusagen.«

»Und wenn der blonde Killer, von dem unser aller Lieblingskriminalhauptkommissar annimmt, daß er es sei, nun von vorne gekommen ist?«

»Dann hätten wir«, Derenthal sah seinen Kollegen triumphierend an, »das bestimmt längst aus den sozialen Netzwerken erfahren – irgend jemand fotografiert immer – und von unserer Zentrale auch.«

Hinnerk war schlecht gelaunt. Nicht nur, daß er zum ersten Mal seit Jahrzehnten – eigentlich hatte er das Gefühl, schon ewig für die *famiglia* zu arbeiten – einen Fehler gemacht hatte, der ihn im Ansehen ziemlich zurückwarf, sondern zu allem Überfluß sollte er nun auch noch in dieses verschlafene Nest am Rhein zurück, um seinen Fehler wieder auszubügeln.

Er sah auf die Uhr. Es war früher Nachmittag, dann würde er zum Abendessen in Bonn eintreffen und konnte sich morgen früh auf die Suche nach dem richtigen Weyler, dem ohne L, machen – unter Beachtung aller gebotenen Vorsichtsmaßnahmen.

Möglicherweise mußte er sich auch erneut verkleiden. Vielleicht als Claas Oldenburg, blonder Holländer vom Dienst, auf der Suche nach einem Malerjob. Und wenn ihm nichts Plausibles einfiel, wie er seine Größe kaschieren konnte, blieb immer noch der irische lange Barde Flann O'Brien mit seiner *lütten* Zinnflöte.

Ein kleiner Seufzer stahl sich aus Hinnerks Brust. Das waren alles Albernheiten, Spiegelfechtereien, Dumme-Jungs-Überlegungen, nichts, was seinem Können angemessen war.

Moment.

Es ging doch viel einfacher: Er mußte nur ganz dreist sein, verkleidete sich überhaupt nicht, fuhr als er selbst bei dem richtigen Röstereibesitzer vor, erledigte den Job, ließ die aufgeschreckte Nachbarschaft links liegen und nahm, nachdem er beim Bruder genauso vorgegangen sein würde, den nächsten Zug zurück nach HH.

Hinnerk grinste zufrieden und lehnte seinen Kopf an den Schonbezug der Rücklehne in der Ersten Klasse.

Ein guter Plan.

Etwas atemlos erreichten Krüger und Schneider auf der anderen Seite des Hofgartens den Eingang zur U-Bahn-Haltestelle Universität/Markt. Wie üblich warteten betont unauffällige Drogendealer mit Sporttaschen auf neue Abnehmer, die aus dem Untergrund ans Tageslicht kommen würden.

»Mir wäre es lieber«, sagte Krüger, »wenn das ganze Gesindel vom Tageslicht in den Untergrund verschwindet.«

Der Satz war so laut, daß einige der Herren in Jogginghosen drohend auf die beiden Beamten zukamen.

»Jungs, beruhigt euch«, sagte Schneider. »Ihr müßtet eigentlich am Kaiserplatz stehen. Aber: Wir sind nicht die Drogenfahndung.« Er holte sein Handy aus der Tasche und hielt es einem der muskelbepackten Bartträger entgegen. »Aber ich habe sie schon informiert.«

Die Jogginghose sah ihn entgeistert an. »Haste wohl ne Durchwahl, wie?« versuchte er sich lustig zu machen und streckte sich zu seiner vollen Größe von bestimmt eins neunzig über dem körperlich weit schmächtigeren Kommissar.

Schneider behielt sein freundliches Grinsen bei. »Mögen Sie mich liebenswürdigerweise über den Inhalt Ihrer Sporttasche aufklären?«

Der Dealer kam nicht ganz mit.

Krüger forderte ihn etwas nachdrücklicher auf: »Würden Sie der Anweisung meines Kollegen bitte Folge leisten?«

Inzwischen waren die anderen Herren ebenfalls nähergetreten. Einer schubste Schneider, der daraufhin seine Messingmarke hervorholte und sie dem Dealer unter die Nase hielt. »Gestatten: Schneider, Mordkommission. Und das ist mein Kollege Krüger.«

Krüger hatte ebenfalls seine Messingmarke in der Hand.

»Du spinnst wohl«, sagte einer der Dealer zu dem Schubser. »Das siehst man doch auf den ersten Blick, daß das die Bullen sind.«

»Hab ich nicht gesehen«, verteidigte sich der Angesprochene.

»Du kannst deine Geschäfte demnächst alleine machen«, sagte der Rädelsführer, schickte ihn mit einem Faustschlag Richtung Boden und nahm mit dem Rest der Jogginghosenträger Reißaus.

Der Niedergeschlagene fiel der Länge nach hin und landete mit dem Gesicht in dem Geschäft eines Hundes.

»Der Duft der weiten Welt«, sagte Krüger und verschwand mit Schneider auf der Treppe zur unterirdischen Haltestelle.

Hinnerk war müde und döste, als der Zug in den Hauptbahnhof von Bielefeld einfuhr. Hatte nicht etwas Merkwürdiges über diese Stadt in der Zeitung gestanden? Aber man durfte der Presse ja nicht alles glauben.

Zweieinhalb Stunden eintöniger Fahrt lagen hinter ihm, und auf die Suche nach den beiden Brüdern der Kaffeerösterei in Bonn hatte er überhaupt keine Lust. Wenn er darüber nachdachte, war es das erste Mal, daß er eine gewisse Abneigung gegen seinen Beruf verspürte. Nein, halt, das stimmte nicht ganz. Die Abneigung bezog sich auf die ehrenwerte Hamburger Familie, die ihn in Form von Alberto Modafferi unter Druck setzte. Und wenn er eines haßte, dann war es ein eigener Fehler, der Konsequenzen nach sich zog. Irgendwo hatte Zio Alberto ja recht – der falsche Firmeninhaber war ins Jenseits befördert worden. Dieses Mal aber hatte Hinnerk vorgesorgt und sich ein Foto des Gesuchten aus dem Internet beschafft, genauer gesagt: von der Homepage der Firma »Piazzola Padua«, die sehr freigiebig mit Informationen über ihre Angestellten war. Datenschutz wurde hier anscheinend klein geschrieben. Dennoch – den Mann jetzt zu finden, ihn zu erschießen und ohne Aufsehen zu erregen, wieder zu entkommen, nur um sich eine

Straße weiter den Bruder vorzunehmen, danach verspürte er plötzlich kein Verlangen mehr. Aber Order war nun mal Order, und vor allem hatte er sein Wort gegeben. Es war ein Auftrag, den er nicht ablehnen konnte. Seine Stirn umwölkte sich, und er starrte finster auf das Nachbargleis.

Wenn der Hüne etwas genauer und vor allem unvoreingenommen gewesen wäre, dann hätte er im Zug gegenüber, der auch gerade hielt und nach Hamburg unterwegs war, Andreas Weyer am Fenster sehen können, der aus seinem Fenster seinerseits den Zug gegenüber musterte und den Hünen freundlich angrinste.

Aber Hinnerk war mit seinen Gedanken nicht bei der Sache und verpaßte so eine Gelegenheit für einen *Instant*-Mord: rasch auf die andere Bahnsteigseite, schnell in den Zug hinein und Weyer erledigen – das war vorbei, als beide Züge sich wieder in Bewegung setzten, der eine nach Norden, der andere nach Süden.

Und irgendwo in den Weiten des Äthers rieb sich einer der kleineren Götter, ein ziemlich boshafter Kerl, die Hände und dachte: »Wenn die Menschen Pläne machen, dann versaue ich ihnen das so richtig.«

Der Ehrendoktor

Bonn, April 2019. Mittels Bahn und Bus kamen die beiden Kommissare schließlich in Dransdorf an und fragten sich zur Siemensstraße durch, da die entsprechende App von Schneiders neuem Smartphone mangels ausreichender Netzabdeckung nicht einsatzfähig war.

Als sie ihr Ziel fast erreicht hatten, klingelte Krügers Handy. »Ja, ich bin's immer noch«, sagte er und hielt, zu Schneider gewandt, die Hand über das Mikrophon. »Kaul«, flüsterte er und hörte aufmerksam zu. Nach dem Ende des Gesprächs packte er das Mobiltelefon wieder weg und rieb sich die Hände. »Kaul hat eine erste Spur des großen Mannes.«

»Und wie hat er das bewerkstelligt?«

»Ganz einfach, so simpel, das auch wir darauf hätten kommen können: Er hat nach ungelösten Fällen mit dem gleichen Modus operandi gesucht: ein Toter mit zwei Schüssen, aber nur einem Schußkanal. Und tatsächlich hat Kaul drei Fälle gefunden, einen in München, einen in Frankfurt und einen in Hamburg.«

»Nur die Großstädte«, sagte Schneider nachdenklich. »Dann fällt aber Bonn raus.«

»Na hör mal! Laß das nicht die hiesigen Einwohner hören.«

»Ist doch wahr«, verteidigte sich der Kommissar, »unsere Stadt am Rhein war noch nie Großstadt, weder unter Adenauer, noch unter Schmidt, noch unter Kohl.«

»Da hast du recht«, sagte Krüger. »Kannst du dir etwas Provinzielleres vorstellen als diese Kleinstadt, die auf dem Silbertablett das Angebot erhält, umsonst ein Festspielhaus unter Einbeziehung eines Stararchitekten gebaut zu bekommen, finanziert von der Post, und dieses Angebot ablehnt?«

»Nee, kann ich nicht. Aber Berlin mit seinem virtuellen Flughafen, der nur in den Computern fertiggestellt ist – das ist doch auch tiefste Provinz, oder?«

Die beiden hingen ihren Gedanken nach und setzten schweigend ihren Weg fort. Schließlich sagte Schneider: »Und wie hilft uns das jetzt weiter?«

»Irgendwo muß der Killer doch seine Basis haben, oder?«

»Deutschland ist groß, inzwischen doppelt so groß, weil ja vor dreißig Jahren die andere Hälfte wieder dazugekommen ist; der kann doch überall wohnen.«

»Schon, aber vielleicht wohnt er in der Stadt seines Auftraggebers. Ich mache das jetzt spannend, damit du Kauls Gedankengang nachvollziehen kannst. Ich sag dir erst zum Schluß, wo er wohnt.«

»Wer jetzt, Kaul?«

Ein strafender Blick seitens Krügers folgte, und Schneider schaltete seine aufmerksamste Miene ein. »Sorry. Ich hör schon zu.«

»Kaul hat die Berufe der Ermordeten durchgesehen – alles Leute aus der Lebensmittelbranche.«

Schneider pfiff durch die Zähne.

»Genau. Wie die Toten bei uns. Alle waren in italienischen Gastronomiebetrieben beschäftigt oder sie gehörten ihnen sogar: Pizzerien, Eiscafés und dergleichen. Und jetzt paß auf.«

Schneider blieb stehen und stellte sich seinem Chef gegenüber auf.

»Alle Firmen haben oder hatten Geschäftsbeziehungen zu einer Familie Modafferi aus München.«

»Wenn ich mal raten soll: Schutzgelderpressung?«

»Kaul sagt nein, da wäre die örtliche Kripo sicher selbst drauf gekommen. Er hält Geldwäsche für wahrscheinlicher. Irgendwann seien die Wäscher auf den Geschmack gekommen und hätten den Schotter lieber behalten als ihn nach der Reinigung abzugeben. Die Kollegen in Frankfurt haben so etwas vermutet, den Radius ihrer Ermittlungen aber nicht über die Mainmetropole hinaus ausgedehnt, also keine ähnlichen Fälle wie Kaul jetzt entdeckt.«

»Unser guter Computerfachmann hat den Fall also gelöst, ohne einen Schritt vor die Tür zu tun.« Fast sah Schneider ein wenig neidisch aus.

»Bei weitem noch nicht. Noch fehlt der Killer und vor allem ein Geständnis.«

»Und wo wohnt er jetzt?«

»Kaul?« fragte Krüger, der mit gleicher Münze zahlte wie sein Freund eben. Mit unbewegtem Gesicht fuhr er aber fort: »Vermutlich in Hamburg. Dort wohnen Verwandte der Münchener Familie. U-und«, das klang fast zweisilbig, dachte Schneider, »auf einer Überwachungskamera am Hamburger Hauptbahnhof hat er den Gesuchten entdeckt.«

»Das möchte ich, glaube ich, nicht wissen, wie er das von Bonn aus herausgefunden hat.«

»Ich auch nicht«, sagte Krüger. Gedankenverloren starrte er durch Schneider hindurch. Schließlich sagte er: »Hast du eigentlich eine Ahnung, wieviel Schotter die Geldwäscher bei uns anlegen?«

»Bei dir oder bei mir?«

»Du weißt schon, was ich meine. In Deutschland. Ich weiß es nämlich nicht.«

»Habe ich«, sagte Schneider. »Die Ahnung, besser: das Wissen. Das stand neulich im *Spiegel.* Man schätzt, daß jährlich etwa hundert Milliarden Euro, die aus Verbrechen stammen, in der Bundesrepublik angelegt werden, davon alleine knapp zwanzig Milliarden in Immobilien.«

»Wir haben den falschen Beruf.«

»Definitiv.«

Endlich standen sie vor dem Haupteingang der zweiten großen Kaffeerösterei in Bonn.

Der großzügige Neubau war hier irgendwie fehl am Platz, dachte Krüger; er war zweistöckig, war kaffeebraun gestrichen und besaß ein glänzendes Dach in Form einer überkragenden Kaffeebohne. Augenscheinlich jemand mit viel Geschmack. Provinziell eben.

An der Rezeption las eine ältere Frau den *Gastro-Anzeiger* und reagierte erst auf Nachfrage. »Nein, Herr Dr. Weyer ist nicht im Hause.« Dann vertiefte sie sich wieder in die Branchenzeitung.

Die beiden Ermittler sahen einander an, dann nickten beide gleichzeitig. »Sollen wir?« hieß das. »Wir sollen.«

Als Krüger gerade seine Dienstmiene aufsetzen wollte, wurde die Eingangstür aufgerissen, und zwei atemlose Polizisten stürmten herein. Krüger und Schneider übersahen sie dabei, als sie an der Rezeption nach »Herrn Weyer« fragten.

»Nein, Herr *Dr.* Weyer ist nicht im Haus«, wiederholte die Frau.

Roselski riß ihr die Broschüre aus der Hand. »Kripo Bonn. Jetzt hören Sie mal zu.«

»Genau«, sekundierte Derenthal.

»Ich höre die ganze Zeit schon zu«, sagte die Rezeptionistin; »Sie fragen ja dasselbe wie die beiden Herren neben Ihnen.«

Roselski fuhr herum und erbleichte. »Herr Kr…, Kr…«, stotterte er.

»Krüger«, sagte Derenthal und streckte freundlich die Hand aus.

»Ich dachte, Sie heißen Derenthal«, sagte Schneider und ergriff die Hand.

Krüger grinste. »Herr Roselski«, sagte er und hielt seinerseits die Hand dem jüngeren Streifenpolizisten entgegen.

Roselski hatte sich wieder gefaßt. »Als ob wir uns nie zuvor begegnet wären«, sagte er und schüttelte die Hand.

Derenthal pfiff *Never before* von Deep Purple, was wieder ganz gut gelang und Krüger ein Augenrollen entlockte.

»Das letzte Pfeifen heute, bitte«, sagte er. »Ich bin schon von genug Pfeifen umgeben, da muß ich sie nicht auch noch hören.«

Die Frau an der Anmeldung grinste.

Schneider warf seinem Freund einen bösen Blick zu. Bei Krüger wußte man nie, wann die Ironie aufhörte und der Ernst begann.

Die Frau verfolgte den Schlagabtausch interessiert. Schließlich fragte sie: »Kann ich Ihnen irgendwie helfen?«

»Uns ist nicht mehr zu helfen«, murmelte Schneider so leise, daß nur Derenthal es mitbekam und ihn mit einem verschwörerischen Nicken bedachte.

»Also nochmal.« Krüger als der geborene Anführer ergriff das Wort: »Kripo Bonn. Wir suchen Herrn Andreas Weyer und seinen Bruder.«

»Da sind Sie hier leider falsch«, sagte die Frau. »Arnold Weyer befindet sich zur Zeit auf einer Hacienda in Guatemala, um nach neuen Kaffeesorten Ausschau zu halten.«

Dafür, daß sie eben so wortkarg war, redete sie jetzt erstaunlich viel, dachte Roselski. Er räusperte sich und fragte: »Und Andreas Weyer? Dem gehört doch der Laden hier, oder?«

Ein vernichtender Blick der Frau traf ihn. »Ganz recht, Herr *Dr.* Weyer ist Firmengründer und Inhaber von ›Piazzola Padua‹.«

»Doktor?« fragte Krüger.

»Doktor«, bestätigte die Frau. »Die Ehrendoktorwürde hat er vor zwei Jahren von der Universidad de San Carlos de Guatemala erhalten.« Sie sprach den Namen der Universität fehlerlos aus, als sei er längst in ihren Alltagswortschatz übergegangen.

»Wofür denn?« fragte Schneider.

»Fürs Kaffeebohnenzählen?« assistierte Derenthal.

»Herr Dr. Weyer ist ein seriöser Geschäftsmann.« Die Rezeptionistin funkelte die Beamten an. »Da ist kein Platz für dumme Witze.«

»Sie werden das ja alles schriftlich haben«, sagte Krüger, die Wogen glättend. »Wo können wir Ihren Chef denn finden?«

»Auf der GeGeGe, der großen Gastromesse. Er ist auf dem Weg nach Hamburg.«

Krüger und Schneider sahen einander an und lachten.

Hinnerk schwitzte. Das gleiche furchtbare Klima wie bei seinem ersten Besuch in Bonn vor einigen Tagen. *Schwül* war ja gar kein Ausdruck. Dergleichen Worte kannte man nicht an der Waterkant. Da gab es entweder Sonne oder Regen oder Wind. Drei Sachen, sonst nichts. Darauf konnte man sich verlassen. Falls wider Erwarten alle drei Wetterarten auf einmal zusammenkamen, schien die Sonne rücksichtsvollerweise nur ein wenig und nicht in allen

Stadtteilen gleichzeitig, so daß die rheinische Feuchtigkeit, die regelmäßig in alle Kleider und sowieso unter die Achseln schlüpfte, an der Elbe unbekannt blieb.

Der Hüne stand am Bonner Bahnhof, der immer noch mit der Dauerbaustelle auf Gleis eins betrieben wurde, und überlegte. Im Zug hatte wie üblich das WLAN nicht funktioniert, so daß er ein Zimmer für die Nacht nicht hatte vorbuchen können. Ein Hotel zu nehmen, kam allerdings auch nicht in Betracht; inzwischen besaßen die wahrscheinlich alle Überwachungskameras. Ein Zimmer über Airbnb konnte man so kurzfristig nicht mehr finden. Jemanden aufzureißen, kam auch nicht in Frage angesichts der herrschenden Genderdebatte. Was blieb also?

Bonn war doch Studentenstadt, oder? Bestimmt gab es irgendwo Szenekneipen, in denen man Studierende oder andere junge Leute fragen konnte, ob sie in ihrer WG noch einen nächtlichen Schlafplatz frei hatten.

Hinnerk angelte sein Handy aus der Tasche und gab bei Google die Stichworte »Bonn, Kneipe, Bar, Innenstadt« ein und wurde von einer Auswahl an dreiundzwanzig Gastronomieadressen überrascht, wobei Google den Begriff *Innenstadt* sehr großzügig verstand: Sie erstreckte sich von der Mitte Duisdorfs bis auf die andere Rheinseite. Selbst Hinnerk wußte, daß Beuel definitiv nicht zur Bonner Innenstadt gehörte.

Nach kurzer Überlegung entschied er sich für den »Elefanten« und marschierte zügig dorthin.

Krüger und Schneider standen mit R2D2 vor der Dransdorfer Firma. Der Starermittler referierte noch einmal das Telefonat mit Kaul. »Der Kollege glaubt also, daß der große Unbekannte in Hamburg wohnt, wohin er nach der Begegnung mit euch und mir wieder zurückgefahren ist.«

»Und dort wird er einen auf den Deckel bekommen haben«, sagte Schneider, »weil er seinen Auftrag nicht ordentlich erledigt hat.«

»Und wenn er tatsächlich die Weyer-Brüder beseitigen soll, muß er erneut nach Bonn reisen.« Roselski hatte aufgepaßt. Er lehnte salopp am Streifenwagen und kaute Kaugummi, was Krüger immer irritierte. Mahlende Mundbewegungen, wenn überhaupt, waren fürs Essen gedacht, aber nicht zur nicht zielführenden Verkleinerung von Kautschuk, der immer gleich groß blieb.

»Genau«, sagte Krüger. »Und deswegen haben wir eben so gelacht. Der Killer kommt aus Hamburg wieder nach Bonn; das eine Opfer fährt von Bonn nach Hamburg, und das andere Opfer weilt nicht einmal auf diesem Kontinent.« Er überlegte.

»Während der Fahrt zu treffen, wird für den Täter natürlich schwieriger«, sagte Derenthal. Er spitzte die Lippen, unterließ aber nach einem warnenden Blick von Krüger ein weiteres Liedzitat. Dabei hätte *Don't bring me down* von E.L.O. so schön gepaßt. Etwas beleidigt preßte er der Mund zusammen.

»Ihr beide«, sagte Krüger schließlich zu R2D2, »ihr bleibt hier und wechselt euch mit zwei Kollegen ab. Wahrscheinlich wird der Täter hier auftauchen, da er nicht wissen kann, daß seine Opfer nicht mehr vor Ort sind.«

»Schutzwesten?« fragte Roselski.

»Schutzwesten«, bestätigte Schneider. »Bei einem Profi würde ich kein Risiko eingehen.«

»Und was machen Sie?« Derenthal sah seine Vorgesetzten erwartungsvoll an.

»Wir?« Krüger warf Schneider einen freundlichen Blick zu. »Wir müssen den ahnungslosen Kaffeeröstereibesitzer finden und schützen. Wir fahren an die Waterkant.«

Der »Elefant« war nach seiner Renovierung sofort wieder von der Bonner Bevölkerung ins Herz geschlossen worden. Helle Fußböden, helle Wände und viel Holz vermittelten eine heimelige Atmosphäre. Das Restaurant war gut besucht, und Hinnerk fand nur mit Mühe einen freien Zweiertisch an der Treppe, die zu den Toiletten führte, ein Sitzplatz, den er normalerweise vermied.

Am Nachbartisch unterhielt sich eine Gruppe junger Leute lautstark über die Unfähigkeit der Politik, den örtlichen Nahverkehr kostenlos fahren zu lassen. »Statt dessen wird der VRS unter Garantie die Preise wieder erhöhen. *Mark my word!*«

»Da lob ich mir doch Wien«, sagte Hinnerk und wandte sich an den Sprecher. »Pro Tag ein Euro, und man darf solange fahren, wie man will. Querfinanziert durch die Parkraumbewirtschaftung und die öffentliche Hand.«

»Da kriegen Sie die Deutschen nie dazu«, sagte eine schmächtige junge Frau. »Selbst mit zwei Beinen in Gips lassen die ihr Auto nie stehen.«

Alle lachten, und Hinnerk hatte sein Ziel erreicht, rasch Kontakt aufzunehmen. Nachdem er mehrere Runden ausgegeben hatte, verabschiedete man sich, und nur der Wortführer der kleinen Gruppe, ein weiterer junger Mann und er standen noch draußen vor der Tür. Der Hüne warf einen Blick auf den Bildschirm seines Handys. »Gibt's hier kein Signal?« fragte er.

»Ach, das ist oft so in Bonn. Mal gibt es Empfang, mal gibt es keinen. Kismet. Vergessen Sie's. Sie haben früher wieder ein Netz, als Sie denken.«

»Okay. Danke. Und jetzt?«

»Wir können unser Gespräch auch bei uns fortsetzen«, sagte der unrasiertere der beiden Studenten. »Ich würde schon gerne mehr über die Städte, die Sie besucht haben, und den dortigen Verkehr wissen. Wir studieren nämlich Wirtschaftsgeographie und möchten später in den Bereichen Städtebau und Öffentlicher Transport arbeiten. Wäre nett, wenn Sie mitkämen.«

»Du«, sagte Hinnerk, »wir waren beim Du.«

Auch Präzisionsschützen konnten sympathisch sein. Fand er jedenfalls.

Krüger war dabei, seine Sachen für Hamburg in den kleinen grauen Koffer zu packen, der vier Rollen besaß, mit denen man ihn über den Griff um dreihundertsechzig Grad drehen konnte. Carmen sah ihm dabei zu und machte dumme Bemerkungen. Gerade unterrichtete sie ihren Freund über die Tatsache, daß der beste Fisch in Hamburg der Goldbarsch war, obwohl eine solche Spezies außerhalb der Töpfe von Wischers Fischrestaurants unbekannt war und nur so hieß, weil sein Paniermehlüberzug goldbraun gebraten wurde. »Du magst doch Bratfisch, oder?«

»Schon, aber keinen vergoldeten.«

Carmen lachte.

Der Kommissar sah sich suchend um und packte schließlich den E-Book-Reader vom Nachttisch mit ein, weil er vorhatte, neben einer dringend zu bearbeitenden Akte auch Fritz Reuters *Ut mine Festungstid* auf der Reise weiterzulesen. Knastberichte waren immer interessant, vor allem, wenn es sich um einen so herausragenden wie den des plattdeutschen Schriftstellers handelte.

»Weißt du, was ich gerade überlege?« Carmen beendete abrupt Krügers Gedankengang.

»Gleich.«

»Wie: *gleich*?«

»Gleich weiß ich es«, sagte er. »Du wirst es mir bestimmt sagen.«

»Ich überlege, ob du nur nach Hamburg fährst, um da deinen Täter wiederzufinden, oder weil du endlich mal deine Vergangenheit auf Vordermann bringen willst.«

Der Kommissar lachte. »Genau, nachträgliche Korrekturen am eigenen Leben vornehmen.«

»Du weißt schon, was ich meine. Und ich weiß nur wenig von dem, was dich zu dem gemacht hat, der du bist.«

Das schien sich wieder zu einem von Carmens Grundsatzgesprächen zu entwickeln, bei denen jeder am Ende nur frustriert war, weil nichts dabei herausgekommen war.

»Vielleicht«, fuhr seine Freundin fort, »erfährst du endlich, warum deine Mutter nicht wieder geheiratet hat oder wo dein Vater abgeblieben ist oder—«

»Das schaffe ich nicht in zwei Tagen«, wich Krüger in die ironische Ecke aus.

Carmen sagte: »Stell dir doch nur mal vor, wie deine Eltern sich kennengelernt haben und du in die Welt gesetzt worden bist. Es könnte sich doch so abgespielt haben: 1963. Neun Monate vor deiner Geburt. Der Rock'n Roll schwappt aus Amerika über den großen Teich nach Deutschland. Deine Eltern besuchen – wie heißt es heute? – ein *event* auf der Reeperbahn, wo man damals noch hingehen konnte, ohne in den Verdacht zu geraten, Tourist zu sein.«

Krüger hörte wider Willen interessiert zu. Irgendwann mußte man sich auch mal seinen Geistern stellen, dachte er.

»Star-Club. Götter mit Gitarren. Chuck Berrys *Sweet Little Sixteen* oder Jerry Lee Lewis mit *Great Balls of Fire.* Und anschließend bist du entstanden.« Sie kicherte. »Great Balls *on* Fire.«

Krüger zog den Reißverschluß des Koffers zu und sah sie strafend an.

Wiedersehen macht Freude

Hamburg, April 2019. Alberto Modafferi starrte mißmutig auf das Telefon. Er saß in seinem Büro im vierten Stock des Lagerhauses, das sich direkt neben der kleinen Suite des alten Buchhalters befand. Hansen war hoch in den Siebzigern und nach Modafferis Meinung schon senil. Oder auch nicht. Bei dem Mann im Rollstuhl wußte man nie, woran man war. Hansen war schon seinem Onkel ein Rätsel gewesen, ein exquisiter Fachmann, der alle Pfade im Steuerdschungel kannte und zu nutzen wußte. Und Wege benennen konnte, die nicht in die Verlegenheit geraten würden, mit dem Etikett *legal* versehen zu werden. Außerdem schreckte er auch vor Gewalt nicht zurück. Schon in jungen Jahren hatte er kaltblütig einen der Angestellten erschossen und genauso skrupellos bei der Beseitigung der Leiche geholfen. Sein Onkel erzählte gerne die Geschichte, wie der Körper des jungen Mannes bei Nacht und Nebel auf der Fleetseite von Hansens Wohnzimmer an einem Seil bis auf Wasserhöhe herabgelassen und in einem kleinen Nachen zu einem der großen Kohledampfer gebracht worden war. Dort war er von den Seeleuten, die sich immer über ein Taschengeld freuten, verfeuert worden. Irgendwann war dann Hans Schmidts Name nur noch Schall und Rauch gewesen.

Das Telefonat, genau. Wie so oft in letzter Zeit schweifte er mit seinen Gedanken ab. Die Münchener Zentrale hatte sich nach den ausbleibenden Überweisungen ihrer Hamburger Tochter erkundigt, genauer gesagt, nach den eingetriebenen Beträgen der Bonner Kaffeerösterei Weyer. Normalerweise führte der Tod eines Firmeninhabers zu beschleunigten Geldzuwendungen seitens der Hinterbliebenen, aber in diesem Fall mußte Modafferi einräumen, daß es noch gar keine Hinterbliebenen gab.

Daraufhin schöpfte sein Gesprächspartner aus dem Vollen, was seinen Bestand an italienischen Schimpfwörtern anging. *Hurensohn* war noch eines der harmloseren gewesen. Und alle waren auf Hinnerk gemünzt, was sein Onkel irgendwann nicht mehr hatte gelten lassen. Modafferi konnte nämlich auch laut werden, und auf seinen Neffen ließ er gegenüber Dritten nichts kommen. Daraufhin war das Gespräch seitens des Müncheners wütend beendet worden.

Immerhin hatte Modafferi eine Galgenfrist ausgehandelt, ehe ein bayrischer »Terminator«, wie sein Gesprächspartner ihn launisch genannt hatte, losgeschickt werden würde.

Wohin eigentlich? So genau hatte Modafferi das nicht verstanden. Nach Bonn? Nein, dahin war ja Hinnerk unterwegs. Also nach Hamburg. Aber warum?

Krüger sah sich glücklich um. Endlich wieder in Hamburg! Das wurde auch mal Zeit, fand er; zum letzten Mal war er vor zehn Jahren mit Carmen hier gewesen. Oder waren es schon elf? Egal.

Irgendwie vermißte er seine Heimatstadt mehr oder minder dauernd, obwohl er nur fünf oder sechs Jahre dort gelebt hatte, bevor seine Mutter mit ihm nach Hannover gezogen war. Ausgerechnet Hannover. Von der Elbe an die Leine. Das war wirklich ein Abstieg, wie er heute fand. Damals war er wie jeder kleine Junge nur gespannt auf einen neuen Lebensabschnitt und eine neue Umgebung gewesen. Fast seine gesamte Schulzeit hatte er dort verbracht und nicht gewußt, was aus ihm werden solle, so vielfältig waren seine Interessen: Literatur, die Musik der Siebziger, gutes Essen – ja, schon mit siebzehn entwickelte er sich zum Feinschmecker – und Rätsel aller Arten, gleichgültig, ob es sich um ein Kreuzworträtsel, einen Rebus oder eine Logelei handelte.

Mit achtzehn machte er Abitur, und im gleichen Jahr starb seine Mutter. Sechsunddreißig war nun wirklich kein Alter, um unter einem Grabstein zu enden, aber der Krebs hatte ihr keine Chance gelassen. Also hatte Krüger, gehorsamer Sohn, der er nun mal war, sein Versprechen ihr gegenüber gehalten und eine Ausbildung begonnen und abgeschlossen. Mutter hatte ihn sich zwar als Lehrer vorgestellt, aber da war man von zu vielen Leuten umgeben, wie er fand.

So hatte er eine Laufbahn als Kriminalist eingeschlagen, hatte studiert und war nach verschiedenen Zwischenstationen als Kriminalkommissar schließlich nach Bonn gekommen.

Eigentlich gefiel es ihm in der Stadt am Rhein. Nur vermißte er, wie alle Exil-Hamburger, den Geruch des Hafens und die Geräusche des großen Flusses. Und das Flair der Weltstadt. Daß manchmal Albernheiten wie der Bau der Elbphilharmonie das hehre Bild trübten, war egal. Ein Mann von Welt sah über derlei Petitessen hinweg. Die Hamburger beherrschten nämlich die Kunst, alles gut enden zu lassen: So hatte sich die »Elphi« nach ihrer Fertigstellung als großer – nicht nur architektonischer – Glücksfall für die Hansestadt herausgestellt.

»Kannst du mal aufhören zu grinsen?« beschwerte sich Schneider. »Man wird ja ganz neidisch.«

Die beiden hatten den Hauptbahnhof verlassen und saßen inzwischen in einem Café in den Alsterarkaden.

»Man könnte ja meinen, dir gehöre hier alles.«

Krüger grinste. Er hatte seine Ray-Ban-Sonnenbrille aufgesetzt und kam sich höchst cool vor. »Das Wichtigste habe ich mir ja schon einverleibt: Lebensart, Großzügigkeit, Bescheiden—«

»Nun übertreib mal nicht. Wir kleinen Hinterwäldler glauben dir auch so alles.«

»Laß mal gut sein.«

»Okay. Immer herumalbern geht ja auch nicht«, sagte Schneider wieder ernst. »Aber du bist hier schon aufgedreht, oder?«

»Natürlich. Wie ein Bayer, der endlich wieder in München sein darf und sein heimatliches Idiom um sich hat.«

»Du und Bayern. Ausgerechnet.«

»Nennt sich Ironie.« Krüger trank einen Schluck seines Alsterwassers.

»Macht das eigentlich etwas mit dir? In Hamburg zu sein?«

»Nö. Wir Hamburger sind Weltbürger und überall zu Hause.«

»Ich meine, weil doch auch deine Eltern hier geboren sind. Das stimmt doch, oder?«

Krüger nickte. »Das ist korrekt. Aber es macht nichts mit mir. Nicht mehr, glaube ich. Mein Vater war ohnehin nicht vorhanden, nur meine Mutter. Aber ich habe mich immer aufgehoben gefühlt. Gefehlt hat mir nichts.«

»Außer einem Vornamen, mit dem du leben kannst.«

Dafür erntete Schneider einen so bösen Blick, daß er lieber schwieg. Doch ein Trauma, dachte er nur.

Der Kommissar holte sein kleines Moleskine-Notizbuch hervor und blätterte konzentriert. »Ich schlage vor, daß wir Weyer auf dieser Gastromesse suchen. Wenn er nicht zu finden ist, können wir immer noch zu seinem Hotel fahren, das«, er überflog seine Aufzeichnungen, »nein, *die* ›Vier Jahreszeiten‹. Oder doch *das*?« Er starrte in die Luft.

»Das nötige Kleingeld dazu hat er ja«, sagte Schneider.

»Oder diese italienische Familie, die ihn aushält.«

Der jüngere Kollege gluckste. »Ich stelle mir gerade folgendes vor: Die großen Potentaten halten sich die Kriegsoldaten für ihre Attenta–«

»Dem Reinen ist alles Reim«, schnitt Krüger ihm trocken das Wort ab. Er stand auf und bedeutete seinem Kollegen, ebenfalls den letzten Schluck auszutrinken und mitzukommen. Schließlich galt es, das vermutete Mordopfer zu finden.

Alberto Modafferi hatte eigene Pläne mit dem Besitzer der Bonner Kaffeerösterei. Nach dem Telefonat klopfte er bei Hansen auf dem gleichen Flur an.

»Herein«, sagte eine müde Stimme.

Modafferi setzte sich an den kleinen Eßtisch und wartete, bis der Buchhalter im Rollstuhl um seinen Schreibtisch herumgekurvt und ihm gegenüber wieder zum Stillstand gekommen war.

»Paß mal auf«, sagte er.

Hansen sagte nichts und fixierte ihn stattdessen, wie er das bei allen Gesprächspartnern zu tun pflegte, die in der Regel unsicher wurden und ihm daraufhin das Heft des Handelns überließen.

Der deutsche Italiener, wie er von sich dachte – »sechzig Prozent deutsch, vierzig Prozent italienisch und der Rest europäisch«, sagte er gerne –, aber kannte das Spielchen. »Laß man. Ich wollte nur über Hinnerk mit dir reden. Du warst ja so laut, daß ich alles mitbekommen habe.«

»Die Brüder Weyer?« fragte Hansen.

»Genau die. Ich weiß übrigens, wo die beiden sich aufhalten.«

»Ich auch. Google, oder?«

»Nicht ganz.« Modafferi grinste. »Mir reichte die Facebook-Seite der Bonner Rösterei. Dort ist in epischer Breite Arnold Weyers Besuch in Guatemala besprochen. Größeren Raum nimmt nur noch Andreas Weyers Teilnahme bei der GeGeGe hier in Hamburg ein. Wir müssen also nur noch jemanden zu den Messehallen schicken und ihn auflesen.«

Hansen entlockte das tatsächlich ein kleines Lächeln. »Hört sich sinnvoll an.«

»Hinnerk hast du bestimmt schon informiert? Der kann das doch erledigen.«

Hansen schüttelte seine schütteren Haare.

»Nicht?« Jetzt war sein Onkel doch etwas verblüfft.

»Der soll ruhig lernen, daß ordentliche Recherche alles ist. Der ist wieder unterwegs an den Rhein.«

»Und wenn er in nun sein Verderben läuft, sprich: der Polizei in die Arme?«

»Dann haben wir ein Problem weniger.«

»Aber er hat uns doch in der Hand!«

»Glaube ich nicht«, sagte Hansen und zündete sich eine Zigarette an. »Der wird den Teufel tun und uns belasten. Dann reitet er sich nämlich selbst mit rein. Außerdem habe ich immer noch die Bilder.«

Modafferi wiegte zweifelnd den Kopf. »Mal sehen. Dann kümmere jetzt ich mich um Weyer, oder?«

Hansen nickte und fuhr zum Schreibtisch zurück. Aus der Schublade holte er seinen Revolver, den er mit einem Päckchen

Munition Modafferi hinhielt. »Kannst du gerne für die Angelegenheit haben. Wiedersehen macht Freude.«

Die beiden Bonner Kommissare waren nach einem U-Bahnbedingten Umweg über den Hauptbahnhof an der Sternschanze ausgestiegen und zum Westeingang des Messegeländes hinübergegangen.

Vor Jahren war Krüger einmal versehentlich zur Frankfurter Buchmesse gefahren, weil er im Fall der ausgerissenen Titelseite ermitteln mußte, hätte aber fast schon am Eingang wieder kehrtgemacht. Die schiere Masse der Papierberge hatte ihn damals für Monate entmutigt, überhaupt wieder eine Buchhandlung zu betreten. Dazu kam der Geräuschpegel, der dem eines Bahnhofs mittlerer Größe in nichts nachstand. Und spätestens nach zwei Stunden war die Luft zum Schneiden dick. Buchhändler war definitiv kein Beruf für ihn, obwohl er Bücher schätzte – in überschaubarer Anzahl und am liebsten eines nach dem anderen.

Auf der GeGeGe sah es ähnlich wie in Frankfurt aus, nur daß die Bücher ihren Platz mit kulinarischen Dingen jeder Form und jeder Farbe getauscht hatten. Männer mit weißen Schürzen und weißen Mützen brutzelten in Pfannen Appetithäppchen, die dann freigiebig ans begierige Publikum verteilt wurden. Hostessen mit knielangen Röcken – Anstand und Sitte hatten auch in der Hansestadt Einzug gehalten – servierten Getränkeproben. Herren in dunkelgrauen Anzügen saßen mit wichtigen Mienen in den einzelnen Kojen und schlossen Geschäfte ab. Manchmal mit Frauen in dunkelgrauen Kostümen.

»Wie sollen wir hier denn jemanden finden?« beklagte sich Schneider.

»Indem wir der Spur der Kaffeebohnen folgen«, sagte Krüger und zeigte auf Fußbodenmarkierungen in Pfeilform mit dem Hinweis »Finde die goldene Bohne. Halle B3 Obergeschoss«.

»Denn wöllt wi mol«, versuchte Schneider sich im heimischen Dialekt seines Freundes.

Mehrere Hallen weiter schwirrte den beiden Herren nicht nur der Kopf: Ihr Geruchssinn war kurz davor, seinen Dienst zu verweigern. Und der Appetit war ihnen auch vergangen, weil sie ihn mehr als gestillt hatten: hier ein Würstchen, dort ein kleiner Salat, hier ein Stück Konfekt, dort ein Glas Craftbier und so weiter und so weiter. Krüger schwor, die nächste Woche die Finger von Lebensmitteln aller Art zu lassen und sich nur von Wasser und Schwarzbrot zu ernähren.

Schließlich erreichten sie die gesuchte Halle, obwohl – wie bei Lockhinweisen auf Messen üblich – die Klebeschilder schon zwei Hallen vorher nicht mehr zu sehen waren.

»Und jetzt?« fragte Schneider.

»Jetzt müssen wir wohl oder übel mit dem Konterfei des Gesuchten von Stand zu Stand schlendern und nach ihm fragen«, sagte Krüger.

Sie hatten aber Glück: Schon einen Gang später erzählte ihnen eine junge Hostess bereitwillig, daß »der Herr Weyer« vor zwei Stunden dagewesen sei und einen größeren Auftrag abgeschlossen habe.

»Und wo ist er jetzt?« fragte Krüger.

»Weg«, sagte Schneider.

Die junge Frau lächelte. »Korrekt. Er sagte, er habe noch etwas zu erledigen gehabt.«

»Hat er vielleicht gesagt, wo?« setzte Schneider nach.

»Nein, nur daß ich …« Die junge Frau wurde rot und sah zu Boden.

»Besonders hübsch aussehe.« Schneider nutzte jede Gelegenheit für ein Kompliment.

Ein weiteres Lächeln folgte. »Danke, sehr freundlich. Nein, die Bemerkung von Herrn Weyer war eher unverschämt. Er sagte, wenn ich nichts vorhätte, sei ich gerne zu einem Glas Wein an die Alster eingeladen. Genauer gesagt, in sein Hotel, das ›Vier Jahreszeiten‹.«

»Sehr direkt, oder?« fragte Krüger.

»Ach, wenn Sie wüßten, was ich mir hier den ganzen Tag anhören muß.« Die Hostess musterte Krügers offenes Gesicht und fand wohl Zustimmung zu ihrer Beschwerde. »Nur, weil man hübsche Beine hat, ist das kein Grund für höfliche Unflätigkeiten.«

»Hat Weyer gesagt«, fragte Schneider, »wann Sie kommen sollten?«

»Das hat er. Ab sechs sei er wieder im Hotel.«

Die beiden Kommissare verabschiedeten sich.

Als sie endlich die große Messehalle verlassen hatten und wieder an der frischen Luft waren, seufzte Krüger vor Erleichterung. Er atmete tief durch und sagte mit einem Blick auf die Uhr: »Dann haben wir etwas Zeit, bis wir ins Hotel fahren. Was schlägst du vor?«

»Ich könnte schon wieder etwas essen«, sagte Schneider, halb zwecks Provokation seines Freundes, halb, weil er tatsächlich Hunger auf etwas Richtiges verspürte. »Nicht bloß dieses Fast Food. Das heißt ja nur, daß man fast etwas zu essen bekommt, aber auf etwas Richtiges noch weiter warten muß.«

Krüger verdrehte nur die Augen.

Modafferi wartete, bis sich die beiden Männer entfernt hatten, und trat dann näher. Wie Krüger und Schneider war er zu dem Schluß gekommen, daß Kaffeebohnen im Mittelpunkt des Interesses bei Andreas Weyer standen. So war er ebenfalls im ersten Stock der Halle B3 gelandet, wo er verfolgen konnte, wie das Personal eines Standes nach dem anderen ein DIN A4-Blatt betrachten mußte, woraufhin genauso regelmäßig ein Kopfschütteln die Befragenden veranlaßte, die nächste Koje aufzusuchen.

Was die beiden Leute wohl von Weyer wollten, dessen Foto er auf dem Blatt gesehen hatte?

Beim letzten Stand schließlich, den die Herren gerade voller Schwung verlassen hatten, biß Modafferi auf Granit. Die junge Frau, die eben noch so bereitwillig, wie es ihm schien, Auskunft gegeben hatte, verweigerte jede Antwort. Wütend zog der Italiener wieder ab.

Bis er Andreas Weyer fand, würde es wohl noch etwas dauern. Immerhin wußte er, wo er den Kaffeebohnenexperten antreffen würde: im Hotel »Vier Jahreszeiten«. Auch das hatte bei Facebook gestanden.

Das verschaffte ihm wenigstens die Möglichkeit, Hansens Revolver noch zu holen, den er im Büro gelassen hatte, wußte er doch, daß laut der nicht zu übersehenden Hinweistafeln das »Mitführen von Kindern, Hunden und Waffen auf dem Messegelände nicht gestattet« war.

Modafferi sah auf die Uhr: Weyers Stunden waren gezählt.

Haus Abendroth

Hamburg, Oktober 1963. Christas Bauch war nicht mehr zu übersehen. Wie weit war sie? Wenn sie sich nicht verrechnet hatte, im fünften Monat. Wie ein Häufchen Elend war sie seit Wochen unterwegs, versuchte draußen, sich nur im Schatten aufzuhalten, saß drinnen lieber im Dunkeln und bemühte sich überhaupt, unsichtbar zu werden. Wenn es gegangen wäre, wäre sie am liebsten im Boden versunken.

Claus schien das alles nicht zu kümmern. Irgendwo war er immer noch ein großer Junge, der zwar nach der ersten Nacht mit ihr auf den Geschmack gekommen war, der aber nicht ganz zu begreifen schien, daß er der Verursacher der ganzen Misere war. Eine Vaterschaft brachte nun einmal Verpflichtungen mit sich. Nicht, daß er etwas abstritt, aber irgendwie war ihm alles zu viel und zu früh.

Und vor allem war sein bester Freund nach wie vor verschwunden, eine Tatsache, die ihn weit mehr erschütterte als Christas Schwangerschaft. Nach dem Konzert im Mai war Claus wie gewohnt am Montagmorgen zur Arbeit erschienen, hatte sich aber schon am Bahnhof gewundert, warum Hans nicht wie immer auf ihn wartete.

Herr Konrad hatte sich bemüht, die Wirtin zu kontaktieren, was ihm am Nachmittag auch gelang, mußte sich aber mit einem negativen Bescheid zufrieden geben. Am Dienstag schließlich hatte Petersen auf Claus' Drängen hin die Polizei informiert, die zu einer großen Suchaktion ins Handelskontor gekommen, aber unverrichteter Dinge wieder abgezogen war.

Am unauffälligsten hatte sich Hansen verhalten, wie Petersen bemerken konnte: Bereitwillig gab er den Beamten Auskunft über seine Situation und stellte sich als Neffen des Firmenbesitzers dar, der ihm selbstlos sein übles Schicksal erleichterte. Gegen den Rollstuhlfahrer ermittelte die Polizei nicht. Die Belegschaft wußte zwar um das Betretungsverbot des vierten Stocks, interessierte sich aber nicht wirklich für die humanitäre Seite ihres Chefs. Der Kranke mußte eben in Ruhe gelassen werden, dafür sorgte Herr Konrad schon.

Am Mittwoch in der Woche wurde das Fleet hinter dem Lagerhaus abgesucht, ebenfalls ohne Ergebnis, wie zu erwarten war. Am Donnerstag erschien ein kleiner Artikel im *Hamburger Abendblatt*, in dem sogar eine Belohnung ausgelobt wurde. Eine Resonanz darauf blieb allerdings aus.

Da die Polizei mit dringenderen Fällen als dem Verschwinden eines Lagerarbeiters zu tun hatte, wurde der Fall im Juni zu den Akten gelegt.

Claus hatte sich ein einziges Mal in den vierten Stock getraut, wurde aber auf halber Treppe von Herrn Konrad zurückgepfiffen. Ein anderes Mal hatte er versucht, Petersens Teilhaber, Herrn Russo, anzusprechen, hatte es aber unterlassen, als ihm der Italiener mit finsterer Miene, die er in letzter Zeit oft trug, im Hausflur entgegengekommen war und ihn zur Seite gescheucht hatte.

Und irgendwann im Sommer dachte Claus nur noch selten an seinen Freund. Viel mehr beschäftigte ihn die Frage, die Christa mit enervierender Regelmäßigkeit wiederholte: »Willst du mich heiraten?«

Eigentlich fragt doch der Mann, dachte Claus jedes Mal und machte Ausflüchte. Mal wollte er abwarten, bis das Kind auf die Welt gekommen war; mal hatte er seiner Mutter die Aussicht auf ein Enkelkind noch nicht gebeichtet; mal wollte er eine bessere Stellung haben, um die kleine Familie ernähren zu können.

Seit September hatte Christa nicht mehr gefragt.

Petersen saß Hansen gegenüber und starrte ihn finster an. »Das heißt, Sie wollen den jungen Möller loswerden?«

Der Buchhalter nickte. »Der schnüffelt mir ein wenig zu viel in der Firma herum. Vielleicht spioniert er für unsere Konkurrenten. Liebich & Co. sind in ihren Methoden nicht ohne.«

Die aufstrebende neue Importfirma versuchte mit allen Mitteln, Boden in Hamburg zu gewinnen, was ihr angesichts traditionsreicher alter Firmen schwerfiel.

»Glaube ich nicht. Und Claus macht sich gut. Aus dem wird mal was. Ich könnte ihn mir durchaus irgendwann als meine rechte Hand vorstellen.«

»Ich nicht«, sagte Hansen leise. »Russo und ich haben das anders entschieden.«

»Moment mal«, brauste Petersen auf, »noch bin ich hier der Firmeninhaber.«

»Auf dem Papier vielleicht.« Hansen zog die Zigarettenschachtel zu sich und nahm eine Peter Stuyvesant heraus – die Marke, die die Lungen der Hamburger seit 1959 im Sturm erobert hatte. »Der Duft der großen weiten Welt« war in der Hansestadt wirklich an jeder Ecke zu riechen. »Sie auch?«

Petersen schüttelte den Kopf. »Danke, aber ich bleibe bei meinen Zigarren. Zigaretten sind etwas für kleine Jungs.«

»Nun mal nicht so überheblich, Herr Konsul.« Hansen zündete die Zigarette an und inhalierte tief. »Wie gesagt, die Firma gehört Ihnen und Herrn Russo zu gleichen Teilen; aber die wirtschaftlich wichtigen Entscheidungen überlassen Sie bitte Ihrem Teilhaber.«

Der Konsul wußte, wann er verloren hatte. »Noch einmal zurück zu Claus Möller. Was schlagen Sie denn vor?«

Hansen hustete. Dann sagte er: »Die Reederei Laeisz.«

In der großen Villa an der Elbchaussee saß Frau Petersen mit Christa im Wohnzimmer. Die zierliche zweite Frau des Konsuls betrachtete das hübsche Kindermädchen mitleidig. »Christa, Christa«, sagte sie. »Dein ganzes Leben liegt vor dir, und du wirfst es diesem Lagerarbeiter vor die Füße. Von anderen Körperteilen möchte ich lieber nicht sprechen.«

Christa wurde rot und sah zu Boden.

»Und du bist dir sicher, daß du das Kind behalten und nicht zur Adoption freigeben willst?«

»Ja.« Ihr Flüstern war kaum zu verstehen.

»Kopf hoch.«

Die Aufmunterung hatte Christa als Befehl verstanden und sah Frau Petersen direkt an. »Was wird denn jetzt aus mir?«

»Wollt ihr heiraten? Dann kommt das Baby wenigstens ehelich auf die Welt.«

»Weiß nich.« Das Kinderfräulein begann zu weinen. »Claus will sich nicht festlegen«, sagte sie schluchzend.

»Dann müssen wir die Sache selbst in die Hand nehmen. Bei uns kannst du in deinem Zustand jedenfalls nicht bleiben.«

Jetzt flossen die Tränen hemmungslos.

Frau Petersen reichte der jungen Frau ein Taschentuch und sagte: »Du mußt aber nicht denken, daß du alleingelassen wirst. Mein Mann und ich werden uns weiterhin um dich kümmern. Hast du schon einmal etwas vom Haus Abendroth gehört?«

»Bananen?« Petersen sah Hansen ungläubig an. »Das ist doch nicht Ihr Ernst. Was sollen wir mit Bananen aus Südamerika?«

»Die transportieren nicht nur Bananen.« Der Buchhalter warf seinem Arbeitgeber einen triumphierenden Blick zu, weil er wieder mehr wußte als der Konsul. »Seit einigen Wochen bringen die auch zu einem besonders günstigen Preis Säcke voller Kaffeebohnen aus Guatemala mit. Wir sparen dadurch eine Menge Geld.«

»Und Sie meinen …?«

»Genau. Claus Möller ist dort wahrscheinlich wesentlich besser aufgehoben als hier im Kontor. Vor allem kann er dann zeigen, was in ihm steckt.« Falls er unterwegs nicht zufällig von Bord fiel.

Mitte November mußte Christa die Villa an der Elbchaussee verlassen. Der Konsul persönlich trug den Koffer mit ihrer Kleidung zu seinem Auto und half ihr in den Fond. Schweigend nahm die junge Frau Platz. Mit einer Hand hielt sie sich am Haltegriff über dem Fenster fest, mit der anderen streichelte sie ihren Bauch, in dem sich das Kind bewegte.

Nach einer Fahrt durch die halbe Stadt erreichten sie schließlich die Grenze von Poppenbüttel nach Sasel, wo der Konsul sie in das Heim für ledige Mütter und Mädchen am Bramkoppelweg brachte, das 1821 vom Leiter der Hamburger Polizei, einem Herrn namens Abendroth, noch an einem anderen Standort gegründet worden war. Er hatte selbst gesagt, sein Ziel sei es, »junge Mädchen, die das Unglück hatten, den Weg der Tugend zu verlassen, wieder auf denselben zurückzuführen« – eine Aussage, über die Christa nur gelacht hatte. Es war schließlich 1963, und es gab Wichtigeres als Tugend im Leben. Freundschaft zum Beispiel. Aber in Claus hatte sie sich gründlich getäuscht: Als sie ihm ihre Schwangerschaft beichtete, hatte er sie entgeistert angesehen und etwas wie »Konntest du nicht aufpassen?« gemurmelt. Von da an wurden ihre Treffen immer seltener, bis sie schließlich ganz aufhörten.

Konsul Petersen führte sie noch selbst ins Abendroth-Haus und zeigte ihr eines der Einzelzimmer im Erdgeschoß, womit sie es deutlich besser hatte als die anderen »Insassen«, die sich zum Teil zu mehreren Wohngruppen die Zimmer teilen mußten.

Dann verabschiedete er sich vom ehemaligen Kindermädchen. Es würde fast fünf Jahre dauern, bis er Christa Krüger und ihren kleinen Sohn wiedersehen würde.

Zum Abschied schenkte Petersen der jungen Frau ein sorgfältig gerahmtes Foto. Es war beim Gartenfest gemacht worden und zeigte sie in der Mitte; rechts stand Claus Möller, links Hans Schmidt.

»Bananen?« Claus glaubte, sich verhört zu haben. Was um Himmels Willen sollte er auf einem Obstfrachter, der nach Südamerika fuhr? Andererseits … Es reizte ihn schon sehr, sich den Duft der großen weiten Welt nicht nur in Form von Zigaretten um die Nase wehen zu lassen. Und wenn er das Angebot von Herrn Petersen wahrnahm, konnte er auch endlich seinen Traum umsetzen, auf einem Schiff anzuheuern – wobei das ja das Kaffeekontor für ihn erledigte – und Hamburg zu verlassen. Seine Mutter vergoß zwar ein paar Tränen, als er sie informierte, stimmte aber nach einigen Tagen Bedenkzeit seinem Entschluß zu, ins Unbekannte aufzubrechen.

Einen kleinen Stich ins Herz versetzte ihm jedoch der Gedanke, Christa zurückzulassen. Aber schwanger, wie sie war, konnte sie ihn sowieso nicht begleiten. Vielleicht konnte sie irgendwann nachkommen, mit dem Kind, auf das er nicht sehr neugierig war. Väter waren älter, dachte er; er war noch kein Vater.

Vier Wochen später war Christa in den Nebeln der Erinnerung fast vergessen.

Hansen überflog die Schiffsmeldungen. Der Bananenfrachter der Reederei Laeisz war wieder unterwegs – mit Claus Möller an Bord. Der junge Mann war schließlich doch ganz begeistert von der Aussicht gewesen, eine Schiffsreise zu unternehmen, und hatte sich mit Feuereifer auf seine neue Berufssparte geworfen, Im- und Export im Ausland, so daß Hansen und Russo schließlich davon abgesehen hatten, einen der geldbedürftigeren Matrosen mit Möllers Verschwinden zu beauftragen. Überflüssige Leichen sollte man vermeiden.

In einem Hafenlokal in Guatemala traf Claus einen spanischen Seemann, der ihm voller Begeisterung von seinem Kapitänspatent erzählte, das er nach langen Jahren endlich erworben hatte. Nun würde er sein eigenes Schiff führen. Auf Planken laufen, die einem gehörten – das war doch etwas! Und dann dahin fahren, wohin man wollte.

Claus hatte von da an einen neuen Traum. Verständlicherweise verlor er die Lust an Bananen und der damit verbundenen Buchführung. Statt dessen kündigte er der Firma Petersen die Liebe und den Dienst und wechselte auf den unter spanischer Flagge fahrenden Dampfschifffrachter namens *SS Castillo Montjuich*. So kam er immerhin in den Genuß, die Ostküste der Vereinigten Staaten von Amerika kennenzulernen. Er gestand sich nie ein, daß er auch auf der Flucht vor einem bürgerlichen Leben mit Christa war. In jedem Hafen ein Mädchen zu haben – das war entschieden besser.

Im Dezember 1963 legte der Frachter mit einer Ladung Korn an Bord in Boston ab und machte sich nach Bilbao auf. Am vierzehnten Dezember verschwand das Schiff vierhundert Seemeilen nordwestlich der Azoren von den Radarschirmen der in der Nähe fahrenden beiden Passagierdampfer, wahrscheinlich heftig von einem der Winterstürme getroffen. Mit ihm verschwand auch Claus Möller, der von seiner Mutter fünf Jahre später für tot erklärt wurde. Nach ihrem Mann hatte sie nun auch ihren Sohn verloren.

Die Vorabendserie

Bonn, April 2019. Hinnerk war ausgeschlafen. Der Abend mit den Studenten war noch nett gewesen; ein klein wenig hatte er über den Durst getrunken, aber auch einen schönen Einblick in das Bonner Studentenleben gewonnen. Und er hatte eine Übernachtung gespart, da das Schlafsofa der jungen Leute nicht besetzt gewesen war.

Die exakte Adresse von Andreas Weyer ohne L hatte er memoriert und fuhr nun mit dem Bus zum Zielort. Es nieselte leicht, und die gestrige Schwüle hatte sich noch verstärkt – definitiv kein Wetter, um sein Leben hier zu verbringen. Vom Bahnhof nahm er wieder den Bus – keine Taxen! –; die Linie 610 führte ihn kreuz und quer durch Innenstadt, Industriebereiche und Universitätsbetriebe, bis sie ihn irgendwo auf dem Dorf wieder ausspuckte. Das bestärkte seine Vermutung, daß *Bonn* nur der Oberbegriff für eine Ansammlung von Dörfern war. Da er mit Religion noch nie viel hatte anfangen können und vor allem das fünfte der zehn Gebote seinem Beruf diametral entgegenstand, warf er der kleinen Kirche bei der Haltestelle einen abfälligen Blick zu und wanderte zügig zur Siemensstraße, in der die Rösterei der Brüder Weyer lag.

Das tat sie auch, allerdings bewacht von betont unauffälligen Polizisten, wie er schon aus der Ferne sehen konnte.

Verdammt. Und jetzt?

Rekogniszieren. Jedenfalls hatten das die Späher in den Abenteuerromanen von Karl May immer getan, die der Hüne als Kind sehr gerne gelesen hatte. Einen Großteil seiner Geographiekenntnisse hatte er bei dem Sachsen erworben, was Nord- und Südamerika wie auch den Vorderen Orient anging.

Oder das Publikum befragen. Das war vielleicht noch besser. Vor allem konnte er damit sofort beginnen und mußte nicht den potentiellen Tatort aufsuchen.

Noch nicht.

Punkt neun hatten Derenthal und Roselski zwei übermüdete Kollegen abgelöst. Die Nacht war ruhig geblieben; »keine besonderen Vorkommnisse«, hatte der Polizeihauptmeister gesagt. Möglicherweise hatte sich Krüger aber auch geirrt mit seinen Mutmaßungen über blonde Hünen, die zwischen Hamburg und Bonn pendelten. Und Derenthal hatte sich vielleicht getäuscht, was seinen Beinahe-Zusammenprall mit dem langen Kerl vor dem »Bistro Miebach« anging. Manchmal reichte es eben nicht, wenn man eins und eins zusammenzählte, dachte Roselski.

Derenthal war schlecht gelaunt: Das Frühstück war zu kurz ausgefallen, ein zweites nicht in Sicht und seine Halsentzündung, zu der sich der Husten entwickelt hatte, immer noch nicht auf dem Weg der Besserung.

Roselski dagegen war ein Frühaufsteher und verbreitete morgens besonders gute Laune in seiner Umgebung, was seinem dikken Kollegen auch nach Jahren der Zusammenarbeit noch immer auf die Nerven ging. Der jüngere Polizist summte fröhlich.

Daß Derenthal das Lied nicht identifizieren konnte, störte ihn maßlos. »Was'n das?« fragte er kurzangebunden.

»Was denn?« fragte Roselski fröhlich zurück.

»Na, dein Lied.«

»Das? Das ist eine Eigenkomposition.«

Derenthal schwieg beleidigt. Er hatte nie ein Musikinstrument zu spielen gelernt und beneidete jeden, der sich auch nur im Entferntesten Melodien ausdenken konnte.

Der Streifenwagen der beiden Kollegen der Nachtschicht fuhr mit Schwung weg, so daß der Kies in der Einfahrt zum Lieferanteneingang auf der Rückseite der Firma zur Seite spritzte.

»Ist eigentlich jemand vorne?« fragte Roselski. »Beim Haupteingang?«

»Da ist um diese Zeit noch abgeschlossen«, grummelte Derenthal. »Da kann keiner rein.«

»Aber wenn der Attentäter—«

»Killer.«

»Meinetwegen. Also wenn der Killer nun vorne steht und auf Weyers Ankunft wartet, dann können wir ihn hier hinten nicht sehen.«

»Okay, okay. Ich gehe ja schon.« Derenthal nickte seinem Kollegen zu und entfernte sich langsamen Schrittes. Wenige Meter später blieb er stehen und drehte sich um. In der Hand hielt er sein Handy. »Ich rufe dich an, wenn etwas Besonderes zu sehen ist.«

Roselski seufzte. Derenthals Definition von »etwas Besonderem« war großzügig gefaßt, so daß fast alles darunter fiel, eigentlich alles, zu dessen Erledigung er selbst keine Lust hatte.

Und nun?

Er beschloß zu warten, bis Derenthal sich wieder meldete.

Hinnerk wandte sich an den Briefträger, der gerade die Straße entlangkam. »Wissen Sie, was da hinten los ist?«

Der Postbedienstete war ein junger Mann, der viel zu zierlich für seine Aufgabe war. Er trug eine leicht verschobene Brille unter einer fuchsroten Lockenpracht und folgte dem ausgestreckten Zeigefinger des Hünen. »Polizei«, sagte er nur kurz.

»Das sehe ich selbst. Ich meinte, warum stehen da Polizisten herum?«

»Ja.« Der Briefträger nahm seine gelbe Kappe ab und fuhr sich durch das volle Haar, eine wohl tausendmal geübte Geste, denn nachdem er die Kopfbedeckung wieder aufgesetzt hatte, sah alles aus wie zuvor. »Film.«

Genau so geizig, wie die Post in der Bezahlung ihrer Angestellten war, war der Angestellte mit seinen Worten. *Keine Gespräche* bedeutete das, dann war er mit seiner Tour eher fertig.

»Sie meinen also, das sind Dreharbeiten?« vergewisserte sich Hinnerk.

»Ja«, sagte der Briefträger und ließ den Hünen stehen.

Verblüfft sah ihm Hinnerk nach. Wenn es sich nur um Filmaufnahmen handelte, konnte er sich gefahrlos der Kaffeerösterei nähern. Zur Sicherheit googelte er die Begriffe »Dreharbeiten, Film,

Bonn, Dransdorf.« Ehe er aber auf das Vergrößerungsglas als Bestätigungsicon drückte, fügte er noch »Vorabendserie« hinzu. Für mehr würde das Dorf hier nicht reichen.

Nach anderthalb Sekunden teilte Google ihm schon das Ergebnis der Suche mit. Einem Bericht des Kölner *Express* zufolge wurden hier tatsächlich Folgen der neuen Vorabendserie »Der Kaffeebaron« gedreht.

Befriedigt steckte er das Handy wieder ein.

Da er den Artikel nicht zu Ende gelesen hatte, war ihm auch entgangen, daß die Dreharbeiten schon vor über einer Woche beendet worden waren. Allerdings hatte die Requisite noch nicht alles wieder eingesammelt: Drei Meter Schienen für die fahrbare Kamera lagen noch auf dem Bürgersteig, und ein Hinweisschild mit der Aufschrift »Schneider & Ibiza. Kaffeebohnen und mehr« lehnte kopfüber an einem gelben Briefkasten der Post.

Roselski war eingenickt, was einem erfahrenen Streifenpolizisten wie ihm nur höchst selten passierte. Er fuhr zusammen, als sein Kollege an die Scheibe klopfte.

»Sie wollten geweckt werden?« Derenthal grinste ihn an.

Roselski rieb sich Augen und gähnte. Beschattungen waren einfach nichts für ihn. Ein geordneter Acht-Stunden-Tag dagegen schon. Wenigstens wurden die Nachtdienste etwas besser bezahlt, aber auf einen grünen Zweig kam man mit den Zuwendungen von Vater Staat auch nicht. Er hätte besser auf seine Eltern hören und eine Karriere auf dem Privatsektor einschlagen sollen. Academi hätte ihnen sicher eher zugesagt, damals noch unter dem Namen Blackwater USA bekannt. Aber was Sicherheitsunternehmen im Dienste der Regierung und/oder des Militärs anging – ihm war der Sektor zu grau, um dort sein Leben zu verbringen. Das Polizeipräsidium in Bonn-Beuel war ein entschieden soliderer Ort, um alt zu werden.

»Willst du wissen, was ich herausgefunden habe?«

»Immer«, sagte Roselski durch die offene Scheibe.

»Nichts«, sagte Derenthal. Er war sehr zufrieden über Roselskis entgeistertes Gesicht, nachdem ihm endlich auch mal ein witziger Satz war.

»Nichts?« fragte der Jüngere nach.

»Nichts«, bestätigte Derenthal. »Herr Weyer weilt immer noch in Hamburg, und ein Riese ist hier bislang nicht gesichtet worden.«

»Dann können wir unsere Zelte hier ja abbrechen. Steig ein.«

»Das geht nicht«, wandte der Dicke ein, wiewohl im Rang niedriger als sein Kollege. »Du weißt, was Krüger gesagt hat.«

»Bis zum bitteren Ende.« Roselski seufzte. »Und jetzt?«

»Und jetzt gehen wir frühstücken.« Derenthal strahlte. Die in Aussicht stehende Zuführung von Kalorien ließ sein Herz stets höher schlagen. »Ich habe arrangiert, daß wir im Bistro der Kaffeerösterei am, warte, ich hab mir das aufgeschrieben, am *desayuno de trabajo* teilnehmen können.«

»?« Roselski kam nicht ganz mit. Englisch ging noch, Französisch in Brocken, aber bei Sprachen südlich der Alpen kapitulierte er.

»*Arbeitsfrühstück*«, sagte Derenthal, »sagte die Dame an der Rezeption, hieße das übersetzt. Es sei Spanisch.«

»Jedenfalls das, wofür sie es halten«, murmelte Roselski und stieg aus. »Ich habe Hunger.«

Der Hamburger Auftragsmörder verfolgte aus der Ferne, wie die beiden angeblichen Polizisten den Streifenwagen verließen und um das Gebäude herum zum Haupteingang marschierten. Vorsichtig näherte er sich dem Auto und versuchte, im Inneren etwas zu erkennen. Wahrscheinlich war es ein echtes Fahrzeug aus dem Fuhrpark der Polizei, das man für die Dreharbeiten zur Verfügung gestellt hatte. Auf der Rückbank lagen zwei schutzsichere Westen, ein Warndreieck, eine leere Brötchentüte und ein Abschleppseil. Die Filmfritzen schienen nicht besonders sortiert zu sein; im wirklichen Leben wäre der Streifenwagen wahrscheinlich tipptopp aufgeräumt gewesen.

Hinnerk kratzte sich am Kopf. Und jetzt? Dreistigkeit siegt, dachte er, und beschritt ebenfalls den Weg von R2D2 zum Eingang der Kaffeerösterei.

Die beiden begnadeten Polizisten hatten es sich an einem runden Tisch im ersten Stock der Kaffeefirma gemütlich gemacht und genossen ein wirklich ausgezeichnetes Frühstück, das dem eines Drei-Sterne-Hotels in nichts nachstand. Daß sie dabei den Eingangsbereich aus dem Auge lassen mußten, war ihrem »kleinen Hunger zwischendurch« geschuldet und keinesfalls Absicht. So entging ihnen auch, daß der Hüne gerade an die Rezeption trat.

»Ich suche Herrn Weyer«, sagte Hinnerk freundlich, wobei er seinen norddeutschen Akzent nicht verleugnen konnte.

Die Frau hinter der Theke musterte ihn überrascht. »Sind Sie aus Hamburg?«

Der Hüne nickte, etwas irritiert davon, daß man seine akzentfreie Aussprache – jedenfalls hatte er sie bisher dafür gehalten – so mühelos der alten Hansestadt zuordnen konnte. »Meistens«, sagte er. »Allerdings komme ich gerade aus der Bonner Innenstadt.«

»Welchen der beiden Brüder wollen Sie denn sprechen?«

»Beide, wenn es geht. In welcher Reihenfolge, spielt keine Rolle.«

»Sind Sie mit ihnen verabredet?« Sie blätterte in dem großen Terminkalender, der vor ihr lag.

»Nicht direkt, aber beide sind alte Freunde.« Jedenfalls kommt es mir wie eine Ewigkeit vor, daß ich hinter ihnen her bin, dachte Hinnerk.

»Alte Freunde, aha«, sagte die Frau. »Und dann wissen Sie nicht, wo Sie sie treffen können?«

»Na, hier.« Sein Tonfall wurde etwas unfreundlicher. »Außerdem war ich einige Wochen nicht in Deutschland.« Er zog an seiner Fensterglasbrille, die er – wie den aufgeklebten Schnurrbart auch – zu Tarnzwecken trug. Sicher ist sicher, hatte er heute morgen gedacht und sich für eine Minimalverkleidung entschieden.

»Ich muß Sie leider enttäuschen. Arnold Weyer hält sich zur Zeit in Guatemala auf, wo er eine befreundete Kaffeeplantage besucht, und Andreas Weyer …«

Sie machte eine kleine Pause, um den Hünen etwas genauer zu studieren. Sah er nicht eher aus wie ein Schauspieler denn wie ein Kollege der Brüder Weyer?

Hinnerks Augen ließen sie nicht los. Am liebsten hätte er über die Theke gegriffen und die Frau durchgeschüttelt. Pausen waren etwas fürs Theater oder fürs Fernsehen, wenn jemand glaubte, seinen Worten Nachdruck verleihen zu müssen. Hansen, der alte Buchhalter, beherrschte das meisterhaft. Aber hier?

»Mein Chef, Herr Dr. Weyer, Andreas Weyer«, fuhr die Rezeptionistin fort, »besucht zur Zeit die Gastromesse *Genuß – Geschmack – Getränke* in Hamburg.«

Der Hüne glaubte, sich verhört zu haben. »Wo ist er gerade?«

»In Hamburg. Soll ich etwas ausrichten?«

»Nein; ich versuche dann, ihn übers Handy zu erreichen.«

Ein konsternierter Killer kehrte dem Kaffeegeschäft den Rükken zu.

»Guck mal«, sagte Derenthal, »der sieht aus wie der Mensch, den wir alle suchen.«

Roselski folgte dem Zeigefinger seines Kollegen und schaute ebenfalls aus dem Fenster.

Draußen stampfte Hinnerk einmal mit dem Fuß so heftig auf, daß eine ohnehin angeschlagene Steinplatte auf dem Fußweg zerbrach. Auch von hinten sah er maßlos wütend aus.

»Soll ich raten?« fragte Roselski.

»Tu mal.«

»Er hat gerade erfahren – immer noch vorausgesetzt, er ist der, für den wir ihn halten –, daß seine Opfer außer Landes beziehungsweise außer Ortes sind.«

»Heißt das so?« fragte Derenthal. »Du mußt es ja wissen, du, der du alle Regeln auswendig kannst.«

»Wenn du das sagst«, antwortete Roselski bescheiden. »Aber jetzt sollten wir vielleicht wirklich aufstehen und hinter dem Herren herlaufen.«

»Ich laufe nicht mehr«, sagte der Dicke, »ich nehme den Wagen.« Hinnerk hörte, wie die Eingangstür zur Kaffeerösterei zufiel, und drehte sich um. Zwei Männer in Uniform näherten sich ihm. Gute Besetzung, dachte er, ein Dicker und ein Dünner, zugleich ein älterer und ein jüngerer Mann. Wirkte sehr glaubwürdig. Er verschränkte die Arme und wartete auf den Eröffnungszug.

»Sie sind vorläufig festgenommen«, sagte Derenthal.

Hinnerk fing an zu lachen. »Habt ihr wenigstens Handschellen, um den Worten Nachdruck zu verleihen?«

Roselski und sein umfangreicherer Kollege sahen sich irritiert an. Warum lachte dieser Mensch?

Derenthal fischte zwei Plastikbänder aus seiner Hosentasche und hielt sie hoch. »Haben wir.«

»Bitte strecken Sie die Hände aus, damit wir die Kabelbinder anlegen können.«

Hinnerk musterte den Sprecher, den kleineren der beiden, und sah sich um. »Wo sind denn hier die Kameras?«

»Meinen Sie die da?« fragte Derenthal und deutete auf die Überwachungskamera über dem Eingang.

Der Hüne schüttelte den Kopf. »Nee, die Filmkameras. Der Briefträger sagte, hier würde ein Film gedreht, und Sie seien Schauspieler.«

Die beiden Streifenbeamten prusteten los, während Hinnerk ihnen verständnislos zusah. Schließlich fing sich Roselski wieder und sagte: »Nein, sind wir nicht.« Er holte seine Messingmarke hervor und hielt sie dem Hünen unter die Nase. »Wir wiederholen uns ungern. Sie sind vorläufig festgenommen.«

Eines mußte man Hinnerk ja lassen: Er war schnell, sehr schnell sogar. Roselski gab er einen Tritt gegen das rechte Schienbein, woraufhin der Polizist mit einem Aufschrei zu Boden ging. Fast gleichzeitig war der Hüne herumgewirbelt und verpaßte Derenthal einen Kinnhaken, der nicht von schlechten Eltern war, wie er später sagen würde. Der dicke Polizist sank besinnungslos zu Boden. Roselski erhielt noch einen Fußtritt gegen das zweite Bein, dann nahm der Hamburger Auftragskiller Reißaus.

Wehmut oder Wermut?

Hamburg, April 2019 – Hansen hatte sich nie als Behinderten gesehen. Nicht laufen zu können, war zwar ein massives Handicap, fast immer Schmerzen zu haben, auch, aber er hatte es mehr als wettgemacht durch besondere Fähigkeiten am Computer und durch besondere Skrupellosigkeit im Geschäftlichen. Inzwischen betrachtete er sich als den wahren Eigentümer von »Harry Petersen Kaffeeimport«, auch wenn der Kompagnon der Firma, Alberto Modafferi, und der Sohn, René Petersen, das vielleicht anders sahen. Behindert, das war ein Wort, das auf Leute paßte, die von Leuten geschoben wurden – aber doch nicht auf ihn! Er war höchst lebendig und, was das Weltgeschehen und die Ereignisse in seiner Heimatstadt anging, immer auf dem Laufenden. Nur manchmal wurde er inzwischen müde und nickte am Schreibtisch ein, was ihn jedes Mal ärgerte, wenn er wieder aufwachte, weil es für ihn ein Zeichen von Schwäche war, nicht vierundzwanzig Stunden am Tag auf dem Quivive zu sein. Allerdings wurde das mit neunundsiebzig auch immer schwieriger.

Auf den nur ihm und anderen IT-Nerds zugänglichen Pfaden des Darknet hatte Hansen sich in das Überwachungssystem der Bonner Kaffeefirma der Brüder Weyer gehackt und amüsiert verfolgt, wie die beiden Polizisten Hinnerk hatten verhaften wollen, aber den Kürzeren gezogen hatten. Wie er den Neffen des Kompagnons kannte, war der jetzt auf dem Weg zurück nach Hamburg – nötigenfalls per Flieger. Geld genug besaß er ja dafür. Das bedeutete, daß er, Hansen, ab dem Nachmittag mit Hinnerk rechnen mußte. Zeit genug, um Vorsichtsmaßnahmen zu treffen.

Krüger hatte es sich auf dem Hotelbett bequem gemacht und las das *Hamburger Abendblatt*, das heißt, er hatte es versucht, war aber für eine Viertelstunde von Morpheus beschlagnahmt worden. Der Gott des Schlafes bekam aber Mitleid mit dem Kommissar, als er sah, was dieser alles noch in seiner Pause lesen wollte, und ließ ihn wieder sanft erwachen.

Mist, da war er doch tatsächlich eingenickt. Der Kommissar warf einen Blick auf den Radiowecker im Achtziger-Jahre-Look – breite Klappziffern, eckiges Gehäuse – und seufzte erleichtert. Es war weniger spät, als er befürchtet hatte.

Er war zu alt, um mit seinem Freund ein Doppelzimmer zu teilen; so hatte jeder ein geräumiges Einzelzimmer in Baurs Park Hotel am Blankeneser Ende der Elbchaussee bezogen, dessen Kosten wohl wieder die Regierung von Nordrhein-Westfalen übernehmen würde. Schneider würde sich auch ein paar Minuten hingelegt haben.

Krüger überlegte, was die sinnvollste Vorgehensweise für die Begegnung mit Weyer sein könnte. Von vornherein schied wahrscheinlich aus: »Hallo, wir möchten Sie vor einem italienischen Auftragskiller warnen. Bitte kommen Sie mit.« Wenig sinnvoll war wohl auch: »Krüger und Schneider aus Bonn. Sie stehen auf der Todesliste eines Mafioso.« Und ganz weg fiel: »Schon mal dem Tod ins Auge geblickt? Noch nicht? Nun, heute haben Sie dazu Gelegenheit.«

Komisch, zu welchen abstrusen Ideen einen ein Sekundenschlaf bringen konnte.

Wahrscheinlich war das Einfachste wie immer, die Situation auf sich zukommen zu lassen und aus dem Augenblick heraus zu entscheiden.

Der Kommissar beugte sich über die Bettkante, um aus dem Koffer den E-Book-Reader zu angeln. Das Gerät hatte sich jedoch irgendwo verfangen, so daß er es zusammen mit einem braunen Umschlag herauszog. Interessant. Von ihm stammte der nicht. Er legte das elektronische Lesegerät zur Seite und besah sich das Kuvert. Zu seiner Überraschung las er in Carmens Handschrift: »Sorry. Fiel beim Saubermachen von der Wand. Rahmen wird repariert, Foto ist unbeschädigt, liegt auf Deinem Schreibtisch. In der Packung sind nur Kopien und gestern gemachte Abzüge. xxx.«

Carmen neigte zu Sätzen, bei denen sie die Hälfte ausließ, weil sie ohnehin zu schnell dachte und schrieb, so daß man ihr nur folgen konnte, wenn man über lange Jahre gelernt hatte, ihre Gedankengänge zu antizipieren.

Krüger sah in den Umschlag und zog die einzelnen Seiten und Fotos heraus. Das große Bild kannte er; es war das seiner Eltern und eines unbekannten Freundes. Seine Mutter war immer einsilbig geworden, wenn er sich in früheren Jahren nach dem jungen Mann erkundigt hatte. Über seinen Vater hatte sie allerdings auch nicht viel verlauten lassen, nur so viel, daß er sich vor Krügers Geburt »nach Südamerika davongemacht« hatte. Stets war Bitterkeit und Enttäuschung in ihrer Stimme zu hören gewesen.

Das nächste war die Fotokopie eines Artikels aus dem *Hamburger Abendblatt*, in dem von dem Verschwinden eines gewissen Hans Schmidt die Rede war, 1963, im Jahr vor seiner Geburt. Woher Carmen den Bericht wohl hatte? Dann aber erinnerte er sich an den Bilderrahmen, der auf der Rückseite zugeklebt gewesen war. Die ausgeschnittene Zeitungsnotiz mußte innen gelegen haben. Wenn man jetzt die grauen Zellen benutzte, war der junge Mann, den keiner kannte, dieser Hans Schmidt. Interessant.

Krüger sah erneut in den Umschlag. Der kleine Stapel, der noch darin lag, umfaßte wohl die von Carmen erwähnten Abzüge. Vorsichtig zog er die Fotos heraus und konnte dabei ein gewisses Herzklopfen nicht unterdrücken. Carmen tat nie etwas ohne Grund, also mußten die Bilder etwas mit seiner Reise nach Hamburg zu tun haben. Möglicherweise.

Es schien sich um Abzüge von einem Kleinbildfilm mit einem Seitenverhältnis von zwei zu drei zu handeln. Minox? Es waren dreiundzwanzig Bilder, in Carmens Handschrift auf der Rückseite durchnumeriert. Das letzte war ein Zettel, ebenfalls von ihr beschrieben, mit dem lakonischen Vermerk: »Der Rest des Films war leer.«

Krüger drehte die Bilder um und begann sie durchzusehen. Dann erstarrte er.

Manchmal hatte Hansen melancholische Anflüge, in denen er überlegte, ob er nicht doch hätte heiraten sollen. Irgend jemand hätte sich bestimmt gefunden, und wenn es eine Krankenschwester gewesen wäre. Hatte nicht Stephen Hawking auch seine Pflegerin geehelicht? Vielleicht hätte es dann sogar Kinder gegeben, obwohl die meisten ihn zugegebenermaßen störten. Kinder sollte man sehen, aber nicht hören.

Ein einziges Mal war ihm ein kleiner Junge begegnet, mit dem er sich hätte anfreunden können, wenn der länger in seiner Nähe geblieben wäre. So war es nur ein kurzer Besuch gewesen, als Ende der sechziger Jahre das ehemalige Kindermädchen von Konsul Petersen noch einmal ins Kaffeekontor gekommen war, zusammen mit ihrem kleinen Sohn, dessentwegen sie die Arbeitsstelle im Haushalt des Firmenchefs verloren hatte. Das Abendroth-Haus hatte eine Besichtigung der Kaffeerösterei organisiert, bei der die ledigen Mütter ihren Nachwuchs mitnehmen durften. Konsul Petersen hatte seine ehemalige Angestellte sofort erkannt und sie mit ihrem Kind zu einer Tasse Kaffee in die Empfangsräume im ersten Stock geholt. Hansen war zufällig gerade auf dem Weg nach oben, getragen von zwei Krankenpflegern, die ihn bei seinen seltenen Besuchen in der Stadt nach draußen und bei seiner Rückkehr wieder nach oben brachten. Der Kleine war wohl fünf, sechs Jahre alt und sog mit großen Augen die ganze Umgebung förmlich in sich auf.

Petersen hatte Hansen seinerzeit von dem Kindermädchen und der Schwangerschaft berichtet, auch von Claus Möllers Vaterschaft, und mit Nachdruck gesagt: »Gleichgültig, was Sie davon halten und was in dieser Firma passiert: Um das Kindermädchen und ihr Baby kümmere *ich* mich!« Hansen hatte nicht widersprochen und aus der Ferne den Werdegang von Mutter und Sohn verfolgt, bis die beiden aus Hamburg wegzogen und er sie aus den Augen verlor.

Den Blick des kleinen Jungen würde er jedoch nie vergessen: Es schien ihm, als habe der Kleine in ihn hineingesehen, sich seine

Gedanken gemacht und die Schlußfolgerungen für sich behalten. Schneider erschrak, als jemand nachdrücklich an seine Zimmertür klopfte. Hastig sprang er aus dem Sessel am Fenster auf, in dem er die Pause teilweise schlafend verbracht hatte, und öffnete. »Ach, du bist's bloß.« Sein Kollege machte einen etwas aufgeregten Eindruck, so daß er sich genötigt sah, beruhigend zu sagen: »Setz dich doch. Ist etwas passiert?«

»Ja, vor fünfzig Jahren, so ungefähr.« Krüger reichte ihm die Fotos. »Sag mal, was du siehst.«

Schneider blätterte den Stapel zügig durch. »Sieht nach einer Exekution aus, würde ich sagen. Woher hast du denn die Bilder?«

Krüger zeigte ihm die ebenfalls mitgebrachte Fotokopie des Bildes seiner Eltern und des bislang unbekannten jungen Mannes. Und er setzte seinen Freund über Carmens Fund ins Bild.

»Das sieht nach dem gleichen Mann wie auf den Hinrichtungsfotos aus«, sagte Schneider. »Und der ist verschwunden?«

»Laut des Zeitungsartikels ja.«

»Und wer ist der Schütze?«

»Keine Ahnung. Aber er scheint im Rollstuhl zu sitzen, wenn ich die Aufnahmen richtig deute.«

»Und der andere? Der dann den Erschossenen wegträgt?«

»Weiß ich ebenfalls nicht.«

Schneider drehte den Kopf zur Seite und starrte den Fußboden an. Dann sagte er: »Ich könnte ja mal ein, zwei Fotos an Kaul schicken.«

»Whatsapp oder wie?«

»Scht.« Schneider legte den Zeigefinger an die Lippen. »Hast du was von Informationsübermittlung auf elektrischen Wegen in Zeiten des Datenschutzes gesagt?«

»Wer? Ich?« Krüger sah sich um. »Nö.«

»Dann ist ja gut.«

Hansen war so *melanklüterisch* geworden – wie es in Hamburg von beginnenden Trübsinnigkeiten hieß –, daß er erst einmal einen kleinen »Tütje« brauchte, um die Schwermut zu vertreiben, bevor er weiter überlegte. Wahrscheinlich war es eine Frage des Alters, ob man sich von seinen Emotionen übermannen ließ oder nicht. Er verschloß die Wermutflasche wieder und stellte sie in seinen Schreibtisch, unterste Schublade, zurück.

Gerne hätte er gewußt, was aus dem kleinen Kerl geworden war. Wie alt mochte der jetzt sein? Wahrscheinlich auch schon zweite Hälfte fünfzig, falls es ihn noch gab. Immerhin hatte er damals erfahren, wie der Junge getauft worden war. Schon seltsam, wie Leute zu ihren Namen kamen.

Aber zurück in die Wirklichkeit. Wo war er stehengeblieben? Genau, die aktuellen Probleme. Den Mann aus München konnte er in seinen Überlegungen vernachlässigen, den würde die Familie erst losschicken, wenn das Geld aus Hamburg ausblieb.

Um Andreas Weyer kümmerte sich Alberto Modafferi. Dem tat es bestimmt gut, auch mal wieder selber eine Angelegenheit zu einem guten Ende zu bringen.

Punkt Nummer drei war Hinnerk. Hm. Was sollte er mit ihm bloß anfangen? Bisher hatte er ihn für höchst zuverlässig gehalten; Modafferis Neffe war jemand, der jeden Auftrag perfekt erfüllte, ohne Spuren zu hinterlassen. Und nun? Nun gab es bestimmt längst Bestrebungen in Bonn, seiner habhaft zu werden, nachdem er mit diesem merkwürdigen Polizistenpaar aneinandergeraten war. Keine Spuren, das war das Stichwort. Einmal Bewährtes konnte man beibehalten.

Der alte Mann rollte zum Fenster und sah hinaus. Das Fenster war bodentief; nur mit Nachdruck und einer ordentlichen Spende war die Hamburger Denkmalbehörde zu überzeugen gewesen, ein größeres Fenster als sonst üblich zu genehmigen. Schließlich hatte Petersen jr. etwas von »Diskriminierung Behinderter« gemurmelt; dann war es auf einmal schnell gegangen. Hansen klopfte gegen das Fenster, das nur aus dünnem Doppelglas bestand und bei Sturm leise bebte. Eine Möve auf dem Sims sah auf und flog dann mit majestätischen Flügelbewegungen davon.

Das Kehrwiederfleet war leer; ausnahmsweise war mal kein Touristenboot unterwegs, das ihn sonst oft in seiner Ruhe störte.

Vielleicht sollte er Hinnerk wie damals den Lagermitarbeiter beseitigen? Der Hüne wurde allmählich zu einer Belastung.

Auf alle Fälle würde er den Revolver laden und bereitlegen. Hansen rollte zum Schreibtisch zurück, öffnete die Schublade und griff hinein. Verdammt; er wurde wirklich alt. Und tägliches Gedächtnistraining nützte nichts. Die Waffe hatte er doch Modafferi, dem Onkel, mitgegeben.

Krüger sah auf die Uhr. Fast fünf. »Sollen wir uns mal aufmachen?«

»Gute Idee. Wir könnten in den ›Vier Jahreszeiten‹ doch deutlich vor sechs eintreffen und die Bar begutachten …«

»Du siehst das hier als Vergnügungsreise, oder?«

Schneider wiegelte ab. »Nun hab dich mal nicht so. Ein Gläschen in Ehren …«

»Du wartest nur darauf, daß die Sonne untergeht, damit du deine Promillegrenze überspringen kannst. Das stimmt doch, nicht wahr?«

»Wenn ich an deinen Whisky sour beim letzten Besuch im Marriotts erinnern darf?«

»Wann soll das denn gewesen sein?« Krüger hatte den Besuch in Bonns höchster Bar tatsächlich vergessen. Die »Skybar« lag im siebzehnten Stockwerk und bot einen großartigen Blick über Stadt und Land.

»Lassen wir das. Und wenn ich dich daran erinnern darf: Im Empire geht sowieso dauernd irgendwo die Sonne unter; da muß ich nicht warten, bis das hier der Fall ist, bevor ich eine prozentuale Erfrischung zu mir nehme.« Sprach's und verließ das Hotelzimmer.

Krüger eilte ihm kopfschüttelnd nach.

Draußen war Schneider schon die fünf Stufen unter dem Hotelschild hindurch zum Gehweg gegangen und sah sich um. »Guck mal, da drüben ist eine Kaffeerösterei.«

»Mir reichen die beiden in Bonn, da benötige ich nicht auch noch eine hier.« Krüger sah ostentativ in die andere Richtung. »Wir könnten doch den Schnellbus in die Stadt nehmen«, fuhr er fort. »Der fährt die ganze Elbchaussee entlang. Häuser gucken, weißt du?«

»Von mir aus.«

Die beiden Beamten stiegen in einen der Busse der Linie 36, der gerade ankam, und setzten sich nebeneinander, so daß sie in Fahrtrichtung ausgucken konnten. Wenig später zeigte Krüger aufgeregt aus dem Fenster, als der Bus vor einem kleinen Stau halten mußte. »Siehst du die gelbe Villa da? Die kenne ich. Aber woher?«

Schneider sah eine Gründerzeitresidenz mit roten Dachziegeln, Wintergarten und verspielten Elementen an den Fenstern, dann war der Bus auch schon weitergefahren.

»Da war ich mal«, sagte Krüger versonnen. »Das ist gaaanz lange her. Da war ich so fünf, sechs Jahre alt. Mit meiner Mutter. Warte mal.« Er überlegte, und Schneider sagte nichts. »Mutter hat mir mal erzählt, daß sie vor meiner Geburt als Kindermädchen gearbeitet hat und einmal noch bei der Dame des Hauses eingeladen gewesen ist, bevor wir nach Hannover gezogen sind.«

»Wie hießen die Leute denn?«

»Keine Ahnung. Ich weiß nur noch, daß ein freundlicher dicker Mann mit Zigarre mir die Hand gab und mir seine Uhr zeigte, die er an einer Kette an der Weste befestigt hatte. Die Taschenuhr besaß einen Wecker, was mich damals fasziniert hat.«

Nach einer ansonsten ereignislosen Busfahrt betraten die beiden Kommissare Punkt sechs das »Vier Jahreszeiten«. Sie merkten nicht, daß sie von der gegenüberliegenden Straßenseite beobachtet wurden. Unter den Bäumen saß auf einer der Bänke, die auf die Binnenalster hinausschauten, ein älterer Mann, der sich immer wieder umdrehte und den Eingang des Hotels im Auge behielt.

»Andiamo«, sagte Modafferi und stand auf.

Retardierende Momente

Bonn, April 2019 – Fast schien es, als sei das Polizeipräsidium in einen Dornröschenschlaf verfallen: Es war absolut ruhig in Bonn-Ramersdorf, die letzten Schurken vor Ostern waren eingesammelt worden, die Kantine lief im Sparbetrieb, und überall schien nur eine Notbesetzung zu arbeiten.

Nur im Besprechungszimmer der Etage, in der das KK 11 zu Hause war, herrschte Hektik, die ein einzelner Mann verbreitete. Walther »mit th« Langenargen lief unruhig auf und ab, während er gleichzeitig redete und gestikulierte. Vor ihm saßen die letzten verbliebenen Beamten seiner Abteilung.

Derenthals linke Kinnhälfte war durch ein braunes Pflaster verdeckt, das trotzdem einen großen Bluterguß nicht ganz verbergen konnte. Roselski hatte mit Erlaubnis des Chefs sein rechtes Bein auf einen Stuhl gelegt, das durch den Tritt des potentiellen Auftragsmörders – bewiesen war noch gar nichts – eine böse Prellung abbekommen hatte. Kaul war, ungerührt wie immer, in die Betrachtung eines vor ihm stehenden Notebook-Bildschirms versunken.

»Wie stellen Sie sich denn jetzt einen geordneten Betrieb unserer Abteilung vor?« Langenargen war wütend. »Können Sie nicht besser aufpassen, wenn Sie Leute festnehmen sollen?«

»Der war deutlich größer als ich«, sagte Derenthal kleinlaut. Er versuchte zu pfeifen, gab aber sofort klein bei, weil sich sein Kinn einfach nicht vernünftig bewegen ließ.

»Was sollte das jetzt?« Der Kriminaloberrat kannte durchaus die musikalischen Fähigkeiten der umfangreicheren Hälfte der beiden Streifenpolizisten.

»Das«, sagte der Dicke undeutlich, »das hätte so schön funktioniert, als Begleitmelodie, meine ich, wenn wir den Riesen in eine Zelle hätten überführen können. War von Johnny Cash. *Folsom Prison Blues.*«

Roselski grinste.

»Können Sie eigentlich wieder richtig laufen?« fragte ihn Langenargen.

»Laufen im Sinne von *laufen*?« fragte Roselski. »Oder im Sinne von *sich bewegen*?«

Der Chef konnte einen wunderbar anfunkeln, fand Derenthal. Fast so gut wie seine Frau.

»Autofahren?«

Der Chef hat sich schon in längeren Sätzen über etwas ausgelassen, dachte Roselski. »Glaube ich nicht«, sagte er. »Aber mein bewährter Kollege hier, der hat noch zwei gesunde Beine.«

»Okay.« Langenargen rieb sich die Hände. »Dann fahren Sie noch mal nach Poppelsdorf und überprüfen die Alibis der üblichen Verdächtigen – Frauen, Praktikanten, Packer, wer immer Ihnen vor die Flinte läuft.«

»Flinte, das ist auch noch so ein Stichwort«, sagte Derenthal versonnen. »Wir hatten doch die eine Schrotflinte auf dem Rücksitz, weißt du, R2?«

Der Angesprochene nickte.

Der Kriminaloberrat kam nicht ganz mit. »Was hat das denn mit unserem Fall zu tun?«

»Schon.« Der dicke Streifenpolizist rutschte auf seinem Stuhl hin und her. »Wenn wir schneller gewesen wären und vor allem die Flinte bei uns gehabt hätten, hätten wir den langen Menschen sicher erwischt. Mit einer Ladung Schrot trifft man das Ziel besser.«

Der Streifenwagen bog langsam in die Königstraße ein und hielt auf dem Gehweg vor »Wwe. Arntz' Feine Kaffeebohnen« an. Roselski stieg ächzend aus und warf einen Blick auf die Überwachungskamera beim Supermarkt gegenüber. Ob die in Zeiten von DSGVO überhaupt Personen aufnehmen durfte, ohne daß ein Schild auf die Aufnahmen hinwies? Dann hätten Filmfeinde nämlich die Möglichkeit, sich gegen eine Benutzung des Bürgersteigs zu entscheiden.

Derenthal blieb hinter dem Lenkrad sitzen und sagte nur durch das geöffnete Seitenfenster: »Wenn's was Wichtiges gibt, kannst du mich ja rufen.«

Roselski suchte das Lager auf und betrachtete das geschäftige Treiben. Nach einem ihm unverständlichen Muster trugen Packer Säcke mit Kaffeebohnen von einem Raum zum anderen; eine Frau aus der Buchhaltung rannte mit einer Liste auf einem Klemmbrett zu einem der Männer und fragte etwas. Dann lief sie zurück ins Büro. Zwischendurch kam ein Paketbote durch den Lieferanteneingang, ließ sich den Empfang eines Päckchens elektronisch quittieren und verschwand auf dem gleichen Weg wieder.

Roselski war das Treiben zu hektisch. Er war ganz froh, daß er bei der Polizei arbeitete, wo es entschieden geordneter zuging, wie er fand. Jedenfalls, wenn man sich bemühte.

Ein älterer, schon weißhaariger Mann kam schließlich auf ihn zu. »Kann ich Ihnen weiterhelfen?«

»Kripo Bonn«, übertrieb Roselski etwas. Er war ja nur Streifenpolizist, wenn auch im Moment mit besonderen Aufgaben betraut. »Ich suche Herrn Schmücker.«

»Da werden Sie heute kein Glück haben«, sagte der Mann. »Er sagte, er habe einen Termin bei seiner Hausbank. Es gab da wohl ein kleineres Problem.«

Roselski fielen die Immobiliengeschäfte des Praktikanten wieder ein. Aber alle Probleme würden sich, nachdem er die Erbschaft seines »Mäzens« angetreten hatte, ohnehin in Luft auflösen. Der Streifenpolizist studierte seinen Zettel. »Außerdem würde ich gerne ein paar Worte mit einem gewissen Ruben Gonzales wechseln. Aber vorher noch eine Frage: Welche Funktion haben Sie denn hier?«

»Entschuldigung, Werner Mathias.« Er streckte die Hand aus. »Ich bin der Geschäftsführer, bis alles geklärt ist. Speedy Gonzales rufe ich Ihnen eben.« Er verschwand im Nachbarraum und kam wenig später mit einem kleinen Mann zurück. »Ich lasse Sie dann alleine. Sie finden mich vorne im Büro der Geschäftsleitung.«

Roselski setzte sich auf einen Stapel Säcke und bot Gonzales einen Platz gegenüber an. Zögerlich ließ sich der kleine Packer nieder. »Was gibt es denn?« fragte er in astreinem Deutsch. »Bevor Sie fragen, aus welchem Land ich komme: aus Deutschland und meine Eltern auch.«

»Migrant der dritten Generation? Wie wir alle?«

Gonzales lachte. »Kann man so sagen. Die Urgroßeltern aus Guatemala sind vor dem Krieg nach Deutschland gekommen und haben die Wirren des zwanzigsten Jahrhunderts am Rhein überstanden. Und nein, Spanisch kann ich nicht.«

Der Mann war ihm sofort sympathisch, dachte Roselski. »Meine Großeltern stammen aus Polen und sind mit einem der Flüchtlingstrecks nach Deutschland gekommen. Und nein, Polnisch spreche ich nicht.«

Die beiden schüttelten sich die Hand, erfreut ob ihrer in Teilen ähnlichen Biographie, dann fragte der Polizist: »Wir suchen ja immer noch den Täter. Haben Sie denn am Wochenende jemanden gesehen, der hier nicht hingehört?«

Gonzales schüttelte den Kopf. »Niemanden.«

»Und wo waren Sie?«

Etwaige Gemeinsamkeiten waren nach dieser Frage wieder verschwunden. Gonzales schlug die Beine übereinander und sagte: »Bei meiner Familie. Sind sechs Zeugen genug? Meine Frau und fünf Kinder?«

»Sind sie. Aber noch etwas.«

Roselski berichtete von der Routineüberprüfung der finanziellen Situation der Angestellten und von der Summe auf Gonzales' Konto.

»Ach das«, der schmächtige Packer winkte ab. »Das sage ich Ihnen gerne. Herr Weyer verstand sich wirklich als Chef aller Leute hier; wenn jemand Probleme hatte, half er aus. Er sagte immer, er habe genug Geld; davon solle auch seine Firma profitieren. Ich kam mit meinem Lohn nicht mehr hin, weil meine Frau arbeitsunfähig geworden ist und nicht mehr mitarbeiten kann. Es sei kein Darlehen, sagte Herr Weyer; ich solle es als Lohnerhöhung verstehen.«

Eine halbe Stunde später hatte Roselski seine Liste abgearbeitet. Weder die Buchhalterin noch eine der anderen Frauen noch die Männer in der Firma hatten zum Tatzeitpunkt jemanden gesehen, auf den die Beschreibung des Täters paßte. Nur Anna Karenina sagte, es sei schon merkwürdig, daß sowohl sie wie auch ihre Schwester Lara jeweils ihren Chef verloren hätten. Und alle Befragten hatten ein Alibi.

Derenthal las die Polizeimeldungen auf seinem Handy, als Roselski zurückkam. »Was Neues?« fragte er und ließ das Mobiltelefon sinken, das er mangels Lesebrille relativ dicht an sein Gesicht gehalten hatte.

»Nö.« Sein Kollege setzte sich mühsam auf den Beifahrersitz und hob das rechte Bein vorsichtig an, bevor er es wieder sinken ließ. »So ganz langsam wird's besser.«

»Wenn es nichts Neues gibt, dann fahren wir jetzt wieder. Ich muß dringend einen Happen essen.«

»Nachdem die beiden Chaoten wieder weg sind«, sagte Langenargen und setzte sich in den ihm vorbehaltenen Stuhl, der als einziger Armlehnen hatte. Irgendwie mußten deutsche Behörden Hierarchien kennzeichnen, hatte Krüger mal gesagt; wenn man schon nicht ein eigenes Büro erhielt, vielleicht sogar eines in einer Gebäudeecke mit Fenstern zu zwei Seiten, dann mußte wenigstens der Sessel als Merkmal für eine höhere Gehaltsgruppe herhalten. Der Kriminaloberrat stützte beide Ellbogen auf und legte die Fingerspitzen aneinander, so daß er durch ein Dreieck auf die vor ihm liegenden Unterlagen blicken mußte.

Kaul wartete auf die Fortsetzung des angefangenen Satzes, die aber ausblieb. Also sah er von seinem Bildschirm auf und fragte: »Und jetzt?« In der Regel hatten die beiden Worte zur Folge, daß das jeweilige Gegenüber zu reden begann.

»Harry Cool«, sagte Langenargen und musterte seinen Kollegen. »Der Name paßt. Der englische Kollege hat's damals gut erfaßt. Unbewegte Miene, verblüffende Ergebnisse. Haben Sie denn für mich etwas Neues?«

Kaul nickte. »Habe ich. Und es wird Sie überraschen, glaube ich. Wenn Sie mir noch ein paar Minuten Zeit lassen; ich muß nur schnell etwas in meinem Bürorechner nachsehen.«

»Gerne. Kleine Augenblicke des Innehaltens im Alltagslärm sind etwas Wunderbares.« Er lehnte sich zurück und schloß die Augen.

Kaul schlich auf Zehenspitzen aus dem Besprechungsraum.

Der dicke Streifenpolizist saß entspannt in einem überaus bequemen Restaurantstuhl. Er hatte exakt fünfundzwanzig Meter vom Streifenwagen bis zum »Bistrot Sud« laufen müssen, wo er mit Roselski ein frühes Abendessen bestellt hatte. Beide hatten eine große Portion Spaghetti mit Garnelen und Knoblauch vertilgt und waren entschieden friedfertiger als vorher. Falls das überhaupt noch ging. Nudeln schmeckten immer, fand Derenthal, auch bei lädiertem Kiefer.

»Weißt du, was wir noch nicht überprüft haben?« fragte Roselski plötzlich.

»Keine Ahnung«, antwortete sein Kollege und versuchte, mittels eines Zahnstochers einen Garnelenrest zwischen zwei Kronen aufzuspießen.

»Wer das Geschäft des Feinkosthändlers fortführt.«

»Stimmt.« Derenthal überlegte. »Vielleicht die hübsche Russin aus der Südstadtvilla. Ältere Herren neigen doch oft dazu, ihre gesamte Habe an irgendwelche Osteuropäerinnen zu verschleudern.«

»Glaube ich nicht. Die Russin, wie hieß sie noch? Genau, Lara Karenina, die schien Contadino tatsächlich geliebt zu haben, so traurig, wie sie war.«

Derenthal begann schon wieder zu schwitzen. Weißwein im Dienst war wahrscheinlich keine gute Idee gewesen. »Kaul könnte vielleicht mal nachsehen, ob der Besitzer des Feinkostladens ein Testament hat, in dem vermerkt ist, wer das Boot, die Villa und den ganzen Rest bekommen soll, falls er das Zeitliche segnet.«

»Stimmt«, sagte Roselski, »Kaul könnte wieder etwas tun. Dann müssen wir das nämlich nicht. Etwas tun, meine ich.«

Als Kaul mit einigen Blättern in der Hand zurückkam, rieb sich Langenargen gerade die Augen, eine Unart, die seine Frau ihm seit ihrem Kennenlernen vergeblich abzugewöhnen versuchte. Er gähnte hemmungslos, was einen Blick auf perlweiße Zähne erlaubte, die er nicht verdecken konnte, weil seine Hände ja die Augen— An dieser Stelle brach der Beamte die Kausalkette ab und setzte sich neben seinen Chef.

»Womit wollen Sie mich denn überraschen?« Langenargen schob sich in seinem Stuhl hin und her; dabei stieß er mehrfach gegen die Armlehnen, die irgendwie störten.

»Mit einem Strukturplan.« Kaul legte ein Blatt Papier auf die Tischfläche, auf dem in einem Haufen rechteckiger Kästchen Namen standen, die mit einfachen und doppelten Linien verbunden waren. Einige Kästchen waren rot unterlegt und zeigten Städtenamen.

Palermo, *München*, *Frankfurt*, *Bonn*, *Hamburg* las der Kriminaloberrat. »Soll ich raten?« fragte er.

Kaul wußte, was sein Chef gerade dachte. »Genau. Das Firmengeflecht beziehungsweise die Geschäftsverbindungen zwischen dem Feinkostgeschäft in der Quantiusstraße im Zentrum, der Kaffeerösterei in Dransdorf – nicht der in Poppelsdorf, die ist unschuldig; ich habe das mit überprüft – und den italienischen Geschäftspartnern sonstwo im Land.«

»Und was nützt uns das jetzt?«

»Folgendes. Es sind im großen und ganzen zwei Familien, die immer wieder auftauchen, Russo und Modafferi, beide aus San Luca.«

»Die Mafiahochburg, nicht wahr?«

»In Kalabrien. Und es gibt die typischen Firmen: Pizzerien, Eiscafés, Reinigungen, Glücksspiel-Läden und«, er räusperte sich, »Etablissements. Die echten. Die aus dem Rotlichtbezirk.«

»Können Sie denn etwas beweisen?«

»Kann ich.«

Kauls unbewegte Miene, die der Kriminaloberrat studierte, ließ doch ein wenig Stolz ahnen.

»Mir ist es nämlich gelungen, auf einigen Umwegen finanzielle Transaktionen nachzuverfolgen. Wie immer sind sie über die üblichen Offshore-Steuerparadiese abgewickelt worden, aber wenn man nicht aufpaßt ...«

»Können Sie das aufdecken.«

Kaul nickte. »Was ich aber außerdem herausgefunden habe, ist die Tatsache, daß die beiden Familien zwei Angestellte haben, die sich durch die gleiche Eigenschaft auszeichnen. Einer wohnt in München, der andere in Hamburg, und beide haben eine rege Reisetätigkeit in den vergangenen Jahren an den Tag gelegt.«

»Ich rate jetzt mal nicht«, sagte Langenargen, »denn ich weiß, was Sie sagen wollen. Leichen pflastern ihren Weg. Stimmt's?« Er war wirklich stolz auf diesen Beamten.

»Korrekt.«

»Und einer der Killer war gerade bei uns in Bonn, oder?«

»War er«, bestätigte Kaul. »Durch heftiges Wühlen habe ich sogar ein Foto von ihm entdeckt. Eine Hochzeit in Sizilien; man hat dort wohl nicht angenommen, daß ein deutscher Ermittler eine süditalienische Facebookseite auftut.« Er schob seinem Chef eine unscharfe Aufnahme hin, auf der, wegen seiner Größe unverkennbar, der Hüne zu sehen war, den Derenthal beschrieben, den Schneider im Feinkostgeschäft gesehen und der von der Überwachungskamera am Supermarkt erfaßt worden war.

Langenargen nickte bewundernd. »Tolle Arbeit. Haben Sie auch einen Namen zu der Gestalt?«

»Habe ich. Michele Maria Modafferi, genannt Hinnerk, weil er so schön norddeutsch aussieht.«

Langenargen sprang auf. »Sofort zur Fahndung ausschreiben. Unauffällig.«

»Habe ich schon veranlaßt.« Kaul war jemand, der mitdachte.

Langenargen setzte sich wieder.

»Ich habe aber noch etwas für Sie. Der mutmaßliche Auftragsmörder ist der Neffe von Alberto Modafferi, Teilhaber in der Firma ›Harry Petersen Kaffeeimport‹ in der Hamburger Speicherstadt.«

Der Kriminaloberrat wurde blaß. »Sie wissen, wer jetzt allein in Hamburg herumläuft?«

»Ich weiß. Krüger. Aber ganz allein ist er nicht. Schneider ist auch da und wohl auch Andreas Weyer. Und der Killer muß ja erst einmal nach Hamburg zurückfahren, wenn er das überhaupt vorhat.«

»Immerhin sind es drei gegen einen. Das wird schon nicht schiefgehen.«

Nebelkerzen

Hamburg, April 2019. Aus der Ferne sah das »Vier Jahreszeiten« wie einer der zahllosen Bauten vom Ende des neunzehnten Jahrhunderts aus, in der zurückhaltenden hanseatischen Form: weiße Mauern, ein inzwischen grün gewordenes Kupferdach, das mit vielen anderen Dächern zusammen charakteristisch für die Hansestadt war, viele Fenster, ein fünfter Stock mit Aussichtsbalkon zur Alster hin und die Fahnenstangen obendrauf, oft mit den Flaggen der aktuellen Übernachtungsgäste versehen.

Schneider hatte sich vorbereitet. »Wenn in dem Grand Hotel zu den hundertvierzig Zimmern nur fünfzig Bäder kommen«, fragte er, als die beiden Ermittler den Eingang passierten, »wieviele Leute müssen sich dann eine Badewanne teilen?«

Krüger lachte. Er war etwas angespannt, da sie hoffentlich gleich das wahrscheinliche Opfer aus dem Verkehr ziehen würden, aber dennoch gut gelaunt, da er sich ja immer noch in seiner Heimatstadt aufhielt. Er versuchte, in der Bar im Licht der gedimmten Lampen den Inhaber der Bonner Kaffeefirma ausfindig zu machen. Kaul hatte ihn wie auch Schneider mit einem aktuellen Foto des Herrn von der Homepage der Firma versehen. Außer zwei jüngeren Frauen saß aber niemand an der langen Theke.

»*Hooker*?« flüsterte Schneider.

Krüger sah ihn strafend an. »Jung, hübsch und allein an der Bar? Es gibt tausend Berufe, die die Damen ausüben können und bestimmt nicht den, mit dem sie auf jeden Fall in St. Pauli Erfolg haben. Wetten?« Er ging zu den beiden Frauen hinüber, während Schneider ihm sprachlos nachsah.

»Allensbach«, sagte Krüger. »Eine kleine Meinungsumfrage. Wir erheben gerade eine Statistik über alleinreisende Frauen, zu der wir von Ihnen nur die Berufssparte benötigen, sonst nichts. Kein Alter, keine Adresse, nichts. Wenn Sie mir also freundlicherweise Ihre Tätigkeit verraten?«

Die eine der Frauen warf der anderen einen fragenden Blick zu. »Der Herr sieht doch seriös aus, oder?« Sie wartete das Nicken ab, dann lächelte sie Krüger an. »Ich arbeite in der Musikindustrie und checke gerade, ob das Hotel für eine amerikanische Band in Frage kommt.« Sie legte ihre Hand auf den Arm ihrer Begleiterin. »Jetzt du.«

Die Brünette musterte den Kommissar fast taxierend. »Ich arbeite als Gesellschaftsdame, zur Zeit bei der ungenannt bleiben wollenden Band.«

Krüger verzog keine Miene, dankte höflich und ging zu Schneider zurück. »Eins zu eins«, sagte er. »Du hattest recht, ich aber auch.«

Alberto Modafferi hatte die Aktion aus sicherer Entfernung in einem tiefen Ledersessel verfolgt, in dem er sich nach seiner Meinung unbemerkt niedergelassen hatte. Was die beiden Herren wohl umtrieb? Erst erkundigten sie sich auf der Gastromesse nach Weyer; jetzt baggerten sie in der Hotelbar irgendwelche Damen an, die anscheinend zu den teureren ihres Gewerbes gehörten. Und wie konnte er selbst Weyer jetzt auftun?

Die beiden Ermittler waren an die Theke getreten und bestellten. Der Barkeeper musterte sie etwas irritiert; sie sahen nicht so aus, als seien sie Gäste des Hauses: Lederjacke und Jeans der ältere, einen zerknitterten Anzug ohne Krawatte der jüngere. Und beide waren unrasiert, nicht im Sinne von Drei-Tage-Bärten, sondern im Sinne von *unrasiert*. Aber Höflichkeit war die wichtigste Eigenschaft, die von den Angestellten des »Vier Jahreszeiten« verlangt wurde, und darin stand er seinen Kollegen in nichts nach. Außerdem war etwas Umsatz nie verkehrt. So servierte er wenig später den Herren zwei Alsterwasser – mit hochgezogener Augenbraue. Etwas Kritik mußte sein.

Krüger besaß das »dritte Auge«, mit dem er Dinge, die hinter seinem Rücken geschahen, wahrnehmen konnte. Schon draußen hatte er jemanden bemerkt, der ihnen unauffällig zu folgen versuchte, und hier drinnen hatte er gesehen, daß der Mensch sich etwas weiter weggesetzt hatte, sie aber immer noch beobachtete. Er nahm sein Handy heraus und scrollte durch Kauls Fotos, die er am Vormittag übermittelt bekommen hatte. Alle trugen an der unteren Bildkante einen weißen Balken mit schwarzer Schrift und einem Namen. Rasch fand er, was er gesucht hatte. *Alberto Modafferi* stand unter dem Bild. Wie es aussah, war es ein älteres erkennungsdienstliches Foto der Polizei, aber die Ähnlichkeit zu dem Mann im Sessel war unverkennbar. »Dreh dich nicht um«, sagte er leise zu Schneider. Die beiden standen Schulter an Schulter vor der Theke, so daß Modafferi nicht sehen konnte, wie Krüger das Mobiltelefon unauffällig vor seinen Kollegen schob. »Guck mal genau hin. Der hier sitzt da hinten und ist wahrscheinlich bewaffnet.«

»Der wird hier aber kaum schießen.«

»Das glaube ich auch nicht, aber wir sollten sehen, daß wir Weyer irgendwo abfangen, bevor er der Mafia in die Hände fällt. Ich gehe mal raus; vielleicht finde ich ihn.« Er nickte Schneider zu, drehte sich aber im Fortgehen noch einmal um. »Zimmer 313«, sagte er laut, »wenn du mich suchst. Ich lege mich eine halbe Stunde hin, bevor wir zum Musical aufbrechen.«

Modafferi sah auf die Uhr. Das wird knapp, dachte er, wenn die noch zum *König der Löwen* wollen. Erst zum Hafen und dann mit der Barkasse übersetzen, aber es war wohl zu schaffen. Er gähnte. Warten machte immer müde, fand er. Von der Rezeption her hörte er Stimmen. Der deutsche Italiener stand auf und ging in den Empfangsbereich. Aber er war zu spät.

Gerade kam Andreas Weyer die Treppe herunter und betrachtete irritiert das Empfangskomitee: ein Page, die Rezeptionistin und zwei ihm unbekannte Herren, der eine ein Deutscher etwas älteren Datums, der andere ein südlicher Typ, ebenfalls schon bejahrt. Aus der Bar kam gerade Nummer fünf in einem zerknitterten Anzug. Alle sahen ihn erwartungsvoll an. »Wollen Sie alle zu mir?« fragte er.

Als die Anwesenden fast unisono die Frage bejahten, begann der Mann mit der Lederjacke zu lachen. »Im Gleichklang, wie schön. Dann ist ja alles gut, und Sie können beruhigt wieder nach Hause fahren, nicht wahr, Herr Weyer?«

Der Angesprochene machte einen etwas befremdeten Eindruck.

Der Mann wandte sich an den Italiener und fuhr fort: »Das finden Sie doch auch, Herr Modafferi, oder?«

Verdammt, woher kannte der Mann seinen Namen? Modafferis ohnehin schon ungesunde Gesichtsfarbe – zu viel Wein, zu schweres Essen, zu wenig Bewegung in letzter Zeit – changierte bedrohlich zwischen blaß und dunkelrot. Fast sah es nach einer defekten Ampel aus. In seinem Geschäft war es oberstes Gebot, unbekannt zu bleiben, und ausgerechnet hier wußte man, wer er war?

»Ach so, ich habe vergessen, mich vorzustellen.« Der Kommissar holte seine Messingmarke aus der Tasche. »Krüger, Kripo Bonn. Und das ist mein Kollege Schneider. Wenn Sie uns bitte folgen wollen, Herr Weyer.« Er bugsierte den Kaffeehändler an dem verblüfften Modafferi vorbei in die Bar.

Der Deutschitaliener überlegte kurz, dann nickte er der Rezeptionistin zu und verließ das Hotel. Fast rannte er.

»Soll ich hinterher, Krüger?« fragte Schneider und zeigte auf den leeren Eingang.

»Mußt du nicht. Der läuft uns nicht weg. Kaul hat vorhin seine Adresse übermittelt. Irgendwo am Hafen.«

Draußen ging Modafferi zur gleichen Parkbank wie vorhin und setzte sich. Ihm zitterten die Knie, was seit Ewigkeiten nicht mehr passiert war. Das war knapp gewesen. Wenn die Kripo den Revolver bei ihm gefunden hätte …

Aber jetzt war guter Rat teuer. Hansen hatte zu Recht an Weyer ein Exempel statuieren wollen, damit die regelmäßigen Geldzahlungen seitens der Bonner Kaffeerösterei wieder aufgenommen wurden, aber das schien jetzt unmöglich zu sein, nachdem Weyer nun zwei Leibwächter hatte.

Schweren Herzens machte sich Modafferi auf den Rückweg, um bei Hansen zu beichten. Vielleicht bekam der Alte dann einen Herzinfarkt. Wurde auch mal Zeit. Oder ... Ihm fiel eine bessere, nicht nur dem Zufall zu überlassende Lösung ein, die sich geradezu anbot gegenüber dem »Brandanfang« am Nicolaifleet, dessen Namensgebung allerdings schon etwas länger zurücklag, über hundertfünfzig Jahre, soviel Modafferi wußte. Ein kleiner Brand in der Speicherstadt, genauer gesagt: in der Kaffeefirma.

Weyer trank das vor ihm stehende Whiskyglas, das drei Fingerbreit gefüllt war, zur Hälfte leer. Er war weiß wie eine Wand geworden, als ihm die beiden Beamten eröffnet hatten, daß ein Auftragskiller auf ihn angesetzt worden war und er nur noch deshalb lebte, weil der Killer den falschen »Kaffeebaron«, wie der Kommissar es formuliert hatte, ins Jenseits befördert hatte. Der gemütliche Bonner war eigentlich ein Lebemann, den die dunkle Seite seiner Geschäfte nicht sonderlich interessierte; dafür war sein Bruder zuständig, wie er sagte. Aber der Spaß hörte auf, wenn es um sein Leben ging. Er mußte nicht lange überlegen, dann wußte er, was er zu tun hatte: Kronzeuge war ein ehrenwerter Beruf. Und er würde viel zu erzählen haben, sehr viel.

Eine halbe Stunde später traf die von Krüger mittels etwas Amtshilfe von Langenargen angeforderte Verstärkung in Form zweier Hamburger Polizisten ein, die Andreas Weyer zurück nach Bonn begleiten würden. Der Kommissar fand die Bodyguards notwendig, damit nichts Unvorhergesehenes passieren konnte, falls Modafferi auf Rache sann oder der Hüne plötzlich wieder auf der Bildfläche erschien.

Schneider nippte an einem Cocktail, während Krüger beim zweiten Alsterwasser war. »Prima, dann fahren wir morgen wieder nach Hause, oder?«

»Weiß nich«, sagte Krüger unbestimmt. Vom Nachmittag spukte ihm immer noch die Villa an der Elbchaussee im Kopf herum. »Warte mal«, sagte er und holte sein Handy aus der Tasche. »Ich wollte mal sehen, wo dieser Modafferi wohnt.« Er rief Kauls Nachrichten auf und las laut vor: »Kehrwieder 5. Seine Firma heißt ›Harry Petersen Kaffeeimport‹.«

»Schon merkwürdig«, sagte Schneider. »In Bonn sind bei den aktuellen Fällen Kaffeefirmen betroffen und hier in Hamburg anscheinend auch.«

Krüger tippte etwas in sein Mobiltelefon und kniff anschließend die Augen zusammen. »Wenn mich nicht alles täuscht«, sagte er gedehnt, »dann war das hier der Inhaber der Firma.« Er hielt Schneider den Bildschirm hin. »Vor fünfzig Jahren. Konsul Petersen.«

»Und?«

»Das ist der freundliche Herr mit der Zigarre. Der aus der Villa.«

»Und?«

»Mein Vater hat bei einer Kaffeerösterei gearbeitet, hat meine Mutter erzählt.« Krüger war ganz aufgeregt. Ob er jetzt erfahren würde, warum sein Vater verschwunden war?

»Ach«, sagte Schneider. »Ich glaube nicht, daß auch nur ein Iota aus deiner Vergangenheit mit den aktuellen Toten zu tun hat. *No way.*« Schneider redete sich in Rage. Manchmal schoß sein Freund weit über das Ziel hinaus. Daß er trotzdem irgendwie immer traf, war nur Dusel, nicht Können. »*Bullshit.* Du läufst wieder irgendwelchen Irrlichtern hinterher. Kerzen im Nebel, die deinen Pfad nur notdürftig erhellen. Das ist alles nicht zielführend.«

Die schönste Frau der Welt

Hamburg, April 2019. Hansen hatte sein Ziel klar vor Augen: Hinnerk mußte weg, Modafferi am besten auch. Dann könnte er anschließend die Firma nach Gusto allein führen; Petersen jr. würde ihm schon nicht in die Quere kommen. Für den war nur das Geld wichtig; alles andere zählte nicht. Zwei Fliegen mit einer Klappe – das würde aber nicht ganz einfach werden.

Der alte Mann warf einen Blick auf den 4K-Bildschirm an der Wand, der dort seit Weihnachten hing und ihm manche vergnügliche Stunde mit einer Mafiaserie, die er am liebsten sah, verschafft hatte.

In Filmen wurde vor dem Showdown immer erst das Waffenarsenal in epischer Breite dem Zuschauer vorgeführt, sinnierte Hansen. Der mußte dann nur noch auf den Einsatz und das Abschlußfeuerwerk warten. Was an Waffen vorhanden war, wurde in der Regel auch eingesetzt.

Hier sah es allerdings bescheiden aus: Den einzigen Revolver in seiner Wohnung hatte der Italiener zur Zeit. Ansonsten lagen auf seinem Schreibtisch ein Glasdolch zur Öffnung der Briefpost, der bei einem Einsatz wahrscheinlich abbrechen würde, ein Papierbeschwerer in Halbkugelform aus Messing, dessen Flugbahn sich nicht berechnen ließ, ein paar Dartpfeile von einem längst ausrangierten Spiel, an den Spitzen seit Ewigkeiten verbogen, und—

Moment.

Hansen zog eine Schublade auf und griff hinein. Tatsächlich. Das Outdoormesser war noch vorhanden, das er zu seinem Siebzigsten von der Belegschaft zusammen mit einem Gutschein für eine Übernachtung in der Lüneburger Heide erhalten hatte. Er hatte nie herausbekommen, ob das Geschenk ironisch gemeint gewesen war. Die Angestellten wußten schon lange um ihn und sein Schicksal; die Geheimnistuerei des alten Petersen war mit dessen Tod vorbei gewesen. Der Sohn des Konsuls war von seinem Vater nie ins Bild gesetzt worden, was Hansens unverschuldeten Unfall anging, so daß er die Sorge um das Los des Rollstuhlfahrers dem Altruismus des Vaters zuschrieb.

Hansen fuhr prüfend über die Schneide. Sie könnte mal wieder geschärft werden, würde aber wohl ihren Zweck erfüllen.

Jetzt hieß es nur noch warten.

»Nun hab dich nicht so!« Krüger verlor allmählich seine Geduld. »Es ist erst halb acht. Nur zum Hafen. Und du mußt auch nicht laufen. Wir können mit der U3 vom Jungfernstieg da vorn bis zum Baumwall fahren.« Ein zweifelnder Blick folgte. »Bitte.«

»Du klingst wie ein fünfjähriger Sohn«, sagte Schneider, schon halb überzeugt. Eigentlich konnte er seinem Freund nie etwas abschlagen. Aber das heutige Programm reichte ihm jetzt: die laute Gastromesse mit den viel zu langen Fußwegen, die Begegnung mit Weyer und dem Mafioso, falls er denn überhaupt einer war, und jetzt noch eine abendliche Besichtigungstour an der Elbe. »Na gut«, sagte er schließlich, »aber nur, weil du es bist.«

Krüger strahlte, als ob er gerade sein Weihnachtsgeschenk ausgepackt hatte.

Zehn Minuten später verließen die beiden Beamten die U-Bahn auf der Hochbrücke gegenüber der Elbphilharmonie und stiegen die Stahltreppe hinunter. Das neue Wahrzeichen der Stadt war nicht angestrahlt; die Architekten hatten seinerzeit gesagt, es solle »von innen heraus leuchten«, wie Krüger seinem Freund erklärte.

»Das Opernhaus in Sydney dagegen wird nachts immer illuminiert«, wandte Schneider ein. »Anscheinend habt ihr Hamburger das nicht nötig.«

»Uns reicht das Bewußtsein der Strahlkraft«, sagte Krüger. »Das ist genug.«

»Warst du mal drinnen?«

»Nee, aber Kaul bei einem seiner seltenen Ausflüge an die frische Luft. Der ist mit ein paar Kumpels nach Hamburg gefahren, zu einem Rockkonzert von Element of Crime in der Elbphilharmonie; allerdings war die Akustik oben, wo sie saßen, so schlecht, daß die Ansagen des Sängers und seine Texte nicht zu verstehen waren.«

»Das ist ja bitter, wo ihr doch mit dem Klang im großen Saal so angebt.« Schneider war eher für Open-Air-Konzerte.

»Ja, und dann sagte Kaul noch, er habe mit einem der Tontechniker gesprochen, der ihm versichert habe, daß die Bemühungen eines ganzen Tages vergeblich gewesen seien, den Gesang in den Oberrängen verständlich zu machen. Der Techniker glaubte nicht, daß der Saal für Rockkonzerte überhaupt geeignet sei.«

»Stimmt«, sagte Schneider langsam. »Vor einigen Monaten habe ich von Jonas Kaufmann gelesen, daß der beim nächsten Konzert lieber wieder in die Laeiszhalle geht – wegen der besseren Akustik. Beim ihm hatten Zuschauer sogar während des Konzerts den Saal verlassen.«

»Das ist schon bitter: ein großartiges Gebäude, aber innen mehr Schein als Sein. Wie so oft im Leben.« Mit dieser abschließenden Bemerkung wandte sich der Kommissar der Brücke zu, die Sporthafen und Binnenhafen trennte wie auch die Stadtseite mit der Kehrwieder-Insel verband. »Andiamo.«

Hansen sah auf die Uhr. Komisch, sonst war Modafferi schneller zurück, wenn er etwas zu erledigen hatte. Der alte Mann rollte zu seinem Schreibtisch hinüber und studierte den Bildschirm des Computers. Die Kameras funktionierten jedenfalls wie gewohnt. Der Monitor zeigte im Wechsel unter anderem den Straßenbereich vor dem Kontor, den Eingangsflur der Firma, zwei Lagerräume und den Gang zu seinem kleinen Apartment im vierten Stock des Speichers. Alles war ruhig. Unten waren keine Fußgänger mehr zu sehen; die meisten waren wohl noch essen oder schon wieder in ihren Hotels. Auch auf der Fleetseite des Lagerhauses war kein Boot mehr unterwegs. Von ferne hörte er eine Schiffssirene, die aber eher wie ein kurzer Gruß an ein entgegenkommendes Wasserfahrzeug klang. Allmählich wurde es dunkel.

Hansen gestand sich ein, daß er doch nervös war. Eigentlich hatte er in seinem Leben alles gesehen, wenn auch nur von seinem Schreibtisch aus. Aber seit es das Internet gab – und er war einer der Pioniere unter den Benutzern gewesen –, war er über alles informiert. Zur Überwachung der Menschen war das Netz eine großartige Erfindung gewesen. Kein Wunder, daß die vom Militär kam.

Was hatte er gestern gelesen? Etwas über ein chinesisches Software-Unternehmen namens Watrix, das ein höchst bedrohliches Programm entwickelt hatte, ein Überwachungssystem, mit dessen Hilfe Menschen blitzschnell an ihrem Gang erkannt werden konnten. Und die Software war darüber hinaus noch lernfähig.

Dann war demnächst Schluß mit Verkleidungen aller Art, weil die Leute ohnehin an ihrem Gang kenntlich waren. Wobei – eine Ausnahme gab es. Hansen fiel der alte Film mit Kevin Spacey wieder ein, für den der einen Oscar bekommen hatte. In *Die üblichen Verdächtigen* verkörperte der amerikanische Schauspieler einen Behinderten mit einem verkrüppelten Bein, dessen Gehweise kein Computer der Welt mit dem echten Spacey in Verbindung bringen würde.

Ein neues Berufsfeld tat sich auf, dachte Hansen, *Gehenlernen in der Unterwelt.*

Aus dem Augenwinkel sah er auf dem Computermonitor eine Bewegung.

Krüger stand vor der Kaffeerösterei und grub in seiner Erinnerung. Wie alt war er damals gewesen? Fünf, sechs Jahre? Er hatte die Hand seiner Mutter fest gehalten, als sie die Kaffeerösterei zusammen mit anderen Frauen und Kindern besuchten. Schon am Eingang stand der lustige dicke Herr, in der Hand eine qualmende Zigarre, deren Rauch den Jungen husten ließ, und begrüßte seine Mutter sehr freundlich.

»Und, was gefunden?« fragte Schneider, der sich augenscheinlich wieder beruhigt hatte. »In deinem Gedächtnis, meine ich?«

»Fast«, sagte der Kommissar. »Gerade ist es mir wieder entwischt.« Er studierte das große Schild über dem Eingang. »Harry Petersen Kaffeeimport« stand dort in altmodischen Lettern, die inzwischen wohl zur Corporate Identity der Firma gehörten.

Hinter ihnen klackten Stiefelabsätze auf den Pflastersteinen.

Die beiden Beamten drehten sich um.

Modafferi, noch einige Meter entfernt, reagierte als erster. Er drehte sich um und versuchte, auf der langen Straße vor den Lagerhäusern Richtung Brooksbrücke wegzurennen, gefolgt von Schneider, der jünger und deutlich fitter war.

Krüger holte derweil in Seelenruhe sein Handy heraus und wählte Langenargens Nummer in Bonn. »Ich bin's«, sagte er zur Begrüßung. »Können Sie mir einen kleinen Gefallen tun? Die Nummer Ihres Kontakts in der Hamburger Polizeibehörde hätte ich gerne.«

Er lauschte, dann sagte er: »Danke. Uns geht's gut; Schneider ist gerade hinter der Mafia her, wird sie aber gleich eingefangen haben.« Er lachte. »Nein, nicht alle. Einen. Ein Angehöriger des Modafferi-Clans.«

Wenige Meter weiter setzte Schneider zu einem Sprung an und brachte den Angehörigen zu Fall. »Sie sind vorläufig festgenommen«, sagte er und holte das Paar Kabelbinder, das er immer bei sich trug, aus der Hosentasche. Sorgfältig verschnürte er die Hände des völlig außer Atem geratenen Mitglieds der Hamburger Unterwelt.

»Das dürfen Sie gar nicht«, stieß der Deutschitaliener hervor, »verhaften, meine ich. Sie sind kein Hamburger Polizist.«

»Habe ich ja auch gar nicht. Ich habe Sie vorläufig festgenommen. Außerdem kann das jeder. Paragraph einhundertfünfundzwanzig der Strafprozeßordnung. Ich zitiere: ›Wird jemand auf frischer Tat betroffen oder verfolgt, so ist, wenn er der Flucht verdächtig ist oder seine Identität nicht sofort festgestellt werden kann, jedermann befugt, ihn auch ohne richterliche Anordnung vorläufig festzunehmen.‹«

»In der Schule waren Sie bestimmt der Oberstreber«, spottete Modafferi. »Bis aufs tz und das letzte Komma alles wortwörtlich auswendig gelernt, oder?«

Schneider ignorierte ihn. »Und was die Hamburger Polizei angeht, die haben wir natürlich vorher um Amtshilfe gebeten und auf Nachfrage mitgeteilt, daß wir die Situation auch mit unseren eigenen Kräften im Griff haben.«

Der Italiener wand sich auf der Straße. »Können Sie mir aufhelfen?« Plötzlich hatte er seine südländische Höflichkeit ausgegraben und wagte sogar ein zaghaftes Lächeln.

»Später«, sagte Schneider. Er stand auf und wartete, während Krüger näherkam.

»Die Kollegen sind im Bilde«, sagte der Kriminalhauptkommissar. »Eine Frau Klausner.«

»Verdammt«, sagte Modafferi von unten. »Die ist nicht gut auf mich zu sprechen.«

Hansen verfolgte mit Entsetzen, wie Modafferi den beiden Männern fast entwischen konnte, aber von dem jüngeren der beiden niedergestoßen und gefesselt wurde. Er überlegte fieberhaft, wie er dem Italiener helfen konnte, scheiterte aber wie immer an der Tatsache, daß er, der er an einen Rollstuhl gefesselt war, das einfach nicht zuwege bringen würde. Ein wenig salonfähiger Fluch folgte, der aus den Tiefen des kalabresischen Sprachschatzes stammte, den sich der alte Mann über die Jahrzehnte angeeignet hatte.

Und wer waren die beiden Männer? Zivilfahnder?

Zu allem Überfluß fuhr unten nun auch noch ein Peterwagen vor. Hansen schätzte diesen altmodischen Begriff, der nach dem Krieg entstanden, aber in den Siebzigern wie auch das Missingsch in Hamburg weitgehend verschwunden war. *Peterwagen* klang persönlicher als *Streifenwagen*, als ob man nicht sofort verhaftet, sondern durchaus noch von leutseligen Polizisten eine zweite Chance erhalten würde. Die allerdings würde Modafferi nicht bekommen, wie es aussah.

Der Streifenwagen hielt, und eine junge Kommissarin stieg aus. Ihr Kollege blieb sitzen. »Judith Klausner«, sagte sie und hielt Schneider die Hand hin.

Dem Beueler hatte es die Sprache verschlagen. Vor ihm stand die schönste Frau, die er je gesehen hatte: fast so groß wie er, kastanienbraunes Haar, das hinten in einen Knoten gedreht und hochgesteckt worden war, eine ansehnliche Figur, ein offenes Gesicht, ein fester Händedruck—

»Du kannst aufhören zu staunen«, fiel ihm Krüger in den Rükken, »das ist nur eine freundliche Kollegin.« Er stellte sich vor und informierte rasch und sachlich über die Zusammenhänge zwischen den Bonner Toten und der Festnahme von Modafferi.

»Sieh mal einer an«, sagte Judith Klausner und trat vor die auf dem Boden liegende Gestalt. »Haben Sie wieder was ausgefressen?«

Statt einer Antwort drehte der Angesprochene den Kopf weg.

»Das hier habe ich übrigens bei ihm entdeckt«, sagte Schneider, dessen Gesichtsröte abgeklungen war und der seine Sprache wiedergefunden hatte. Er hielt einen Revolver hoch, dessen Lauf er mit einem Papiertaschentuch umwickelt hatte, um nicht selbst Fingerabdrücke zu hinterlassen.

»Vielen Dank«, sagte die Kommissarin und sah ihn länger als nötig an. Fast schien es Schneider, als forsche sie in seinem Gesicht nach etwas.

Krüger räusperte sich. »Begleitest du die Kollegin? Dann kannst du im Präsidium deine Aussage zu Protokoll geben.« Sollte sein Kollege doch eine Chance bekommen.

»Nicht nötig, Herr Krüger«, sagte Judith Klausner. »Ich sammle die traurige Figur ein, und Sie können sich ins Nachtleben stürzen.«

Schneider lachte. »Allein macht das nicht so viel Spaß.«

»Sie sind doch zu zweit?«

»Als Hamburger begebe ich mich nicht in die Abgründe dieser Stadt«, sagte Krüger. »Das müßt ihr schon allein machen.« Unwillkürlich war er vom Sie abgewichen.

Die Kommissarin lächelte freundlich. Dann folgte ein herausfordernder Blick zu Schneider. »Mein Dienst geht bis zehn. Halb elf am Dammtor-Bahnhof, westlicher Ausgang?«

Krüger sagte lieber nichts, dabei schätzte er durchaus Frauen, die wußten, was sie wollten.

Schneider grinste. »Auf jeden Fall.«

»Das war die schönste Frau—«, begann Schneider, als der Streifenwagen mitsamt dem aufgelesenen Italiener wieder weggefahren war, wurde aber von seinem Freund unterbrochen. »Das hast du schon bei Lene gesagt und dann bei Élodie wiederholt.«

»Wenn es aber stimmt?« verteidigte sich der Casanova der Beueler Polizei.

»Es gibt ein einziges Mal eine *schönste* Frau«, belehrte ihn Krüger. »Das nennt sich Superlativ, und etwas Besseres gibt es nicht. Einmal, verstehst du? Anders funktioniert das nicht. Das ist so, als wenn du mehrfach *beste Grüße* unter deine E-Mails schreibst. Nach dem ersten Mal sind die aufgebraucht, dann gibt es nur noch zweitbeste.«

»Du mit deinen Haarspaltereien«, sagte Schneider. »Wie gesagt, du bist an der Duden-Redaktion verlorengegangen. Oder so ähnlich.«

Krüger grinste. »Und jetzt setzen wir unsere Untersuchungen fort. Die Tür ist nämlich offen.« Er zeigt auf das Eingangsportal der Kaffeerösterei. »Oder nur angelehnt.«

»Da willst du alleine hinein? Echt jetzt?«

»Mir passiert schon nichts, du gibst mir Rückendeckung, und außerdem: *Et hätt noch immer jot jejange.*«

»Ich weiß ja nicht«, Schneider wog bedenklich den Kopf. »Gelten kölsche Gesetze auch in Hamburg?«

»Die wichtigen. Du kannst schon mal ums Haus gehen und aufpassen, daß uns vom Hintereingang her niemand überraschen kann. Bis später denn.« Forschen Schrittes verschwand Krüger im Kontor.

Schneider begab sich in Richtung Hafen ans Ende der Lagerhäuserreihe und wandte sich nach links zum Kehrwiedersteg.

Keiner der beiden bemerkte, daß sich aus dem Schatten des Nachbarhauses eine große Gestalt löste und leise näherkam.

Materialermüdung

Hamburg, April 2019. Im Flur brannte nur eine Notlampe, als Krüger vorsichtig den rechten Seitenflügel der Eingangstür aufstieß. Er drehte sich noch einmal um, aber niemand war zu sehen. Über der Tür flackerte das überall auf der Welt verständliche grüne Schild mit dem Männchen und dem weißen Pfeil, das auf einen Notausgang hinwies.

Der Kommissar registrierte erfreut, daß das Kontor in seinen Grundzügen einem Handelsgeschäft des neunzehnten Jahrhunderts entsprach, jedenfalls so weit, wie er das von der Lektüre eines Bildbandes, einem Geschenk von Carmen, in Erinnerung behalten hatte: Wandvertäfelung, Stahlstiche an den Wänden, Email-Schilder an den Türen und alte Fliesen auf dem Boden mit – wie nannte Carmen das immer? – *floralem* Muster, farbig natürlich.

Er versuchte, sich sein junges Ich vorzustellen, die Mutter neben sich, andere Kinder und Mütter dabei, die ehrfurchtsvoll schwiegen, als sie ins Lagerhaus kamen. Konnte er sich an etwas erinnern, das nicht aus einer Erzählung seiner Mutter oder aus einem Zeitungsbericht stammte? Wie konnte man feststellen, ob das eigene Wissen aus der Kindheit echt oder falsch war? Wer konnte eine glaubwürdige Instanz darstellen, seine Kenntnisse zu legitimieren?

Plötzlich fiel ihm etwas ein, das lange verschüttet, aber doch fest in seinem Gedächtnis haften geblieben war: Er erinnerte sich an einen Rollstuhlfahrer vor dem Kontor, der dann von zwei Sanitätern die Treppe hochgetragen worden war. Einen kurzen Moment lang hatten der Kranke und er einen Blickkontakt gehabt, bei dem ihm unbehaglich geworden war und nach dem er die Hand seiner Mutter fester gedrückt hatte.

Krüger sah sich um; das Gefühl eines Déjà-vu beschlich ihn, die Erinnerung an etwas Böses. Irgend etwas bei dem Kranken hatte ihn als kleinen Jungen gestört, etwas, das er nicht hatte einordnen können.

Er schüttelte die düsteren Gedanken ab und beschloß, die Treppe nach oben zu nehmen. Vielleicht entdeckte er ja das Büro von Modafferi und fand—

Sein Handy kündigte mit einem *pling* eine Nachricht an. Krüger sah auf den Bildschirm. Aha, Kaul hatte wieder etwas entdeckt.

»Zusatzinformation zu den Fotos von gerade.« Welche Fotos? Er hatte doch nur vormittags eine Nachricht erhalten. »11:03« stand bei der neuen Nachricht. Die jetzige war wohl wieder irgendwo hängengeblieben, wahrscheinlich im Ausgangsserver der Bonner Kripo, wie immer. Kauls verspätet eingetroffene Information beinhaltete ein unscharfes Bild des Hünen aus Bonn, der in der Gluckstraße vor ihm weggelaufen war, und die Bildzeile *Michele Maria Modafferi, genannt* Hinnerk, *Neffe von Alberto Modafferi.* Interessant, wo die italienische Familie überall Angehörige besaß. Noch ein Grund mehr, das Büro zu finden; möglicherweise fiel ihm dann etwas über diesen Hinnerk in die Hände.

Ehe der Kommissar aber seinen Plan in die Tat umsetzen konnte, umfaßten ihn kräftige Hände von hinten. Ein Fausthieb gegen seine Schläfe folgte, und er stürzte besinnungslos zu Boden.

Hansen verfolgte interessiert die Aktion im Erdgeschoß. So, war Hinnerk doch noch für etwas gut. Vielleicht wurde der Hüne weiterhin gebraucht. Der alte Mann klappte den Bildschirm zu und überlegte. Dann wählte er Hinnerks Handynummer.

»Magst du mit deinem Paket nach oben kommen?«

Modafferis Neffe verfügte über große Kräfte, bei seiner Statur kein Wunder. Den nicht ganz schwerelosen Krüger in den vierten Stock zu schleppen, war eine seiner leichteren Übungen. Hinnerk bugsierte ihn in einen Stuhl am Schreibtisch, hinter dem Hansen am liebsten saß, und band die Hände hinter dem Rücken mit einem Strick zusammen, den er für solche Fälle in der Tasche trug.

Krüger stöhnte, hatte das Bewußtsein aber noch nicht wiedererlangt.

Hinnerk begutachtete den Knoten und zog noch einmal dran. Er hatte sich für einen Webleinstek entschieden, mit dem man unter anderem Boote vertäuen konnte. Hier in Hamburg war das ein passender Knoten für jemanden, der in anderer Leute Häuser eindrang. Er würde schon sehen, was er davon hatte.

Hansen betrachtete die zusammengesunkene Gestalt vor seinem Schreibtisch. »Was der hier wohl vorhatte? Kennst du ihn denn?«

Hinnerk schüttelte den Kopf. »Nee, glaube nich. Außerdem ist sein Gesicht nicht zu sehen.« Dann stutzte er. Die Lederjacke kam ihm vage bekannt vor. Aber Lederjacken gab es so viele auf der Welt, wie es Kühe gab. »Warte mal«, sagte er gedehnt und trat vor den Stuhl. Grob zog er den Kopf des Mannes an den Haaren hoch und ließ ihn sofort wieder fallen.

»Aua«, sagte Krüger und öffnete ein Auge.

»Doch«, sagte der Hüne, »der ist mir in Bonn über den Weg gelaufen. Aber ich war schneller.«

»Wo denn?« fragte Hansen neugierig.

Krüger hatte inzwischen beide Augen offen und musterte Hinnerk, der gebückt vor ihm stand. Dann holte er mit einem Fuß aus und traf den Hünen weiter südlich. Mit einem Aufschrei krümmte sich Hinnerk, stolperte rückwärts und stieß beim Fallen mit dem Kopf gegen die Tischkante. Benommen blieb er liegen.

»Treffer versenkt«, sagte Krüger befriedigt.

Hansen versuchte, nicht allzu amüsiert auszusehen. Geschah Hinnerk nur recht, was vergaß der auch, die Beine ebenfalls zu fesseln.

Der Kommissar betrachtete den Raum und versuchte, sich so viel wie möglich für seinen späteren Bericht zu merken. Als letztes wandte er seinen Blick dem Rollstuhlfahrer zu. »Darf ich mich vorstellen? Krüger, Kripo Bonn.«

Der alte Mann versuchte, sich seine Aufregung nicht anmerken zu lassen. Routiniert nickte er, wie bei einem geschäftlichen Treffen, und sagte: »Und was führt Sie nach Hamburg?«

Auf dem Teppich gab Hinnerk kleine Wehlaute von sich.

Der Fußtritt hatte anscheinend noch besser gesessen, als Krüger gehofft hatte. »Och«, antwortete er freundlich, »ich versuche immer, einmal im Jahr meine Heimatstadt zu besuchen.« Nach kurzer Überlegung fügte er hinzu: »Und ich interessiere mich für Kaffee.«

»Guatemala La Esperanza Antigua ist der beste; Sie kriegen ihn unten. Während der Öffnungszeiten.« Hansen kniff die Augen zusammen. »Kennen wir uns?«

»Sie sind also der Mann im Hintergrund, die graue Eminenz, die Spinne—«

»Im Netz?« vollendete Hansen die Frage. »Nein, für ein fettes Krabbeltier bin ich zu dünn.« Er fixierte den Kommissar.

Krügers Handgelenke schmerzten, und er zog probeweise am Strick. Hm, der Knoten schien nicht ganz festgezogen zu sein. Mal sehen, was er daraus machen konnte. Etwas aufsässig blickte er Hansen direkt ins Gesicht. Der weiße Schnurrbart verdeckte nur notdürftig eine Hasenscharte; tiefe Furchten zerteilten die Stirn des alten Mannes.

»Wollen Sie nicht antworten? Wir können uns doch wie zivilisierte Menschen betragen, oder?«

Der Kommissar schätzte eigentlich Leute, die um Beifall heischend ihren Sätzen ständig ein *oder* hinzufügten, nicht besonders. Eine Ausnahme machte er jedoch immer bei Professor Altendorf; der hatte jeden Beifall verdient, fand er. Aber bei dem Mann im Rohlstuhl handelte es sich wahrscheinlich um einen kaltblütigen Geschäftsmann, der nicht viel Federlesens mit seinen Partnern machte. Womöglich war er auch gewohnt, die Oberhand zu behalten. Krüger schmunzelte innerlich: Es war immer gut, etwas in der Rückhand zu haben. Das Schweigen hatte lange genug gedauert. Er beschloß, in aller Ruhe zu antworten. »Ja, ich glaube, wir haben uns schon mal gesehen.«

Auf dem Teppich rumorte Hinnerk, stand aber immer noch nicht auf.

Hoffentlich ist es nichts Ernstes, dachte Krüger.

»Ich war noch nie in Bonn«, sagte Hansen, um einen freundlichen Ton bemüht. »Wir können uns gar nicht kennen.«

»Deswegen komme ich ja auch zu Ihnen.«

Den alten Mann beschlich das Gefühl, auf jemand Ebenbürtigen gestoßen zu sein. Jetzt galt es, das Aufeinandertreffen als Sieger zu beenden. »Also, direkt Frage, direkte Antwort: Wann haben wir uns gesehen?«

»Vor etwa fünfzig Jahren«, sagte Krüger ruhig.

Hansen holte seine Zigaretten hervor und zündete sich eine an. Seine Hände zitterten dabei leicht, was der Kommissar wohl bemerkte, aber nicht kommentierte. Der alte Mann kramte in seinem Gedächtnis, während er heftig den Tabak inhalierte.

Krüger fand ja immer, daß Raucher eine staatlich legitimierte Gruppe von Junkies waren – zu denen allerdings auch er zweimal pro Jahr gehörte, wenn er eine der teureren Zigarren *schmökte*, aber nur unter Beifügung teuren Rotweins oder noch teureren Whiskys. Hansen schien schon seit Jahrzehnten dieser Gruppe anzugehören.

Schließlich sagte der alte Mann: »Krüger, sagten Sie?«

Der Kommissar nickte.

»Dann weiß ich es wieder: Sie waren der kleine Junge im Flur unten, der mit seiner Mutter und anderen Insassen des Hauses Abendroth zu Besuch war, oder?«

Von *Insassen* hatte seine Mutter nie gesprochen, wohl aber, daß sie in einem großen Haus mit anderen Frauen und Kindern wohnen *durften*.

»Haus Abendroth«, sagte Krüger. Es klang wie eine Frage.

»Ich weiß etwas davon«, sagte der alte Mann, »weil Konsul Petersen, wie hat er das formuliert, über Ihre Frau Mutter und Sie *die Hand gehalten hat*. Das Haus Abendroth nahm, wie man damals sagte, *gefallene Mädchen* auf.«

»Heute würde man *schwangere Mädchen* sagen, nicht wahr?« Krüger war angespannt. So von seiner Mutter zu hören, mit diesen

Adjektiven, das war auch für einen abgeklärten Ermittler wie ihn nicht ganz einfach.

»Und Ihre Mutter heißt Christa mit Vornamen?« Hansen sah ihn forschend an.

»Hieß«, sagte Krüger leise. »Sie ist mit sechsunddreißig gestorben.«

Hansen nickte, als habe er das schon gewußt.

»Dann heißen Sie mit Vornamen A—«

»Langsam«, sagte Krüger. »Nur nichts überstürzen. Zuerst möchte ich nämlich etwas fragen.«

Schneider sah irritiert ins Wasser. Das Kehrwiederfleet lag ruhig da; kein Boot war zu sehen, kein Nachtschwärmer störte ihn. Was ihn allerdings störte, war die Tatsache, daß sich das Fleet direkt *hinter* dem Kontorhaus befand. Es gab also keinen rückwärtigen Eingang, höchstens einen vom Wasser her.

Der Kriminalhauptkommissar schalt sich einen Dummkopf. Ein simpler Blick auf den Stadtplan oder auf die dementsprechende App hätte ihm sagen können, daß die Rückseiten der Speicher für das Anliefern der Waren vorgesehen waren – er hätte also allenfalls von einem Boot aus Krügers Anordnung Folge leisten können.

Vielleicht hatte er auf der anderen Fleetseite mehr Glück.

Hastig lief er über die Brücke zum Sandtorkai, stellte aber fest, daß er hier das Gleiche nur spiegelverkehrt vor sich hatte: Die Lagerhäuser lagen Rücken an Rücken, getrennt durch das etwa zwanzig Meter breite Fleet.

Trotzig ging Schneider ein paar Meter in den Sandtorkai und wurde mit Licht und einer offenen Tür am Gewürzmuseum belohnt. »Wir haben leider schon geschlossen«, sagte ein freundlicher Mann, der gerade zuschließen wollte.

Schneider holte seinen Ausweis hervor. »Kripo Bonn. Möglicherweise können Sie mir weiterhelfen.«

»Wunderbar«, sagte der Mann, »endlich mal ein Erlebnis für meinen Stammtisch. Wobei soll ich helfen?«

»Ich würde gerne einmal einen Blick auf die Kaffeefirma gegenüber werfen. Mein Kollege ermittelt gerade dort, und ...« Er wußte nicht mehr weiter, was den Mann jedoch nicht zu stören schien.

»Kommen Sie mit.«

Ohne abzuwarten, ob Schneider ihm folgte, stieß der Mann die Tür zum Treppenhaus auf. »Wievielte Etage?«

»Die vierte«, sagte Schneider. Später würde er auf Nachfrage antworten, daß die Antwort wohl seinem siebten Sinn entstammte.

Das genannte Stockwerk schien hauptsächlich als Lager zu dienen. Der Mann bahnte sich einen Weg durch ein Durcheinander von Kisten, Sackkarren, Säcken und kaputten Stühlen bis zum Fenster.

Im ganzen Haus roch es unglaublich gut. Schneider beschloß, noch einmal bei Tageslicht zurückzukommen und ein paar der exotischen Spezereien zu kaufen. Er trat neben den Mann, kniff die Augen zusammen und versuchte, auf der anderen Seite etwas zu erkennen. »Haben Sie vielleicht ein Fernglas?«

»Moment. Irgendwo muß noch ...« Der Mann drehte sich um und wühlte in einem alten Koffer. Befriedigt hielt er Schneider einen rohrförmigen Gegenstand hin. »Hier. Damit kann man bis nach Amerika segeln.«

Schneider zog das Fernrohr auseinander und sah hindurch. »Gegenüber sitzt ein Mann im Rollstuhl. Anscheinend hat er Besuch.« Er reichte das alte Fernglas seinem Begleiter, der es kurz justierte und auf den Speicher gegenüber richtete. »Stimmt.«

Der Kommissar erhielt das Fernrohr zurück und hob es wieder ans Auge. Hinter dem bodentiefen Fenster auf der anderen Seite des Fleets konnte er einen alten Mann an einer Art Schreibtisch sitzen sehen, ihm gegenüber Krüger in einem Sessel, beide Hände unnatürlich verkrümmt hinter dem Rücken. Sie schienen sich angeregt zu unterhalten.

Und auf dem Teppich vor den beiden – was war das?

Schneider kniff die Augen zusammen, um besser fokussieren zu können.

Die Gestalt auf dem Teppich sah verdächtig nach dem gesuchten Doppelmörder aus.

»Fragen Sie«, sagte Hansen. »Wie heißt es so schön: Frisch von der Leber weg.«

Anscheinend besaß der alte Mann auch eine joviale Seite, die ihm in einem anderen Leben bestimmt zugute gekommen wäre. Krüger sah ihn forschend an. »Haben Sie meinen Vater gekannt?«

Vor Hansens innerem Auge erschien ein junger Mann mit den noch faltenfreien Gesichtszügen seines Sohnes, einem offenen Blick und leichter Neugier. Dabei kannte er ihn nur von einem Bild, daß der alte Konsul ihm gezeigt hatte. »Nicht wirklich«, sagte er ehrlich.

»Wissen Sie, warum er meine Mutter nicht geheiratet hat?«

»Die Geschäftsleitung hat damals entschieden – aber das ist wirklich schon ewig her – ihn nach Südamerika zu schicken, um den Kaffeeimport von Guatemala aus zu begleiten. Er hat dann aber rasch die Firma gewechselt. Zuletzt haben wir, das heißt ein paar Angestellte im Lager, von ihm gehört, als eine Postkarte aus Nordamerika kam. Er schrieb, er arbeite jetzt auf einem spanischen Frachter. Das war das letzte Lebenszeichen. Das muß im Winter 1963/64 gewesen sein.«

Wenigstens ein Hinweis, dachte Krüger, von dem aus man weiter suchen konnte. Es konnte nicht allzu schwierig sein, alte Passagierlisten durchzusehen. Oder alte Matrosenlisten, was auch immer. Aber das konnte warten, bis er wieder in Bonn war. »Er hat sich also gegen meine Mutter entschieden.« Das klang wie eine Feststellung.

»Damit haben Sie recht. Ich sehe es genauso. Die Dinge sind nun einmal, wie sie sind.«

Krüger wollte etwas auf diese philosophische Beobachtung Hansens sagen, wurde aber durch Hinnerk gestört, der sich mühsam aufrichtete. Plötzlich stand er vor Krüger und fuchtelte mit seiner Glock herum.

»Du verdammter Hurensohn«, brüllte der Hüne und legte auf den Kommissar an.

»Langsam«, sagte Hansen. »Reiß dich zusammen. Du mußt auch mal eine Niederlage eingestehen können. Außerdem bist du doch sonst immer so ruhig, egal, was passiert.«

Hinnerks Wut richtete sich nun auch gegen den alten Mann. »Haben Sie die Seiten gewechselt?« Abwechselnd zielte er auf Krüger und Hansen. »Ich kann auch euch beide beseitigen. Genügend Übung habe ich ja.« Sein Gleichmut, seine große Gelassenheit allem Unerwarteten gegenüber, sein Stoizismus waren völlig verschwunden. Der Hüne von der Parkbank an der Poppelsdorfer Allee in Bonn war nicht wiederzuerkennen.

Hansen griff unauffällig nach dem Outdoormesser, das halb unter einer Zeitung auf seinem Schreibtisch lag.

Krüger angelte mit einer Hand nach dem Seil und versuchte, es von einem Ende her zu enttüddeln. Je mehr er aber zog, desto fester zog sich der Knoten zusammen.

Doch Hinnerk mußte etwas bemerkt haben, denn er wandte sich von Hansen ab. »Keine Bewegung«, sagte er. Die Waffe war wieder auf den Kommissar gerichtet.

Krüger erstarrte, jedenfalls sollte es so aussehen. Fieberhaft bemühte er sich, den Strick von seinen Handgelenken zu entfernen.

Als er aufstehen wollte, schoß Hinnerk.

Im gleichen Moment warf Hansen das Messer auf den Hünen. Jahrzehntelanges Üben an der Dartscheibe zahlte sich aus. Zeitgleich mit der Abgabe des Schusses traf das Messer seine Brust und erstickte jeden Satz, den der Hüne noch sagen wollte.

Krüger hatte sich geistesgegenwärtig zur Seite geworfen, konnte aber dennoch nicht verhindern, daß die Kugel aus Hinnerks Waffe in seinem linken Oberarm steckenblieb. Er schrie auf und fiel in den Sessel zurück. Aus der Wunde drang das Blut in kleinen Schüben heraus.

Hinnerk ließ den Revolver fallen und starrte ungläubig auf die Waffe, die in seiner Brust steckte. Während er versuchte, das Messer herauszuziehen, taumelte er rückwärts. Schließlich erreichte er dabei das große Fenster und versuchte, sich mit einer Hand an der großen, zur Seite gezogenen Gardine festzuhalten. Der fadenscheinige Stoff aber hielt dem Gewicht des Hünen nicht stand, so daß er gegen die Fensterscheibe schlug.

Entsetzt verfolgte Krüger das Geschehen und mußte nun mitansehen, wie das Glas nachgab und in tausend Teile zersplitterte. Hinnerk griff ins Leere und stürzte ins Freie. Wenige Sekunden später schlug er unten auf dem Wasser des Kehrwiederfleets auf.

Legenden

Bonn, April 2019. Der Praktikant öffnete die Tür zum »Bistrot Sud« und sah sich um. An einem großen Tisch entdeckte er die beiden chaotischen Polizisten, die wohl auch zur Mordkommission gehörten. Wie es aussah, war der Fall gelöst, denn warum sonst säßen sie hier in aller Seelenruhe?

»Hi, ich bin's«, sagte er freundlich, als er näherkam. »Ich wollte nur einen Happen essen.«

»Wir sind's auch«, sagte Derenthal, heute ausnahmsweise mal rhetorisch versiert.

Roselski warf ihm einen überraschten Blick zu.

»Ist der Laden nicht ein bißchen zu teuer für einen Praktikanten?« fragte Derenthal.

»Meine Kasse reicht dafür aus«, antwortete der junge Mann ausweichend. Es mußte ja nicht jeder von seinen zukünftigen Millionen wissen. »Was wird denn gefeiert?«

Derenthal überlegte, was er sagen sollte, als ihm sein Kollege zuvorkam.

»Der Abend.« Roselski grinste.

Es dauerte einen Moment, bis Schmücker begriff. Er setzte ein schiefes Lächeln auf. »Jetzt mal im Ernst: Haben Sie denn den Täter? War es tatsächlich nur einer? Wenn ich das Feinkostgeschäft mitzähle, dann kommen möglicherweise auch zwei Kriminelle in Frage, oder? Stand jedenfalls in der Zeitung. Und wo ist überhaupt Ihr Chef?«

»So viele Fragen«, sagte Derenthal. Er versuchte zu pfeifen und stellte erfreut fest, daß es wieder ging, zumindest leidlich. *Questions* von Manfred Mann's Earth Band war das passende Thema. Von seiner Seite mußte die musikalische Untermalung reichen; sein Kollege konnte antworten.

Roselski schaltete sein amtliches Gesicht mit entsprechend sonorer Stimme ein. »Vermutlich haben wir den Täter. Die Herren

Krüger und Schneider sind extra nach Hamburg gefahren, um ihn festzunehmen, womit auch Ihre weitere Frage beantwortet ist. Womöglich handelt sich im Falle des ermordeten Feinkosthändlers um den gleichen Täter. Ist damit Ihr Wissensdurst hinreichend gestillt?«

»Pst«, sagte Derenthal leise. »*Denselben* Täter.«

Roselski stutzte; so kannte er seinen Kollegen gar nicht. Aber vielleicht waren auch nur Krügers Bemühungen um gutes Deutsch auf fruchtbaren Boden gefallen. Oder Derenthal hatte sich nur eine einzige Regel gemerkt und die bei der richtigen Gelegenheit angewandt.

Der Praktikant überlegte, wo er sonst so viel geballtes Fachwissen, was Kriminologie, Musik und Grammatik anging, antreffen würde. Ihm fiel aber nichts ein. Und glauben würde ihm ohnehin niemand die Begegnung mit R2D2 heute abend, wenn er davon im Seminar erzählte.

Inzwischen war Derenthal beim dritten Glas Wein angelangt und überlegte verzweifelt, wie er die Zuführung von Prozenten während der Dienstzeit seiner Frau erklären sollte, als sich die Tür zum Restaurant öffnete.

Langenargen kam herein, gefolgt von Kaul.

Derenthal, dessen Gesichtsfarbe sich nicht sicher war, welche Tönung paßte, wurde erst rot, dann blaß, dann ungesund grün. Er versuchte, den Anschein zu erwecken, nicht dazuzugehören, wurde aber sofort vom Kriminaloberrat entdeckt. »Herr Derenthal, wie ich sehe, geht es Ihnen wieder besser, nicht wahr?«

Der dicke Streifenpolizist sah schuldbewußt auf und rieb sich das Kinn.

Langenargen betrachtete die Wanduhr. »Nach sechs; da haben Sie ja schon Feierabend.«

Wenn sein Chef nett war, war er nett, dachte Derenthal und wischte sich mit einem großen geblümten Taschentuch die Stirn ab.

»Sie müssen aber entschuldigen«, fuhr Langenargen fort, »wenn wir uns dazusetzen. Wir wollen nämlich noch etwas besprechen.« Ein forschender Blick auf Schmücker folgte.

»Der Praktikant kann bleiben«, sagte Kaul. »Der ist harmlos, wie alle Praktikanten, und zu lernen gibt es überall etwas auf der Welt. Außerdem benötigen wir von ihm noch die eine oder andere Auskunft.«

Schmücker, der aufgestanden war, setzte sich wieder.

»Wie haben Sie uns überhaupt gefunden, Herr Kriminaloberrat?« fragte Roselski.

»Langenargen reicht«, sagte Langenargen.

»Das war relativ einfach«, sagte Kaul. »Über die Ortung Ihrer Mobiltelefone.«

»Mein GPS ist aber aus.«

»Meins auch.«

»Meines ebenfalls.«

Die Stimmen prasselten durcheinander.

»Das glauben *Sie*.« Ein feines Lächeln umspielte Kauls Lippen. »Aber das Wie bleibt ein Geschäftsgeheimnis. Ich *darf* Ihnen das gar nicht sagen. Geheimnisverrat und so.«

»Paragraph—«, begann Roselki, wurde aber von seiner besseren Hälfte unterbrochen.

»Wir wissen, daß du das weißt«, sagte Derenthal.

Langenargen war wieder gut gelaunt und beobachtete amüsiert die unterschiedlichen Rollen, die die Personen des aktuellen Stücks gerade spielten. Er räusperte sich. »Wollen Sie anfangen, Herr Kaul?«

Zwanzig Minuten später waren alle auf dem gleichen Informationsstand, zu dem sogar schon das »bevorstehende Auffinden der Zielperson«, wie Kaul es genannt hatte, gehörte: Krüger und Schneider waren unterwegs zu einem Hamburger Grand Hotel, um Andreas Weyer, den Bonner »Kaffeehausbesitzer« – Langenargen grinste –, zu seiner eigenen Sicherheit aus dem Verkehr zu ziehen.

»Und da wir wissen«, sagte der Computerfachmann, »daß Krüger unsere Fälle stets löst, können wir davon ausgehen, daß er sie auch dieses Mal löst.«

»Zweimal *löst*«, sagte der Praktikant leise, der schon einige Male von seinen Professoren zu sorgfältigerem Deutsch angehalten worden war.

Wie immer hatte Langenargen zugehört. »Hat jemand einen Duden dabei? Das Stilwörterbuch? Nein?« Er sah sich befriedigt um. »Dann kann jetzt jeder so reden, wie er möchte, da unser aller Sprachwissenschaftler leider nicht unter uns weilt und auch kein Ersatz vorhanden ist.«

Krügers Ruf war legendär; wie bei allen Legenden redete man am liebsten über ihn, wenn er nicht anwesend war.

»Ein paar Dinge müssen wir noch klären, bevor wir unser Abschlußbankett fortsetzen beziehungsweise anfangen.«

Das war das Stichwort für den Auftritt von vier weiteren Personen: Die Buchhalterin betrat das Restaurant, gefolgt von Ruben »Speedy« Gonzales, der Packerin Anna Karenina und ihrer Schwester Lara. Die Gruppe setzte sich ans Ende des Tisches und begann zu tuscheln.

»Hi«, sagte der Praktikant, rief damit aber keine Reaktion unter seinen Kollegen hervor

Langenargen fixierte Schmücker, ohne auf die Neuankömmlinge einzugehen. »Zu Ihnen, da Sie wohl am besten informiert sind, wie Krüger sagte.« Er holte ein etwas zerknittertes Blatt Papier aus seinem Sakko, legte es vor sich auf den Tisch, strich es mit dem Handrücken glatt, plazierte einen Kugelschreiber mit der Aufschrift *875 Jahre Ramersdorf* daneben und überflog die handschriftlichen Punkte.

Der Kriminaloberrat räusperte sich und fragte: »Können Sie uns sagen, wo Ihr verstorbener Chef seine zwölf Millionen herhatte?«

»Kann ich.« Zu Schmückers Repertoire an Mimik gehörte »aufsässig gucken«. »Aber was hat das mit dem Mord zu tun?«

»Nun«, Langenargens jahrzehntelange Karriere im Polizeidienst hatte ihn die gesamte Bandbreite an Reaktionen und Stimmungen kennenlernen lassen. »Sie profitieren doch davon, sagt unser Computerexperte.« Er warf Kaul eine freundlichen Blick zu.

Der Praktikant war etwas aus der Ruhe gebracht worden. »Wenn Sie es so sehen … Der Lieblingsvetter meiner Mutter hat mir ja tatsächlich sein Vermögen hinterlassen, aber mit zwei wichtigen Vorgaben: Zum einen sollen seine Firma fortgeführt und die Arbeitsplätze erhalten werden; zum anderen kann ich über das Vermögen erst mit sechsundzwanzig verfügen – wie damals dieser Hamburger Tabakerbe auch.«

»Wie alt sind Sie denn?« fragte Roselski.

»Einundzwanzig«, sagte Kaul, der ein Gedächtnis für Zahlen besaß.

»Mein Buchhalter«, sagte Schmücker und deutete auf Kaul.

Alle lachten.

»Ich habe also nichts von Herrn Weylers Tod«, setzte der Praktikant seine Ausführungen fort. »Jedenfalls jetzt noch nicht. Und das Geld«, er blickte Langenargen etwas trotzig an, »das stammt, ob Sie es glauben oder—«

Kaul griff ein. »Um es zu einem Ende zu bringen: Herr Weyler hat sehr früh, schon 2011, in Bitcoin investiert und sie Ende 2017 wieder abgestoßen. Die Internetwährung, Sie verstehen.«

Schmücker nickte.

Langenargen, der am liebsten bar bezahlte, schüttelte den Kopf. »Ich nicht.«

»Das hat ihm dann satte zwölf Millionen eingebracht«, beendete Kaul seine Ausführungen.

Langenargen setzte einen Haken auf dem Papier. »Und die Konten in der Karibik?«

»Einfach eine weit gestreute Geldanlage«, sagte der Praktikant. Von Gelddingen verstand er etwas.

Kaul nickte.

Ein weiterer Haken folgte.

»Wenn ich noch etwas fragen darf?« Roselski trank einen Schluck Weizenbier, um seine Kehle anzufeuchten. »Was ist denn mit den amourösen Vermutungen, was das Mordmotiv angeht? Daß jemand jemanden, also eine andere Frau, beseitigt?«

»Die Buchhalterin«, stand ihm Derenthal zur Seite. »Und Anna Karenina. Wobei ich ja die Schwester hübscher finde.« Das trug ihm einen Rippenstoß seines Kollegen ein.

Lara Karenina errötete sanft.

»Genau«, sagte Langenargen. »Das möchte ich auch noch wissen.«

»Gar nichts«, sagte der Praktikant. »Ich weiß das; ich sitze ja praktisch an der Quelle. Herrn Weyler ist die – wie heißt das in Ihrer Generation?«

Wir gehören zum alten Eisen, dachte der Kriminaloberrat. Warte mal ab, bist du so alt bist.

»*Damenwelt.* Die ist ihm sehr zugetan.« Schmücker hatte wieder sein leicht schmieriges Grinsen aufgesetzt. »Und er war es ihr auch. Das ist alles. Und soviel ich weiß, hat es in der Firma nie irgendwelche Affären gegeben; der Chef wußte sehr gut Arbeit und Vergnügen zu trennen.«

Die Damenwelt errötete nun en bloc und flüsterte leise.

Langenargen malte einen besonders gut gelungenen, leicht verzierten Haken hinter das Stichwort *Damenwelt.* Er musterte der Reihe nach die Anwesenden und sagte dann: »Von meiner Seite aus war es das. Möchte noch jemand etwas wissen?«

»Ich«, sagte Derenthal.

Langenargen und Kaul sahen ihn gespannt an. Auch die Damenwelt wartete auf den Beitrag des Dicken.

Roselski ahnte, was kommen würde.

»Kann ich jetzt vielleicht mein Dessert haben?«

Latein

Hamburg, April 2019. Krüger schüttelte sich. »War das wirklich notwendig?« Sein Arm schmerzte. »Können Sie vielleicht den Strick lösen?«

Hansen umkurvte den Schreibtisch und zog mit einem geübten Griff die Schlinge auf. »Die hält sowieso nur ein kleineres Boot fest. Man darf nur nicht daran ziehen, dann wird der Knoten nur fester.«

»Danke.« Der Kommissar sah sich nach einem Verband um.

Der alte Mann folgte seinem Blick und sagte: »Nehmen Sie doch ein Stück von dem Vorhang, der muß sowieso ersetzt werden.«

Gehorsam stand Krüger auf. Am Fenster riß er mit der rechten Hand und den Zähnen ein Stück des alten Stoffes ab und wickelte es um die Wunde, nachdem er auf sie ein blütenweißes Taschentuch gelegt hatte, das ihm Carmen geschenkt hatte und das er auf Reisen immer bei sich trug. Müde ging er langsam zum Stuhl zurück und ließ sich hineinfallen. Der Stuhl ächzte, und einen Augenblick befürchtete Krüger, daß das Sitzmöbel auch noch zu Bruch gehen würde.

Mit der behandschuhten linken Hand griff Hansen nach der Schachtel vor sich und zündete sich eine weitere Zigarette an. Anschließend setzte er die Unterhaltung fort, als sei nichts geschehen. »Der Junge wurde unzuverlässig und hat seine Aufgaben auch nicht mehr zu meiner vollsten Zufriedenheit erfüllt.« Ein tiefer Zug folgte, dann hustete er, was er eigentlich ständig tat.

Die Aussage klang wie ein Drei minus auf dem Zeugnis, dachte der Kommissar. Und kaltblütig ist ja gar nichts; wahrscheinlich hatte der Mann im Rollstuhl über die Jahrzehnte ohnehin mehr auf sein Gewissen geladen, als er heute in Erfahrung bringen würde. »Ehe wir darüber sprechen – darf ich noch etwas zu meinen Eltern fragen?«

»Nur zu.« Der alte Mann warf ihm einen verschwörerischen Blick zu, den Krüger völlig fehl am Platz fand. »Wir sind ja jetzt unter uns.«

»Wissen Sie etwas«, er räusperte sich, »können Sie mir sagen«, eine Pause folgte, »woher ich meinen Vornamen habe?« Syntax und Satzbau höchst unbeholfen, dachte Krüger. Oder war das nicht dasselbe? Verdammt, er brachte keinen klaren Gedanken mehr zustande.

Hansen hatte Krügers Mienenspiel und sein Unbehagen aufmerksam verfolgt. »Ist Ihnen der Vorname unangenehm?«

»Das ist er in der Tat. Damit sticht man aus der Masse hervor. Wenn Sie wüßten, wie oft ich seinetwegen in der Schule gehänselt worden bin … Ich hätte etwas darum gegeben, einfach normal geheißen zu haben. Ein simpler Name wie Manfred, Wolfgang, Ulrich, was auch immer, hätte vollkommen genügt. Bloß nicht A—« Er verstummte und gestand sich endlich selber ein, daß sein Vorname für ihn eine Strafe und eine seelische Verletzung war.

»Ich glaube, ich kann Ihnen tatsächlich helfen.« Der alte Mann warf einen Blick auf den 4K-Bildschirm, den Krüger daraufhin ebenfalls betrachtete. »Wissen Sie was? Im Film kommt an dieser Stelle immer ein Rückblick.«

Schneider beobachtete entgeistert, wie das Fenster zu Bruch ging und Michele Modafferi ins Wasser des Kanals stürzte. Ohne nachzudenken, holte er sein Handy aus der Tasche und wählte 110. »Mann über Bord«, sagte er aufgeregt, als der diensthabende Polizist sich meldete.

»Sie müssen sich schon zusammenreißen«, sagte der Museumsmann. »Sonst glauben die Kriminaler Ihnen das nicht.«

Schneider entschuldigte sich und schilderte, nachdem er seinen Namen und Dienstrang genannt hatte, in sachlichem Ton das soeben Erlebte. »Danke«, sagte er schließlich und steckte das Mobiltelefon wieder ein. »Die Wasserschutzpolizei schickt ein Boot vorbei.«

Der Mann setzte das Fernglas wieder ab und gab es an Schneider zurück. »Das verstehe ich nicht. Jetzt unterhalten sich der Mann im Rollstuhl und Ihr Kollege nach dem, was passiert ist, in aller Seelenruhe weiter.«

Hansen war zum Aktenschrank gerollt, der an der Wand zum Nachbarzimmer stand, und suchte etwas.

Plötzlich begriff Krüger, daß sich die Kamera, deren Fotos Carmen für ihn hatte entwickeln lassen, nebenan befunden haben mußte. Der Blickwinkel stimmte, der Schreibtisch war exakt so ausgerichtet, wie er vor über fünfzig Jahren gestanden hatte, nur Hansen war älter geworden, sehr viel älter sogar.

Schließlich kam der alte Mann mit einem gelb verfärbten Aktenordner zurück, fuhr auf seinen gewohnten Platz und suchte ein Blatt in einer Klarsichthülle heraus, die er Krüger reichte: »Der Rückblick. Das dürfte Ihre Frage beantworten und Ihr Problem lösen.«

Schneider verfolgte das Geschehen gegenüber und verstand jetzt gar nichts mehr. Sein Freund war angeschossen worden und hatte nichts Besseres zu tun, als Papiere durchzusehen und mit dem alten Mann zu reden?

Er schaute nach unten auf das Fleet. Noch war nichts zu sehen. Ob die Wasserpolizei ihren Auftrag überhaupt schon erhalten hatte?

»Sollen wir für heute Schluß machen?« fragte der Museumsmann. »Drüben scheint ja nichts mehr zu passieren.«

»Und dann morgen unsere Beobachtungen fortsetzen?«

Der Mann lachte. »Nicht unbedingt. Also, was machen wir?«

»Weitergucken. Sonst verpassen wir das Ende.« Irgendwo in einer kleinen Ecke seines Gemüts war Schneider auch Bürokrat. Einmal eingeleitete Vorgänge bedurften eines ordnungsgemäßen Abschlusses.

»Darf ich das behalten?« fragte Krüger. Er legte das Blatt vor sich auf den Tisch.

Nach kurzem Zögern nickte Hansen. Der alte Buchhalter achtete eigentlich auf die Vollständigkeit der Unterlagen, aber diese hier betraf ja nur seinen alten Chef. »Ist sowieso nur eine Kopie.«

Krüger beschloß, die hinterlassenen Schriftstücke seiner Mutter noch einmal genauer durchzusehen als beim letzten Mal vor etlichen Jahren. Vielleicht befand sich ja das Original des Briefes darunter. »Und jetzt zu etwas ganz anderem«, sagte er. Nach einem kurzen Blick auf die Schußwunde, die glücklicherweise aufgehört hatte zu bluten – er besaß eben gutes Heilfleisch –, griff er etwas mühsam mit der rechten Hand in die rechte Innentasche der Lederjacke und förderte den kleinen Stapel aus dem Umschlag zutage, den Carmen in seinen Reisekoffer gelegt hatte. Das oberste Foto reichte er Hansen über den Schreibtisch. »Kennen Sie die drei Leute?« fragte er.

Hansen griff nach seiner Lesebrille, die neben dem Notebook lag, und setzte sie auf. Sorgfältig betrachtete er das Foto, ohne sich etwas anmerken zu lassen. »Teilweise«, sagte er dann. Er konnte ja schlecht zugeben, Hans Schmidt zu kennen, den er vor einem halben Jahrhundert erschossen hatte.

»Nämlich?« fragte der Kommissar knapp.

»In der Mitte ist Ihre Frau Mutter zu sehen.« Er schwieg und studierte Krügers Reaktion.

Höfliche altmodische Formulierungen waren eigentlich etwas, mit denen man den Kommissar sofort auf seine Seite bekam; aber hier sagte den Satz ein mehrfacher Mörder, wie Krüger annahm. Auch bei ihm war der erste Tote wahrscheinlich der schwierigste gewesen. Entweder hörte man danach auf, weil man sein Ziel erreicht hatte, oder es war der Dammbruch, der mehrere, in seltenen Fällen zahllose weitere Tote nach sich zog.

Der Kommissar zeigte sein Pokergesicht, dem – laut Carmens unparteiischer Aussage – man nichts entnehmen konnte. »Und weiter?« fragte er.

»Der Junge zur Linken ist Ihr Herr Vater.« Hansen behielt seine Redeweise bei. »Sie sind ihm wirklich wie aus dem Gesicht geschnitten.«

Kürger wußte nicht genau, ob das ein Kompliment war. Er wollte nicht unbedingt mit jemandem in Verbindung gebracht werden, der Frau und Kinder, nun ja: eines jedenfalls, verlassen hatte. Er betrachtete Hansen, der nicht ganz zu wissen schien, worauf der Kripobeamte hinauswollte. »Und der zweite Mann?«

Der alte Buchhalter tat so, als müsse er das Foto noch eingehender studieren. Er nahm seine Brille ab und hob das Bild näher an sein Gesicht. Endlich legte er es zur Seite und sagte: »Keine Ahnung, wenn ich ehrlich bin.«

Das mußt gerade du sagen, dachte Krüger.

»Vielleicht habe ich ihn mal hier im Kontor gesehen; wahrscheinlich ist es ja ein Freund Ihrer Eltern, denn warum sonst ist er mit auf dem Bild?«

»Es ist Hans Schmidt.«

Hansen zuckte zusammen. Woher, in Dreiteufelsnamen, hatte Krüger, dessen fragende Augen vor über fünfzig Jahren er nie vergessen würde, denn diesen Namen? Was wußte er?

Der Kommissar hatte die Reaktion genau mitbekommen. Ungerührt legte er dem alten Mann die Fotokopie des damaligen Zeitungsartikels hin. »Und dann habe ich mir die Geschichte zusammengereimt«, sagte er. »Mit etwas Hilfe von unserem Computerfachmann im Bonner Polizeipräsidium. Familie Modafferi und so.«

Hansen sah auf. »Das wissen Sie auch?«

War das schon das erhoffte Geständnis? »Hans Schmidt«, fuhr Krüger fort, ohne auf den Einwurf zu achten, »muß damals etwas herausgefunden haben. Und Sie haben ihn dann erschossen.«

Der alte Mann fuhr erneut zusammen. Konnte Krüger Gedanken lesen?

Der Kommissar schob den restlichen Stapel auf die andere Schreibtischseite.

Entgeistert blätterte Hansen die Fotos durch, die Hans Schmidts Ermordung und Beseitigung zeigten. »Woher ... wieso ... das kann doch nicht ...«, stotterte er. Dann fiel es ihm ein. »Konsul Petersen hat mir damals voller Stolz einen dieser neumodischen Fotoapparate gezeigt.«

Krüger nickte. »Eine Minox«, sagte er.

»Ich glaube ja. Dann muß er damals fotografiert haben. Aber wo?« Er sah sich um.

Krüger deutete auf die Wand hinter dem Aktenregal.

»Stimmt!« rief Hansen. »Wie kann ich nur so blöd sein! Irgendwann habe ich ein Loch in der Wand gefunden, als ein Bild aufgehängt werden sollte, mir aber nichts dabei gedacht.« Er senkte den Kopf. »Leugnen hilft wahrscheinlich nicht.«

»Tut es nicht«, sagte der Kommissar. »Und verjährt ist es auch nicht. Mord tut das nie.«

Hansen setzte sich auf. »Einmal ist jedes gute Leben vorbei.«

»War Ihres denn gut?«

Der alte Mann überlegte. »Ich hätte gerne geheiratet und einen Jungen gehabt, wie Sie einer waren. Aber ansonsten?« Er sah aus dem zerstörten Fenster in die Dunkelheit. »Ansonsten ist es mir gutgegangen, und ich habe alles haben können, was ich wollte.« Leise fügte er hinzu: »Abgesehen von Reisen vielleicht.«

»Dann können Sie mir vielleicht noch bei zwei Bonner Mordfällen helfen, bei denen wir den Auftraggeber suchen, da es im Umfeld der Toten niemanden mit einem Motiv gibt.«

Hansen war sofort im Bilde. »Das war Hinnerk, den habe ich dahin geschickt. Nachdem die Gelder aus den dortigen Firmen fast aufgehört hatten, in unsere Firma zu fließen, habe ich ein Exempel—«

»Zwei«, sagte Krüger.

»Entschuldigung, zwei Exempel statuieren lassen. Strafe muß sein, wenn man Verträge nicht einhält. Außerdem sitzt mir die Münchener Zentrale im Nacken. Unsere Seite der Verpflichtungen, wissen Sie.«

Man mußte wahrscheinlich Angehöriger der Unterwelt sein, dachte der Kommissar, um derart abgebrüht reden zu können. Unauffällig hielt er sein Mobiltelefon mit der linken Hand im Schoß und schnitt Hansens – wie hieß das im Handbuch für Verhöre noch? – *Einlassungen* mit. Für alle Fälle. »Und Weyer?« fragte er.

»Der Bonner Firmeninhaber?«

Krüger nickte. »Weyer, nicht Weyler.«

»Ich habe davon gehört. Es hat leider eine Verwechslung gegeben. *Nobody is perfect.*«

Ein weiterer Zug aus der Zigarette folgte.

»Das wollte mein Teilhaber erledigen«, sagte der Buchhalter und klopfte die Asche über einer Untertasse ab. »Alberto Modafferi. Aber den haben Sie ja schon aus dem Verkehr ziehen lassen.«

»Woher ...« begann Krüger, als Hansen auch schon auf den Computermonitor zeigte.

Wenn er den alten Mann jetzt noch zwei Tage länger verhörte, dachte der Kommissar, konnte die restliche Mafia in Deutschland einpacken. Aber die Unterhaltung war schneller beendet, als er gedacht hatte.

Langsam rollte der alte Buchhalter der Firma Modafferi & Petersen jr. hinter dem Schreibtisch hervor. »Danke für Ihren Besuch. Sie können, glaube ich, mit Fug und Recht stolz auf Ihre Frau Mutter sein. In einem anderen Leben hätte ich noch gesagt: Sie sind ein feiner Kerl.«

Bedächtig fuhr er zum zerstörten Fenster und sah hinaus. In der Ferne drehte sich ein bläuliches Licht auf dem Wasser, das von den Häuserwänden reflektiert wurde.

Vielleicht war das die Wasserschutzpolizei, die jemand informiert hatte, dachte Krüger. Mühsam stand er auf. Sein Handy hielt er in der rechten Hand; die Wunde im linken Arm schmerzte ziemlich.

Mit versteinerter Miene verfolgte er, wie Hansen sich mitsamt dem Rollstuhl in die Tiefe stürzte.

»Vielleicht sollte jetzt mal jemand nach gegenüber gehen«, sagte der Museumsmann, »und verhindern, daß weitere Personen ins Wasser fallen.« Als Teilhaber im Gewürzmuseum war er über die sieben Meere unterwegs gewesen; ihn konnte so schnell nichts mehr erschüttern.

Aber Schneider hörte ihn schon nicht mehr; er rannte, so schnell er konnte, die Treppen hinunter, dann den Sandtorkai entlang und über die Brücke, zurück zu »Harry Petersens Kaffeeimport«. Daß bloß Krüger nicht auch noch etwas passierte!

Vor dem Lagerhaus hielt gerade ein Streifenwagen, und jemand stieg aus.

»Hi, ich bin's«, sagte Judith Klausner. »Was ist denn los? Brauchen Sie Hilfe?«

»Keine Zeit«, rief der Bonner Kommissar der Kripobeamtin zu. »Kann ich später erklären.«

Die Eingangstür stand immer noch offen, und er nahm zwei Stufen auf einmal, um so schnell wie möglich in das Stockwerk mit dem erleuchteten Wohnzimmer zu kommen. Außer Atem kam er oben an, orientierte sich kurz und stieß dann die Tür zur Wohnung des alten Buchhalters auf.

Krüger sah auf, völlig in Gedanken versunken. »Ach, du bist's«, sagte er zur Begrüßung. »Hier, lies mal.«

Schneider hatte fast den Eindruck, daß Krüger von innen heraus strahlte. Er nahm ein Blatt in einer Klarsichthülle entgegen, die schon leicht vergilbt war. Vor sich hatte er den Brief eines gewissen »Konsul Harry Petersen«. Er sah auf das Datum. »Ein knapper Monat vor deiner Geburt.«

Krüger nickte. »Und nun rechne nicht, sondern lies. Beziehungsweise *lese*, wie man heutzutage sagt.«

Sein Chef sah zwar angeschlagen aus, aber war doch der alte geblieben.

Schneider las.

Hamburg, den 15. Januar 1964

Liebes Fräulein Krüger!

Gestatten Sie mir, der ich Sie so gerne in meinen Diensten gesehen habe, Ihnen auf diesem Wege ein Wort der Unterstützung auf den anstrengenden Weg zu geben, den Sie gerade zurücklegen. Zuvor jedoch darf ich meine Bewunderung für Ihren Entschluß ausdrücken, sich der Verantwortung, der sich Herrn Möller leider entzogen hat, zu stellen und Ihrem Baby in die Welt zu verhelfen.

Sie sollen wissen, daß ich Sie in dieser Situation nicht alleine lassen will. Ich habe daher veranlaßt, daß Sie und Ihr Kind in den kommenden fünf Jahren eine monatliche Unterstützung erhalten – so lange, bis Sie, auf eigenen Füßen stehend, selbst für den Lebensunterhalt sorgen können.

Gestatten Sie mir noch einen Rat, vielleicht eher eine Empfehlung, bei einer Sache, die Sie gewiß in hohem Maße beschäftigt: Sicher belastet Sie die Tatsache, daß Sie nun alleine, ohne Vater, einen Namen für Ihr Kind finden müssen. Was Sie sich immer sagen müssen: Es ist ein Kind der Liebe, nicht des Leichtsinns, das in die Welt gesetzt wird, und ich bin sicher, es hat ein großartiges Leben vor sich.

Erinnern Sie sich doch einfach dieser Liebe, wenn Sie über einen Namen nachdenken; jedes Kind ist ein zu liebendes, ob von den Eltern oder nur vom Vater oder nur von der Mutter. Wer anders als der Gründer des Hauses, in dem Sie zur Zeit leben und der sich der Mütter mit Kindern ohne Vater angenommen hat, böte sich als Namenspatron für Ihr Kind an?

Ein kleiner altsprachlicher Hinweis aus meiner Schulzeit: Nehmen Sie das Gerundivum vom lateinischen amare, *lieben. Nennen Sie eine Tochter Amanda, eine zu liebende, oder, wenn es ein Sohn wird, nennen Sie ihn nach Herrn Abendroth. Amandus ist ein wundervoller Name für einen kleinen Jungen.*

Bleiben Sie behütet!

Stets

Ihr Harry Petersen

Epilog

»Wow«, sagte Carmen. »Eine Familiengeschichte, um die dich deine Urenkel noch beneiden werden.«

»Welche Enkel?« fragte Krüger und sah sich um. »Keine in Sicht.«

»Wir könnten ja einen Schwung adoptieren.« Ein spitzbübisches Lächeln folgte.

»Das ist ein verlockendes Angebot«, sagte der Kommissar, »aber dann müßten wir anbauen. Außerdem bin ich zu alt für Pänz, Pänz, Pänz.« Die Wortwiederholung klang fast musikalisch. »Gerade in meinem Beruf ist Ruhe ein hohes Gut.«

»Wahrschleinich hast du recht«, sagte Carmen unter Hinzuziehung einer ihrer Wortschöpfungen, die, wie viele andere auch, längst Platz in Krügers kleinem Notizbuch gefunden hatten.

»Jetzt könntest du mir einen Whisky einschenken«, sagte er. »Auchentoshan bitte, den einundzwanzig Jahre alten.«

Carmen pfiff durch die Zähne. »Den *Sonntags*whisky einschütteln? Wirklich?«

Krüger kannte das Verb schon und nickte nur. »Den habe ich mir tatsächlich redlich verdient. Alles ist aufgeklärt, alle Schurken verhaftet oder tot, und—« Er brach ab, und ein nachdenklicher Blick ins Nirwana folgte. Dann fixierte er Carmen. »Warum hast du mir eigentlich das gerahmte Foto eingepackt?«

»Zur Unterhaltung«, sagte Carmen. »Gerahmt war es ja nun nicht mehr. Und außerdem waren es nur Kopien. Du liebst doch Rätsel, oder? Ich dachte nur, wenn du schon nach Hamburg fährst, kannst du diesen kleinen Mord vielleicht nebenbei aufklären. Aber daß deine Mutter involviert war ...« Sie brach ab, weil sie fürchtete, etwas Falsches gesagt zu haben.

Krüger jedoch lächelte nur. Freundlich sagte er: »Wenn man sich mit ihnen beschäftigt, sind Traumata irgendwann weg. Und meinem Vater war ich ja nie wirklich nahe. Wer weiß also, *woför et joot war.*«

Seine Freundin holte leise die Flasche mit dem goldfarbenen Inhalt und zwei Gläser, in die sie großzügig einschenkte. Feste mußte man feiern, wie sie kamen. »Slàinte Mhath.«

»Schottisch kannst du also auch«, stellte der Kommissar fest, der wieder in die Wirklichkeit zurückgekommen war. »Ich bevorzuge das Deutsche: *Gute Gesundheit*, so hieß das doch eben, oder?«

Sie nickte und nahm einen großzügigen Schluck. Prompt fing sie an zu husten, was Krüger ein Lächeln entlockte. Carmen war eben doch berechenbar.

Dann wurde er wieder ernst. »Daß der Beweis die ganze Zeit an der Wand gehangen hat …«

»Dann konnte er wenigstens nicht wegkommen.«

Der Kommissar grinste. »Jedenfalls weiß ich jetzt, wem ich meinen Vornamen zu verdanken habe: Konsul Harry Petersen und Amandus August Abendroth.«

»Drei Silben für deinen Vor- und zwei für den Nachnamen. Paßt doch gut. Amandus Krüger.« Sie strich ihm ganz leicht über den verletzten Arm. »Und das ist bald wieder vergessen.«

Krüger trank von seinem Whisky.

»Änderst du dich jetzt?«

»Aufgrund der neuen Beziehung zu meinem Vornamen?«

»Dich könnte doch eine neue Leichtigkeit erfüllen.« Carmen legte ihren Kopf schief und sah ihn mit großen Augen an.

»Nicht nötig. Mein Sein ist schon unerträglich leicht genug. Und außerdem sehen wir Hamburger doch sowieso alles leidenschaftslos.«

»Du wiederholst dich. Den Satz habe ich schon mal von dir gehört.«

»Durch Wiederholungen prägen sich Wahrheiten nun mal besser ein.«

»Ehe es noch Grundsätzlicher wird: Jetzt gehen wir essen. Ich war länger nicht mehr im ›Matthieu's‹.«

Der Kommissar nickte und stand auf. »Eine gute Idee ist eine gute Idee ist eine—«

Carmen unterbrach ihn. »Laß das mal. Wir wissen, daß du belesen bist. Das mußt du aber nicht jedem dauernd unter die Nase halten.« Sie betrachtete ihn prüfend. »Andererseits – ändern kann man dich in deinem hohen Alter auch nicht mehr. Bleib so, wie du bist.«

Der Kommissar teilte für die Despektierlichkeit einen kleinen Stups aus und folgte ihr.

Carmen drehte sich vor der Haustür noch einmal um, legte die Arme um ihn und versorgte ihn mit einem längeren Kuß. Als sie sich von ihm wieder löste, sagte sie: »Weißt du was? Liebgewonnenes soll man nicht leichtfertig aufgeben: *Krüger* ist der entschieden bessere Vorname.«

Setlist

24	Trio, *Da da da* (1982)
57	Dave Edmunds, *I Hear You Knocking* (1970)
58	Creedence Clearwater Revival, *Lookin' Out My Back Door* (1970)
61	Ron Goodwin, *Miss Marple* (1961)
78, 116	Kinks, *Sunny Afternoon* (1966)
81	Kanye West, *I Thought About Killing You* (2018)
85	T. Rex, *Born to Boogie* (1972)
98	Bob Dylan, *Knockin' On Heaven's Door* (1973)
135	Hannes Wader, *Heute hier, morgen dort* (1972)
185	Jerry Lee Lewis, *Whole Lotta Shakin' Goin' On* (1957)
192	Jerry Lee Lewis, *Good Golly Miss Molly* (1962)
192, 211	Jerry Lee Lewis, *Great Balls of Fire* (1957)
195	Status Quo, *Again and Again* (1978)
196	Status Quo, *Rolling Home* (1986)
205	Deep Purple, *Never Before* (1972)
208	Electric Light Orchestra, *Don't Bring Me Down* (1979)
211	Chuck Berry, *Sweet Little Sixteen* (1958)
245	Johnny Cash, *Folsom Prison Blues* (1955)
279	Manfred Mann's Earth Band, *Questions* (1977)
294	Bläck Fööss, *Pänz, Pänz, Pänz* (1975)

Die Songs sind auf der Spotify-Playlist **Schaffrath, Hansen** anzuhören: https://open.spotify.com/playlist/709dCP9seNFOclioCDwGN5?si=CPJQz6IoS52ifxXO5lX-tg.

Nachbemerkungen

Was stimmt noch und was ist – hoffentlich – gut gelogen? Fragen, die Leser wie Autor bei jeder Geschichte beschäftigen. Um etwas Aufklärung für den vorliegenden Roman zu geben: Fiktion sind beispielsweise die Wohnräume der Kaffeerösterei in der Speicherstadt; während der Zeit des Freihafens konnte man dort allenfalls eine Dienstwohnung in einem der Lagerhäuser haben. Und die Kontorräume im Erdgeschoß und im ersten Stockwerk sind denen der Hamburger Kaufmannshäuser aus dem neunzehnten Jahrhundert in der Innenstadt nachempfunden.

Fiktion ist auch die Bonn-Poppelsdorfer Kaffeerösterei »Wwe. Arntz' Feine Kaffeebohnen«; von dem Vorbild, dem Gebäude der Firma »A. Zuntz sel. Wwe.«, 1837 in Bonn gegründet, steht leider nur noch die Fassade. 1980 wurde die Fabrik abgerissen. Von der alten Bausubstanz blieben nur der neugotische Giebel und zwei historische Säle erhalten. Das gesamte rückwärtige Areal mit Brennerei, Packraum und Verladestation wurde niedergelegt, vulgo: plattgemacht. Näheres dazu findet sich im Internet unter www.rheinische-geschichte.lvr.de.

Man klaut ja als Autor, wo man kann. Oder als Musiker. Manchmal auch als Maler. Jedenfalls stammt die schöne Kapitelüberschrift »Der Vorgang des Ertaubens nach dem Urknall« von Jan Philipp Reemtsma und aus einem gänzlich anderen Zusammenhang; sie ist der Titel eines Aufsatzbandes (1995).

Musik sollte man dosiert genießen, damit man ihr aufmerksam folgen kann; aber wie Richard Wagner im richtigen Leben übertreibt es auf den vorhergehenden Seiten auch der Streifenpolizist Dieter Derenthal. Man kann nicht jede Lebensäußerung musikalisch begleiten. Wie für ihn ist für mich allerdings auch ein Leben ohne Melodien nicht vorstellbar. Heutzutage sind sie oft nur noch als Hintergrund zu hören oder nur in *einem* Ohr; wir dagegen holten damals, in grauer Vorzeit, eine neue Vinyl-Schallplatte vorsichtig aus ihrer Hülle, setzten uns im Kreis um den Plattenspieler, senkten die Nadel des Tonabnehmers auf die neue *Scheibe* und hörten, völlig ungestört und nicht abgelenkt, zweimal ungefähr dreiundzwanzig Minuten lang aufmerksam zu.

Hamburg kenne ich ein bißchen; immerhin bin ich dort geboren, auf der richtigen Seite der Elbe, in Klein Flottbek. Aber die Stadt ist riesig und besitzt eine so umfangreiche Geschichte, daß man nur wenig davon weiß und vieles nachlesen muß, beispielsweise in dem 1890 zur »IX. Wanderversammlung des Verbandes deutscher Architekten- und Ingenieur-Vereine« erschienenen, 750 Seiten umfassenden Band *Hamburg und seine Bauten*, der u.a. Grundrisse und Fotos der Gebäude der Hamburger Speicherstadt verzeichnet.

Relativ ergiebig und sehr interessant sind die Internetseiten, die sich dem Hamburger Senator und Bürgermeister Abendroth (1767–1842) widmen, der eine kleine Rolle in der Biographie von Kommissar Krüger spielt.

Danken möchte ich wie immer verschiedenen Gesprächspartnern, ohne die *Hansen* in der vorliegenden Form nicht möglich geworden wäre:

Monika Reimelt (Hamburg) beantwortete geduldig meine Fragen zu öffentlichen Verkehrsmitteln und zur Sicherheit im Alltag der sechziger Jahre in der Hansestadt.

Marion Thom, die Geschäftsführerin des Abendroth-Hauses in Hamburg, stillte meinen Wissensdurst bezüglich dieser wichtigen Jugendhilfe-Einrichtung, die nach wie vor an der christlichen Intention ihres Gründers orientiert ist und den betroffenen Frauen und ihren Kindern individuelle Hilfen zukommen läßt.

Henning Rademacher, der Gründer des Speicherstadtmuseums in Hamburg, berichtete von der miterlebten großen Sturmflut 1962 und klärte mich über die Speicher und Lagerhäuser des erst zum 1.1.2013 aufgehobenen Freihafens auf.

Markus Enzerhoff vom Stadtarchiv Bonn informierte mich über den Aktenstand zur Poppelsdorfer Kaffeerösterei Zuntz.

Rechtsanwalt Jörg D. Ziegler (Rheinbach) verdeutlichte mir den strafrechtlichen Unterschied zwischen »Festnahme« und »Verhaftung«, was man ja geneigt ist, für dasselbe zu halten.

Clemens Wojaczek (Rheinbach) gab mir einen Einblick in die Sprachspielereien der Germanisten, wodurch mein Roman um etliche Pleonasmen und ein Hysteron-Proteron ärmer wurde.

Hinter den Kulissen waren wie immer Beate Kohmann und Andrea Sommerfeld willens und in der Lage, mir den Rücken während der Entstehung dieses Romans freizuhalten.

Fehler, Ungereimtheiten und sonstige Saumseligkeiten gehen wie immer auf mein Konto.

Rheinbach, am 25. Juli 2019,
dem heißesten Tag der Geschichte in Europa